RUÍDOS
DE OUTRO
MUNDO

CHRISTOPHER PAOLINI

RUÍDOS DE OUTRO MUNDO

Tradução de Edmundo Barreiros

Rocco

Título original
FRACTAL NOISE

Este livro é uma obra de ficção. Todos os personagens, organizações e acontecimentos retratados nele são produtos da imaginação do autor e foram usados de forma fictícia.

Copyright © 2023 by Christopher Paolini
Todos os direitos reservados.

Ilustrações miolo: Christopher Paolini

"Tis Fearful Thing" by Rabbi Chaim Stern, *Gates of Prayer: The New Union Prayerbook*
Copyright © 1975 by Central Conference of American Rabbis
Usado com autorização de CCAR.
Todos os direitos reservados.

PROIBIDA VENDA EM PORTUGAL

Direitos para a língua portuguesa reservados
com exclusividade para o Brasil à
EDITORA ROCCO LTDA.
Rua Evaristo da Veiga, 65 – 11º andar
Passeio Corporate – Torre 1
20031-040 – Rio de Janeiro – RJ
Tel.: (21) 3525-2000 – Fax: (21) 3525-2001
rocco@rocco.com.br|www.rocco.com.br

Printed in Brazil/Impresso no Brasil

Preparação de originais
THAÍS CARVAS

CIP-BRASIL. CATALOGAÇÃO NA PUBLICAÇÃO
SINDICATO NACIONAL DOS EDITORES DE LIVROS, RJ

P227r

    Paolini, Christopher
        Ruídos de outro mundo / Christopher Paolini ; tradução Edmundo Barreiros. - 1. ed. - Rio de Janeiro : Rocco, 2024.

        Tradução de: Fractal noise
        ISBN 978-65-5532-429-7
        ISBN 978-65-5595-255-1 (recurso eletrônico)

        1. Ficção americana. I. Barreiros, Edmundo. II. Título.

24-88618
            CDD: 813
            CDU: 82-3(73)

Gabriela Faray Ferreira Lopes - Bibliotecária - CRB-7/6643

O texto deste livro obedece às normas do
Acordo Ortográfico da Língua Portuguesa.

COMO SEMPRE, ESTE LIVRO É PARA MINHA FAMÍLIA.

E também para aqueles que passaram muitas madrugadas olhando para o abismo.

Um livro do universo Fractalverse

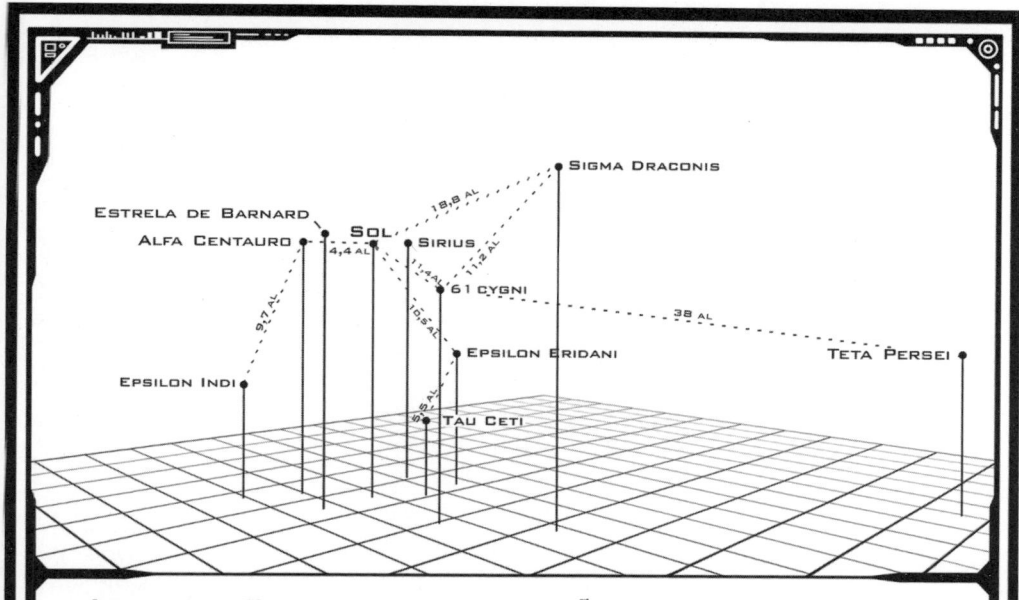

ALIANÇA SOLAR

- **SOL**
  - TERRA
  - MARTE
  - VÊNUS
  - MISC.
- **ALFA CENTAURO**
  - MUNDO DE STEWART

NÃO ALIADOS

- **61 CYGNI**
  - RUSLAN
- **EPSILON ERIDANI**
  - EIDOLON
- **EPSILON INDI**
  - WEYLAND
- **SIGMA DRACONIS**
  - ADRASTEIA
- **TAU CETI**
  - SHIN-ZAR
- **TETA PERSEI**
  - TALOS VII

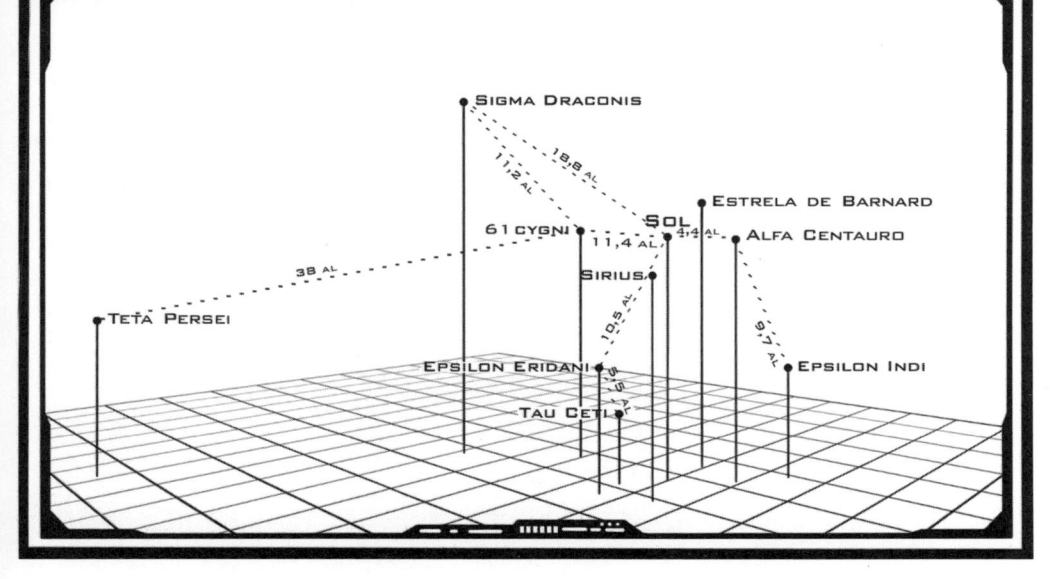

APREENSÃO

★　★　★　★　★　★　★

*É uma coisa temível amar
o que a morte pode tocar.*
— CHAIM STERN

CAPÍTULO I

* * * * * * *

MUDANÇA DE PERSPECTIVA

1.

Em 25 de julho de 2234, descobriram a anomalia.

Era noite da nave no interior do VSL *Adamura*, e todas as luzes estavam apagadas ou reduzidas, e em tom vermelho, para não perturbar o ritmo circadiano da tripulação. Os corredores e aposentos da nave estavam quietos... mas não silenciosos. Ventiladores de suporte de vida produziam um zumbido constante ao fundo: um ruído branco calmante que logo deixava de ser percebido.

Fora do *Adamura*, o tom de areia do gigante de gás Samson era engolido pela escuridão do espaço.

2.

O laboratório da nave estava abarrotado. Equipamentos que ocupavam as paredes invadiam o centro, deixando passagens estreitas entre eles. Os computadores esquentavam o local, e o ar era denso e sufocante. Inúmeros indicadores diminutos davam a impressão de que havia constelações espalhadas pelas máquinas escuras.

Alex Crichton estava sentado em frente ao display holográfico enfiado em um canto, tentando ler os resultados da sonda que tinha sido lançada na atmosfera de Samson no dia anterior. Carbono, amônia, metano... A lista ficou embaçada diante de sua vista. Já passava muito da meia-noite, mas ele ainda não tinha escrito seu relatório, e o capitão esperava aquelas informações de manhã cedo.

O mais inteligente teria sido escrever o relatório durante a tarde, quando ele ainda estava um pouco alerta. Isso teria sido mesmo o mais inteligente a se fazer. Alex sabia disso. Mas não conseguira se forçar a digitar uma palavra sequer. Como na maioria dos dias, ele praticamente não sentia nenhuma motivação durante as horas em que estava acordado. Não era muito melhor à noite: uma onda eventual de pânico resultava em um curto período de produtividade, mas, mesmo assim, o trabalho resultante não era muito bom. Alex estava enfrentando muita privação de sono e não queria tomar um comprimido para se manter acordado, como o StimWare. Para quê? Se sentir melhor? Isso não ia acontecer. Não se importava em fazer nada além do necessário para evitar que o capitão Idris o repreendesse. Nada disso importava, afinal. Não para Alex.

O holograma se agitava à sua frente, números flutuantes desconectados do fundo.

Alex piscou. Isso não ajudou. Frustrado e sem forças para lidar com a frustração, cruzou os braços na mesa de plástico e descansou a cabeça neles. Uma mecha de cabelo preto caiu na sua testa, bloqueando a visão.

Quanto tempo havia se passado desde a última vez que o cortara? Três meses? Quatro? Tinha sido algum tempo *antes*. Disso ele tinha certeza.

Alex afundou o rosto na dobra do cotovelo e, por um bom tempo, o zumbido dos ventiladores foi o único som no laboratório.

3.

Antes.

Nunca uma palavra assombrou tanto Alex. Antes de deixar Eidolon. Antes de entrar para a expedição de pesquisa. Antes do funeral.

Antes...

Era um dia claro e ensolarado no centro de lembrança extra de estrutura A. O tipo de dia claro e ensolarado que só acontecia em pesadelos. Todos os seus amigos tinham ido à cerimônia, tanto os dele quanto os *dela*. Familiares também. Essa tinha sido a pior parte. O pai dela, com sua cabeça pesada e desgrenhada, murmurando conselhos e condolências que nada significavam para Alex. A mãe dela, uma mulher pequena de ossos frágeis, agarrada a seu braço, chorava em uma demonstração exagerada de sofrimento que Alex achava bastante repulsiva. Ambos eram bem-intencionados, é claro. Como não seriam? A única filha dos dois estava morta, e ali estava ele, um elo vivo com a pessoa que haviam perdido.

Mas Alex achava toda aquela boa vontade insuportável. Cada segundo ali era um tormento. Ele se deparou olhando para além deles, para os bancos de madeira escura de yaccamé; mais pareciam navalhas na luz forte e cristalina que entrava pelas janelas voltadas para o leste. Tudo ao redor parecia um mundo entalhado em realidade com o mais afiado e doloroso dos instrumentos: o luto.

Bem no centro havia um altar simples de concreto, e sobre o altar, a única coisa que Alex não *conseguia* olhar. A urna de titânio polido que ele escolhera três dias antes, mal prestando atenção enquanto o agente funerário o conduzia por uma série de opções. Como todos os colonos que morriam em Eidolon, Layla fora cremada. Do pó ao pó, de cinzas à cinzas... Imaginar o corpo dela sendo engolfado pelas chamas dos queimadores causava dor física em Alex. Parecia obsceno que a carne dela tivesse sido submetida a tamanha provação, que suas células — ainda vivas, segundo a maioria das avaliações biológicas — tivessem sido assadas, murchadas e carbonizadas nos fornos da casa funerária.

A Memorialista era uma mulher séria e de rosto sombrio que tratava os procedimentos com o que parecia ser a seriedade apropriada. Ela falou por um bom tempo em um tom pausado. Nada do que disse fora registrado por Alex.

Depois, ela levou a urna até ele. Seu uniforme cinza simples estava limpo e arrumado, mas a Memorialista cheirava a formol, como se ela mesma tivesse sido embalsamada. O cheiro quase fez Alex sair correndo.

Ele sentiu o peso da urna. O objeto pesava em suas mãos, puxando-o para baixo, na direção do chão e do fim de todas as coisas. Alex não se importou. Uma vida devia ter peso. Velha ou nova, pareceria estranho que as cinzas de uma pessoa fossem leves demais.

Mesmo ao aceitar a urna, Alex não olhou para ela. Nem quando ele a levou de volta para o domo que compartilhara com Layla. Nem quando a colocou na prateleira do fundo do armário dela. Nem quatro semanas depois, quando ele arrumou sua única bolsa, trancou a porta pressurizada e partiu. A urna e as cinzas lá dentro não eram *ela*. Eram outra coisa, algo sem graça e inanimado, desprovido de cor.

Mas, embora ele não tivesse olhado para a urna, Alex ainda podia vê-la, ainda podia ver suas curvas polidas, podia *senti-la* guardada em casa com o peso de uma verdade inegável.

E odiava isso.

4.

Um bipe baixo acordou Alex.

Ele despertou e olhou ao redor, confuso. O laboratório estava tão escuro quanto antes. Nada havia mudado.

Alex limpou uma crosta de saliva seca do canto da boca e verificou seus filtros: 0214. Ele deveria estar na cama há horas. Um alerta de mensagem piscou no canto. Clicou nele.

<*Ei, vem cá. Você não vai acreditar nisso. — Jonah*>

Alex franziu o cenho. O que Jonah estava fazendo acordado uma hora daquelas? O cartógrafo não era uma pessoa noturna. Ninguém na equipe de pesquisa era, só Alex. E por que Jonah o chamou? Os outros não costumavam se dar ao trabalho de interagir com Alex, o que não era problema para ele. Falar consumia energia demais.

Por um longo minuto, ele debateu se valia a pena se levantar. Não queria, mas mesmo exausto, estava cansado de ficar sozinho, e uma curiosidade latente o estimulou.

Finalmente, levantou-se da cadeira pequena à frente da mesa. Os músculos das costas protestaram quando ele ficou de pé e o joelho esquerdo latejou; a velha lesão de esqui atacando como sempre. Apesar de todos os milagres da medicina moderna, ainda havia algumas coisas que não podiam ser consertadas. Os médicos afirmavam que não tinha nada de errado com as articulações dele. Seu joelho apenas... doía. Como tantas coisas na vida.

Alex pegou a caneca de chell — agora frio, mas ainda com o cheiro do sabor apimentado — e saiu das luzes baixas e avermelhadas do laboratório.

O corredor principal estava deserto. Seus passos ecoavam no metal cinza, surdos e solitários, como se Alex fosse a única pessoa que restava no *Adamura*.

Ele não se preocupou em tocar a campainha quando chegou à estação de pesquisa; apenas apertou o botão ao lado da porta e ela se abriu deslizando com um barulho alto.

Jonah ergueu os olhos de seu display: a luz do holograma deixava o seu rosto magro com um tom amarelado doentio. Rugas suaves irradiavam dos olhos dele, como os deltas de rios secos. Faziam Alex se lembrar dos rios de Eidolon. Queria que não fizessem isso.

— Então você *está* acordado — disse Jonah, com a voz tensa e áspera. — O computador disse que estava.

— E você?

— Ando ocupado. Não consegui dormir, mas isso não importa. Venha ver. Dessa vez tirei a sorte grande. — Seus olhos brilhavam com uma intensidade febril.

Alex tomou um gole de chell enquanto se colocava ao lado de Jonah. O chá ardeu em sua boca e deixou para trás uma leve queimação.

Suspensa na tela havia a imagem de uma planície marrom. Devia ficar em algum lugar do hemisfério norte de Talos VII, o segundo planeta no sistema, Alex imaginou. Um pequeno ponto escuro jazia como uma gota de nanquim no centro da paisagem que, fora isso, estava vazia.

— Isso? — perguntou Alex, apontando para a mancha.

— Isso — confirmou Jonah. Ele estendeu a mão para a imagem e a ampliou até que o ponto preenchesse a tela.

Um pico de adrenalina começou a dissipar a névoa mental de Alex.

— *Cacete*.

— Pois é.

Aquilo não era um ponto. Era um buraco. Um buraco perfeitamente circular.

A ardência nos olhos de Alex piorou enquanto encarava fixamente a imagem.

— Você tem certeza de que é real? Será que não é algum tipo de sombra... um truque de luz?

Jonah segurou as bordas do holograma e o girou, mostrando a paisagem de todos os ângulos possíveis. A área escura era definitivamente um buraco.

— Eu o vi pela primeira vez logo depois do jantar, mas precisei esperar até conseguir tirar fotos de todos os ângulos para ter certeza total.

— Não pode ser uma dolina?

Jonah bufou.

— Grande assim?

— Qual é a escala?

— Cinquenta quilômetros daqui até *aqui*. — Jonah indicou pontos nos lados opostos do buraco.

— *Cacete!*

— Você já disse isso.

Dessa vez, o tom de voz do outro não irritou Alex. Um buraco. Um buraco *circular*. Em um planeta desabitado localizado a quase 40 anos-luz da colônia mais próxima. Pelo menos, supostamente desabitado. Todos os sinais indicavam que Talos VII era um planeta seco e morto. A menos que a vida estivesse enterrada. Ou fosse tão diferente a ponto de ser irreconhecível.

As axilas de Alex ficaram úmidas.

— O que Sharah disse?

— Ainda não contei a ela. Cérebros de nave também precisam dormir, sabe.

— O regulamento não...

— Vou relatar isso pela manhã. Não adianta me precipitar até conseguir levantar mais dados. — Jonah olhou para Alex e depois para a tela. — Mas não consegui guardar isso só para mim. Tinha que contar a *alguém*, e você é nosso xenobiólogo residente. Então, o que acha?

— Eu... eu não sei.

Se o buraco fosse uma estrutura artificial, seria a primeira prova concreta de alienígenas inteligentes e autoconscientes. Ah, havia rumores e indícios, mesmo antes da Expansão Huterita, mas nunca nada substancial. Nunca nada óbvio.

Alex engoliu em seco enquanto encarava o centro do abismo. Era grande demais, simetricamente perfeito demais. Mesmo com todos os avanços dos últimos séculos, não achava que humanos pudessem fazer um buraco como aquele. Simplesmente não tinham tempo nem energia disponíveis. E para quê? Perfeição implicava em seriedade de propósito, e havia apenas alguns propósitos que pareciam prováveis: para o avanço da pesquisa científica, para ajudar a se defender de alguma ameaça existente, para atender a uma necessidade religiosa ou para servir como obra de arte. As duas últimas opções eram as mais assustadoras. Qualquer espécie que pudesse se dar ao luxo de gastar aquela quantidade de recursos em um projeto essencialmente desnecessário seria capaz de destruir todos os assentamentos humanos com facilidade. Inclusive a Terra.

A perfeição, então, era um alerta que demandava atenção.

A vertigem o desequilibrou quando Jonah inclinou a imagem. Alex se agarrou à borda da tela para se firmar e se assegurar de que ainda estava no *Adamura*.

O buraco o aterrorizava. E ainda assim ele não conseguia parar de encará-lo.

— Por que nós não notamos isso antes?

— Estava longe demais, e Yesha e eu não tínhamos tempo. Estávamos muito atarefados mapeando todas as luas em torno de Samson.

— Você tem *certeza* de que não é uma dolina?

— Impossível. A curva da borda varia em menos de meio metro. Só vou saber a medida exata quando nos aproximarmos mais para fazer um escaneamento melhor, mas não é natural. Isso é fato.

— Qual a profundidade?

— Mais uma vez, não sei dizer. Ainda não. É profundo. Pode ter quilômetros.

O suor nas axilas de Alex aumentou.

— Quilômetros.

— É... Se isso for o que parece...

— Seja lá o que for...

Jonah insistiu.

— Se isso for o que parece, estamos falando de uma das descobertas mais importantes da história. No nível do FTL. Droga, mesmo que seja apenas um buraco grande, ainda seremos mencionados em todos os noticiários daqui até a Terra.

— Hmm.

— O quê? Você não acha?

— Não, é só que... se isso foi construído, então onde estão aqueles que construíram essa droga de buraco?

5.

Alex se sentou no beliche da cabine, olhando fixamente para as mãos. Apavorado, abriu a gaveta ao lado do travesseiro e pegou o holocubo.

Não olhava para o objeto havia quase duas semanas, o período mais longo até então. Poderia ter passado mais alguns dias se não fosse pela descoberta de Jonah... se não fosse pelo buraco impossível.

Mas agora Alex precisava vê-la. Embora soubesse que ia doer. Embora soubesse que isso o deixaria pior do que antes. Sentiu-se como um viciado ávido por sua droga; só mais uma dose, por favor. Enfiar a agulha na ferida, penetrar profundamente na dor e deixar o fogo encher suas veias. Ele se odiava por isso, mas não conseguia parar.

O fantasma do rosto de Layla o encarava de dentro do cubo. Como sempre, foi a expressão dela que chamou sua atenção: um olhar radiante e sedutor, como se estivesse tentando provocá-lo, o que realmente era o caso quando ele tirou a foto. Os dois tinham feito uma caminhada atrás de seu domo, ao longo da cerca. O sol estava quente; os bichos-purpurina faziam barulho e cintilavam — lascas coloridas como pedras preciosas voando pelo ar —, e o sorriso dela... ah, o sorriso dela. Quando Layla sorria para ele, Alex se sentia o homem mais sortudo e bonito da galáxia, e ela, a mulher mais gentil e bonita. Na verdade, nenhum dos dois era assim, mas ele sentira, e o sentimento tinha sido o suficiente.

Eu devia ter ido com ela. Eu devia ter... Alex tentou ignorar sua mente, mas o pensamento se recusava a deixá-lo: como um mantra maligno se repetindo em um loop infinito.

Ele revirou o cubo nas mãos, apertando as quinas e arestas como se quisesse perfurar a pele das palmas. A dor era uma forma própria de alívio.

Abaixou ainda mais a cabeça. Mais uma vez, sentiu o peso da urna puxando-o para baixo.

Às vezes, o universo resolvia destroçar sua vida e pisotear os restos, e não havia nada a fazer exceto dizer: "E agora?"

Ele vinha se perguntando muito isso ao longo dos últimos quatro meses, desde o acidente. Como deveria seguir em frente? Como deveria agir como se não houvesse um vazio gigante em seu interior, no qual tudo o que ele considerava sólido e confiável na vida tinha desmoronado? Como ele deveria fingir ser normal outra vez?

Alex não sabia. Frequentemente se perguntava o que aconteceria se apenas *parasse*. Quem se importaria? Não seus pais, isso era certo. Eles não demonstraram o menor interesse em sua vida desde que ele deixara o Mundo de Stewart. Alex duvidava que sua morte fosse fazer qualquer diferença. Para eles, o filho já havia partido. O que os olhos não veem, o coração não sente. Eles eram práticos nesse sentido.

Duas semanas depois do memorial no centro de lembrança, seus sogros insistiram em levá-lo à igreja. Mesmo sob circunstâncias normais, ele teria achado uma experiência estranha; nunca havia sequer entrado em um lugar de culto — muito menos um tão oficial quanto uma igreja — antes de conhecer Layla, e ele não tinha se acostumado a frequentar esse ambiente, apesar de ela arrastá-lo para as cerimônias em todos os feriados (ele estabeleceu um limite quanto a cultos regulares aos domingos, não que seu trabalho lhe permitiria tamanha frequência).

A igreja pertencia aos huteritas da Reforma, e o sacerdote era uma daquelas relíquias com rugas e barba que insistia em se abster de injeções de células-tronco por acreditar que envelhecer naturalmente o aproximava de Deus. Ele falou sobre os assuntos huteritas habituais, o que significava muita conversa sobre desprendimento, despojamento e os benefícios da abnegação.

Alex não precisava ouvir nada disso. Se Deus existisse, Alex achava que Ele não seria muito dado à abnegação. Não, senhor. Deus parecia ser um brincalhão malicioso determinado a transformar todos em Jó.

Ele foi direto para casa depois da cerimônia e se inscreveu na primeira expedição disponível. Qualquer coisa para levá-lo para longe de Eidolon e das esperanças, dos sonhos e das lembranças ali cremados.

Partir não ajudou. Por mais que se concentrasse, por mais horas que trabalhasse, o vazio ainda se abria dentro dele. E em seu interior havia uma versão incoerente e inconsequente de si mesmo. Não seria muito difícil empurrá-lo para aquela escuridão; ele sentia como se já estivesse a meio caminho andado da queda. Mas, principalmente, se sentia apenas cansado. Exausto.

A presença de um artefato alienígena em Talos não fez nada para mudar isso.

A situação o assustava, é claro. Como não? Mas Alex não sentiu nenhum grande desejo de estudar aquele buraco. Sua curiosidade era uma brasa úmida, engasgando e soltando fumaça, apagando-se em cinzas. Mesmo antes, ele nunca se motivara por ideais grandiosos. Não era do tipo que sonhava descobrir alienígenas sapientes ou de algum modo aprender segredos profundos do universo examinando formas estranhas de vida. A xenobiologia era um trabalho para ele, e nada mais do que isso. Alex gostava de resolver problemas no emprego, mas na maior parte do tempo, era apenas uma forma de pagar as contas. E isso costumava ser o suficiente.

Só que agora... não era. Nada era. O trabalho não era, e muito menos o buraco. Se dependesse dele, faria apenas mais algumas leituras e iria embora. Deixaria que as pessoas que se importavam estudassem o buraco. Ele só queria parar de pensar e de sentir. De algum modo. *De qualquer modo.*

Layla teria se importado. Todos os conceitos elevados que faltavam a ele — e dos quais tantas vezes desdenhara como irrealistas e impraticáveis — viviam dentro dela. Layla passava horas falando sobre a possibilidade de encontrar vida inteligente, sobre a filosofia da exploração e o que significaria para a humanidade finalmente saber que não estava sozinha. Layla ardia com a força de sua paixão, e ele a admirava por isso, mesmo que nunca tivesse realmente compreendido. Ah, Alex podia explicar as crenças de Layla de um jeito racional e intelectual, mas não as sentia como ela, o que dificultava que ele abraçasse suas causas. Na maior parte do tempo, isso não causava conflitos entre os dois, mas quando causava...

Ele apertou os lábios e sua respiração ficou entrecortada.

O holograma cintilava enquanto ele girava o cubo de um lado para o outro.

— Alienígenas — sussurrou ele. — Alienígenas sapientes.

A notícia a teria maravilhado... não, mais que isso, a teria *transformado*. O buraco era tudo o que ela sonhara encontrar. Alex conseguia até vê-la sorrindo com empolgação, e ele sabia que não havia nada que ele ou qualquer outra pessoa pudesse fazer para impedi-la de estudar a estrutura.

O sorriso de Layla... Lágrimas encheram os olhos dele. Alex envolveu o holocubo com as mãos, apertando-o com toda a força possível, então se curvou, sentindo o vazio no mundo onde ela deveria estar.

Ele pegou no sono ainda segurando o cubo e com lágrimas secando em seu rosto. Seu último pensamento consciente foi o nome dela:

Layla...

CAPÍTULO 11

* * * * * * *

PERGUNTAS

1.

Um martelar alto despertou Alex. Alguém batendo na porta da cabine, o som doloroso como uma enxaqueca.

— Você! Levante o rabo daí, Crichton! Está atrasado. Reunião no refeitório. Depressa! — Yesha gritou, sua voz com a mistura habitual de irritação, impaciência e desprezo.

Passos se afastaram, seguidos de silêncio. Bendito silêncio.

Alex olhou fixamente para a parede escura à frente. As luzes ainda estavam desligadas. Seus dentes doíam com uma pulsação embotada e dolorida. Devia ter trincado os maxilares enquanto dormia. De novo. Se continuasse a fazer isso, não demoraria muito para precisar consertá-los.

... Se *ele* continuasse.

Uma imagem do buraco preencheu sua mente: escuro, enorme, perfeitamente circular. Parecia imenso o suficiente para engolir todos os pensamentos de Alex, todos os seus medos e tormentos — para engoli-los e não deixar nada para trás.

Seria bom ser livre.

Ele se ergueu e sentou-se na beira do beliche. Sentia-se embotado e lento. Esgotado. Grande parte dele queria ignorar a reunião no refeitório e voltar para a cama, mesmo que isso significasse perder seu contrato com a expedição.

Mas ele sabia que Layla teria ido à reunião. *Ela* teria examinado todos os dados e feito todas as perguntas necessárias. E como ela não podia fazer isso... Ele faria por ela, em honra à sua memória. Isso era tudo o que tinha.

Alex tateou atrás de si mesmo até encontrar o holocubo embaixo dos cobertores embolados e o guardou na gaveta sem olhar.

Então se obrigou a sair da cama.

2.

Alex ouviu uma confusão de vozes ao entrar no refeitório. Encolheu-se, sentindo-se agredido pelo barulho e pelas luzes fortes de espectro diurno completo da nave, que fizeram com que ele quisesse dar meia-volta e retornar para a escuridão confortável de sua cabine. Mas seguiu em frente, ignorando o latejar no joelho.

O refeitório era o maior espaço aberto do *Adamura*, o que significava que era pequeno, apertado e beirava o claustrofóbico. Toda a tripulação estava espremida em torno da mesa de tampo branco no centro. Eram doze: cinco mulheres, sete homens. Eles formavam um grupo heterogêneo: cabelos diferentes. Cores de pele diferente. Sotaques diferentes. Apenas três deles — incluindo Alex — vinham do mesmo planeta: o Mundo de Stewart. Por algum motivo, Stewart produzia mais cientistas e exploradores do que a média.

E nenhum deles era originário de Eidolon. Nem mesmo Alex; ele tinha sido uma rara transferência. Seus lábios se retorceram em um sorriso amargo. Afinal de contas, quem queria viver no paraíso quando o paraíso podia matá-lo com tanta facilidade? Se aos menos ele pudesse ter convencido Layla a partir...

A projeção do buraco em Talos VII pairava acima da mesa. Ver o abismo escancarado outra vez não ajudou em nada a aliviar a inquietação de Alex. Havia algo *errado* em relação ao buraco. Objetos artificiais não deveriam ser tão grandes nem tão precisos. Estrelas, sim. Planetas, sim. Mas não uma maldita *escavação* no limite do espaço conhecido.

Pushkin, o geólogo do grupo, estava sentado encostado em uma parede, espremido entre a cadeira e a mesa. Ele era duas vezes maior que todos os outros no refeitório, na largura e na circunferência — adaptações normais para qualquer um que crescesse em Shin-Zar, um planeta de alta gravidade, mas no caso de Pushkin, seu tamanho era tanto gordura quanto músculos. Ele vivia reclamando de estar emagrecendo demais no *Adamura*, mas se estava de fato ficando menor, Alex não sabia dizer.

O roupão enfeitado de seda do geólogo estava aberto, revelando uma faixa de peito peludo e bronzeado. Aquele traje era contra o regulamento — enquanto estavam de serviço, deviam usar os uniformes da companhia: macacões azul-marinho com o logotipo do Conglomerado Hasthoth costurado no lado esquerdo do peito —, mas discutir com Pushkin era inútil. Ele debateria alegremente o dia inteiro ou até acabar com seu oponente com uma onda de palavras desconexas.

Naquele momento, ele estava batendo a palma da mão no tampo da mesa e dizendo:

— E eu não entendo por que nave ainda não deu meia-volta. Nós já coletamos dados suficientes para...

— Você não passa de um covarde — interrompeu Talia com sua voz irritada.

Ela era a astrofísica da expedição: uma mulher magra como uma lâmina com uma intensidade fervente no olhar. Não era uma impressão equivocada; durante toda a viagem ela estivera focada, militante e extremamente irritadiça.

Um sorriso indulgente se abriu no rosto de Pushkin, revelando os dentes em forma de cunha.

— Não, querida. Muito o contrário. Só que tenho um sentido bem desenvolvido de, como diz? Autopreservação. Algo que *você* não parece ter. A decisão mais inteligente a se tomar é deixar o sistema. Provavelmente estamos sob observação desde que saímos de FTL. Até onde sabemos, alienígenas podem atacar qualquer momento. Nós temos uma responsabilidade aqui, a de *não* sermos explodidos para poder alertar todo mundo. — Seus lábios se retorceram. — Até a *Aliança*.

O tom zombeteiro de sua voz não surpreendeu Alex. Cidadãos de Shin-Zar não gostavam muito da Aliança Solar, razão pela qual seu planeta tinha insistido (até então) em manter a independência.

Uma expressão de aversão se formou no rosto de Talia, e ela amassou o guardanapo usado e o jogou na mesa.

— Ei! — exclamou Jonah, e pulou para trás. Seu macacão estava amarrotado, o cabelo bagunçado e estava com os olhos fundos e com olheiras. Alex achou que ele devia ter passado a noite acordado. O que não seria nenhuma surpresa.

Talia apontou um dedo para Pushkin.

— Como eu disse, *covarde*. — A palavra queimou como um carvão quente. — Nós temos uma responsabilidade: investigar a estrutura. Se alienígenas forem atacar, então eles atacarão. Nós precisamos descobrir o que pudermos *agora*, antes que seja tarde demais.

— Que se fodam as responsabilidades — disse Yesha, sentada ao lado de Jonah.

Sua aparência era tão abrasiva quanto a voz: cabelo longo e espetado, tatuagens azuis que cintilavam com um brilho irritante e um esgar que parecia permanente.

— E quanto ao nosso pagamento? Se voltarmos mais cedo, a companhia vai cancelar nossos contratos?

— Basta — declarou o capitão Idris, sentado à cabeceira da mesa. Sua voz cortou a comoção como uma navalha. O silêncio se instalou no refeitório.

Idris tinha a mesma constituição da maioria dos comandantes de naves espaciais que Alex tinha conhecido: alta, de ombros largos, inteligente, de boa aparência e manipulada geneticamente no limite da legalidade, se não um pouco além. Era como se os capitães fossem produzidos de um molde idêntico e cada um emergisse pronto para subir na hierarquia de status e poder. Será que a natureza era responsável por esse padrão? A criação? Os estereótipos sociais? Ou era apenas a manipulação genética? Qualquer que fosse a razão, a aparência e a atitude de Idris não fizeram nada para melhorar o humor de Alex.

Ele tinha certeza de que o sentimento era recíproco. O capitão se encostou na cadeira e puxou os punhos com bordados dourados de seu uniforme. Seu olhar passou por Alex, notando sua chegada tardia. *Droga*.

— Jonah, termine seu relatório — Idris ordenou.

— Sim, senhor. — Jonah balançou a cabeça. — Ah, o infravermelho mostra que o fundo do buraco alcança a temperatura de quase 770 graus Celsius. Pode ser geotérmico, mas se for, o buraco é fundo. Muito fundo. Se não… — Ele deu de ombros.
— Então há algum tipo de reator lá embaixo.
— Você captou alguma radiação? — perguntou Riedemann. O chefe de engenharia estava fazendo anotações em um bloco a sua frente; isso mostrava o quanto ele era antiquado.
Jonah hesitou.
— Mais ou menos. — Então olhou para o teto. — Sharah, você quer contar a eles?
Dos alto-falantes acima veio a voz sintetizada da mente da nave, seca e um tanto divertida.
— Como quiser.
Era sorte do *Adamura* ter Sharah. Muitas naves de pesquisa tiveram que se contentar apenas com pseudointeligências, que não eram substitutos à altura. Mesmo assim, Alex não dava ouvidos ao cérebro da nave. Durante toda a viagem ela tentou fazer com que ele se movimentasse mais, socializasse mais, visitasse mais o médico. Mais, mais, mais, *mais*. Sharah estava preocupada com seu estado mental, sem dúvida. Isso não significava que Alex gostasse da intromissão. Cérebros de naves sempre achavam que sabiam de tudo, e talvez por um bom motivo, mas se Alex queria ficar infeliz, isso era problema dele.
O holograma no meio da mesa piscou, e uma imagem simulada da cabeça de Sharah substituiu o artefato alienígena. Cabelo preto curto, maçãs do rosto salientes, queixo quadrado e olhos tão azuis que não podiam ser reais.
Sharah abriu a boca, então franziu o cenho. No instante seguinte, sua cabeça desapareceu e seu corpo inteiro apareceu: 30 centímetros de altura e vestindo uniforme de serviço cinza.
— Desculpem, eu odeio ficar sem corpo — disse ela, sua voz muito suave saindo dos alto-falantes.
Então não deveria ter se tornado um cérebro de nave, pensou Alex.
Sharah entrelaçou as mãos às costas, como se estivesse fazendo uma inspeção.
— A pedido de Jonah, escaneei Talos e examinei cada leitura que recebemos do planeta. Exceto pelo próprio buraco, não encontrei indícios de viagens espaciais ou mesmo de uma civilização pós-industrial. Nenhuma assinatura térmica, nenhuma emissão eletromagnética e nenhuma leitura espectral incomum. Há *alguns* indícios de vida na superfície: oxigênio, amônia, metano, dióxido de carbono. No entanto, não é muito. Apresenta semelhanças com plantas de nível inferior, como algas, em vez de vertebrados ou outros organismos complexos. Mas nós já sabíamos disso por meio de nossas pesquisas astronômicas.
Enquanto Sharah falava, Alex esgueirou-se para os fundos do refeitório e preparou uma xícara de café solúvel. Ele tomou um gole e tentou ignorar o sabor metálico: as coisas liofilizadas nunca tinham o gosto certo.

— Alguma anomalia gravitacional? — perguntou Talia.

— As leituras gravimétricas são consistentes com um planeta do tamanho e da densidade de Talos VII.

— Talvez devêssemos mandar...

— A única coisa estranha que *de fato* encontrei — continuou Sharah — foi o ruído de estática, ondas de rádio de alta frequência, 304 megahertz para ser mais precisa, que saem do buraco com intervalos de 10,6 segundos. Duração 0,52 segundo. Energia de aproximadamente 58,7 terajoules, ou 113 terawatts, se vocês preferirem.

O clima no refeitório ficava cada vez mais tenso.

— Isso é *muita* energia — comentou Riedemann.

O chefe de engenharia mordeu o lábio inferior, franzindo a testa e juntando as sobrancelhas grossas. Dava para vê-lo fazendo a conta mentalmente. Alex não sabia ao certo quanto eram 113 terawatts, mas se Riedemann, o homem cujo trabalho era supervisionar os motores e outros sistemas do *Adamura,* estava impressionado, então Alex também estava.

— Ela se espalha por uma área bem grande — continuou Sharah. — Mas, sim, é muita energia.

— Por que não detectamos isso antes? — perguntou Chen.

Alex sempre se esquecia de que ele fazia parte da tripulação. Ao contrário de Talia ou Pushkin — ou até mesmo de Riedemann —, o químico parecia totalmente comum. Seu rosto era sem graça e indistinto, e ele não tinha a presença física marcante dos outros. Até seu sotaque era impossível de identificar. Era como se ele fosse apenas um anônimo guardando lugar, esperando para ser suplantado pelo artigo verdadeiro...

Foi Idris quem respondeu.

— Muita interferência de Samson e suas luas. Além disso, Teta P. estava entre nós e Talos até anteontem.

Teta Persei era a estrela local, branca-amarelada e entediante.

— Não só isso, mas o pulso é mais focado do que vocês imaginam — disse Sharah. — Se eu não tivesse procurado, teria levado mais alguns dias para captar.

— São 304 megahertz — disse Talia. — Isso tem aproximadamente um metro. Um bom comprimento de onda para transmitir através da atmosfera.

— O buraco pode estar emitindo outras frequências também — disse Sharah. — Só conseguiremos saber se chegarmos mais perto. — Sua forma diminuta começou a andar de um lado para o outro sobre a mesa. Quando os pés ultrapassavam os limites do projetor, desapareciam no ar. — Tem mais. Eu examinei o pulso com todos os programas e algoritmos em meus bancos de memória. Apesar da primeira impressão, a leitura eletromagnética *tem* uma estrutura subjacente. Foi um pouco difícil de compreender, pois está em código trinário, então não é o tipo de informação que fica imediatamente óbvia. Mas eu encontrei. O som é fractal. Na verdade, é uma representação altamente desenvolvida de nada menos que o conjunto de Mandelbrot.

Por um momento, todos ficaram em silêncio.

Então Riedemann disse:

— Não é um buraco, é um *alto-falante*!

3.

Uma mistura estranha de medo, alívio e decepção surgiu dentro de Alex. O medo... bem, não era nenhuma novidade. Mas ele se sentiu aliviado com a possibilidade de o buraco ter um propósito perfeitamente compreensível. E decepcionado por ser um propósito tão mundano. Um alto-falante, mesmo um tão grande assim, não era muito especial.

A decepção o surpreendeu. Ele não tinha se dado conta do quanto estava interessado no buraco e de que esperava algo mais dele. *O quê*, exatamente, ele não sabia dizer. Talvez uma resposta. Ou mesmo uma pergunta que valesse a pena ser feita. Qualquer coisa capaz de perfurar o tormento sem cor da existência.

— Quantas repetições? — perguntou Talia. — Qual a profundidade do conjunto?

— Não tenho certeza — disse Sharah. — Ainda não descobri em que lugar do conjunto o sinal está. A sequência é clara o suficiente, mas a posição exata no conjunto de Mandelbrot... Não sei. É fundo, porém, mais do que consegui calcular. O sinal pode ser repetido por dias. Anos. Talvez nunca pare.

Alex ergueu a xícara para tomar outro gole e então mudou de ideia quando viu que sua mão estava tremendo.

Do outro lado da mesa, Korith pigarreou. Alex mal conversara com o médico desde o embarque no *Adamura*, mas ele parecia ser uma boa pessoa. Jovem, porém, de um jeito que nada tinha a ver com a idade. Ele não tinha a aparência de tristeza que Alex passara a identificar naqueles que sobreviveram a uma grande perda.

Sobreviveram... "Suportaram" faz mais sentido. E com que propósito?

— Por que o conjunto de Mandelbrot? — Korith indagou. — O que poderiam estar tentando comunicar?

— Que sabem matemática aplicada? — sugeriu Talia, dando de ombros.

Ouviu-se o barulho de papel laminado sendo amassado, alto e irritante, quando Pushkin desembrulhou uma das inúmeras barrinhas de sobremesa da equipe. Cheesecake, pela aparência.

— A explicação mais provável é que sinal seja alerta. Um grito gigantesco que diz *Mantenham distância!* para resto da galáxia. Ultrapassem este limite e vão encontrar apenas morte — respondeu Pushkin, então deu uma mordida.

— Você pode tocá-lo para nós? — perguntou Jonah.

Sharah pareceu surpresa. Então assentiu, e um lamento sinistro e volátil emanou dos alto-falantes nas paredes. Parecia um canto de baleia sintetizado, ou gravações da radiação quilométrica produzida pelos anéis em torno de gigantes de gás.

Alex sentiu um arrepio na nuca quando ouviu o trinado nefasto. Ao longo refeitório, os olhos das pessoas brilhavam; todos sabiam que era um momento histórico. A primeira vez que eles ou qualquer pessoa ouvia um sinal de outra espécie.

Depois de meio minuto, o som desapareceu.

— Isso é o suficiente — disse Sharah.

Por algum tempo, ninguém se pronunciou.

O capitão Idris se mexeu.

— Quando Sharah descobriu isso, pedi a ela que transmitisse uma breve saudação em inglês, mandarim e linguacon sete, seguida por uma progressão matemática binária e trinária em todas as frequências razoáveis. Até agora, não houve resposta.

Uma expressão alarmante passou pelo rosto de Pushkin.

— Isso não parece uma boa ideia... *senhor.*

— Se os alienígenas estão observando, já nos avistaram — disse Idris. — Podem muito bem ser amistosos.

Pushkin abriu a boca como se fosse protestar, então desistiu.

Yesha levantou a mão. Suas unhas eram ásperas e irregulares. Ela tinha o péssimo hábito de roê-las enquanto lia; Alex vivia encontrando restos de unhas no laboratório.

— Sharah, e quanto aos planetas que ainda não investigamos? Será que pode haver artefatos neles também?

O cérebro da nave hesitou.

— É possível, mas se houver, estão inativos. Depois que terminei de examinar Talos VII, reavaliei todos os dados que coletamos desde que entramos no sistema. Até agora não descobri nada novo. Se outras estruturas existem, como buracos, estações espaciais, *naves* espaciais, colônias, elas ou estão abandonadas ou enterradas numa profundidade muito grande para serem detectadas.

Chen fitou Alex com os olhos fracos e inexpressivos.

— Será que... não sei, será que o buraco pode ser algum tipo de fenômeno emergente? Como um cupinzeiro?

Uma risada escapou de Pushkin.

— Por que se dar ao trabalho de perguntar a ele? *Tudo* é um fenômeno emergente, Chen. Até você, e se não sabe disso, então sua educação foi um fracasso ainda maior do que eu pensava.

— Pare com isso — disse o químico.

Talia emitiu um ruído de desdém.

— A ação aleatória do universo não pode produzir algo tão complexo quanto um ser humano, muito menos aquele buraco.

Pushkin deu-lhe um sorriso condescendente e catou com os dedos farelos da barba que cobria seu queixo duplo.

— Minha cara fanática, só porque a fé a deixa cega para realidades óbvias de ação entrópica, não significa que...

— Vocês podem debater isso depois — disse Idris em um tom de voz que não dava brechas para discordância.

Ele era a única pessoa que podia calar as besteiras de Pushkin. Provavelmente, desconfiava Alex, porque era o capitão quem assinava suas avaliações de desempenho.

O geólogo assentiu com um aceno displicente da mão imensa.

Talia olhou ferozmente para ele, mas se conteve.

Uma pausa desconfortável se seguiu até que Alex percebeu que Chen, assim como o restante da tripulação, ainda esperava por uma resposta. Ele penou para encontrar as palavras.

— Ah... É, quero dizer, pode ser um fenômeno emergente, mas... isso exigiria um nível de auto-organização que vimos apenas entre humanos ou máquinas.

Idris assentiu.

— Então estamos olhando para uma coisa construída por alienígenas sapientes. Entendi.

Talvez. Mas, antes que Alex pudesse expressar sua dúvida, Svana, a oficial executiva da nave, declarou com seu forte sotaque característico de uma pessoa que foi criada em estações:

— Senhor, o que fazemos agora?

Alex ficou tenso.

Idris se inclinou para a frente, apoiou os cotovelos na mesa e entrelaçou as mãos. Ele usava um grande anel de sinete dourado no mindinho esquerdo, e começou a brincar com ele de um jeito distraído.

— Essa é a questão. Pushkin, você tem razão...

— Ora, obrigado.

— Nós temos que alertar todo mundo em casa. Entretanto, a lei é clara. A menos que estejamos diante de um perigo claro e iminente, não devemos sinalizar para nenhum território ocupado por humanos até estarmos a pelo menos cinco anos-luz de distância da presença xenogênica. A menos que desejemos passar os próximos vinte anos na prisão. Portanto, de agora em diante, sem contato. — Ele apontou um dedo para Yesha. — Chega de mensagens diárias para Marte.

Ela revirou os olhos.

Era uma precaução sensata. Ninguém queria levar alienígenas potencialmente hostis para a Terra. Uma espécie capaz de realizar FTL provavelmente não teria tanto trabalho para localizar o Sol se realmente quisesse fazer isso, mas não havia razão para facilitar as coisas para eles.

Idris continuou:

— Como precaução, mandei Sharah lançar alguns sinalizadores de emergência na direção do Limite de Markov. Se qualquer coisa acontecer com o *Adamura*, eles vão enviar um disparo de raio com todas as nossas gravações para Cygni.

61 Cygni tinha sido seu ponto de partida, mais de três meses atrás.

— É uma pena que não tenhamos um drone packet — disse Riedemann.

Um sorriso sem humor passou pelo rosto de Idris.
— Culpe os contadores.
Drones packet eram capazes de FTL, mas custavam tanto quanto uma nave pequena.
— Quanto tempo até a companhia perceber que não estamos nos comunicando e enviar uma equipe de resgate atrás de nós? — Korith perguntou.
— O mais rápido que uma equipe de resgate pode aparecer é em um mês, podendo muito facilmente ser o dobro disso. De qualquer forma, não temos suprimentos para manter todo mundo acordado por tanto tempo, e não sei o que vocês acham, mas não considero esperar em crio uma opção muito atraente. Seja lá o que estejamos enfrentando aqui, eu prefiro enfrentar de pé, com os olhos abertos.
Houve meneios de cabeça e murmúrios de concordância da tripulação.
Idris estendeu as mãos.
— Nós estamos por conta própria aqui, meus caros. As orientações da companhia são vagas quando se trata de primeiro contato. Nossa prioridade é garantir nossa segurança. Depois disso, devemos perseguir os interesses da companhia de todas as maneiras possíveis. Cabe a mim decidir *como* faremos isso, mas estou aberto a sugestões. Talia, você também está certa; precisamos descobrir o máximo possível sobre esse artefato.
A mulher assentiu firmemente.
Um suspiro fleumático de discordância veio de Pushkin.
— E se formos atacados? — questionou ele com raiva. — O *Adamura* não está equipado pra lutar, e...
— Esse é um risco que estou disposto a correr — disse Idris.
— Talvez *você* esteja disposto — disse Pushkin —, mas não é risco que desejo. Não.
Idris pôs as mãos espalmadas sobre a mesa.
— Até a situação mudar, vamos ficar, e essa é a decisão final. Está claro?
Pushkin resmungou, nitidamente insatisfeito.
— Está.
— Bom.
Jonah então falou:
— Ah, e nossa missão original, capitão? Como Yesha disse, o que vai acontecer com nosso pagamento?
Pelo refeitório, os outros ecoaram as perguntas dele.
Idris se inclinou para a frente, com expressão implacável.
— Seu pagamento está garantido, e todos os contratos vão permanecer válidos. Sempre houve a chance de que o sistema pudesse se revelar inadequado para uma colônia. A razão não importa; ainda somos pagos pelo nosso tempo. Na verdade, se li os regulamentos corretamente, todos nós devemos nos qualificar para um adicional de periculosidade integral. Teremos que verificar com a empresa quando partirmos, mas tenho quase que 100% de certeza disso.

Foi possível ouvir alguns murmúrios empolgados. O adicional de periculosidade integral correspondia ao dobro do salário base, e missões de pesquisa como a deles já pagavam bem. Acrescente as horas extras e você terá o equivalente a um ano de salário em poucas semanas.

Se o dinheiro significasse alguma coisa para Alex, ele teria ficado impressionado.

— A empresa não vai ficar contente por perder uma colônia em potencial — disse Jonah.

Idris deu de ombros.

— Não é problema nosso.

A tripulação reagiu com aprovação perceptível. Mesmo que seu desdém despreocupado fosse uma mentira, sempre funcionava bem quando o capitão ficava ao lado deles e contra os chefes esperando por eles em casa.

— Como isso afetará o cronograma da missão, senhor? — Chen questionou.

— O cronograma não será alterado. Nós ainda vamos seguir o mesmo itinerário. A única diferença é que vamos deixar de explorar o resto do sistema para nos concentrarmos em Talos.

Chen pareceu levemente aliviado, assim como vários outros. Alex sabia que muitos deles tinham feito planos para quando voltassem. Férias, passar tempo com entes queridos, escrever trabalhos de pesquisa, embarcar em outra expedição no espaço profundo... Ele não. Para ele, o futuro era uma terra desconhecida, escura e desprovida de promessas.

— Então, pergunto novamente — disse Idris, dando peso a sua voz. — Como procedemos? Quero ouvir suas ideias, pessoal.

— Devemos nos aproximar de Talos, escanear a superfície e observá-la com todas as frequências que tivermos — Yesha sugeriu.

Idris assentiu.

— Também pensei nessa estratégia. O que mais?

— Nós podemos enviar drones para examinar o buraco? — disse Korith.

— Eles não conseguiriam se aproximar — explicou Riedemann. — O pulso eletromagnético os derrubaria. Nós podemos soltá-los diretamente do alto e conseguir boas informações antes da sobrecarga dos circuitos, mas provavelmente é uma má ideia começar a jogar coisas no buraco.

Sharah riu baixinho.

— Bom, droga. Lá se vai meu plano de jogar um asteroide nele.

Todos, exceto Alex, riram ou sorriram. Era fácil esquecer que cérebros de nave ainda eram humanos; eles não costumavam fazer piadas como pessoas normais.

Jonah abraçou a si mesmo, como se estivesse com frio.

— E se... e se em vez de um drone, nós jogássemos um rastejador na borda do buraco?

— Ele ainda seria frito pelo pulso eletromagnético — disse Riedemann.
Idris esfregou o queixo.
— Você pode reforçar um rastejador para resistir ao pulso?
— Não tenho certeza, capitão. Vou dar uma olhada nisso, mas... a quantidade de chumbo que eu teria de acrescentar provavelmente deixaria o rastejador pesado demais para se movimentar.
— Veja o que consegue fazer e me informe.
— Sim, senhor.
— Mais alguém? Chen? Svana?
Chen levantou a mão.
— Poderíamos tentar um balão de grande altitude.
Idris assentiu.
— Balão de grande altitude. Eu gosto da ideia. Sharah, faça algumas simulações, veja se isso funcionaria.
— Nós ainda teríamos um problema com os pulsos eletromagnéticos — disse o cérebro da nave.
— Anotado. O que mais?
Enquanto os outros davam ideias para o capitão, Alex olhava para as profundezas turvas de seu café. A superfície circular líquida parecia de uma maneira perturbadora com o buraco gigante. Ele podia vê-lo em sua mente: enorme, escancarado e profundamente *errado*. E mesmo assim, Alex não conseguia pensar em mais nada. O buraco permanecia embutido em sua mente... uma perfuração na realidade, atraindo-o para mais perto com força inexorável.
Ele ouviu todas as propostas da tripulação. Algumas eram mais razoáveis que outras, mas ele sabia que nenhuma delas teria agradado Layla. Elas não iam longe o bastante. Scanners, drones, tentativas de comunicação... medidas superficiais, na melhor das hipóteses. A tripulação parecia estar evitando o curso de ação mais óbvio, como se estivesse com medo demais para encará-lo.
Foi Talia quem finalmente disse:
— Eu tenho uma sugestão.
Ninguém além de Alex percebeu.
Ela tornou a falar, dessa vez mais alto.
— Eu disse que tenho uma sugestão.
A conversa parou, e Idris girou a cabeça na direção da mulher de olhos ferozes. O capitão ergueu as sobrancelhas.
— E qual seria, srta. Indelicato?
— Nós temos um veículo de pouso. Por que não o usamos?
O refeitório entrou em erupção quando todo mundo começou a discutir. O medo tomou conta de Alex, e ele tentou interromper, mas nenhum deles o ouviu, assim como ele não ouvia o que estavam dizendo. Sharah era capaz de entender as palavras de todos, mas se fazia isso, não se dava ao trabalho de traduzir.

Houve um estrondo quando Idris deu um tapa na mesa. A comoção cessou, e ele olhou para o grupo.

— Acalmem-se. Não vamos chegar a lugar nenhum falando todos ao mesmo tempo.
— Pelo refeitório, algumas pessoas assentiram timidamente. — Então, Indelicato, explique melhor.

A voz do capitão estava severa, mas havia uma centelha de aprovação em sua expressão que confirmou a suspeita de Alex: Idris queria isso. A razão para ele ficar ouvindo as ideias da tripulação era porque ele via uma oportunidade ali, uma oportunidade de administrar uma das maiores descobertas na história humana. E, como Alex desconfiava, o capitão era ambicioso.

— Nós temos um veículo de pouso — repetiu Talia. — Minha sugestão é que a gente embarque nele, pouse o mais perto possível do buraco sem perturbar o local, então caminhe até lá e...

— Não! — gritou Alex. A palavra irrompeu dele sem aviso. Ele não tinha a intenção de falar, mas a ideia de se aproximar do buraco lhe causou um pico de pânico que, por um momento, eliminou todo o pensamento racional.

Junto com os outros, Idris se virou para encará-lo. O capitão não parecia muito satisfeito.

— Você tem algo a dizer, Crichton?

Levou um instante para Alex se recompor o suficiente para responder. Ele sabia que Layla não teria aprovado, que ela teria defendido a posição oposta, e que ele estava traindo os ideais dela, mas não conseguiu evitar. O medo era avassalador.

— Não — repetiu com mais delicadeza. — É perigoso demais e... e é melhor que não perturbemos o local. A Aliança deve mandar uma equipe para estudar Talos. Uma equipe *qualificada*.

— A Aliança talvez não tenha essa oportunidade — falou Talia entre os dentes.

Pushkin bufou.

— Isso não faz sentido. Você perdeu a cabeça. Não temos por que meter nossos narizes onde...

Idris o interrompeu erguendo a mão. O capitão franziu o cenho, seu rosto tão severo como uma máscara entalhada.

— Estou surpreso, Crichton. Eu achava que você, dentre todas as pessoas, ia pular sobre uma oportunidade de estudar um artefato alienígena.

Alex engoliu em seco.

— Eu sou biólogo, não arqueólogo. Estudo micróbios. Plantas. Animais, se houver algum.

As rugas na testa de Idris se aprofundaram.

— Você não está nem um pouco interessado no buraco?

— Eu só acho que pousar é arriscado demais. Não sabemos se os alienígenas são amistosos ou hostis, e, mais uma vez, se bagunçarmos o local, podemos destruir informações valiosíssimas.

— É um local *grande*, Crichton.

Alex se enrijeceu diante da reprovação de Idris.

— Em minha opinião profissional, *senhor*, pousar seria um grande erro, e vou submeter essa opinião como uma recomendação oficial.

— E minha opinião profissional — disse Talia — é que devemos pousar.

Idris olhou em torno do refeitório, novamente avaliando as intenções da equipe.

— O que os outros acham? Opiniões sinceras, agora.

Svana esfregou os braços.

— Nós devemos ir embora.

— Pousar — disse Korith.

— Pousar — disse Yesha.

— Partir — disse Pushkin. — E vocês sabem muito bem por quê.

— Partir — disse Alex.

Sharah riu e disse em voz baixa:

— Pousar.

Quando todos os votos foram contados, o resultado final foi seis *sims* e seis *nãos*, restando o voto de minerva do capitão. A tripulação aguardava em suspense enquanto Idris permanecia sentado em silêncio. Então ele disse:

— Riedemann, isso seria mesmo possível?

O chefe de engenharia mascava a ponta do bigode.

— Pode funcionar, capitão. Desde que o veículo de pouso não se aproxime demais, os equipamentos eletrônicos devem ficar bem. Nossos skinsuits são preparados para resistir a explosões solares. Podem aguentar pulsos eletromagnéticos muito melhor até do que um rastejador protegido, e talvez eu consiga fazer algumas melhorias.

— Você vai fazer isso, então? — perguntou Talia.

— Senhor... — disse Alex, mas Pushkin bufou e o interrompeu.

— Você não pode estar pensando nisso de verdade, capitão. É loucura completa.

— Estou considerando *todas* as opções neste momento — disse Idris. — E não vou excluir nada até termos um quadro melhor da situação. Se surgirem problemas, nós fugimos. Se Riedemann não conseguir resolver os problemas técnicos, pousar é impossível. Se por algum motivo eu achar que o *Adamura* está em risco, vou abortar a missão. Vamos fazer uma passagem rápida por Talos e então reavaliar. — O capitão voltou seu olhar para o restante do grupo. — Isso nos dá quatro dias, pessoal. Vamos aproveitar ao máximo esse tempo.

4.

Durante a passagem a 1,25 g por Talos VII, eles estudaram a anomalia (e o sistema como um todo) com cada ferramenta à disposição. Alex fez o que era esperado dele, embora a força adicional da passagem deixasse todos os movimentos mais difíceis, mais lentos e mais perigosos, e ele se sentia cada vez mais exausto. Ainda assim, tentou. Mesmo que fosse apenas por Layla.

Com uma análise espectral de Talos, ele conseguiu determinar que quaisquer espécies vivas que existissem no planeta seriam certamente baseadas em carbono. Isso não foi nenhuma surpresa. A maior parte da vida encontrada na Via Láctea era baseada em carbono. Só não era sapiente.

No segundo dia da passagem, as imagens da superfície permitiram-lhe identificar duas xenoformas. A primeira era uma proliferação de organismos amarelos e azuis em um dos lagos salgados ao longo do equador, perto de um vulcão em erupção. Os organismos eram pequenos, talvez até microscópicos, embora fosse difícil ter certeza do tamanho exato de tão longe. Eles eram capazes de se movimentar até um certo nível, subiam e desciam em resposta à luz do sol, mas nada neles indicava que fossem mais que simples plantas ou animais.

A segunda eram vários objetos baixos e de cor marrom que se moviam pelas planícies em torno do buraco. Principalmente do lado leste, por alguma razão. Os objetos — eles os imaginava como tartarugas — tinham de um a três metros de largura. Seu movimento parecia totalmente aleatório: espirais e linhas enviesadas e uma agitação estranha que Alex não conseguiu interpretar. Seja lá o que fossem, não exibiam nenhum sinal óbvio de inteligência. Nem pareciam interagir com o buraco.

Claro, as aparências podiam enganar.

Além disso, Alex não encontrou nada de interesse. O restante da tripulação teve ainda menos sucesso. Exceto pelo buraco, parecia não haver nenhuma outra estrutura artificial em Talos ou no sistema. Talia e Sharah também não conseguiram extrair mais significado das explosões de ruído fractal que emanavam do buraco.

A análise das informações que chegavam manteve Alex ocupado o suficiente para raramente pensar em Layla, embora ela fosse a razão pela qual ele estava trabalhando. Ele não pensava muito sobre o fato. Quanto mais o fazia, mais sabia que provavelmente ia mergulhar novamente no desespero e na apatia. Para Alex, o esquecimento era um dom mais valioso que qualquer lembrança.

Toda noite, ele dormia assim que desabava em seu beliche, e apenas em uma ocasião ele acabou agarrado ao travesseiro, chorando por coisas perdidas e desfeitas.

Principalmente, ele pensava sobre o vazio que os aguardava em Talos. Pensava nele, e sonhava com ele também — um grande círculo preto que dominava suas visões noturnas. Às vezes, imaginava que estava voando para dentro do buraco, em direção às profundezas misteriosas, e então acordava com uma sensação estranha no peito, como se o coração tivesse parado por um instante.

5.

À noite, a tripulação se reunia no refeitório para trocar informações e suposições. Havia quatro temas principais de discussão: a estrutura física do buraco, as várias maneiras pelas quais poderiam investigá-lo, o seu significado e os alienígenas desconhecidos responsáveis por sua construção.

Normalmente Alex teria evitado a conversa, mas agora ele permanecia ali para ouvir o que os outros estavam pensando. Além disso, embora estivesse relutante em admitir, o som, o calor e a companhia humana eram preferíveis ao temível vazio de sua cabine.

Então ele ficava em sua cadeira no canto e bebia café enquanto os outros lançavam teorias de um lado para o outro. Às vezes ele até contribuía.

— O que quero saber — disse Riedemann certa noite — é a fonte de energia daqueles pulsos eletromagnéticos. Afinal, 58,7 terajoules é o nível de energia de uma pequena bomba nuclear.

Jonah franziu o cenho.

— Nenhuma radiação ionizante.

— Não, mas você não teria nenhuma vindo de um reator blindado. Ele, porém, não pode estar muito perto do fundo do buraco, ou você teria que lidar com calor geotérmico.

— Ele poderia fazer isso, mesmo do fundo.

Riedemann bufou.

— É, mas você teria que ser louco. Porque...

— Quem sabe por que eles fizeram qualquer coisa? — disse Pushkin, brandindo um copo cheio de aguardente. Como o restante do grupo, ele passara a se referir aos construtores do buraco como *eles*. O *eles* desconhecido. Pushkin apontou para a imagem do buraco flutuando acima de uma tela. — Isso não é o trabalho de uma espécie que teme um desafio.

Talia se virou de onde estava sentada comendo, as costas rígidas e perfeitamente eretas.

— As tartarugas são o principal objeto da minha curiosidade. O que elas são? Plantas? Animais? *Máquinas?* — Ela ergueu as sobrancelhas. — Podem estar cuidando do buraco. Podem até mesmo ser quem fez o buraco.

— Não parece muito provável — respondeu Alex.

— Mas nós não sabemos, não é? Eis a questão.

— Nós sabemos de uma coisa — disse Chen. Ele tirou os olhos da sopa que estava levando à boca com a colher. — Ninguém se daria a tanto trabalho para construir uma coisa dessas se não tivesse uma boa razão.

Uma expressão astuta e maliciosa animou os traços pesados de Pushkin.

— Mas por que supõe isso, meu amigo de mente pequena? Hein?

Chen pousou sua colher e voltou os olhos sem cor para o geólogo.

— Simplesmente faz sentido. Ninguém ia dedicar tantos recursos para construir uma estrutura desse tamanho, a menos que ela tivesse uma função.

— Nós sabemos o que ela faz — disse Pushkin, com um sorriso. — Ela emite disparos de energia eletromagnética a cada 10,6 segundos.

Chen não pareceu convencido.

— É, mas por quê? Por que eles iam precisar de um sinalizador ou transmissor tão grande?

Riedemann alisou o bigode com as costas de um dedo.

— Se aquela coisa é um transmissor, é o transmissor mais ineficiente e atrasado em que eu consigo pensar.

— O seu problema — disse Pushkin, estendendo a mão carnuda na direção de Chen com uma elegância insultuosa — é que você não consegue imaginar algo que tenha sido construído por razões não práticas. O buraco pode não ser nada além de uma obra de arte.

— Ou uma igreja — disse Talia.

— Uma *igreja*?! — Pushkin arregalou os olhos, fingindo estar impressionado. — Então você acha que *eles* têm alma? Hein? E se têm alma, então estavam todos condenados desde o momento da criação, já que a palavra de Deus nunca chegou a esse canto do espaço? Ou você imagina que o salvador reencarnou aqui, ali e em toda parte para resgatar as almas de espécies sapientes por todo o universo? Será que vamos encontrar os escritos do Jesus espacial no fundo do buraco? Hein?

Isso fez com que as costas de Talia ficassem mais retas, e os olhos, mais frios, mais duros. Alex teve uma desconfortável sensação de que havia alguma violência guardada dentro dela, como se fosse capaz de esfaquear ou atirar sem hesitação em qualquer um que fosse tolo o bastante para desafiá-la. Se Pushkin também teve essa sensação, não pareceu se incomodar.

— Pagãos estão sempre condenados — disse Talia, com um tom tão impiedoso quanto sentimento. — A menos que possam ser convertidos. Há apenas um Senhor e Salvador, e um único povo escolhido, e *nós* somos os escolhidos.

Uma fagulha de alegria sádica cintilou abaixo das sobrancelhas pesadas de Pushkin.

— É mesmo? Isso realmente parece a ação de um deus bondoso e amoroso? Hein? Condenar quem nunca teve uma chance de salvação?

Talia lançou um olhar tão vazio e duro na direção de Pushkin que, por um momento, até o pesar de Alex se encolheu diante dele.

— O que faz você pensar que *Ele* é bondoso e amoroso? Que possível indício você tem de que o universo é qualquer coisa além de cruel e impiedoso?

Aquelas palavras pareceram pegar Pushkin de surpresa. Ele tomou um gole de seu copo.

— Por que, então, cultuar uma divindade tão horrível? Isso parece o cúmulo da autoilusão.

— Porque Ele existe — disse Talia. — Ele *é*. E são Sua presença e Seu plano que dão propósito à existência.

— Isso parece propaganda. E qual *é* o propósito da existência se, como você diz, tudo é cruel e impiedoso?

Alex também queria saber a resposta.

Talia empinou o nariz.

— Para servir a Ele e ser recompensado na próxima vida de acordo com nossas virtudes. — Sua expressão estoica vacilou por um momento, a amargura distorcendo o rosto. — Porque os céus sabem que isso não acontecerá nesta vida.

Isso Alex entendeu, e ele sentiu uma nova onda de afinidade com Talia. Seja o que a tivesse ferido, devia ter sido tão profundo e doloroso quanto a morte de Layla foi para ele.

Pushkin teve a decência de não pressionar mais a astrofísica, o que, na opinião de Alex, foi uma decisão inteligente.

Então Chen, que estava escutando em silêncio junto com Riedemann, comentou:

— Ainda acho que nenhuma espécie ia dedicar a quantidade de tempo e energia imprescindíveis para construir uma estrutura como aquela, a menos que fosse absolutamente necessário.

Riedemann coçou a lateral do queixo.

— Depende do tamanho da civilização.

— Isso é...

— Não estou dizendo que você está errado, Chen. Mas olhe para todas as coisas loucas que nós, humanos, fazemos simplesmente porque queremos fazer. Talvez *eles* sejam diferentes, talvez não. Mas se sua civilização for grande o bastante, construir um buraco como esse pode ser um projeto de fim de semana para eles. Quem sabe?

Chen inclinou a cabeça.

— Se são tão avançados, por que nunca vimos nenhuma evidência deles antes?

— É uma galáxia grande — disse Alex.

Pushkin riu e se encostou na cadeira, as mãos entrelaçadas atrás da cabeça.

— Ou talvez estejam todos mortos. Todas as coisas têm um fim, hein? Não, não... esperem. Fui tomado por um momento de genialidade. Eu sei o que é o buraco. — Um sorriso largo dividiu seu rosto. — É uma Jacuzzi.

— Uma o quê? — disse Chen.

— Você sabe, uma banheira de hidromassagem. — O geólogo gesticulou. — Encha-o de água e ele vai estar com uma temperatura agradável quando o calor for filtrado desde o fundo. É hora da festa.

Riedemann foi o primeiro a rir — um riso alto e sincero —, seguido por Pushkin. Chen deu um leve sorriso, como se na verdade não entendesse a graça. Até Alex zombou diante do ridículo daquilo tudo. Só Talia permaneceu séria, sem ser afetada pela ideia.

6.

Na tarde do terceiro dia, Alex estava voltando para o laboratório depois de visitar a proa quando esbarrou com Korith e Yesha seguindo na direção oposta. Os dois estavam envolvidos em uma conversa e não o viram.

— Ei, cuidado, idiota — disse Yesha. Então, sem pausar, disse para Korith: — Depende. Você está se voluntariando?

Alex murmurou uma desculpa e os contornou.

— É claro — disse Korith. — Desde que Idris...

— É, é. Acho que ele não vai mandar mais do que três, quatro pessoas.

Alex parou e olhou para trás.

— O quê?

O médico olhou para ele.

— Você não soube? Idris autorizou o pouso. Nós temos permissão.

— Não, eu não soube.

Yesha deu de ombros.

— Acho que o capitão não conseguiu te contar.

Então eles saíram andando, deixando-o parado sozinho no corredor vazio.

Um calafrio percorreu a espinha de Alex, que tentou afastá-lo. Por que estava preocupado? Só por que Idris se apressou e... O capitão não podia exigir que ele ou qualquer outra pessoa descessem até Talos. Não havia nada para Alex temer, então por que ele se sentia tão mal?

Pensativo, ele voltou para o laboratório.

Dessa vez, Alex terminou o trabalho antes do horário. Sua atenção não estava ali, mas ele se movimentava intuitivamente, olhos e mãos funcionando no automático. Seu cérebro, porém, permanecia fixo no buraco e na perspectiva de um grupo de pouso.

Ele não conseguia parar de pensar nisso.

— Por quê? — sussurrou. Do outro lado do laboratório, Jonah olhou para ele e então voltou a encarar fixamente seu próprio monitor.

O estômago de Alex se revirou e roncou. Quando tentou comer uma barra de ração no meio da tarde, ela lhe causou uma indigestão horrível. Tanto que ele teve que correr de volta para a proa.

Ele estava terminando seus afazeres no laboratório quando uma mensagem surgiu em suas telas. Ele notou que ela estava copiada para todos na nave.

Missão em solo autorizada. Apenas voluntários. Envie uma mensagem direto para mim se quiser participar. É necessária uma equipe de quatro membros ou nossa missão será cancelada. — Capitão Idris

O refeitório estava tomado por um zum-zum-zum de conversas tensas quando Alex chegou para jantar. Todos não paravam de perguntar, "Você viu?" e "Então, você se ofereceu ou não?", mas ninguém respondia à última pergunta, com exceção de Talia, que, com objetividade, disse: "Sim."

Até Pushkin estava reservado em relação a sua resposta.

— O tempo vai mostrar a todos vocês — ele disse enquanto comia um prato de comida equivalente à contagem de calorias diária de Alex.

Alex se perguntou quanto espaço de carga as naves zarianas tinham que dedicar à comida. Se Pushkin fosse um bom exemplo, todo mundo em seu planeta comia como gorilas famintos.

Ele aguentou a conversa o máximo que pôde, mas depois de 15 minutos, seu corpo todo era um nó apertado de tensão, e todas as palavras o irritavam, então ele descartou seu jantar pela metade e se dirigiu à porta.

No meio do caminho, Pushkin limpou a garganta e disse:

— Ah! Não dá pra adivinhar o que você escolheu, Crichton.

Alex parou. Ele se virou e encontrou Pushkin o observando com uma expressão de divertimento cruel nos olhos semicerrados. Do outro lado da mesa do refeitório, Talia olhava para ele com desprezo frio. Os dois pareciam odiá-lo, mesmo que por razões diferentes.

Ele saiu sem responder.

De volta à sua cabine, Alex se sentou na beira da cama. Gotas de suor surgiram em sua testa, e ele se sentiu levemente febril, o corpo ficando quente e frio.

Ele estremeceu.

— Por quê? — sussurrou outra vez.

Alex cerrou os punhos e começou a balançar para a frente e para trás, com uma imagem do buraco queimando em sua mente. Seu pulso acelerou, o peito apertou, e ele fechou os olhos com força.

Se Talia, Jonah ou qualquer outra pessoa da tripulação pousasse em Talos, Alex temia o que poderia acontecer. Eles tinham treinamento, mas não como xenobiólogos. Eles facilmente poderiam perturbar ou contaminar o sítio, tornando impossível para a humanidade estudar o que estivera ali originalmente. Não por maldade, mas por ignorância. E isso sem levar em conta a possibilidade de que o grupo de pouso pudesse fazer o primeiro contato com os construtores do buraco.

Ele respirou fundo e apertou ainda mais os punhos.

Idris enviaria uma equipe para a superfície, independentemente do que Alex fizesse ou dissesse. Isso estava claro. A pergunta era: Alex conseguiria ficar e assisti-los partir sem ele?

Antes, a resposta teria sido fácil. Mas agora... Agora ele podia ouvir a voz de Layla sussurrando em seu ouvido, e ele soube o que ela teria desejado, o que ela teria pedido. E ele não suportaria traí-la.

A dor na palma de suas mãos diminuiu quando ele abriu os punhos.

Ele se levantou em um movimento rápido e foi até a mesa em frente à cama. Digitou na tela de holograma por um momento, então pressionou com o indicador para baixo e enviou a mensagem que havia escrito para Idris.

Se você for mesmo enviar uma equipe para Talos, eu quero estar nela.
— *Alex*

Ele soltou o ar e largou a cabeça para trás. O embrulho em seu estômago permanecia apertado como sempre, mas agora ele sentia uma onda de determinação. Algumas coisas eram mais fáceis quando você simplesmente... decidia.

Era o que Layla teria feito. Por ela, Alex ia pousar em Talos VII. Por ela, ia estudar o buraco e arriscar o que restasse de si para aprender mais sobre o artefato e os alienígenas que o haviam construído. Por ela. Se isso custasse a vida dele... que fosse. Estava disposto a enfrentar qualquer dificuldade que o esperasse no solo. O sofrimento era sua própria forma de absolvição.

Ele também sentia uma esperança obscura de que talvez, apenas talvez, encontrasse algum tipo de resposta enquanto investigava o buraco. Com certeza os alienígenas o haviam construído com um propósito, e sem dúvida eles deviam saber mais sobre o funcionamento do universo do que os humanos. Se Alex pudesse entender qual era esse propósito, talvez isso o ajudasse a remover o véu da existência e o deixasse vislumbrar o que havia por baixo.

Alex sabia que era uma esperança irracional, e a enterrou nas profundezas de sua mente, mas a ideia permanecia, fraca e vacilante.

Ele fechou o console, apagou as luzes e caiu na cama. Estava ainda mais exausto que o normal. Tudo o que tinha feito era falar e olhar para uma tela o dia inteiro, mas a tensão emocional da situação esvaziara toda a sua reserva de energia.

Por mais cansado que estivesse, Alex não conseguia parar de pensar no buraco, e os pensamentos o encheram com uma ansiedade nervosa.

Ele não combateu a agitação mental. Era um alívio bem-vindo de sua rotina habitual de obsessões mórbidas, mesmo que ele estivesse... tão... cansado...

7.

A manhã chegou cedo demais, clara e hostil e sem uma promessa de melhorar. O pescoço e a lombar de Alex doíam com a queimação contínua, e o colchão deixara uma marca profunda em sua bochecha esquerda. Ele tentou calcular quanto estava pesando no momento, mas não conseguiu fazer a conta de cabeça, e não se importava o bastante para usar uma calculadora. De todo modo, a gravidade de 1,25 era suficiente para fazer um homem se sentir mais velho do que era.

Com esforço, levantou-se da cama e começou a vestir o macacão. Uma mensagem de texto surgiu no canto de seus filtros:

<Meu escritório. Cinco minutos. — Idris>

É claro que o capitão já estaria acordado e trabalhando... Alex conteve uma onda de incerteza. Como Idris ia responder a sua solicitação?

Ele levou um instante para pentear o cabelo, então saiu correndo da cabine. O joelho ruim latejava a cada passo: sempre fazia isso até se aquecer, e o 0,25 de gravidade a mais não ajudava em nada.

Alex seguiu a curva do casco da nave até o escritório do capitão. Era a única sala que podia ser considerada espaço livre no *Adamura*, mas mesmo nos momentos mais cínicos, Alex tinha que admitir que ela tinha um propósito útil. Ter reuniões de pessoal na cabine de Idris não teria sido a melhor maneira de manter a cadeia de comando.

Ele bateu à porta.

— Entre — disse Idris do interior.

O mecanismo de tranca da porta de pressão fez um estalo alto quando Alex a abriu.

O escritório era pequeno e vazio; uma caixa branca com uma série de prateleiras transparentes ao longo da parede esquerda. Expostos nas prateleiras havia modelos de naves diferentes: rebocadores, naves de carga e até um caça de defesa planetária do Sol. Alex não tinha certeza, mas achava que eram as naves em que Idris servira anteriormente.

Por um momento, imaginou pessoas minúsculas nas naves minúsculas, cada uma delas vivendo sua própria versão da realidade, como se cada pessoa, cada ser, estivesse trancado em uma Bolha de Markov personalizada, para sempre incapaz de estender a mão e tocar os outros a sua volta.

— Crichton — disse Idris, arrancando Alex de seu devaneio.

— Senhor.

O capitão estava sentado do outro lado de uma escrivaninha fina. Ela parecia quase comicamente pequena em comparação com a largura dos ombros dele. Massa sempre era valiosa em uma nave espacial, o que significava que os móveis geralmente tinham metade do tamanho que deveriam.

Idris gesticulou para uma das duas cadeiras fixadas no convés.

Alex se sentou.

O capitão girava o anel de sinete em torno do dedo.

— Por que você quer descer até Talos, Crichton?

Alex já deveria estar esperando aquela pergunta, e mesmo assim se sentiu despreparado para respondê-la.

— Sou um xenobiólogo de exploração. Acho que eu deveria estar lá... O senhor não acha?

Idris o encarou com um olhar duro.

— O que eu acho não interessa. Há três dias você estava firme em sua posição de não querer pousar. O que mudou?

Sentindo-se desconfortável, Alex estudou o tampo da mesa.

— Precisei de algum tempo para me acostumar com a ideia.

— Não me diga. Você não se cobriu de glória nas últimas semanas, Crichton. Chegou atrasado em metade de seus compromissos, e tenho uma lista imensa de reclamações do resto da tripulação em relação a sua, digamos, falta de espírito de equipe.

— Senhor. Isso f...

— Por que eu deveria pensar que você não vai ferrar com tudo se eu colocá-lo na equipe de pouso? Por que agora seria diferente? Ajude-me a fazer o meu trabalho, Crichton. Me diga por que eu devo me arriscar com você.

Alex engoliu em seco. Pela primeira vez desde que se alistou para a expedição, ele se sentiu envergonhado. Sempre se saíra bem na escola e no trabalho, sempre se orgulhou de cuidar das coisas que precisavam ser feitas. Mas isso tinha sido *antes*, e ele sabia que Idris estava certo; ele, Alex, não tinha conseguido nenhum tipo de distinção no *Adamura*.

Mas ainda havia tempo para mudar essa situação.

— Porque — disse Alex — eu quero. É importante para mim... senhor. Por motivos pessoais.

Idris sacudiu a cabeça e riu de um jeito descrente.

— Droga. Sempre a mesma coisa.

— Senhor?

O capitão se inclinou para a frente e apoiou os antebraços sobre a mesa.

— Você não é o primeiro fodido a passar por esse escritório, Crichton, e não vai ser o último. A companhia não é muito exigente em relação a quem eles mandam nessas expedições. Não sei o que está se passando nessa sua cabeça, e não me importo. Mas eu me importo com essa missão de pouso. Então estou te perguntando, Crichton: consegue segurar a onda?

Alex ergueu o queixo, sentindo a pontada no orgulho.

— Sim, senhor.

Idris apontou um dedo para ele.

— Prove, então. Faça o seu trabalho com excelência a partir de agora. Seja o melhor xenobiólogo com quem já servi. Porque, se você não puder fazer isso, se vacilar uma única vez, é o fim da linha. Mandarei Yesha em seu lugar.

O ultraje inesperado fez com que Alex dissesse:

— Yesha? Ela é uma meteorologista metida a besta...

— Climatologista.

— Tanto faz. Ela não é bióloga nem ecologista. Ela não sabe nada sobre catalogar um bioma alienígena.

— Exatamente — afirmou Idris. — Mas ela é confiável, e isso importa.

Alex tentou não levar isso para o lado pessoal, mas *era* pessoal, e Idris não estava errado. Então ele cerrou a mandíbula e ficou de bico calado.

— Ah, e mais uma coisa, Crichton. Quero que você rascunhe uma proposta para o grupo de pouso. Melhores práticas, protocolo de quarentena, como você acha que devíamos investigar o sítio. Esse tipo de coisa. Quero isso na minha mesa às 20h de hoje.

— Sim, senhor.

Idris assentiu.

— Está claro?

— Sim, senhor. Claro como o espaço.

— Está bem. Dê o fora daqui.

8.

Durante todo o dia, Alex trabalhou duro. Depois de passar o tempo habitual examinando as últimas imagens e leituras de Talos, ele se dedicou à proposta de pouso que Idris havia pedido. Não foi fácil, nada era, mas ele conseguiu recrutar neurônios suficientes para escrever algo parcialmente coerente e o enviou depois de um almoço tardio.

Toda a nave fervilhava de atividade enquanto a tripulação se preparava para a chegada a Talos. O convés das máquinas em especial era fonte de barulhos altos e baixos enquanto Riedemann trabalhava para aprontar o equipamento para a missão à superfície.

Quatro dias de trabalho. Quatro dias de estudos e labuta, construindo e discutindo, suando e xingando. Quatro dias de incertezas enquanto eles corriam na direção do estranho buraco negro, que pulsava como um grande coração vazio.

E no quinto dia, de manhã cedo, eles chegaram.

TALOS VII: 45°30'47.77"N 110°36'3.23"W ELEV: 124M ALT: 549.85KM

CAPÍTULO III

★ ★ ★ ★ ★ ★ ★

CHEGADA

1.

Alex estava flutuando no astrodomo, segurando uma das correias presas ao lado do porto de observação do *Adamura*. Com a mão livre, esfregou o joelho. Mesmo sem peso, continuava a doer.

Através da janela safira, Alex podia ver Talos girando abaixo deles. Ou acima, dependendo do ponto de vista. O planeta era uma grande bola cor de areia cheia de crateras, vulcões e planícies vermelho-ferrugem. Não havia mares; apenas grandes lagos manchados de enxofre e arsênico. Nuvens eram raras e, no hemisfério norte, formavam faixas longas e estreitas, estendidas pelo vento que soprava sobre o buraco. Sharah fizera as contas; era emissão de energia do buraco que provocava o vento aparentemente incessante, aquecendo uma faixa de ar em constante movimento que circundava Talos de oeste para leste.

O buraco mal era visível do espaço. Um orifício escuro que nunca mudava de aparência, independentemente do ângulo do sol. Quando a imagem era ampliada, ele se transformava na monstruosidade à qual Alex estava acostumado, mas a olho nu, ele não parecia ter muita importância. Era inócuo até. *Ainda grande o bastante para engolir Plinth.* Ele se lembrou do último vislumbre da capital de Eidolon, que se encolhia abaixo dele enquanto a nave fazia um arco na direção do transporte que aguardava em órbita...

Em seus filtros, Alex sobrepôs o mapa que Jonah tinha criado: uma série de sete círculos concêntricos irradiados do buraco, cada um com maior circunferência que o outro. As zonas estavam rotuladas. A começar da mais externa, eram: *Alfa, Beta, Gama* e assim por diante até chegar à sétima e menor área, *Eta*. Como Jonah havia explicado, as zonas correspondiam às diferentes características da planície em torno do buraco. Perto do abismo, na Zona Eta, o solo era desgastado e plano, destruído pelo vento e pelo que Alex supôs ser a força do disparo do pulso eletromagnético (*será que cargas eletrostáticas alteravam o comportamento da poeira no ar?*). Mais distante do buraco, a Zona Zeta marcava uma mudança de textura — uma leve irregularidade — no solo ainda geralmente plano. Havia outras mudanças em cada zona a seguir até que, na borda mais externa da Zona Alfa, a paisagem parecia não ser afetada pela presença do buraco (embora os ventos continuassem a exercer sua influência erosiva em cada pedra, monte e elevação).

O mapa era um jeito útil de visualizar o efeito do buraco em seu entorno, mesmo que os detalhes fossem vagos. Quanto às tartarugas, elas pareciam presentes principalmente de Delta até Eta, mas Alex sabia que algumas haviam sido avistadas até na Zona Beta: pontos solitários na terra que, se não fosse por isso, estaria vazia, serpenteando por seus caminhos aparentemente aleatórios.

O cheiro de algas processadas e rabanetes em conserva passou por ali com uma intensidade desagradável. Alex franziu o nariz. A falta de peso não incomodava muito seu estômago, ao contrário do recipiente de papa verde e vermelha que Pushkin tinha acabado de abrir.

— Se importa? — disse ele.

O geólogo estava de cabeça para baixo em relação a Alex, flutuando como um enorme dirigível gorducho, as pontas de sua barba agitando-se em torno do rosto. Ele sugou um bocado do prato em conserva repulsivo.

— Não, não me importo. Você já comeu o chucrute da nave? É bom pra digestão. Uhum.

Alex franziu o cenho e voltou a olhar para o buraco.

2.

Assim que o *Adamura* estabilizou sua órbita em torno de Talos e desligou o motor, o capitão Idris autorizou Sharah a fazer um disparo de laser na direção do buraco. Jonah protestou:

— Se tiver alguém lá embaixo, pode ver isso como um ataque.

Os lábios do capitão Idris se estreitaram.

— Estou disposto a correr esse risco. Nós não vamos voar para lá às cegas, Masterson.

— Vou deixar o laser o mais fraco e difuso possível — disse Sharah. — Duvido que alguém veja isso como um ataque, se é que vão percebê-lo.

Com o laser, eles descobriram várias coisas. Primeiro: que o ar acima do buraco soprava de oeste para leste a cerca de 400 quilômetros por hora. Isso na atmosfera superior; mais baixo o vento era mais lento, embora não *tão* mais lento.

Segundo: que o disparo eletromagnético a cada 10,6 segundos estava fazendo a atmosfera vibrar como um tambor gigante. No centro do poço, isso resultava em uma onda de choque semelhante à que uma bomba podia produzir e, nas bordas, um estrondo de som de cerca de 180 decibéis — a atmosfera de Talos era parecida em densidade com o padrão da Terra, então o nível de força dos decibéis era razoavelmente comparável.

Riedemann franziu o cenho.

— Isso complica a situação. Proteger pessoas de um pulso eletromagnético é uma coisa. Protegê-las dessa quantidade de som é muito mais difícil. Mesmo com o capacete, 180 decibéis podem causar um dano sério a audição.

Terceiro: a circunferência do buraco variava em menos de meio milímetro, e que ele se estendia terra adentro por pelo menos 30 quilômetros. Até onde se podia dizer, as paredes do buraco eram perfeitamente lisas pelos primeiros 26 quilômetros. Além disso, a turbulência atmosférica era forte demais para se obter uma leitura confiável.

Nenhum buraco natural podia ser tão fundo. As laterais desmoronariam ou cederiam sem apoio. Só esse fato já era impressionante. Mas era a textura lisa do buraco que fazia com que a capacidade tecnológica dos alienígenas parecesse ainda mais formidável para Alex. Ele estremeceu. As criaturas deviam ser centenas, se não milhares de anos mais avançadas que a Aliança.

— De que ele é feito? — perguntou Yesha.

Foi Pushkin quem respondeu.

— Em torno do buraco? Arenito. É fundo de um velho lago ou mar que secou há pelo menos um milhão de anos. Nada especial. E buraco em si? Quartzito metamórfico.

— O arenito foi derretido? — perguntou Riedemann.

Pushkin deu de ombros.

— Não é só calor que produz quartzito. Também é preciso pressão.

— E agora, capitão? — perguntou Chen.

Idris juntou as pontas dos dedos.

— Agora? Esperamos alguns dias e vemos o que acontece. Se nada pular dali e sair atirando, vamos mandar o veículo de pouso lá para baixo.

Pushkin soltou um longo suspiro e balançou a cabeça enorme.

— Ainda muito perigoso. Perigoso demais.

— Não — respondeu Idris. — É um risco cuidadosamente calibrado. O potencial de lucro aqui é astronômico. Eu não preciso dizer a vocês o que isso significaria para esta tripulação.

Alex não se importava com os detalhes. De que adiantava riqueza e fama quando não se tem as respostas? Ou *uma* resposta. Sem isso, o centro não se sustentava.

Pushkin nem tentou esconder sua irritação.

— Royalties não vão servir pra nada se estivermos mortos — resmungou.

— Além disso — continuou Idris, ignorando-o —, se os alienígenas ainda estiverem em Talos, e se estiverem prestando atenção, já sabem que estamos aqui. Seria falta de educação voltar agora sem descermos para nos apresentar.

3.

O grupo esperou em órbita por três dias. Três dias de observações e medições. Três dias transmitindo saudações e teoremas matemáticos que não foram identificados nem respondidos... Três dias de tédio, tensão e empolgação crescentes. O *Adamura* continuava a girar, caindo a 27.685,7 quilômetros por hora, caindo e caindo sem atingir nada. Uma órbita a cada hora e meia, 15,72 órbitas por dia — horário de nave —, e a cada órbita, Alex sentia como se estivesse sendo torcido com ainda mais força.

Na manhã do quarto dia, outra mensagem surgiu nos filtros de Alex enquanto estava tomando café da manhã:

<Meu escritório. Dez minutos. — Capitão Idris>

Alex terminou de comer rapidamente, tentando não deixar que nenhum farelo ou gota flutuasse para fora da boca (comer em gravidade zero era sempre um exercício de contenção). Apesar dos esforços, alguns fragmentos da ração em barra flutuaram na direção do exaustor da cozinha.

Então ele usou os suportes presos nas paredes para subir pelo poço principal da nave e atravessar o corredor curvo até o escritório do capitão.

A porta já estava aberta, e vozes saíam dela.

Ele entrou e viu Talia e Pushkin parados em frente à mesa de Idris, ancorados pelas solas aderentes em suas botas.

Pushkin revirou os olhos ao ver Alex.

— *Não ele.* Você só pode estar de brincadeira com a gente.

Alex conteve uma resposta. *O sentimento é recíproco.*

— Feche a porta — disse Idris, sério.

Alex levou alguns momentos na manobra. Botas aderentes ajudavam, mas mover objetos em gravidade zero ainda era difícil.

Ele ocupou o lugar à esquerda de Talia, que lhe lançou um olhar severo e avaliador. Alex retribuiu. *Em que diabos eu fui me meter?* O Alex de *antes* teria sido mais cuidadoso. Não teria embarcado nesse tipo de situação, com esse tipo de gente. Mas agora... ele não se importava.

Atrás da mesa, Idris cruzou os braços e deixou que um longo momento se passasse antes de dizer:

— Certo. Eu pedi voluntários, e eles apareceram. Apenas duas pessoas da tripulação não se ofereceram. Mas não posso mandar todos. A nave precisa estar ocupada, e não faz sentido enviar, digamos, Riedemann. Essa missão tem de ser enxuta e produtiva. Vamos entrar, dar uma olhada e sair causando o menor impacto possível.

Alex se viu assentindo. O capitão era ambicioso, mas não era burro. Se eles destruíssem o sítio para futuros pesquisadores, a única recompensa que teriam seria a condenação de todos na Aliança.

— Quantifique exatamente o que significa *dar uma olhada*, capitão — disse Pushkin, roendo uma unha da mão esquerda. — Nós vasculhamos a terra em torno do veículo de pouso por alguns dias, fingimos que sabemos o que ela é, e então partimos?

Idris sacudiu a cabeça, sua expressão mais feroz e determinada do que Alex já tinha visto.

— Isso não faria muito sentido. Não, Talia teve uma ideia melhor. A equipe de pouso vai aterrissar o mais perto do buraco que os pulsos eletromagnéticos permitirem e depois vai seguir a pé em direção a ele.

A pé! Alex esperava por isso, mas o pensamento ainda era assustador.

O capitão prosseguiu:

— O objetivo é fazer uma investigação aprofundada do buraco e de seu entorno. — Pushkin parecia prestes a interromper, mas Idris o deteve com o olhar. — Podemos revisar os detalhes mais tarde. Agora, tenho que decidir quem vai. — Idris apontou um dedo indicador para eles. — Vocês três são escolhas óbvias. Astrofísica. Geologia. Xenobiologia. As outras pessoas são opcionais. O que preciso saber é: vocês conseguem trabalhar juntos em uma missão remota?

Alex virou-se para lançar um olhar de avaliação na direção de Pushkin e viu o geólogo olhando para ele de um jeito parecido. Talia permaneceu como estava.

— Espere — disse Alex. — Você está me dizendo que *ele* — apontou para Pushkin — se voluntariou para esta missão?

O geólogo esfregou a barba oleosa.

— Você está correto na suposição. Eu me ofereci na primeira oportunidade.

— Desculpe, mas como assim? Por quê?

Idris entrelaçou os dedos.

— Já que você tocou nesse assunto, também gostaria de saber o motivo.

A presunção que emanava de Pushkin quase era suficiente para fazer Alex reconsiderar aquilo e ir embora do escritório.

— Nenhum alienígena verde tentou nos expulsar do céu a tiros, então acho bom investigarmos enquanto podemos. Eu prefiro evitar riscos, mas pousar em Talos é a nossa melhor chance de descobrir novas informações, e estou sempre ávido por *gratificação*.

O lábio superior de Idris se curvou de leve.

— Ótimo. E você, Talia? Já que parece que estamos fazendo confissões.

A astrofísica ficou ainda mais reta, se possível.

— Senhor, acho que vale o risco *por causa* do perigo. Sejam os alienígenas hostis ou não, eles são muito mais avançados. Precisamos aprender o que pudermos sobre eles, para o bem da humanidade.

— *Para o bem da humanidade* — disse Idris. — Todo mundo está parecendo político hoje. Está bem, Crichton, qual é sua desculpa agora?

— A mesma de antes.

O capitão emitiu uma expressão de escárnio e sacudiu a cabeça.

— Merda...

Ele se encostou na cadeira e olhou para o grupo.

— Se isso não fosse tão importante, eu ficaria tentado a cancelar a coisa toda.

Talvez você devesse fazer isso, pensou Alex. Mas ele guardou o pensamento para si mesmo.

— Está bem, vou perguntar outra vez. Vocês três conseguem trabalhar juntos, seus babacas? Terão que confiar uns nos outros lá embaixo. Se algo der errado, não tem muito que possamos fazer para ajudar da órbita.

Um silêncio tenso; o zumbido dos ventiladores de suporte de vida era o único som. Então Talia disse:

— Sim, senhor.

Com um sorriso largo e os braços estendidos, Pushkin acrescentou:

— Nessas circunstâncias, acredito que viramos colegas de equipe mais amigáveis.

— Sim — afirmou Alex.

Idris não pareceu convencido.

— Aham. Eu v...

— Mas — interrompeu Pushkin, e o capitão assumiu uma expressão cautelosa —, em uma missão como essa, me parece importante... *aliás*, necessário... estabelecer uma cadeia de comando clara. Quem vai liderar expedição?

— Eu vou — disse Idris. — Eu sou o capitão, aqui. Quanto ao comando operacional, isso depende do quanto vocês três vão me impressionar até a partida... Sharah anunciará a lista final da equipe ainda hoje. Até lá, estão dispensados.

Com um coro de *sim, senhor*, eles deixaram o escritório. Do lado de fora, no corredor, eles pararam e olharam uns para os outros. Por um momento, uma sensação compartilhada de incerteza pareceu uni-los: a compreensão do que estavam prestes a enfrentar juntos.

— Bom — disse Pushkin com uma animação insincera —, parece que vai ser passeio e tanto, não?

— Só não fique no meu caminho — respondeu Talia e saiu andando.

Alex grunhiu e se dirigiu ao laboratório de pesquisa. Atrás dele, a voz do geólogo ressoou com um volume intimidador.

— Ah, isso! Passeio e tanto.

4.

A lista com a equipe final chegou na caixa de entrada de Alex exatamente 15 minutos depois. Ao examiná-la, ele não se surpreendeu. A escolha de quem enviar era óbvia.

Tenente Svana Fridasdottir
Alex Crichton, xenobiologia
Tao Chen, química
Talia Indelicato, astrofísica
Volya Pushkin, geologia
Jonah Masterson, cartografia

Por favor, apresentem-se a Riedemann no convés das máquinas para se familiarizarem com seus novos equipamentos. A partida está marcada para amanhã às 9h. — Sharah

O veículo de pouso comportava apenas seis pessoas. Uma delas tinha que ser um piloto treinado, caso a orientação do computador falhasse, o que explicava a presença da tenente Fridasdottir. Além disso, Alex desconfiou que Idris a estava enviando para agir como sua representante. Se alguém saísse da linha, ela estaria presente para colocá-lo de volta no seu lugar. *Isso responde a pergunta de quem estará no comando.*

Alex passou pelo refeitório enquanto se dirigia para o convés das máquinas. Korith estava lá, de peito estufado, agitando os braços enquanto discutia com o capitão.

— ... por que você não me enviaria. Jonah não precisa ir. Ele é cartógrafo, pelo amor de Deus!

Idris estava parado, com o peso do corpo sobre um dos pés, olhando para a chaleira fumegante no fundo do refeitório.

— Você é importante demais para ir. Desculpe, mas é assim que vai ser. O mesmo vale para Riedemann. Não vou mandar o chefe de engenharia do *Adamura* para fora da nave, e com toda a certeza não vou mandar o médico.

— Mas se vão precisar de mim em algum lugar, certamente será lá *embaixo* — suplicou Korith. Ele parecia muito jovem.

Idris suspirou.

— Não podemos nos dar ao luxo de perder você, Korith. Simples assim. Se alguma coisa acontecer com a equipe em Talos, vamos trazê-los para você o mais rápido possível, mas eu *não* vou mandá-lo lá para baixo. Fui claro?

— Sim, senhor.

O médico cruzou os braços e ficou olhando fixamente para o convés enquanto Idris passava por ele em direção à chaleira. Então Korith percebeu Alex espreitando no corredor, fechou a cara e afastou o olhar.

Alex seguiu seu caminho, pensativo. Em outras épocas, *antes*, ele teria levantado a voz, discutido com Idris. Mas isso não parecia tão importante naquele momento, e a ideia de discutir com o capitão era por si só exaustiva. Além disso, Idris não estava errado. A nave e as pessoas nela tinham que ter prioridade. Alex e os outros cinco que seguiriam para Talos eram, no fim das contas... dispensáveis.

Saber isso não o incomodou. Talvez devesse. *Doente da cabeça. Com certeza.*

O convés das máquinas era um disco estreito e transversal do *Adamura*, localizado entre o compartimento de carga acima e o escudo de sombra abaixo (atrás do qual estava o propulsor de Markov, que permitia que a nave viajasse mais rápido que a luz, e o propulsor de fusão, que fazia com que ela viajasse muito, muito mais lentamente que a luz quando se locomoviam entre planetas). Era uma sala quente e um pouco abafada, com paredes pintadas de um cinza fechado, impressoras 3D e outras máquinas encaixadas em nichos e um emaranhado de conduítes acima.

Riedemann estava ocupado prendendo um conjunto de skinsuits a uma bancada de trabalho quando Alex chegou.

— Aí está você — disse o chefe de engenharia, olhando por cima do ombro. — Venha experimentar isso.

O restante da equipe de pouso chegou enquanto Alex lutava para vestir o skinsuit que Riedemann havia lhe entregado. Vestir aquela roupa em gravidade zero nunca era fácil, e a dificuldade aumentava pelo fato de que esse skinsuit em especial era mais rígido que o normal, e de que havia uma placa preta de metal montada sobre a unidade de energia nas costas.

— Proteção contra pulsos eletromagnéticos — explicou Riedemann. — E ela está por todo o tecido do traje. Aumenta o peso em só algumas centenas de gramas, então não é tão ruim.

Depois que os seis, inclusive a tenente Fridasdottir, vestiram seus skinsuits, Riedemann mandou que ficassem de pé ancorados ao convés e de braços estendidos enquanto ele puxava, apertava e fazia diversas medições que Alex não entendia.

Movimentando-se perto de Talia, o chefe de engenharia disse:

— O traje vai mantê-los vivos, mas não fará muito mais que isso. Em qualquer lugar a menos de uns 15 quilômetros de distância do buraco, vocês vão perder a comunicação sem fio, o rádio, os lasers. Tudo menos o oxigênio.

Pushkin tocou o visor.

— O que faz com que isso funcione?

— PM. — Riedemann riu diante da expressão confusa do geólogo. — Pura magia. É assim. Olha, você quer mesmo que eu explique os detalhes intricados de engenharia elétrica?

— Não, isso não é necessário.

— É, foi o que pensei.

Então Chen perguntou:

— Há alguma proteção contra som?

Riedemann fez que não com a cabeça.

— Não há muito que eu possa fazer em relação a isso. A atenuação de ruído ativa só ajudará até certo ponto quando todo o seu corpo estiver sendo atingido. — Ele bateu nos capacetes. — Acrescentei isolamento extra no interior. No lado de fora, botei alguns revestimentos que devem deixar seus capacetes acusticamente invisíveis para as frequências perto do buraco, só...

A pausa do chefe de engenharia pareceu disparar o nervosismo de Chen. Ele umedeceu os lábios.

— Só o quê?

— Só que os revestimentos não são muito duráveis. Eles vão se erodir bem rápido com tanta terra e poeira voando pelo ar.

— Pelo menos você tentou — disse Pushkin.

Depois de mostrar os trajes, o chefe de engenharia os levou até o compartimento de carga.

— Tcharam! — exclamou, gesticulando para o que parecia, aos olhos de Alex, quatro trenós grandes semelhantes aos que ele e os amigos usavam no Mundo de Stewart quando iam até os melhores locais de esqui.

Os trenós tinham quase três metros de comprimento e carenagens aerodinâ-micas que os transformavam em balas de prata alongadas. Praticamente não havia espaço entre os bicos virados para cima dos trenós e o convés cheio de cavidades.

— Por que estou com a desagradável sensação de que você espera que nos tornemos animais de carga? — provocou Pushkin.

Riedemann deu um sorriso malicioso.

— Porque você tem uma mente desconfiada, só por isso. Aqui, olhem.

O chefe de engenharia abriu a carenagem do trenó mais próximo para revelar um compartimento de armazenamento de fundo plano (e, além disso, hermeticamente fechado). Uma escotilha perto do bico se abria para um compartimento inferior cheio de células de combustível, supercapacitores e a unidade de tração elétrica.

— Seria estupidez fazer com que vocês arrastassem os trenós por todo o caminho até o buraco, não seria? — disse Riedemann. Ele tamborilou os dedos na borda do compartimento inferior. — Tem espaço suficiente aqui para um minirreator, como o de um exo, mas primeiro, nós não temos uma impressora capaz de fazer um, e segundo, conectá-los é um trabalho difícil. Não é o tipo de coisa que alguém gostaria de fazer aleatoriamente, se é que vocês me entendem.

— Ele explodiria? — perguntou Svana.

Riedemann mostrou os dentes em um sorriso um tanto antipático.

— Com certeza poderia, entre vários outros resultados desagradáveis. Enfim, a energia vem até aqui...

E ele se inclinou e apontou um dedo médio para o lado inferior do bico virado para cima do trenó. Agachando-se, Alex viu uma esteira lagarta de tanque larga ao longo do fundo do trenó.

A ideia, segundo o chefe de engenharia, era que os trenós motorizados carregassem seus domos de habitação portáteis, comida, água, suprimentos médicos e outros equipamentos, inclusive os diversos dispositivos do aparato científico de que precisariam. Entretanto, Alex e o resto da equipe ainda teriam que andar a pé por todo o caminho até o abismo.

— Parece-me — disse Pushkin — que, se você prendesse cadeiras nos trenós, poderíamos viajar com estilo e conforto por todo o caminho e poupar muito esforço.

Riedemann balançou a cabeça.

— Eu pensei nisso, mas ia aumentar a resistência ao vento, o que seria um grande problema. Além disso, as esteiras lagartixa consomem mais energia do que rodas, então... Vamos dizer assim: essas belezinhas — ele deu tapinhas na lateral do trenó — têm força suficiente para levar seu equipamento até o buraco, mas não muito além. E isso com células fotovoltaicas instaladas no revestimento do casco.

— Então como vamos trazer tudo de volta? — perguntou Alex. Eles não podiam deixar lixo na borda do buraco.

— Barcos terrestres — respondeu Riedemann, sorrindo como uma criança empolgada.

Talia ergueu uma sobrancelha.

— O quê?

— Barcos terrestres! Nós costumávamos usá-los em Marte. Pegue um trenó, instale uma vela e umas rodas nele e zum! — Ele fez um movimento com a mão. — Lá vão vocês.

— Você não pode estar falando sério.

Mas ele estava. Armazenado em cada trenó havia um mastro de fibra de carbono, cordame, uma verga, uma vela e quatro rodas pequenas (uma sobressalente). Assim que a equipe estivesse pronta para voltar para o veículo de pouso, eles iam converter os trenós — o processo levava apenas cinco minutos —, embarcar e deixar que o vento os levasse pela planície.

— Vocês vão ver — disse Riedemann. — Essas belezinhas vão correr rápido, muito rápido. Contanto que vocês façam o seu trabalho, elas vão levá-los do buraco até o veículo de pouso dentro de um dia. Droga, vocês talvez possam fazer isso em uma hora, uma hora e meia, se o solo for plano o bastante.

O que, na verdade, explicava porque eles pousariam contra o vento em relação ao buraco. Bem, isso e o ar ascendente, que estaria constantemente tentando empurrá-los para o abismo. Não seria um problema quando estivessem longe, mas de perto... uma lufada inesperada podia facilmente desequilibrá-los. Além disso, eles estariam cansados na viagem de volta. Era preferível enfrentar o vento quando estivessem indo do que quando estivessem voltando. E, por fim, se precisassem fugir, certamente iam querer que o vento os ajudasse, não atrapalhasse.

Mesmo que nenhuma dessas coisas importasse, ainda havia a questão da proximidade. Passar qualquer período de tempo perto do buraco seria fisicamente perigoso. Até mesmo fatal. Os pulsos eletromagnéticos não eram tão ruins. O verdadeiro problema eram as explosões de som. Riedemann conseguira proteger seus trajes contra parte do barulho ao cobri-los de metamateriais que os deixavam sonoramente invisíveis dentro de certos comprimentos de onda. Mas ele não podia bloquear todas as frequências. E a pura força do som emanando do buraco era suficiente para abalar uma pessoa. Mesmo em pequenas doses, causaria um intenso desconforto.

Portanto, assim que chegassem ao buraco, teriam de fazer seu trabalho e voltar o mais rápido possível.

E, para chegar lá, ainda teriam de andar. A distância exata, Alex não sabia, mas seu joelho latejou só de pensar nisso.

Enquanto Riedemann explicava mais sobre os trenós, Alex começou a sentir como se a quantidade de equipamento e suprimentos tivesse sido mal calculada. Não importava como ele os dividia, parecia não haver o suficiente para todos na equipe.

Quando mencionou o problema, Jonah bufou e cruzou os braços magros.

— Você não soube? A tenente vai ficar no veículo de pouso. E como o capitão não quer que ninguém fique sozinho, adivinhem quem é o cara de sorte que vai ficar fazendo diagnósticos enquanto vocês estarão explorando? É, isso mesmo. Eu.

— Sinto muito — lamentou Alex.

Então quem vai liderar a missão? Eles não conseguiriam permanecer em contato com o veículo de pouso por muito tempo, o que significava que ele, Chen, Pushkin e Talia estariam por conta própria pela maior parte da jornada.

Jonah deu de ombros.

— É melhor vocês trazerem uma grande quantidade de dados para eu estudar, isso é tudo o que vou dizer.

Depois de mostrar várias vezes ao grupo como montar e desmontar o mastro e as velas nos trenós — "Vocês terão que praticar isso com gravidade, se realmente querem aprender" —, Riedemann passou mais uma hora treinando-os com os demais equipamentos que eles iam usar em Talos VII. De certa forma, isso lembrava mais a Alex a preparação para uma expedição de escalada do que uma expedição xenoarqueológica.

Xenoarqueologia... Até então, esse campo não existia. Nunca foi necessário. Ele seria o primeiro a pôr em prática o que tinha sido sonhado, temido e teorizado por gerações.

Esse pensamento o trazia de volta à realidade.

5.

Naquela noite, Alex teve um sono estranho e agitado que culminou em um sonho tão vívido que achou que fosse real:

Viu-se em casa, em Eidolon. O sol estava baixo, quase se pondo. Uma luz dourada entrava pelas janelas e fazia os totens de yaccamé na parede oposta brilharem. Dentes, olhos, lábios rosnantes — tudo brilhava reluzente e belo, como se não fosse feito de madeira, mas de aço polido.

A mesa estava posta. Flores a decoravam; um luxo simples. Um porco assado, sua comida favorita, esperava para ser fatiado em meio a pratos de diversas hortaliças de estufa, cozidas e temperadas de modo que enchiam o ar com um aroma saboroso.

Layla estava de pé na outra extremidade da mesa, esperando por ele. Ali, banhada pela luz de um sol poente, parecia-lhe perfeita. Perfeita e feliz. Ela sorriu, e o coração de Alex se partiu quando olhou para ela. Ele deu um passo à frente, mas não conseguiu chegar mais perto, e tentou falar, mas sua boca não formava palavras.

Uma sensação de que algo estava errado cresceu dentro dele. Algo não estava certo, alguma coisa no fundo do tecido do mundo. O sol continuava a brilhar, e Layla continuava a sorrir, mas a realidade parecia estranha. Deslocada.

Vindo do lado de fora da casa, ele ouviu os uivos dos tigremalhos que se aproximavam, fazendo sua coluna formigar e os pelos de sua nuca se arrepiarem. As garras das criaturas arranhavam a barreira do muro em frente à sua casa; pela janela, ele viu as copas das plantas nativas balançarem enquanto as feras espreitavam de um lado para o outro, esgaravatando, arranhando, tentando entrar.

E, mesmo assim, Layla continuava a sorrir, como se não houvesse nada errado.

Ele foi tomado por um medo imenso e implacável. O muro estalava quando os tigremalhos batiam contra ele, causando um curto-circuito na corrente, e Alex sabia que eles logo conseguiriam entrar e despedaçariam Layla.

Ele sabia disso, mas não havia nada que pudesse fazer a respeito.

E mesmo assim, Layla sorria, e o sol ainda brilhava, e a comida cheirava tão bem que lhe dava água na boca... e o tempo todo, a sensação de impotência e de desastre iminente ficava cada vez mais forte, até ele sentir como se fosse morrer.

...

Alex acordou.

Com calor. Suado. O coração estava batendo tão depressa que doía. Ele foi tomado pelo medo e apertou o peito. Será que estava tendo um ataque cardíaco? Isso deveria ser impossível.

Ele agarrou as correias que o prendiam à cama. Depois de alguns segundos frenéticos, os dedos encontraram as fivelas de soltura rápida, e ele removeu as tiras.

Seu peito arquejava enquanto ele se empurrava para longe da cama, levando o lençol. O tecido estava envolto em torno de seus membros e, impotente, flutuou pela cabine e bateu nos armários montados acima da mesa.

Alex agarrou a borda da mesa e ficou ali, arfando. Lágrimas se agarravam a seus olhos. Suor molhava o rosto. Tremores assolavam o corpo, e suas costas e seu abdômen começaram a doer.

Ele continuou a respirar. Inspirando e expirando. Inspirando e expirando.

A resposta do corpo de Alex foi lenta; levou mais de dez minutos até sua pulsação começar a desacelerar.

Ele se soltou cuidadosamente do lençol, fraco, cambaleante.

— Luzes — murmurou.

As faixas no teto piscaram e ganharam vida.

Com dor, semicerrou os olhos e se virou, flutuando de costas para a luz. Sua camisa estava encharcada de suor, e a garganta, seca. Foi tomado por um calafrio enquanto a onda de pânico diminuía, e sentiu como se estivesse escorregando por uma encosta longa e íngreme.

Uma solicitação de Sharah apareceu piscando em seus filtros. Ele passou a língua pelos dentes e pelo céu da boca, tentando remover a saliva que havia ali, então aceitou a solicitação.

A voz de Sharah soou em sua cabeça.

— Alex, você está bem?

— Melhor impossível.

— Suas leituras biométricas estão...

— Eu tive um pesadelo, está bem?

— Alex, o regulamento...

— Sharah, estou bem. Deixa pra lá.

— Só vou deixar pra lá se você permitir que Korith faça um exame completo amanhã.

— *De novo?*

— Ou isso ou vou dizer ao capitão que você não está apto para o serviço.

— Vá se foder.

— Isso seria um tanto difícil nas minhas circunstâncias atuais... O bem-estar desta nave e da tripulação é minha principal responsabilidade, Alex. Não posso permitir que você comprometa isso.

Ele fechou os olhos por um momento, combatendo a vontade de continuar discutindo. Não adiantaria de nada, e os dois sabiam disso.

— Está bem — respondeu ele.

— Ótimo. — Então Sharah hesitou, algo que raramente fazia. — Você quer falar sobre isso? Quer dizer, sobre o seu sonho.

— Não.

Sharah pareceu quase aliviada.

— Como achar melhor. Gostaria de algo para ajudá-lo a relaxar? Magnésio, melatonina ou algo assim?

— Claro. Por que não?

Houve um leve estalar na gaveta do dispensário ao lado de sua mesa.

— Boa noite, Alex. Espero que você durma bem.

— É. Eu também.

A ligação ficou muda, deixando-o sozinho no silêncio.

Ele foi até a cama e começou a prender o cobertor e as correias em torno de suas pernas. Quando chegou na última correia, a que deveria prender o torso, ele hesitou.

Alex olhou na direção da gaveta ao lado da cama, onde guardava o holocubo de Layla. Uma dor quente se formou em seu peito. Ele estendeu a mão na direção da gaveta e então parou.

Não. Ele não queria a dor. Mas queria.

Sua mão se fechou em torno da fivela da correia. Apertando e apertando. O holocubo não era tudo o que ele tinha de Layla. Não, não era. Ela havia deixado para ele...

A cabine nadou diante de seus olhos molhados, e ele sentiu a garganta fechar. A respiração saiu trêmula.

Diferente de muitos casais, ela deixara para ele o conteúdo de seus implantes. Todo seu material salvo. Todos os seus documentos. Mas, o mais importante, todos os dados audiovisuais que os implantes tinham gravado ao longo da vida dela. Cada momento privado. Toda alegria, tristeza e frustração. Muitas pessoas se recusavam a compartilhar suas gravações até mesmo com seus entes queridos mais próximos. *Especialmente* com eles. Muitas verdades desconfortáveis podiam vir à tona. Layla não se incomodava que ele visse as gravações, e isso tinha sido uma confiança profunda que o havia surpreendido.

Alex transferira as gravações para o próprio hardware antes de deixar Eidolon. Até tinha visto alguns trechos, tudo o que conseguia suportar. Apenas o suficiente para ouvir a voz de Layla, para saber que as gravações estavam intactas.

Mas ele não ousou ver mais.

O arquivo era como um peso morto em seu diretório. Pesado. Sombrio. Onipresente. Por mais que tentasse ignorá-lo, não conseguia se esquecer de sua presença, como se fosse um ímã constantemente puxando-o para perto.

Porque o fim do arquivo marcava o fim *dela*. Seus últimos momentos, gravados em detalhes perfeitos — cada segundo agonizante preservado com a mais alta resolução permitida pela tecnologia moderna. Alex não suportou ver isso. Mesmo assim, não conseguia parar de pensar no arquivo e de se perguntar como tinham sido aqueles últimos minutos fatais.

Ele soltou um soluço e se enroscou em torno de si mesmo como uma folha seca diante de uma chama.

6.

Alex cerrou os dentes, agarrou os braços da cadeira e fixou os olhos na frente do cockpit enquanto o veículo de pouso balançava em torno deles. Painéis e controles chacoalhavam, e um ronco raivoso enchia o ar.

Fora do para-brisa em formato de diamante, uma parede tremeluzente de chamas amarelas e vermelhas ocupava toda a vista. O escudo magnético do veículo de pouso dividia o plasma superaquecido aproximadamente um decímetro à frente do bico da nave, permitindo que o plasma fluísse sobre o veículo de pouso sem queimar tudo em seu interior. A entrada na atmosfera era tão segura quanto a ciência (e a engenharia) podia proporcionar, mas com certeza não *parecia* segura. Alex sempre sentia que bastaria um único defeito em algum lugar para que ocorresse uma catástrofe. O que provavelmente era verdade, embora acidentes fossem muito raros.

— Yee-haw! — gritou a tenente Fridasdottir pelo intercomunicador.

Alex engoliu em seco e apertou a cadeira com mais força. O lado bom foi que ele estava satisfeito por ter peso novamente.

<*Pelo menos ninguém nos abateu ainda.* — Jonah>
<*Você é muito engraçado, não é?* — Pushkin>
<*Eles devem estar nos seguindo.* — Chen>
<*Acha mesmo?* — Talia>

A trepidação começou a diminuir, assim como o barulho. Do lado de fora, o plasma ficou raiado e inconsistente. Então desapareceu por completo.

Metade de Talos estava diante deles. Deserto. Inóspito. Pontilhado por crateras, lagos sulfurosos e, de vez em quando, um vulcão, inativo ou não. Perto do horizonte, o solo era liso e quase sem marcas; ali o vento feroz que corria pelo hemisfério norte havia desgastado a terra em uma planície lisa e vazia.

O veículo de pouso caiu repentinamente, fazendo Alex bater a cabeça nas costas do assento.

— O que foi isso?! — gritou ele em seu microfone.

— Turbulência! — respondeu a tenente Fridasdottir. — Chegamos na camada superior do vento. Segurem-se. A tendência é piorar a partir daqui!

Alex fechou os olhos e cerrou os dentes enquanto o veículo de pouso dava uma guinada para o lado e as correias do cinto de segurança se cravavam em seu peito.

Os tremores continuaram por 20 minutos. Então o veículo de pouso ergueu o bico para cima, perdendo velocidade tão rápido que quase estagnou, e os jatos de atitude entraram em ação com um barulho surdo.

Alex olhou para os outros, presos a seus assentos na traseira do veículo de pouso. Eles trocaram sorrisos, e Chen ergueu o polegar com entusiasmo. Alex não conseguiu evitar e sorriu em resposta.

— Os suportes de pouso estão abertos. Preparem-se para o impacto — disse a tenente Fridasdottir. — Pousando em seis...

— Cinco...
— Quatro...
— Três...
— Dois...
...

Um solavanco percorreu o veículo de pouso, e ele se moveu alguns centímetros para a direita antes de parar completamente. Os jatos foram desligados e, pela primeira vez desde que o grupo deixou o *Adamura*, o interior da nave ficou em silêncio.

Alex soltou a respiração que não percebera estar prendendo.

Eles conseguiram. Tinham chegado a Talos.

ZONA BETA

ZONA ALFA

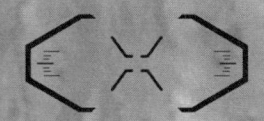

TALOS VII: 45°30'47.77"N 110°36'3.23"W ELEV: 124M ALT: 4.65KM

CONFUSÃO

★ ★ ★ ★ ★ ★ ★

Ter seu caminho claro é a aspiração de todo ser humano em nossa existência nublada e tempestuosa.
— JOSEPH CONRAD

CAPÍTULO I

* * * * * * *

ZONA ALFA

1.

A porta da câmara de pressurização se abriu com um chiado.

Alex a puxou para dentro. Uma lufada de vento e terra amarela o atingiu, forçando-o a agarrar a borda da câmara para manter o equilíbrio. Ele semicerrou os olhos por reflexo, embora seu visor o protegesse.

Uma escada levava da câmara de pressurização ao solo. Alex parou no alto por um momento, examinando a vista.

O solo na Zona Alfa era plano e vazio, exceto por algumas rochas desgastadas em faixas sinuosas pelo vento incessante. Complementando a forma das rochas, havia a poeira em movimento; ela corria sobre a terra seca como um enxame de serpentes ávidas.

O sol, que aparecia em meio às nuvens finas, tinha uma tonalidade esverdeada, cortesia da atmosfera alienígena.

Pelo rádio, Talia disse:

— Depressa, Crichton, não podemos desperdiçar a luz do dia. — O som de estática entrecortou sua voz; a primeira evidência das explosões de pulsos eletromagnéticos do buraco.

— Sim, *senhora* — murmurou Alex na privacidade de seu capacete.

Talia parecia estar assumindo o papel de líder da equipe com uma eficiência implacável. Idris anunciara a escolha pouco antes da partida do grupo. Pushkin criou confusão, lógico, dizendo:

— Ela não tem imaginações! Carece de visão para entender mente de alienígenas sapientes. Ela e Chen. Eu discordo, senhor. Discordo muito fortemente.

— Objeção indeferida — respondeu Idris sem um momento de hesitação.

Talia era a escolha certa, é claro. Chen era um ninguém, Pushkin era muito afrontoso e Alex se conhecia bem o bastante para reconhecer que não deveria estar no comando de nada. Não no momento.

Mas isso não significava que gostasse de receber ordens.

Alex fechou a câmara de pressurização e desceu até onde Talia estava disparando pinos no chão: pontos de ancoragem para os cabos de segurança. Ao descer a escada, sentiu-se aliviado por ter uma sensação de peso outra vez. Mesmo que o poço gravitacional de Talos *fosse* um pouco menor que o padrão de 1g de empuxo no *Adamura*.

Ele parou atrás de Talia enquanto se prendia ao pino mais próximo, deixando que o corpo dela quebrasse o vento. O vento soprava a uma velocidade sustentada de 124 quilômetros por hora, com rajadas de até 160, o suficiente para derrubar um homem adulto.

Perto do buraco, o vento seria ainda mais forte.

Depois de apenas um minuto, Alex percebeu como era difícil se movimentar com o vento incessante. O ar estava constantemente lutando contra ele. Empurrando-o para trás. Puxando seus membros. Levantando poeira e terra que obscureciam sua visão.

Frustrado, Alex trocou seus filtros para infravermelho.

Céu e solo inverteram o contraste, o céu ficando escuro enquanto o solo ficava claro. À frente de Alex, Talia se tornou uma figura branca cintilante, uma estátua esguia de mármore sob um holofote.

Uma rajada surpreendeu Alex, que agarrou um dos suportes do módulo de pouso até que o vento voltou à velocidade normal e então conseguiu se manter de pé sem apoio.

Ele inspirou fundo enquanto seu joelho latejava.

A caminhada até o buraco seria longa e infernal.

Seguiu atrás de Talia e os dois quase colidiram quando ela parou abruptamente. Seu canal de comando ativou.

— Ouviu isso? — perguntou ela.

— O quê?

Ele se concentrou, mas a princípio o único som além de sua própria respiração era o constante ruído branco do vento.

Então...

bum

Podia ter sido sua imaginação, mas quase parecia que ele havia sentido o som sob os pés tanto quanto o ouviu; uma vibração leve que passou das profundezas de Talos para o tutano de seus ossos.

Seu couro cabeludo arrepiou quando ele percebeu o que era.

— Isso.

— Ouvi.

Talia olhou para ele. Através do visor semiespelhado dela, Alex podia ver seus olhos: um par de círculos fantasmagóricos que em infravermelho brilhavam como se tivessem luz própria.

bum
— Está nos chamando — disse ela.

2.

Depois que a equipe instalou cabos de segurança em torno do resto do veículo de pouso, eles abriram o compartimento de carga na lateral da nave. Uma nuvem de condensação escapou pela vedação e se perdeu no vento.

Jonah e Alex puxaram um dos trenós. Não foi fácil. Os trenós estavam carregados com alimentos e equipamentos, que foram embalados e guardados embaixo da carenagem dura, e movê-los apenas com a força dos músculos era um desafio.

Ao lado deles, Pushkin pegou o bico do segundo trenó e, com uma mão, puxou o trenó para fora como se aquilo não pesasse mais que uma trouxa de roupa suja.

— Thule — murmurou Jonah.

— As maravilhas da manipulação genética — disse Alex.

Eles arrumaram os trenós em fileira, os bicos apontados para o vento. A parte inferior dos trenós tinha um padrão semelhante a pele de tubarão que permitia que eles deslizassem para a frente ainda presos ao solo, mas tornava difícil que se movimentassem para trás.

Assim que os trenós foram colocados no lugar, o grupo parou para observar como os veículos improvisados resistiam ao vento. Lufadas mais fortes balançavam os trenós e os empurraram alguns centímetros para trás, mas fora isso, eles resistiram.

— Nada mal — comentou Pushkin.

Talia se aproximou e desdobrou pequenas estacas articuladas que estavam guardadas na parte da frente e de trás dos trenós. Com o calcanhar de sua bota, ela enfiou as estacas afiadas e pontiagudas vários centímetros para dentro da terra.

Então empurrou cada trenó para a frente pelo bico.

Mesmo com a ajuda do vento e usando toda sua força, Talia não conseguiu movê-los.

— Acho que está bom assim — disse ela se aprumando.

Como precaução extra, eles prenderam os trenós no chão. Então Jonah e Pushkin começaram a montar uma máquina de perfuração para extrair amostras da crosta do planeta. Chen coletou cerca de uma dúzia de conchas de terra, que analisou em seu laboratório portátil enquanto estava sentado no lado protegido do vento do veículo de pouso. Alex e Talia treinaram a montagem e desmontagem dos domos habitacionais que usariam na viagem, assim como as dos mastros e das vergas que seriam necessários para transformar os trenós em barcos terrestres. A gravidade ajudava, mas o vento tornava as duas tarefas ainda mais difíceis de executar que a bordo do *Adamura*. E a tenente Fridasdottir passava o tempo examinando o veículo de pouso para se assegurar que ele não tinha sofrido nenhum dano na aterrissagem. (Havia apenas alguns arranhões na parte inferior.)

Mais tarde, Pushkin e Chen também se revezaram montando e desmontando os mastros e abrigos.

Enquanto trabalhavam, Alex estava hiperconsciente do
bum
que soava em intervalos de 10,6 segundos. Às vezes audível, às vezes não. Mas Alex sempre o sentia na sola dos pés e em seus ossos, como se todo o planeta fosse um grande relógio vibratório. Pulsando, pulsando, sem parar, despedaçando a eternidade pedaço a pedaço, dividindo-a em uma sequência aparentemente infinita de fragmentos, cada um com a duração de 10,6 segundos.

Talvez fosse esse o objetivo do buraco, pensou ele. Dividir o próprio tempo. Digitalizá-lo em fragmentos administráveis e fornecer uma estrutura artificial diante da qual o universo pudesse ser medido. Talvez existisse apenas para estar em contraste com toda a natureza, como se dissesse: "Nós estivemos aqui."

Alex não sabia ao certo se isso era mórbido ou inspirador.

3.

Eles estavam do lado de fora havia oito horas quando a tenente avisou pelo comunicador:

— O capitão disse que é o suficiente por enquanto. Ele quer que comamos alguma coisa e depois entremos em contato. Não sei vocês, mas eu estou faminta.

A coluna de Alex estalou quando ele se ergueu do trenó que estava recarregando.

— Bom — disse Pushkin. — Já tive que lidar com vento o suficiente por hoje.

Como crianças obedientes, o grupo voltou para o veículo de pouso, todos cansados e empoeirados.

No interior da câmara de pressurização, Alex estendeu os braços enquanto era atingido pelo spray de descontaminação. Depois, o computador da nave bombeou o ar para fora da câmara, deixando-o quase no vácuo. Seu painel frontal ficou preto, e ele soube que um fluxo constante de raios UV estava irradiando cada parte de seu traje. Até a sola de suas botas.

Alex tinha de aguentar os raios UV por 20 minutos para que funcionassem. Entoou um velho cântico de viajantes espaciais que sempre o lembrava do vazio entre as estrelas e passou o tempo revisando os relatórios de Pushkin e Chen.

As descobertas de Pushkin batiam com as leituras que ele fizera de órbita: a planície era feita majoritariamente de arenito. Uma variante de arenito de quartzo, para ser mais específico. Alex examinou a lista de minerais constituintes. Nada surpreendente.

A profundidade até o leito rochoso era de 121,3 metros. O leito rochoso era ígneo, principalmente basalto toleítico contendo veios de boninita com alto grau de magnésio nas amostras do lado oeste do buraco.

O ponto mais interessante para Alex foi o comentário final de Pushkin:

> *Considerando que a) as explosões do buraco são fonte de vento, b) o vento é persistente e imutável, e c) os padrões observados de erosão, a idade estimada do buraco é de no mínimo 16 mil anos. Isso, porém, é altamente especulativo, e é preciso reunir mais dados para confirmar.*

O relatório de Chen se sobrepunha um pouco ao de Pushkin. Ele havia examinado a composição química da terra e das rochas, quebrando-as em blocos de construção atômicos. Ao contrário de Pushkin, ele encontrou níveis inusitadamente altos de metais pesados entremeados no arenito: manganês, tungstênio, cádmio e alguns outros.

Mais importante: Chen encontrara material orgânico em todas as suas amostras. A maior parte parecia bactérias, mas uma fração nada insignificante parecia mais próxima de fungos ou algas. Quiralidade padrão: mão esquerda para aminoácidos, mão direita para açúcares. Embora, como observou:

> *Talos VII possui água insuficiente para explicar o desenvolvimento e a ampla distribuição de vida. Considerar a possibilidade de que ela tenha sido introduzida de outro lugar.*

A maior parte do relatório consistia em uma longa lista de diagramas moleculares, análises químicas e assim por diante. Alex leu tudo. Tecnicamente, o estudo dos micróbios cabia a ele, embora estivesse satisfeito por deixar que Chen descobrisse sua composição química. Isso pouparia tempo quando Alex começasse a examinar detalhadamente os organismos.

Mesmo se o buraco gigante não existisse, a presença de vida em Talos VII não era grande surpresa. Quando os humanos se aventuraram entre as estrelas, descobriram que vida era bastante comum na Via Láctea. Ela só costumava ser básica. Havia micróbios por toda parte. Animais, plantas e outras formas de vida complexa, nem tanto. Essa era uma das razões para Eidolon, com suas florestas abundantes e oceanos fervilhantes, ser um local tão precioso e interessante. Nesse quesito, ele era igual à Terra, faltando apenas uma espécie totalmente sapiente para ser seu par perfeito.

Portanto, a descoberta de micróbios não foi tão surpreendente. E embora estudá-los sem dúvida resultaria em um ou mais pontos interessantes, Alex não conseguia ficar tão entusiasmado para isso. Não quando o buraco estava diante deles, um monumento ausente com respostas para perguntas muito maiores e mais interessantes que aquelas relacionadas às vias metabólicas de um organismo semelhante a uma bactéria.

Droga, ele sequer poderia *batizar* os bichinhos diminutos. A política da companhia era usar a taxonomia padrão da UTF, o que significava atribuir a cada organismo em uma biosfera uma designação numérica única. O que era muito entediante e quase impossível de lembrar. A alternativa era usar as convenções arcaicas de latim, o que geralmente envolvia usar o nome do planeta hospedeiro no fim de cada designação, para diferenciar denominações semelhantes (ou mesmo idênticas) de um planeta para o outro. Entretanto, Talos VII não era populado, e era a comissão colonial central e/ou o governo planetário que supervisionavam e autorizavam esse tipo de nome. Se ele batizasse um dos micróbios com algo como... como *L. Spicata Talosii* devido os espinhos na parte externa, estaria apenas dando a si mesmo um pequeno prazer sem nenhuma boa razão para isso. No máximo, algum órgão oficial posterior *poderia* considerar o nome como uma sugestão bem-intencionada e nada mais.

Era injusto, pensou Alex, que você não pudesse mais batizar as próprias descobertas. Não quando você trabalhava para uma empresa ou um governo.

Chen encerrou o relatório com uma observação um tanto deprimente:

> *A menos que a xenobiologia discorde, recomendo mantermos nível três de quarentena e nível quatro de protocolos de descontaminação pela duração de nossa permanência ou até que o risco de infecção ou infestação pela vida nativa seja quantificado.*

Alex foi forçado a concordar. Por menor que fosse, o risco de contaminação era muito real e potencialmente mortal. Ele pensou na primeira expedição para Pedra Negra. Todos os 52 colonos morreram em uma semana, contaminados pelo Flagelo. Ele ainda podia ver as imagens nos relatórios posteriores da colônia: pele rachada como lama seca, sangue coagulado seco e preto em teias de carne rasgada, globos oculares cegos, fundos e brancos como opalas, membros distorcidos em formas obscenas...

Ela apagou as imagens de sua mente.

Infelizmente, protocolos de descontaminação de nível quatro significavam que ele e o restante da equipe teriam que dedicar uma ou duas horas todo dia para esterilizar seus trajes e o que mais estivessem levando com eles para o abrigo, assim como tudo o que levavam para *fora* do abrigo. (Talos era importante demais para arriscarem poluí-lo com seus próprios micróbios. Além disso, se *eles* ainda estivessem em Talos, poderiam interpretar tal infecção como um ataque biológico.)

Que saco.

Mesmo com essas precauções, o lado realista de Alex disse a ele que, no fim de sua viagem, era praticamente certo que o grupo ia acabar desrespeitando a quarentena. Humanos liberavam germes, bactérias e células a cada momento de cada dia, e todos esses pequenos fragmentos de material biológico tinham que ser contidos (ou pelo menos uns 99,999 por cento). O que era quase impossível. E o contrário também era verdade. O ar e a terra de Talos estavam cheios de micróbios. Uma partícula de terra ou uma lufada de ar podiam facilmente encontrar um meio de penetrar em seus sistemas.

Esse era apenas um dos muitos perigos que ele e o restante da equipe teriam de enfrentar.

O painel frontal de Alex clareou, marcando o fim dos raios ultravioleta. Ele se despiu e pendurou seu skinsuit em um armário. Água morna jorrou do teto. Ele pegou o sabonete em uma gaveta na parede e esfregou cada centímetro de si mesmo. Então vestiu o macacão, e a porta interna da câmara de pressurização se abriu, permitindo que ele tornasse a entrar no veículo de pouso.

A primeira coisa que percebeu foi que não conseguia mais ouvir nem sentir o *bum* na parte principal da nave. De certa forma, sentia falta disso. O tempo parecia estranhamente... desestruturado em sua ausência.

Juntou-se a Talia, Pushkin e à tenente Fridasdottir no compartimento da tripulação. Enquanto esperavam que os outros passassem pelo ciclo de descontaminação, Alex comeu e aproveitou para escrever seu próprio relatório. Então cochilou, deixando os músculos relaxarem.

Como sempre, sua mente se voltou para Layla. Ele podia imaginar como ela ficaria empolgada por estudar Talos. Era o sonho de um xenobiólogo. Ou melhor, o sonho *dela*. Em sua cabeça, Alex podia visualizar como ela teria circulado pelo veículo de pouso, tanto dentro quanto fora, recolhendo amostras, analisando-as, discutindo os resultados... Uma sensação embotada de culpa o incomodou por não estar vivendo de acordo com os padrões dela, mas ele não tinha nem a energia nem a motivação para fazer isso. Mesmo assim, percebia uma sensação de proximidade com Layla, sabendo que estava onde ela teria escolhido estar, e essa proximidade era mais valiosa para ele do que qualquer pedra preciosa, mesmo que fosse uma pedra quebrada e afiada como navalha, que o cortasse ao segurá-la.

...

Assim que todos estavam no veículo de pouso, eles entraram em contato com o *Adamura*.

O capitão Idris ouviu enquanto cada um resumia o que havia descoberto. Depois, ele ficou em silêncio por um longo tempo, e então disse:

— Vocês estão dispostos a prosseguir sob as atuais circunstâncias? Se há qualquer coisa com que estejam desconfortáveis, este é o momento de falar. Não importa o quão pequena seja, falem. Se sua bunda pinica dentro do traje. Se vocês não gostarem da posição do tubo de alimentação. Se houver algo meio estranho com o equipamento. Falem. Vocês não podem contar com a possibilidade de consertar nada depois que partirem.

Houve uma pausa desconfortável enquanto todos esperavam para ver quem falaria primeiro. Então Pushkin comentou:

— O vento é uma merda. Senhor.

Svana, Jonah e os outros riram. Até Talia sorriu.

— Devidamente registrado — disse Idris secamente.

Nenhum deles tinha qualquer objeção importante, então todos concordaram: iam continuar como planejado.

No final da chamada, Idris disse:

— Está bem. Amanhã é o dia. Comam e descansem. Vocês vão acordar cedo.

4.

Tunc! Uma pedra atingiu a lateral do capacete de Alex. Sua cabeça foi jogada para trás, e um véu de estrelas carmesim surgiu diante de seus olhos.

Ele cambaleou, agitando os braços, e conseguiu agarrar seu cabo de segurança ao cair sobre um joelho — o esquerdo, é claro. Uma dor embotada subiu por sua perna, sua cabeça latejou, e uma camada de sangue cobriu sua língua no local onde ele a mordera.

Com uma careta, Alex ficou de pé. Ele engoliu o sangue e olhou para as leituras de seu traje. Tudo ainda nominal.

— Ei! — disse no comunicador. — Ei! Cuidado!

Talia, que estava diante dele, olhou para trás, de onde estava ajudando Chen a prender seu cabo de segurança a um dos trenós.

— O que foi? — perguntou ela.

— Você chutou uma pedra e ela atingiu minha cabeça. Foi isso!

— Você se machucou? Seu capacete está danificado?

— Não, na verdade, não, mas...

A mulher deu de ombros.

— Então por que está reclamando?

— Eu...

Mas Talia já tinha se voltado novamente para Chen.

Irritado, Alex se concentrou no próprio trenó e se assegurou duas vezes de que o revestimento aerodinâmico estivesse bem preso. A língua e o joelho continuavam a latejar, assim como a cabeça, e a porcaria do vento simplesmente. Não. Parava.

— Cuidado com o que você deseja — murmurou. Tinha pedido para pousar em Talos, e por deus, tinha pousado em Talos.

Ao terminar sua lista de coisas a serem conferidas, Alex ergueu uma das mãos, acionou o rádio e disse:

— Tudo pronto.

Um estalido em seu ouvido.

— Entendido — respondeu Talia.

Todos os quatro estavam presos aos trenós. Os veículos motorizados iriam à frente, servindo para cortar o vento e fornecer uma proteção parcial contra terra e pedras, enquanto os cabos de segurança ajudariam a mantê-los de pé e juntos caso surgisse uma tempestade ou ventania repentina.

Quando eles estavam prontos, Talia ergueu um punho cerrado acima da cabeça e disse:

— No meu sinal... *Agora*.

Alex apertou o botão verde na traseira de seu trenó, e com um rangido, a ampla esteira lagartixa debaixo do trenó começou a girar, e o veículo avançou. Ele tinha um sistema de condução semiautônomo que manteria o veículo de maneira constante a um metro e meio de distância, não importava o quão rápido Alex andasse.

A sua esquerda, Pushkin começou a andar atrás do próprio trenó. Seus ombros inclinados estavam curvados, protegendo-o do vento, e ele pôs o pé no chão com uma lentidão pesada que lembrou Alex de um elefante: pesado e inexorável, com o incrível potencial para explosões de velocidade.

À frente de seu pequeno comboio, Talia olhou para trás e ergueu um de seus dois bastões de caminhada acima da cabeça.

Alex fez o mesmo em resposta, assim como os outros.

O comunicador foi ligado com um leve estalido.

— Lembrem-se de fazer chamadas de verificação de duas em duas horas — disse a tenente Fridasdottir. — Antes, até, caso vejam algo interessante ou preocupante. Quero saber o que está acontecendo a cada passo do caminho.

— Entendido — respondeu Talia.

— E tomem cuidado, está bem? — interveio Jonah. — Não façam nada estúpido por aí.

Alex se virou para olhar para o veículo de pouso. Fridasdottir e Jonah estavam parados no cockpit, observando-os. Jonah acenou, e Chen acenou de volta.

— Não se preocupem conosco. Nós vamos ficar bem — tranquilizou Chen.

A voz de Pushkin ecoou na linha.

— Logo voltaremos com farta coleta de dados: suficiente para alimentar até mente mais faminta. Preparem para se surpreender com frutos de expedição imprudente, mas necessária.

A tenente não achou graça.

— Só não parem de enviar seus relatórios.

— Boa sorte! — disse Jonah.

Então Alex encostou o queixo no peito, cravou seus bastões no solo macio e se inclinou contra o vento.

Para a frente. O solo afundava e escorregava sob seus pés, metade areia e metade terra. Cada passo exigia mais esforço do que deveria. Desacelerava-os. Precisavam lutar contra o chão quase tanto quanto lutavam contra o vento.

À medida que a poeira que fluía na direção deles aumentava, Alex mudou sua visão para infravermelho, ligou um cântico de viajantes espaciais e desligou o cérebro.

bum

Seria uma longa caminhada.

Eles tinham pousado o mais perto que ousaram do buraco, o que significava longe o bastante para o veículo ficar seguro em relação aos pulsos eletromagnéticos e também fora do alcance das tartarugas (afinal de contas, eles não sabiam se as criaturas eram hostis ou não). *Perto*, então, significava a pouco mais de 106 quilômetros a leste do buraco, parcialmente na Zona Alfa.

Protegidos do vento, é claro.

Originalmente eles haviam planejado percorrer pelo menos 25 quilômetros por dia, mas com o vento e a areia, Alex estava começando a se perguntar se conseguiriam chegar sequer aos 15.

Pushkin conseguiria. Disso Alex tinha certeza. O geólogo avançava como um tanque, sem vacilar, aparentemente alheio à ventania que soprava forte em torno do grupo. Se estivesse por conta própria, Alex achou que Pushkin chegaria ao buraco em menos de três dias.

Chen, por sua vez, já parecia cansado. *Nada bom.*

Alex soube desde o começo que a jornada seria desconfortável. Não havia como evitar isso. Ele se resignara a esse fato ainda no *Adamura*, e agora que era realidade, enterrou toda a sua dor, mental e física, nas profundezas de seu ser e se concentrou em uma coisa e apenas uma coisa: dar o próximo passo.

5.

Descansavam a cada dez minutos. Uma pausa breve para esticar as costas, reajustar seus skinsuits e amarras, tomar um gole de água e assim por diante. Faziam uma pausa maior a cada 30 minutos: tempo suficiente para tirar o peso dos pés, comer alguma coisa e sacudir as pernas.

A cada duas horas eles davam a si mesmos cinco minutos a mais de descanso, durante os quais entravam em contato com a tenente Fridasdottir no veículo de pouso. E depois das primeiras cinco horas, tiravam 30 minutos para descansar e se recuperar.

Paradas para o banheiro eram resolvidas dentro de seus trajes. Dejetos líquidos eram purificados e reciclados. Dejetos sólidos eram dessecados e revestidos com um polímero inerte antes de serem depositados em uma bolsa nas coxas deles. O termo técnico para os nódulos revestidos por polímero era GRED, ou grânulos reciclados excretórios desidratados.

Ou, como todos os chamavam: bolas de merda.

Eles pegavam as bolas de merda nas bolsas e as jogavam em um recipiente hermeticamente fechado dentro de seus trenós. Tudo o que trouxeram tinha de ser levado de volta. Mesmo que isso significasse os restos digeridos de uma barra de proteína pré-processada.

O sistema era razoável. Alex só não gostava da sensação de estar fazendo nas calças.

Enquanto caminhava, sua mente se acalmava e ampliava, de modo que Alex se sentia mais um observador que um participante, e ele deixava os pensamentos divagarem. Às vezes, observava a areia que passava pelas suas botas e imaginava que era água, ou tentava encontrar significado nas formas meio legíveis que ela parecia formar. As nuvens atenuadas forneciam fascínio semelhante, porém, mais lento.

O som de sua respiração dentro do capacete... a sensação do skinsuit abraçando seu tronco e seus membros... os bastões em suas mãos e a pressão do vento... o triturar constante da esteira lagartixa do trenó avançando à frente dele... Isso era toda sua existência. Ele poderia ter usado seus filtros para entretenimento, fosse música, vídeos ou jogos, mas não estava interessado. Não era para isso que ele tinha ido até Talos.

Mas usava seus filtros para examinar os micróbios e outros materiais orgânicos que Chen recolhera na véspera. Os resultados eram mais comuns do que Alex esperava (ou talvez torcesse para serem). Os micróbios em si eram extremamente básicos: aminoácidos, lipídeos, RNA e DNA (nenhuma surpresa nisso; DNA estava presente em quase todos os planetas com vida nativa). Alguns dos micróbios eram procariontes, outros, eucariontes: vida primitiva que nunca progredira muito, e era improvável que o fizesse dadas as condições locais.

Um grão de poeira estava irritando o canto do olho de Alex. Lágrimas se acumularam e ele piscou para se livrar do incômodo, desejando poder esfregar os olhos.

Apesar das inúmeras pausas, a caminhada ainda os exauria. Até mesmo Pushkin. Alex sentiu uma sensação perversa de satisfação quando percebeu os passos do geólogo ficarem mais lentos. Então ele era humano, afinal de contas.

<Vocês viram aquilo? — Chen>

Levou um momento para Alex registrar a mensagem de texto e despertar do transe induzido pela caminhada. Sua respiração acelerou quando ele se forçou a voltar para um estado de alerta, e olhou ao redor. O sol estava se pondo diante do grupo, e sombras finas como lápis captavam cada pedrinha, seixo ou terra na superfície da maldita planície — uma vastidão de nada texturizado.

<O que foi? — Alex>

bum

<Ao norte. Achei ter visto luzes no céu. — Chen>

Alex franziu o cenho e olhou para cima. O céu estava preto, e o solo estava brilhante. Desligou o infravermelho e as cores se inverteram. Nada parecia fora do comum.

<Aurora boreal? — Alex>

<Não. Elas estavam muito localizadas e se moviam rápido demais. Espere aí, deixe-me verificar minhas gravações. — Chen>

bum

Por alguns minutos, eles caminharam em silêncio. Assim como com todos eles, os implantes de Chen estavam gravando tudo o que ele via e ouvia. Talvez até mesmo o que ele sentia. Sistemas sofisticados permitiam total captura sensorial, incluindo cheiros. Você podia desligar a gravação, é claro, mas ela era obrigatória em missões da companhia — nem que fosse apenas por razões de responsabilização. De todo modo, Alex nunca entendia por que alguém ia querer confiar suas lembranças a cérebros humanos fracos e falíveis.

Não que tivesse coragem para assistir a nenhuma de suas lembranças de *antes*, mas achava importante que elas existissem. Perdê-las teria sido como uma segunda morte.

Mais uma vez, sua mente se voltou para o arquivo armazenado em seu sistema. Ele podia sentir seu peso puxando-o para baixo, como uma pedra em um saco, afundando-o na direção das profundezas esmagadoras do planeta. *Layla*. Talvez tivesse sido um erro levar as gravações dela, mas só de pensar em deixá-las para trás em Eidolon era insuportável. Alex preferiria cortar a própria mão. O que quer que restasse da consciência única de Layla vivia em seu coração, em seu cérebro e nos dados dos implantes dela. Deixar as gravações teria sido como abandoná-la, e ele não podia fazer isso. Simplesmente não podia.

Alex olhou quando uma mensagem de texto nova surgiu em seus filtros:

<Então, isso é o que eu tenho. Mas a imagem está borrada demais para identificar qualquer coisa. — Chen>

Um arquivo de vídeo apareceu depois do texto. Alex o assistiu... Chen estava certo. O químico estava girando a cabeça ao mesmo tempo que movia os olhos, e os poucos segundos de gravação eram um borrão indistinto.

<E a câmera do seu capacete? — Alex>

<Está com a mesma qualidade. — Chen>

<Os outros viram alguma coisa? — Alex>

<Acho que não. Vou perguntar. Talvez meus olhos estejam me pregando peças. Não tenho certeza. — Chen>

Alex puxou o grampo que o prendia ao cabo de segurança, esticando-o.

<É melhor contatar a tenente e informá-la. Ela pode verificar com Sharah. Talvez o Adamura *tenha captado algo em órbita*. — Alex>

<Está bem. — Chen>

Na conversa por voz em grupo, Alex ouviu Chen explicar a situação para Talia e para Pushkin, e depois, um minuto mais tarde, pelo rádio para a tenente Fridasdottir.

A tenente respondeu com muita seriedade ao relato de Chen e, no instante em que ele parou de falar, ela os deixou em espera para poder enviar uma mensagem para o *Adamura*.

O grupo parou enquanto esperava.

bum

— Talvez as tartarugas façam festa pra gente, hein? — disse Pushkin, esticando os braços.

Talia bufou.

— Isso é tão provável quanto você ficar em silêncio por mais que alguns minutos.

— Por quê? Não tenho ideia do que você quer dizer — respondeu Pushkin com um sorriso zombeteiro. — Eu sou mais pura brevidade.

As pontas dos bastões de caminhada de Talia fizeram barulho ao entrar na terra quando ela os enfiou com um pouco mais de força que o necessário.

— Você tem um vocabulário terrivelmente grande para alguém que fala inglês tão mal. Os filtros não te ajudam?

O sorriso de Pushkin se curvou em um riso de escárnio.

— Eu leio muito, obrigado. E filtros são para fracos que não conseguem usar cérebro.

— Talvez, então, você devesse se tornar um cérebro de nave. Assim se tornaria *apenas* cérebro.

— Talvez faça isso, mas acho que tem muito tempo antes de eu cansar do corpo.

bum

O rádio crepitou e voltou à vida.

— Equipe remota, estão ouvindo? — disse a tenente Fridasdottir.

— Estamos — respondeu Talia.

— O *Adamura* estava do outro lado de Talos quando Chen viu o que quer que tenha visto. Sharah verificou e não encontrou nada com essa descrição na varredura que fizeram. Também olhamos os registros do satélite de comunicações, mas não tivemos sorte com eles.

O satélite de comunicações era um pequeno equipamento do tamanho de um punho que orbitava Talos diretamente no lado oposto do *Adamura*. Ele permitia que a nave emitisse sinais além da curva do horizonte até o veículo de pouso abaixo.

A tenente prosseguiu:

— O capitão disse para continuarmos com o planejado, mas todo mundo deve ficar atento às luzes, assim como a qualquer outra coisa que pareça incomum.

— Vamos fazer isso, controle — disse Talia.

A linha desligou com um estalido, e Pushkin deu uma fungada.

— Como se luzes não fossem fruto da imaginação.

Ele tocou o lado de seu capacete de um jeito deliberado.

Chen baixou o olhar com os ombros caídos. Por um momento, Alex achou que ele ia dar uma resposta, mas em vez disso o químico reajustou seu equipamento e olhou para o lado na direção do horizonte.

bum

— Vamos — chamou Talia e começou a andar outra vez.

O vento ficou mais forte, e Alex baixou a cabeça e cravou os bastões de caminhada no chão.

7.

Às 18h o grupo montou acampamento. A 21 quilômetros do veículo de pouso e perto do limite da Zona Beta. Melhor do que Alex esperava.

Juntos, eles prenderam os trenós e inflaram o domo que serviria como residência durante a viagem. O abrigo devia ser tão simples que até uma criança conseguiria montá-lo. Sem chance. Quem quer que o tivesse projetado era um grande babaca; mesmo com três estudiosos de Reinhart — inclusive um físico — e dois DIPs técnicos na equipe, eles ainda não conseguiam erguer o domo em menos de 20 minutos.

E terminar de montar o abrigo era só meio caminho andado.

O domo tinha uma câmara de pressurização com equipamento de descontaminação em seu interior. A câmara podia abrigar os quatro em uma emergência, mas para garantir a esterilização completa, apenas duas pessoas deveriam usá-la de cada vez. Do contrário, o sistema precisaria de mais que a meia hora padrão de descontaminação para ser cem por cento eficaz (ou tão perto disso quanto eles provavelmente iam conseguir). Quatro pessoas significavam mais uma hora antes que todo mundo pudesse entrar.

Pushkin e Talia entraram primeiro, enquanto Alex ajudava Chen a extrair amostras em vários pontos no raio de 50 metros em torno do abrigo. As amostras continham a mesma variedade de micróbios que ao redor do local de pouso.

Quando a câmara ficou livre, Alex ainda estava enrolado com o extrator de amostras; a broca estava presa cerca de um metro dentro do solo.

— Vá lá — disse para Chen, que já estava perto do domo habitacional embalando amostras. — Isso vai levar alguns minutos.

As orientações da missão diziam que eles deveriam permanecer acompanhados enquanto estivessem na superfície de Talos, mas instruções como essa não eram muito práticas no dia a dia. Alex não esperara ter que segui-las. Nem os outros, pensou ele.

— Obrigado — disse Chen.

Quando o químico desapareceu na câmara de pressurização, Alex forçou o extrator de amostras, tentando soltá-lo. Ele precisou dar vários empurrões a mais, perfurar um pouco mais o solo e reverter a broca de novo para finalmente conseguir soltar a máquina.

Franzindo a testa, Alex arrastou o extrator de amostras de volta para os trenós, o tempo inteiro lutando contra o vento. Um esforço exaustivo após um dia já exaustivo.

Foi necessário ainda mais vigor para abrir a carenagem do trenó (que obstruía o vento com um uivo faminto) e tornar a guardar o extrator em seu interior. Depois, Alex teve que usar todo o seu corpo para empurrar a carenagem novamente para baixo por tempo suficiente para travá-la.

Arfando, ele se apoiou no trenó e olhou para oeste, na direção do buraco.

bum

O sol pairava diante de Alex, perto do horizonte. Era pequeno e fraco, e sua luz pálida tinha um tom laranja-esverdeado doentio, que dava à planície abaixo um brilho assustador. A terra em si era erma e desolada, despida de qualquer coisa familiar, exceto pelo pequeno acampamento. Era o lugar mais vasto e vazio que ele já vira; o céu era tão grande que parecia opressivo, e Alex e os outros não passavam de formigas rastejando pela superfície de terra varrida pelo vento.

Alex nunca tinha se sentido tão sozinho. Nem mesmo nos dias depois que ele recebeu aquela ligação terrível, depois... Ele podia sentir a distância que o separava de Eidolon — da urna muito pesada no fundo do armário de Layla —, como se houvesse um fio ligando seu peito até a casa que os dois tinham compartilhado. Um fio tão fino que Alex temia que se rompesse se ele desse mais um passo na direção oposta, e, ao se romper, o condenasse a vagar perdido e sozinho, proscrito pelo resto da vida.

Talos VII não oferecia conforto para ele nem para nenhum outro humano. Era um lugar hostil, frio, venenoso e tocado por alienígenas. Ninguém, pensou Alex, deveria ficar ali. Talvez eles não devessem nem tê-lo visitado.

bum

E mesmo assim... a desolação continha a promessa de um conhecimento oculto, e essa promessa teria agido como um chamariz irresistível para Layla. Então Alex continuaria ali. Apesar de seu desespero. Apesar do ambiente assustador e do fio que o conectava com sua vida anterior. A vida *deles*.

Alex estremeceu e se agachou, apoiando as costas no trenó. O uivo do vento ficou mais alto, e ele envolveu os joelhos com os braços.

À medida que a escuridão baixava sobre a planície de crosta dura, ele se lembrou de uma citação que Layla uma vez lera para ele: *"Na terra de Od, onde o pássaro-da--morte canta, jaz um deserto árido. Antes havia ali torres altas, brancas e douradas, agora transformadas em ruínas, derrubadas pelo desvio implacável do tempo. Não busque água em meio aos espinhos envenenados, mas sim um caminho livre de tormentos."*

8.

— Terminei — disse Chen pelo rádio.

— Entendido — respondeu Alex.

Seu joelho protestou veementemente quando ele ficou de pé, e Alex quase gritou. *Ficando velho.* Estava quase na hora de fazer uma substituição completa da junta. Ou, se ele estivesse se sentindo particularmente extravagante, um corpo totalmente novo.

Mas isso era um problema para outra hora.

Ele olhou para as correias e estacas que mantinham os trenós ancorados no lugar. Segundo o regulamento, precisava conferir duas vezes se eles estavam presos, mas... ele estava cansado e sabia que Talia e Pushkin tinham cuidado dos trenós de uma ponta a outra. Os trenós ficariam bem.

Alex mancou até a entrada do domo habitacional. Ele soltou as duas extremidades de seu cabo de segurança e prendeu-o no gancho ao lado do módulo de acesso. Então, depois de dar uma última olhada nos arredores desolados, entrou na câmara de pressurização.

O uivo do vento se reduziu a um ronco abafado quando a porta externa se fechou. A diminuição do barulho pareceu remover um peso de cima dele, fornecendo alívio imediato.

Os ombros de Alex se curvaram quando a tensão esvaiu-se de seu traje. Ele ainda não tinha se dado conta do preço que o vento estava cobrando.

bum

Mesmo no interior do abrigo, ainda podia sentir o estrondo distante do buraco, vibrando através de seu corpo. Não havia como escapar disso. Não mais. O som os acompanharia dali em diante, e com volume cada vez maior.

Ele não estava ansioso por essa parte da expedição.

A descontaminação levou os 30 minutos de praxe. Exceto quando tinha que se lavar, Alex ficava de frente para a parede, inteiramente nu e pensando em nada além da barra de ração que comeria no jantar.

Finalmente, a descontaminação terminou, e a porta interna da câmara de pressurização deslizou e se abriu.

No interior do domo, havia quatro nichos do tamanho de um humano dispostos nas paredes, prateleiras embutidas que serviam como áreas para dormir e escaninhos pessoais. Pushkin estava enfiado no dele, os ombros largos apertados contra a parede dos fundos. Em contraste, Talia e Chen estavam sentados no chão ao lado do aquecedor no centro do domo, Chen perdido em seus filtros (contorcendo os dedos ao manipular a interface invisível), e Talia dobrando uma pequenina garça em origami com o papel laminado de uma barra de ração.

— Aí está você — disse Talia, como se, de alguma forma, Alex estivesse 20 minutos atrasado.

Ele emitiu um grunhido e seguiu até o nicho que parecia estar livre.

— Quais novidades lá de fora? — perguntou Pushkin. — Você viu mais fenômenos estranhos?

— Não.
Alex se abaixou e entrou na prateleira onde ia dormir.
Chen piscou e voltou a focar os olhos em Alex.
— Sharah ainda não conseguiu explicar o que podem ter sido aquelas luzes.
— Hum.
— Talvez porque sejam artefato ocular — disse Pushkin com um sorriso malicioso. Então ele ergueu a mão larga. — Ou talvez não. Só hipótese.
Talia ainda estava olhando para Alex, como se o dissecasse a distância.
— Qual o problema com sua perna? Você está andando de um jeito engraçado.
— Só está dolorida — respondeu Alex. — Eu vou ficar bem.
Ela ergueu uma sobrancelha, sem se convencer.
— Já fiz contato com Fridasdottir. Não se esqueça de enviar o seu relatório.
— Não vou.
A astrofísica assentiu e voltou a fazer dobras no papel laminado. Quando ela baixou a cabeça, um brilho dourado surgiu no vão de sua gola: uma pequena cruz pendurada em seu pescoço.
Alex levou alguns minutos para reunir energia para se levantar novamente. Após andar por tanto tempo, poder se sentar era um luxo bem-vindo. Depois que se levantou, pegou duas barras de ração na lata entre os nichos de Chen e Pushkin: uma de bife de contrafilé e uma de salmão. Ou pelo menos, era isso o que diziam os rótulos. As barras nunca tinham o gosto que deveriam ter. Metade dos ingredientes era impronunciável, e a outra metade tinha sido produzida em uma placa de petri. E embora as barras fossem ricas em nutrientes (cada uma tinha 1.500 calorias), elas nunca saciavam como uma refeição normal. Alex já tinha se conformado com o fato de que ia se sentir vazio e faminto durante a maior parte da viagem.
De volta ao seu cubículo, comeu lentamente, mecanicamente, mal sentindo o gosto do substituto de contrafilé.
bum
Do outro lado do abrigo, Pushkin parou o que quer que estivesse fazendo em seus filtros.
— Eu me pergunto... — disse ele, com voz baixa e ressoante — ... eu me pergunto o que esses nossos alienígenas valorizavam. Era praticidade ou possuíam... *possuem*... senso de beleza? Ou de prazer?
— Tenho certeza de que isso não importa — retrucou Talia.
Pushkin inclinou a cabeça.
— Ah, mas importa. Custo imaginar qualquer criatura que pudesse construir um *buraco* tão perfeitamente redondo sem ter algum senso do ideal. Isso é, beleza.
Então Chen se juntou ao grupo.
— O formato do buraco pode ter sido um efeito colateral das exigências de engenharia.

— Isso é verdade — disse Pushkin com um tom de voz surpreendentemente gracioso. A caminhada do dia parecia tê-lo deixado de bom humor.

Encorajado, Chen continuou:

— A matemática pode ser bela, e toda a estrutura parece ser um exercício de matemática. Não é por acaso que esteja transmitindo o conjunto de Mandelbrot.

— Isso também é verdade — concordou Pushkin. — Então isso responde pergunta? Nós comprovamos que construtores desconhecidos tinham alguma compreensão do sublime?

— Mais uma vez — disse Talia, com a voz ácida —, o que isso importa?

Pushkin deu uma risada baixa e se ergueu em uma posição mais ereta. Debater sempre parecia energizá-lo.

— Porque o senso de prazeres artísticos significaria que os alienígenas gastavam energia em atividades não essenciais. Motivos ficam muito mais difíceis de prever assim. Podemos encontrar fonte deles e não saber se construíram por sede ou para ser uma decoração... Alex, o que diz você?

Alex não queria ser atraído para um debate, mas *tinha* outra opinião sobre o assunto. Ele umedeceu a boca e comentou:

— Há uma teoria entre neurobiólogos e pesquisadores evolucionistas que diz que a razão para os humanos terem um senso de beleza é porque a beleza é funcional. Pelo menos, em um nível básico.

— Como assim? — perguntou Chen.

Alex levou um instante para pensar em uma analogia apropriada.

— Um gume liso corta melhor que um gume irregular. — Ele deu de ombros. — Isso é, na maioria das vezes. Você entendeu a ideia. Simetria, curvas suaves, harmonia, todas as coisas que nos atraem. Preferências supostamente funcionais foram transformadas em preferências estéticas maiores.

Um sorriso satisfeito se abriu no rosto de Pushkin.

— Então, se entendi bem, qualquer espécie tecnologicamente avançada deve possuir pelo menos algum senso de beleza.

— Essa é a teoria.

— E se os alienígenas forem tão diferentes de nós que seja impossível dizer do que gostam e do que não gostam? — perguntou Chen.

— Pode acontecer — respondeu Alex. — Mas todos existimos no mesmo universo. A evolução convergente sugere que haverá *alguma* semelhança... Eu não tenho muito em comum com uma aranha, mas provavelmente poderia concordar com uma aranha sobre qual teia é mais atraente, ou qual das outras aranhas é a maior e tem cores mais vivas. Supondo que vejamos a mesma parte do espectro. Há muitos espaços para campos comuns, não importa o quanto sejamos diferentes.

Talia bufou. Ela se levantou, foi até seu nicho e pôs a pequena garça de papel laminado ao lado de seu travesseiro fino.

— A beleza é uma expressão do divino. Não vem de dentro de nós.

— Ah, é mesmo? — comentou Pushkin com expressão astuta. — Então você admite que *eles* podem reconhecer o divino? Ou você acredita que pagãos são surdos e cegos a todas as formas de beleza?

O cenho franzido estreitou o rosto de Talia.

— Só porque um não crente pode ver o divino isso não significa que ele possa entendê-lo ou aceitá-lo.

— Então alienígenas estão condenados? Cada uma dessas criaturas estranhas?

— Estão. — A resposta de Talia saiu como a afirmação direta de uma verdade irrefutável.

Pushkin entrelaçou os dedos sobre sua barriga substancial.

— Sinto ter dificuldade para entender sua teologia, srta. Indelicato. O universo, como você descreve, é cruel e indiferente, e deus que criou universo é ainda mais. Concordo com você sobre natureza indiferente da realidade, mas realidade que você descreve é mesma que eu vejo, e não dou crédito à existência do sobrenatural. Mas você dá. Muito crédito. E você diz que significado da vida é seguir uma forma de código moral na esperança de recompensa incerta em uma vida após a morte provavelmente imaginária. Estou certo? Descrevi sua posição?

Alex prendeu a respiração enquanto todos esperavam a resposta de Talia. Ele se perguntou se estava prestes a haver uma briga. Talia estava supostamente no comando da equipe remota, mas esse não parecia ser o caso naquele momento.

bum

A astrofísica pareceu totalmente inabalada pelos comentários de Pushkin, embora não houvesse como confundir a raiva em seus olhos quando ela disse:

— Descreveu.

Pushkin se inclinou para a frente com um brilho predatório nos olhos.

— Então *por que*, cara mulher, você insiste em manter sua fé?

Talia respondeu a expressão carnívora do geólogo com um sorriso em que exibia os dentes.

— Porque, ao contrário de você, eu tenho fé, e essa fé me diz que tudo neste universo foi colocado aqui pelo Todo-poderoso. E porque eu seria uma idiota por *não* acreditar. Esperança... esperança é o que nos mantém vivo quando todo o resto falha.

Com as costas do indicador, Pushkin alisou o bigode. Precisava apará-lo.

— Foi assim que você sobreviveu ao Bagrev? Esperança?

A cabeça de Talia girou bruscamente. Seus lábios se afastaram, e sibilou:

— O que você sabe sobre o Bagrev, *kecharo*?

Se Pushkin se ofendeu com a profanidade, não demonstrou.

— Só que você foi participante involuntária nos acontecimentos. Talvez eu tenha olhado seu arquivo antes de pousarmos nesta esfera desagradável.

Tália começou a xingar, e, como se quisesse desculpar seu comportamento, Pushkin disse:

— Você não pode esperar que eu arrisque a vida e os membros sem saber *alguma coisa* sobre meus colegas, não é?

— Essa informação deveria ser *particular* — respondeu Talia, soltando veneno em cada palavra. Pushkin tentou dizer alguma coisa, mas ela falou antes dele. — Basta. Não quero ouvir isso. Não somos seus brinquedos. Você não sabe nada sobre esperança ou beleza, e não sabe nada sobre mim, não importa *o que* você tenha lido em um perfil psicológico corporativo de merda. Então fique fora disso e cale a boca.

Após essa declaração, ela deu as costas para os três e fechou a tela de privacidade sobre seu nicho.

Alex estava inclinado a concordar com Talia: Pushkin *era* um babaca. Na tripulação do *Adamura*, ninguém além do médico e do capitão devia ter acesso aos arquivos pessoais. Será que Pushkin tinha visto os registros de todos ali?

O geólogo riu e em seguida, com uma expressão plácida, olhou para Chen e disse:

— Você está muito quieto. O que você diz? A beleza é expressão do divino? A esperança é nossa única, ah, *esperan*ça? Deus é um canalha impiedoso que temos que mimar por medo do castigo eterno?

Chen parecia completamente perdido na conversa. Ele piscou, seus olhos úmidos indo de Pushkin para a tela fechada do nicho de Talia.

— Eu... eu não sei — respondeu. — Na verdade, eu nunca pensei nisso.

Uma piscadela de pálpebra pesada de Pushkin.

— Você deveria, meu caro, você deveria. Toda pessoa, seja homem, mulher, criança ou cérebro de nave, deveria ter resposta adequada a seu sentido. Do contrário, podemos muito bem ser grão de poeira flutuando na corrente da vida. — Ele se espreguiçou como um grande felino preguiçoso. — Eu digo aproveitar vida enquanto pode. O universo é lugar escuro e perigoso, nisso eu e srta. Indelicato concordamos, mas também é beleza e prazer, e prazer *na* beleza. Se nada importa e tudo é acaso, então, única resposta razoável é aproveitar onde puder. Isso inclui prazeres da mente e também do corpo, mesmo que signifique certos, ah, desconfortos temporários. — Ele deu um tapinha no cobertor embaixo dele, como se quisesse reforçar seu ponto de vista. Então suas sobrancelhas peludas se abaixaram em um falso franzir de cenho. — Ou você discorda?

— Não, eu... eu acho que não — disse Chen.

Entretanto, a filosofia de Pushkin parecia dolorosamente pobre para Alex. O prazer, intelectual ou não, era muito bom, mas não era *suficiente*. O prazer não podia contrabalançar o peso de seu luto. Para isso, Alex precisava de algo mais substancial, algo mais tangível. Nesse sentido, a fé de Talia era atraente, mas Alex também via uma escassez dolorosa nela. Por mais que fosse tentador atribuir problemas a um deus indiferente (ou que se importasse), fazer isso apenas transferia a pergunta em vez de realmente respondê-la, entregando para outro algo que ele era incapaz de responder para si mesmo. E isso não agradava a Alex.

No fim, ele temia que não houvesse resposta. Ou nenhuma que jamais fosse satisfazê-lo.

— Bom — disse Pushkin, parecendo satisfeito pela falta de resistência de Chen. — Você é sábio em adotar visão tão *iluminada*. Agora, se der licença, tenho livro para acabar de ler. — Seus lábios se retorceram. — Uma obra literária muito agradável. Talvez você conheça. *Capitão Ace Savage e a trama perversa da rainha Dragica*, de Horus Murgatroyd Terceiro. Se procura distrações das circunstâncias atuais, eu recomendo.

Então, os olhos de Pushkin mudaram de foco e ele se afundou em seu nicho, movendo os lábios enquanto lia.

bum

Chen olhou para Alex, seu rosto redondo, ingênuo. O químico ia começar a falar, então pareceu mudar de ideia. Um segundo depois, uma mensagem de texto apareceu nos filtros de Alex.

<*Isso foi estranho. — Chen*>

<*Sim. Pushkin com certeza gosta de se ouvir falar. — Alex*>

<*Eu não entendo por que ele e Talia são tão... obcecados. Eu só quero estudar o buraco. Por que deve haver uma enorme questão filosófica? Só deixem que eu faça meu trabalho! — Chen*>

A escrita do químico continha muito mais energia do que qualquer coisa que Alex o ouvira dizer ou o vira fazer. Talvez ele não fosse tão entediante quanto parecia.

<*Idem. — Alex*>

Mas isso não era totalmente verdade. Alex entendia as razões de Pushkin para fazer as perguntas que fez, mesmo que não concordasse com elas.

— Vou dormir — disse Alex.

Chen assentiu.

— Boa noite.

Ele se levantou, saiu de perto do aquecedor, retirou-se para seu nicho e fechou a tela de privacidade.

Alex fez o mesmo, então deitou de costas e fechou os olhos. Olhando fixamente para os ícones brilhantes de seus filtros, ele abriu um documento e escreveu um relatório do dia rápido e ríspido, não que houvesse muito a reportar.

Depois de enviar o relatório para Fridasdottir, ele pigarreou e, em voz baixa, disse:

— Naru, pesquisar a cidade de Bagrev.

Alex batizara seu sistema em homenagem a um velho gato que seus avós tinham no Mundo de Stewart. Eles estavam em seu terceiro clone quando ele partira para Eidolon.

No instante seguinte, uma lista de resultados de busca encheu os filtros. Ele escolheu o primeiro deles, expandindo-o, e leu.

Bagrev era uma pequena cidade colonial no planeta Ruslan. Nenhuma surpresa nisso; Talia se juntara à expedição em 61 Cygni, o sistema de origem de Ruslan. A colonização desse planeta começara como um processo tormentoso. Alex ouvira histórias eventuais sobre turbulências naquele astro, mas era uma galáxia grande, e ele não prestara muita atenção às notícias.

Segundo a wiki, houve uma série de confrontos entre facções etno-corporativas rivais em Ruslan. Há sete anos, os conflitos culminaram no bombardeio orbital e na subsequente ocupação de Bagrev por um grupo conhecido como o Intestate Sarr. Eles fizeram um bloqueio da cidade por quatro meses antes que a força de defesa planetária conseguisse expulsá-los. Segundo relatos muito divulgados, enquanto estava lá, o grupo infligiu todo tipo de atrocidades sobre a população residente. O período imediatamente anterior e a ocupação de Bagrev foram posteriormente chamados pelos ruslanos de o Distúrbio, e embora não fosse mais um conflito ativo, as feridas permaneciam recentes e dolorosas.

Quanto mais Alex pesquisava sobre a ocupação de Bagrev, mais terrível ela parecia. O Sarr estuprou os habitantes da cidade, literal e figurativamente, e os deixou passando fome, tomando para si a comida, a água e o ar em uma tentativa desesperada de manter sua posição por tempo suficiente para se tornar autossuficiente. Apenas 40 por cento da população sobreviveu.

Alex evitou imaginar o que Talia podia ter experimentado durante a ocupação. Isso fazia com que sua própria tragédia parecesse menor, menos importante (embora não menos dolorosa).

Ele olhou para sua tela de privacidade, na direção do nicho dela, pensativo.

— Somos todos fracassados, de um jeito ou de outro — murmurou.

De certa forma, era um pensamento reconfortante. A perfeição era assustadora, inalcançável, mas saber que ele não era o único sofrendo ajudava a fazer com que a luta parecesse mais administrável.

Mesmo assim, ele ainda se sentia... inquieto. Inquieto e cansado.

bum

Com a mente cheia de imagens perturbadoras, Alex se enroscou em seu nicho e pegou no sono com o cobertor apertado em volta dos ombros. E enquanto dormia, sonhou ser perseguido por militantes sem rosto e armados, e sempre havia o constante

bum

ao fundo, uma batida agourenta que o empurrava adiante, cada vez mais depressa e mais fundo, em uma tentativa frenética de encontrar segurança.

Layla...

CAPÍTULO 11

★　★　★　★　★　★　★

ZONA BETA

1.

No dia seguinte, o clima estava pior. Uma faixa de nuvens estreitas, cinzentas e emplumadas passava bem alto no céu enquanto o vento soprava em lufadas intermitentes que levantavam dezenas de redemoinhos de poeira por perto. Os redemoinhos pareciam quase vivos dançando pela planície encrostada, balançando e rodopiando com uma estranha combinação de graça e movimentos mecânicos. E sobre tudo isso caía a mesma luz doentia de Teta Persei que nascia no leste.

Uma hora de caminhada os levou para fora da Zona Alfa e para dentro da Zona Beta. *Só faltam mais seis*, pensou Alex. A Zona Alfa tinha 33 quilômetros de largura, enquanto a Beta tinha 22, mas como eles tinham pousado parcialmente dentro de Alfa, atravessar Beta ia levar a mesma quantidade de tempo. Depois disso, as zonas seriam percorridas progressivamente mais rápido. Eles conseguiriam atravessar mais de uma delas por dia quando se aproximassem do buraco, desde que as explosões de som não os atrasassem muito.

Alex não percebeu muita diferença entre Alfa e Beta. O solo podia ser um pouco mais plano e claro em Beta, mas se fosse assim, a mudança era muito pequena quando vista de perto.

Ele passou quase uma hora revisando dados das amostras que o grupo tinha coletado no entorno do acampamento — as leituras eram quase idênticas àquelas do veículo de pouso —, mas na maior parte do tempo, seguia atrás de seu trenó, com a cabeça baixa para evitar o vento, com pensamentos girando em torno dos mesmos poucos assuntos muito familiares: *o buraco, a caminhada* e, como sempre... *antes*.

O tédio brutal da planície uivante combinado com o espaço claustrofóbico de seu skinsuit e o tormento monótono de seus pensamentos inevitáveis afetavam o humor de Alex. Ele podia sentir que estava ficando mais triste a cada instante. Tudo o que via a sua frente eram erros, oportunidades perdidas e uma grande vastidão de amargos "e se".

bum

— Por favor — dissera ele, e a palavra segurou seu coração.

Eles estavam caminhando ao longo da cordilheira próximo do domo habitacional, perto do muro de proteção. O ar tinha o cheiro doce de corpos frutíferos amadurecidos até estourar, e o chão sob seus pés era macio como musgo. Um zunido alto de bichos-purpurina iluminava os arbustos ao longo da trilha.

Layla continuava caminhando a sua frente e não olhava para trás. Seu rabo de cavalo balançava sobre suas costas a cada passo rápido e leve.

— Você está exagerando.

— Não estou. Se você tivesse visto o que o carbon fez com Urich...

— Eu cresci em Eidolon, você não precisa me contar.

— Então você sabe como é perigoso. Por favor.

Ela subiu depressa um afloramento rochoso, então parou para esperar por ele.

— Urich não seguiu os procedimentos básicos. Se ele tivesse...

— Ninguém é perfeito. Erros acontecem.

— Eu não vou deixar minha família.

Ele fez um gesto de desalento quando a alcançou. Suor escorria por seu rosto.

— Você sempre pode voltar. Visitar.

— Como você faz com seus pais?

Alex se virou, os dentes cerrados. O zumbido ficou mais forte.

— Nós podemos conseguir um trabalho juntos. Em uma estação ou expedição de pesquisa. Poderia ser interessante.

— Você não se importa com isso de verdade.

— Eu me importo com você.

Layla pôs as mãos no rosto dele e afastou uma mecha de cabelo.

— E eu amo você. Mas não me peça para abrir mão de minha família. Isso não. Eu não posso.

— Eu também sou sua família.

A consideração delicada se transformou em frustração.

— Chega, está bem? Esqueça. Você fica insistindo e insistindo e... não é tão ruim. Sério.

Ele se afastou só para voltar um momento depois, um planeta apanhado em órbita elíptica.

— É, sim. E quero você em segurança.

— Eu *estou* em segurança. Nós dois estamos. Só precisamos tomar cuidado. Só isso.

bum

Uma lufada de vento arrancou Alex de sua lembrança. Ele tentou umedecer a boca, que parecia ressecada como o próprio Talos.

Quando chegou a Eidolon, o planeta parecera muito bonito. Um novo Éden, florescendo de vida até então desconhecida. Alex tinha descartado os tigremalhos e os carbons e os pássaro-chifrudos como anomalias. Riscos esperados em um lugar que, fora isso, era benigno. As estatísticas de morte de habitantes tinham sido infladas por erros em meio à primeira onda de colonos. Eles agora sabiam mais coisas.

Demorou um tempo para que a mentira fosse revelada.

Somente depois que começou a trabalhar nas florestas do sul, ele passou a compreender a profundidade de seu erro. Lá, ele vira a natureza impiedosa das florestas enormes do planeta, a dor e a fome implacáveis de seus muitos habitantes e a luta selvagem e desesperada em que toda planta e animal estava envolvido. Eidolon era sedutor à distância, mas a verdade era que não passava de um poço de sofrimento.

Ele perdera sete de seus colegas, entre eles Urich: alguns para o bolor vermelho que emanava do solo úmido e infectava seus pulmões, outros para os carbons ou por puro azar. E, enquanto tudo isso acontecia, havia lembretes do perigo constante: os muros de proteção eletrificados. Os domos habitacionais blindados. Os robôs de segurança que patrulhavam os perímetros. Os drones que zuniam no céu quase toda hora do dia e da noite...

Alex passara a odiar aquilo, tudo aquilo, e isso contaminara seu relacionamento com Layla. Ele não entendia como ela aguentava ficar no planeta em meio a tanto horror. E embora ele falasse e falasse com toda a eloquência que era capaz de reunir, não conseguia convencê-la a partir.

bum

Parecia haver uma corda amarrada apertada em torno da cabeça de Alex até que uma dor embotada fez com que ele se encolhesse e franzisse a testa, e a expressão apenas fez a dor piorar. Ele tentou relaxar o rosto, mas não conseguiu.

Olhou para Chen, que caminhava encurvado atrás de seu próprio trenó mecanizado.

Alex chamou o canal do químico.

— Ei — disse ele.

Chen deu um grunhido.

— O que foi?

Mesmo pelo rádio, sua respiração parecia difícil.

— Você tem família?

Uma pausa maior que o normal se seguiu. Alex sabia por quê. Era a primeira vez em toda a viagem que ele fazia uma pergunta sobre a vida pessoal a Chen ou a qualquer outra pessoa.

— Pais. Avós. Muitas tias, tios e primos.

— E uma parceira?

— Tenho. Uma sócia contratual no toro Dibobia, mas... não nos vemos muito. Viagens demais e trabalho demais.

— Sem filhos?

A luz cintilou no capacete de Chen quando ele sacudiu a cabeça.

— Não tivemos tempo. Quando voltarmos, vou me inscrever para minha primeira rodada de injeções de células-tronco e então começar a pensar em ter uma família.

— Ah.

— E você?

Alex sentiu um nó na garganta, espremendo as palavras. Ele tentou engolir. Doía, como se estivesse tentando engolir um pedaço de pão velho.

— Não. Nenhuma família.

— Nem mesmo pais?

Uma pedra solta fez Alex cambalear. Ele apoiou o peso em seus bastões e por pouco não conseguiu evitar a queda.

— Sim... tenho pais, mas eles ainda estão no Mundo de Stewart.

Como se eles se importassem com o que eu estou fazendo. Alex nem sabia se os pais tinham respondido à mensagem que ele enviara depois do funeral, contando sobre o que havia acontecido com Layla. Ele partiu antes que qualquer resposta pudesse ter chegado a Eidolon.

Por um momento, Alex sentiu uma raiva familiar por ter sido ignorado pelos pais desde que saiu daquele mundo para estudar xenobiologia. Mas aquela era uma mágoa antiga e parecia insignificante em comparação com o que tinha acontecido com Layla...

Depois dessa conversa com Chen, Alex não falou, exceto quando necessário. Ele se concentrou em andar, e tentou deixar que a caminhada preenchesse sua mente e expulsasse todo o resto.

bum

2.

— Crichton... Crichton!

Alex levou um susto, como se estivesse despertando de um estupor. Ele piscou e olhou ao redor. O grupo ainda estava em Talos. Ainda caminhando em uma fila cambaleante. Eles ainda estavam sendo açoitados pelo vento e a areia. Já havia passado a metade do dia; o sol incerto estava dois palmos além do meio-dia, e suas sombras se estendiam às costas.

Era Talia quem estava falando com ele.

— Acorde, Crichton. Você está tropeçando por toda parte. Beba um pouco de AcuWake e não deixe que isso aconteça novamente.

Ele resmungou algo afirmativo e tomou um gole de água do bico de seu capacete. O líquido fresco ajudou a lavar as teias emaranhadas de seus pensamentos.

Alex franziu o cenho. Seu trenó parecia mais perto do que deveria estar, como se estivesse se movimentando mais lentamente do que quando eles partiram pela manhã. Ou talvez fosse ele que estivesse devagar, e o trenó estivesse apenas acompanhando o ritmo.

Ele olhou para os outros. *Estranho.* A distância entre eles e seus trenós também tinha diminuído. Não muito, meio metro ou menos, mas o suficiente para ser notado.

Por alguns minutos, Alex caminhou e observou o progresso constante dos trenós que seguiam à frente. Ele pensou se devia dizer alguma coisa; vale mesmo a pena investigar isso? Não queria lidar com nenhum aborrecimento extra, mas se *houvesse* um problema com os trenós, então...

Enquanto refletia sobre essa questão, o trenó de Chen parou. Não houve fumaça, nenhum ruído dramático nem explosão de chamas. Ele simplesmente... parou.

Chen não viu isso; sua cabeça estava baixa. Antes que Alex pudesse alertá-lo, ele se chocou contra o para-choque traseiro do trenó, cambaleou e se agarrou ao veículo para se apoiar.

Talia e Pushkin finalmente perceberam. Eles pararam.

— Ah — disse o geólogo, dessa vez com toda a jovialidade ausente em sua voz. — Que delícia.

bum

3.

Meia hora depois, eles ainda não tinham retomado a caminhada. A primeira coisa que fizeram foi abrir a carenagem do trenó de Chen e executar todos os diagnósticos possíveis nos sistemas. Não foi possível identificar o problema (o supercapacitor, a unidade de tração e o sistema elétrico pareciam normais), então Talia entrou em contato com a tenente Fridasdottir e informou a situação.

— Deixe-me colocar Riedemann na linha — disse a oficial. O crepitar de estática assolou suas palavras, interferência dos pulsos eletromagnéticos do buraco. Alex se perguntou quanto tempo levaria até que a comunicação com o veículo de pouso se tornasse impossível.

Passados alguns minutos, o chefe de engenharia se juntou à ligação e começou a orientá-los sobre o processo de solução dos problemas do trenó. Depois de muita frustração — Talia estava de mau humor desde o começo, insistindo que eles *precisavam* retomar a caminhada logo se quisessem manter o cronograma, e Riedemann tinha dificuldade em ver no que eles estavam trabalhando e precisou repetir várias vezes as instruções —, a razão para o defeito finalmente foi descoberta.

— É a areia — disse o chefe de engenharia com uma certeza soturna. — Eu dev-a ter imagin-do. Entre o ve--to e -- ondas de pressão... Peguem-na. Vocês vão ver.

Chen obedientemente pegou um punhado da terra de grãos finos e deixou-o escorrer em faixas retorcidas entre seus dedos.

— Viram? — disse Riedemann. — Não é tão diferente da poeira encon--ada em luas e pla-etas sem ar. Isso estraga as este-ras, corta partes inter-as, impede que se movimentem. É só questão de tempo antes qu- os --tros trenós emperrem.

— Ótimo — respondeu Talia, a voz tensa. — O que devemos fazer em relação a isso?

Alex quase podia ouvir o chefe de engenharia sacudindo a cabeça no *Adamura*.

— Não há na-a que possam fazer. Não aí em ---xo. Os trenós t---am qu- se: desmontados e reconstruídos, e e-es vão emperrar outra vez a menos que sejam modificados p--- ma-ter a areia fora. Desculpem, eu d-via tê-los proje--do mel--r. Minha recomend-ção é abortar agora e voltar para o veículo de pouso.

— Ah, finalmente um conselho com bom senso — comentou Pushkin.

A ideia de voltar tão cedo abriu um poço de alcatrão voraz na mente de Alex. Fisicamente, seria um alívio abandonar Talos, mas mentalmente... Ele não estava pronto para desistir tão rápido, não agora que estava finalmente *fazendo* alguma coisa. Mesmo que estivesse confiando em ideais que não eram os seus, mesmo que toda aquela maldita empreitada estivesse condenada desde o início, ele tinha que tentar. Tanto por ele quanto por Layla.

Outra voz soou na linha.

— Aqui é o capitão Idris. Eu estava ouv--do. Indelicato, qual é a sit--ção de sua equipe?

— A equipe está bem, senhor. São só os trenós.

— Entendido, Inde--cato. Na sua opinião, qual...

bum

— - a -elhor ma---ra d- --------

Talia franziu a testa.

— Pode repetir isso, senhor? Estamos com interferência.

A voz do capitão voltou, mais clara do que antes.

— São vocês que --tão em solo, Indelicato. Então você me diz. Em sua opi--ão, qual o melhor curso de ação?

Alex pôde ouvir o pedido implícito naquela pergunta: *Tem algum jeito de fazer isso funcionar?*

Talia olhou na direção do restante do grupo.

— Deixe-me falar com minha equipe, capitão, e em breve entro em contato novamente.

— Entendido. Esta-emo- em *stand by*. Câmbio e desligo.

A linha ficou muda.

— O que há para conversar? — perguntou Pushkin, sua voz alta contra o vento. — Vamos voltar. Fim de conversa.

— Não é o fim da conversa — disse Talia, rispidamente. — Alguém consegue pensar em uma maneira de manter os trenós funcionando?

Alex e Chen sacudiram a cabeça. Pushkin bufou e estendeu as mãos que lembravam baldes.

— Nem mesmo com semana de trabalho.

— Está bem — respondeu Talia, feroz como sempre. — Os trenós já eram. Isso nos deixa com duas opções: acampar aqui e estudar o que for possível até ficarmos sem suprimentos ou voltar agora. O que vai ser?

— Eu... eu não sei — disse Chen.

Pushkin emitiu um ruído de aversão.

— Sua indecisão é constante universal.

O químico se aprumou.

— Você não precisa ser tão maldoso. Está bem, eu digo que devemos voltar. É a opção mais segura.

— Argh, me ofende ter que concordar, mas concordo. — O químico parecia prestes a comentar, mas Pushkin continuou. — Sem trenós, missão perde sentido. É melhor voltarmos e usarmos veículo de pouso como base até partirmos.

— Eu discordo — disse Talia em voz baixa, mas firme. — Nós já estamos aqui. Devemos tirar o melhor proveito disso. Sugiro montarmos acampamento e usarmos os próximos quatro dias para aprendermos o que pudermos.

— O que aprender? — provocou Pushkin, movendo-se na direção de Talia até assomar sobre ela. — Não tem nada aqui além de rochas e pequenos micróbios estúpidos. Perda de tempo ficar. Perigoso também. Minha, mim, quero dizer, *eu* digo para voltarmos.

Os olhos verdes de Talia se voltaram para Alex.

— Dois votos para partir. Um para ficar. E você?

O alcatrão sombrio puxava Alex, fazendo-o afundar cada vez mais em lugares mais escuros e mais cinzentos. Ele deixou que seu olhar examinasse o horizonte vazio, absorvendo o redemoinho aparentemente interminável de areia, as faixas de nuvens velozes, a névoa azulada da planície achatada que se estendia à distância... Seus dentes estavam doendo outra vez; ele os apertou durante toda a discussão.

— Depressa, Crichton — ordenou Talia. — O tempo está passando.

bum

— Eu digo para irmos em frente — disse Alex.

Pushkin escarneceu e, mesmo através da placa facial parcialmente espelhada, Alex o viu revirar os olhos.

— E *como* você acha que podemos seguir esse objetivo de merda? Hein?

O solo duro do deserto foi triturado pelas botas de Alex quando ele caminhou até seu trenó e deu um tapa na lateral do veículo.

— Nós os arrastamos.

— *Como assim?*

— Nós os arrastamos até o buraco.

4.

O plano, como Alex explicou, não era complicado. Remover os supercapacitores, a unidade de tração e todo o peso extra dos trenós e enterrar esses objetos. Em seguida, pegar as correias de carga no interior dos trenós e usá-las para prender arreios com os quais o grupo poderia puxar os trenós às suas costas.

Era bem simples, mas não significava que seria fácil.

Chen empurrou a traseira de seu trenó. O veículo mal percorreu um centímetro.

— Não consigo fazer isso — lamentou. — Não por tantos quilômetros.

— Não — disse Alex —, mas você consegue. — E apontou para Pushkin. — Droga, aposto que você conseguiria puxar todos os quatros trenós sozinho, se fosse necessário — continuou ele. Era um exagero, mas não muito. — Se pusermos os equipamentos mais pesados no seu trenó, então...

— Nós entendemos, Crichton — disse Talia. Ela olhou entre eles. — Está bem. Vamos tentar. Esvaziem...

Pushkin emitiu um som exasperado.

— Indelicato! Você *não pode* estar falando sério. Se...

— Vamos *tentar* — repetiu Talia. — Só para ver se funciona. Aí nós decidimos. Esvaziem o trenó de Chen e vejam se ele consegue empurrá-lo. Se não conseguir, nós paramos por aqui. Isso é uma ordem.

bum

Por um momento, pareceu que Pushkin não ia se mexer. Então ele resmungou e se voltou para o trenó. Alex se juntou a ele.

Enquanto faziam isso, Talia fez uma chamada para o veículo de pouso. Rapidamente, ela tinha Fridasdottir e Idris na linha.

— Talvez tenhamos encontrado uma solução, capitão, mas vamos ter que testá-la antes de sabermos com certeza.

— Es-are-o- aqui, Indel-cato — disse Idris. — Leve o te-po que precisar.

Remover os supercapacitores não foi tão difícil quanto Alex imaginara. Evitar que os suprimentos de Chen voassem do trenó enquanto faziam isso — arrancados de suas mãos pelos dedos invisíveis do vento — revelou-se muito mais difícil. No fim, a solução foi pegar parte dos suprimentos e dividi-la entre os outros trenós enquanto faziam testes com o de Chen.

Com a unidade de tração e os supercapacitores removidos, restando apenas o mínimo de suprimentos no trenó — comida, o chip-lab de Chen, kit médico e algumas outras necessidades —, eles se afastaram para observar enquanto o químico vestia o arreio improvisado, fazia força contra ele e dava um passo. Então outro. E outro. E outro.

Com cada passo, Alex sentia como se estivesse emergindo do alcatrão sombrio.

Chen parou e se virou para trás.

— E então? — indagou Talia.
O químico parecia inseguro, mas respondeu:
— Acho que consigo. Não vai ser fácil, mas...
— É claro que não vai — disse Talia. — O importante é que você não tenha um colapso.
Pushkin sacudiu sua cabeça de touro.
— Esse plano é pura tolice, srta. Indelicato. De todas as coisas meia-boca, mal resolvidas...
— Você está dizendo que não consegue acompanhar Chen? — perguntou Talia. Os olhos porcinos de Pushkin se apertaram em fendas estreitas e retas. — Porque, se esse for o caso...
— *Não é* — afirmou Pushkin, as palavras praticamente sibilando entre seus dentes.
— Bom. Então nós vamos em frente. Chen, vamos nos revezar para puxar seu trenó até que os outros parem. Depois disso, Pushkin vai carregar o máximo de equipamento pesado que puder. Crichton e eu dividiremos o que sobrar, e o resto vai ser com você, Chen.
Alex ouviu as palavras não ditas: *e não nos decepcione.*
Chen assentiu.
— Farei o possível.
— É melhor que faça. Nenhum de nós sairá daqui se não fizermos isso.
Um chiado de exasperação soou do interior do capacete de Pushkin.
— Eu ainda digo que isso é *péssima* ideia.
bum
— Registrado — disse Talia. Ela acionou novamente a linha com o veículo de pouso.
— Capitão. Eu estava certa. Nós temos um jeito de avançar.
— Is-o é uma notícia exce--nte, Indelicato — respondeu Idris. Ele parecia realmente aliviado. — Você tem certez- de q-- não vai ser difícil dem--- para você e a equ--e?
— Nós vamos dar um jeito, senhor.
— Enten--do. Mantenha-nos in--rmados.
— Senhor — disse Pushkin, e Talia lançou-lhe um olhar irritado. — Preciso registrar reclamações na forma mais forte possível. Não foi com isso que eu concordei. É perigoso demais, difícil demais.
O capitão respondeu em um tom severo:
— Se Talia ac-a que vocês conse--em fazer isso, en-ão eu tam—m acho. Isso é -ma ordem, Pushkin.
A expressão do geólogo se fechou com raiva, mas ele apenas respondeu:
— Sim, senhor.
E isso foi tudo. Alex mal podia acreditar, mas a expedição ia continuar. Ele não estava satisfeito com o fato, não exatamente, mas a maré sombria recuou em seu interior, e ele teve uma sensação de satisfação por ter realizado algo.

5.

Antes que seguissem em frente, eles enterraram os supercapacitores e a unidade de tração de Chen ao lado de sua trilha.

— Nós vamos pegá-los no caminho de volta, não vamos? — perguntou Chen.

Alex assentiu.

— Claro que vamos.

O que foi levado deve voltar. O lema de todo xenobiólogo que pousava em um corpo planetário com vida alienígena. *Não causem dano* também se aplicava, mas esse era mais ambicioso. Muitos xenobiólogos tinham, por negligência ou estupidez, contaminado as áreas que estavam estudando.

Talia ajudou Pushkin a fechar o buraco que eles haviam cavado para esconder os objetos e a aplainá-lo. Então o geólogo usou a pistola de pinos da equipe para disparar um sinalizador reflexivo em uma rocha próxima, para que pudessem tornar a encontrar o local.

Chen assumiu o primeiro turno no trenó. Seu passo ditava o ritmo que o resto da equipe podia andar, então Talia o fez assumir a liderança. Depois de uma hora, ela assumiu o segundo turno, e Alex o terceiro.

Enquanto Alex enfiava os braços vestidos com o skinsuit no arreio improvisado, começou a questionar se sua ideia era mesmo inteligente. Agora que *ele* estava prestes a arrastar o trenó, parecia quase impossível que eles pudessem atravessar a distância restante a pé, caminhando contra o vento e presos a um peso considerável. Havia *muitos* quilômetros até o buraco.

Não pense nisso. Alex só precisava se preocupar em dar um passo de cada vez. O resto se resolveria sozinho.

Pelo menos era isso que ele esperava.

As correias machucavam os ombros de Alex enquanto ele se inclinava contra elas e o peso do trenó se instalava sobre seu corpo. *Merda.* Ia ser mais difícil do que ele havia imaginado.

Mas era factível, e isso era o suficiente.

O padrão de pele de tubarão na parte inferior do trenó impedia que o vento os empurrasse para trás e também ajudava as esteiras lagartixas travadas a deslizarem sobre as pedras, a areia e a terra. Para um objeto com aquela massa e volume, o trenó produzia muito menos fricção do que poderia.

O que não significava que puxá-lo era fácil.

bum

Por volta das 16h, o trenó de Pushkin parou de funcionar. Com o rosto franzido, Talia interrompeu a caminhada.

— Não temos tempo para fazer isso mais duas vezes. Vamos arrancar as entranhas de todos os trenós de uma vez.

Então eles fizeram isso.

Quando Pushkin terminou com seu trenó, ele escavou um buraco em forma de caixão que o grupo encheu com o resto dos supercapacitores, unidades de tração e todo equipamento não essencial. O que não era muito. Eles já estavam andando com o mínimo possível.

Então eles passaram um tempo reorganizando os trenós. De acordo com o plano de Talia, os itens mais pesados foram para o trenó de Pushkin, e os mais leves, para o de Chen.

Quando todos estavam de volta a seus arreios, Talia ergueu um bastão de caminhada e disse:

— Sigam-me.

bum

A partir daí, ela dobrou a duração das paradas que o grupo fazia a cada dez minutos, o que ajudava, mas mesmo na primeira meia hora, Alex podia sentir a fadiga se acumulando em um ritmo preocupante. O conteúdo de seu trenó era mais pesado que o de Chen, e cada quilo extra fazia uma diferença perceptível. Ele tinha certeza de que estaria exaurido à noite.

O mesmo parecia valer para Talia, e duplamente para Chen, apesar de sua carga mais leve. O químico estava se esforçando, Alex tinha que reconhecer, mas ficava cada vez mais para trás à medida que o dia passava. Às vezes, Alex olhava para trás para vê-lo meio perdido em meio às nuvens de poeira: a silhueta achatada de um homem, como um recorte laranja, fino como papel e insubstancial.

6.

O resto do dia foi um trabalho árduo e longo que não ajudou em nada a melhorar o humor de Alex. O vento parecia mais forte do que antes, e, por alguma razão, Pushkin insistia em tentar conversar com ele por voz e mensagens. Alex não queria conversar. Isso consumia muita energia. E fazia com que o tempo passasse mais devagar. Tudo o que ele queria era olhar fixamente para o chão, com a mente vazia, e esperar que a noite chegasse.

Além disso, as correias começaram a esfolar seus ombros, e quanto mais ele pensava ou falava, mais percebia a sensação de queimadura. Seu joelho também não estava muito satisfeito.

O grupo continuou a caminhar até às 19h em uma tentativa de compensar o atraso com os trenós. Mesmo assim, acabaram cobrindo apenas 14 quilômetros, o que não era muito bom. Dois dias de viagem e eles já estavam com o cronograma sete quilômetros atrasado, e essa distância os teria deixado muito perto da Zona Gama.

— Vamos ter que nos esforçar mais amanhã — disse Talia.

Um leve crepitar de estática marcou suas palavras. Não foi o suficiente para interferir na conversa, mas isso mudaria conforme se aproximassem do buraco.

— Devemos fazer menos pausas — disse Chen, enfiando as estacas de seu trenó no chão. Ele parecia prestes a desmaiar.

Alex sacudiu a cabeça. Ele duvidava que Chen aguentasse o dia seguinte sem o dobro do tempo de descanso.

Pushkin grunhiu. Estava com a respiração mais pesada que o normal.

— Sete quilômetros não é tão longe. Coisa inteligente a fazer é nos atermos ao plano. Se ficarmos exaustos, vamos nos atrasar ainda mais. Um ritmo lento e constante vence a corrida. Lento e constante.

— Sete quilômetros a mais não vão nos matar — disse Talia. — Vamos continuar. Caso contrário, ficaremos presos aqui por mais uma noite. Isso não vai funcionar perto do buraco.

Pushkin a encarou furiosamente, mas não discutiu a questão.

Assim que os trenós estavam presos, Alex trabalhou com Talia e o geólogo para montar o abrigo. O primeiro passo era fixar o domo no chão para que o vento não o soprasse para longe. Talia e Pushkin seguraram o abrigo desmontado para protegê-lo da poeira e o desenrolaram alguns centímetros de cada vez enquanto Alex trabalhava pelas bordas, usando a pistola de pinos para prendê-lo no lugar.

Ele terminou e se afastou enquanto Chen e Talia começavam a erguer o abrigo. Ao fazer isso, ele viu... não tinha muita certeza do *que* tinha visto. Havia uma grande forma corcunda a várias centenas de metros de distância, parcialmente visível através das camadas de poeira em movimento. O objeto parecia um rochedo, o primeiro que eles tinham encontrado.

No entanto, alguma coisa naquilo não parecia com as rochas locais. Era de uma cor diferente. Mais escuro. Mais áspero. Como se as eras de vento forte e poeira abrasiva não tivessem conseguido desgastar todas as irregularidades protuberantes.

Alex franziu a testa e deu um passo adiante, levantando a mão para se proteger da poeira que subia em redemoinhos.

— Alex, ajuda aqui, por favor — chamou Chen.

Alex começou a se virar, e o rochedo se *moveu*.

Ele deslizou para longe, rápida e suavemente, como se o chão fosse escorregadio como gelo.

— Olhem! Ali! — disse Alex, acionando seu comunicador.

Os outros correram para o seu lado e ficaram ali, observando enquanto o rochedo desaparecia na escuridão. Alex mudou para infravermelho: o rochedo surgiu como um volume brilhante e reluzente que recuava rapidamente para o norte.

— *Velocidade* — subvocalizou ele.

Uma série de números e linhas apareceu em seu filtro. O objeto estava deslizando pelo chão a exatamente 93 quilômetros por hora. A velocidade mais alta que haviam registrado em órbita tinha sido de 61 quilômetros.

— Aquilo era uma de suas "tartarugas"? — perguntou Talia com a voz baixa e pesada.

— Acho que sim — disse Alex.

Até então, nenhuma das tartarugas tinha sido vista na Zona Beta, o que não significava muito, considerando o curto espaço de tempo em que eles tinham observado as criaturas, mas fez com que Alex se perguntasse se a criatura tinha ido investigar a presença do grupo. Tudo era possível.

Sua nuca formigou.

— São grandes demais para gostar delas — comentou Pushkin.

Então ele agarrou o ombro de Alex e apontou para um ponto no céu. Um par de luzes brancas e fortes atravessou uma faixa de nuvens, iluminando-as por dentro. Alex desligou o infravermelho. No espectro visível, as luzes eram menos cintilantes e tinham uma tonalidade amarelo-esverdeada que brilhava como uma aurora boreal.

As luzes pareciam estar se movendo tão rápido quanto um transporte espacial; depois de mais alguns segundos, elas desapareceram por completo. Alex verificou seus filtros, querendo saber a velocidade real. Para sua surpresa, a velocidade mostrada foi zero. Até onde o programa sabia, era como se as luzes não existissem, embora — e ele olhou para ter certeza — seus implantes tivessem gravado o vídeo do voo.

— Estão vendo? As luzes não eram fruto da minha imaginação — disse Chen.

Talia saiu andando na direção do local onde estava a tartaruga. Alex foi atrás com Chen, e Pushkin seguiu na retaguarda.

O vento já tinha apagado parcialmente os rastros da criatura, mas eles ainda conseguiram ver uma faixa de terra de um metro de largura completamente lisa.

Alex e Chen se ajoelharam. Os dois coletaram amostras e jogaram um pouco da terra da trilha em seus chip-labs.

— Nada incomum — disse Alex, lendo o mostrador. — Eu acho.

— O mesmo — respondeu Chen.

— Como ele se movimenta? — perguntou Talia, debruçando-se sobre a trilha. — Não pode ser com rodas, trenós ou pés.

— Por que não? — quis saber Pushkin.

— Não há nenhum rastro. E se ele estivesse raspando o chão liso atrás de si mesmo, haveria uma pilha de terra dos dois lados, como acontece com uma máquina de remover neve.

— Nós não temos neve onde moro, em Shin-Zar.

— Está bem, uma motoniveladora ou algo assim.

Alex permanecia em silêncio, pensando. Então enfiou a mão no meio da trilha, enterrando-a o mais fundo possível.

— O que foi? — indagou Talia.

Alex tateou a terra por um momento, então retirou a mão. Ele balançou a cabeça.

— Achei que pudesse haver uma placa de indução.

— Teríamos detectado a corrente — disse Chen.

— Talvez luzes estivessem conectadas com tartarugas — opinou Pushkin. — Lasers podem fornecer energia.

— Como as luzes produziriam um laser? — perguntou Talia. — Além disso, teríamos captado as assinaturas de calor em órbita.

Alex balançou a cabeça novamente.

— As tartarugas estão vivas. Ou são controladas por alguma coisa, ou por *alguém*, que esteja vivo. Ela reagiu a mim. Tenho certeza disso.

— Ainda quero saber como ela consegue se movimentar por aí — disse Talia.

Chen girando lentamente, fazendo um círculo, olhando em todas as direções.

— Não vejo mais nenhuma delas.

— Você tentou...

— Tentei todo comprimento de onda que meu traje consegue detectar. Se há mais alguma tartaruga por aqui, elas estão muito bem protegidas para serem vistas.

bum

7.

Talia alertou a tenente Fridasdottir sobre o encontro com a tartaruga, bem como o aparecimento das luzes. Tentou transferir todos os dados que seus skinsuits e implantes coletaram durante as aparições, mas a interferência eletromagnética do buraco impossibilitava a transmissão dos arquivos completos. As transferências eram sempre interrompidas. Até a voz da tenente estava ficando difícil de ouvir.

Por fim, Talia resolveu enviar um resumo dos dados em forma de texto. Era uma solução informal, mas até eles voltarem, era a única opção.

Como na vez anterior, o *Adamura* não havia detectado as luzes em órbita. Ou elas eram muito pequenas, muito fracas, ou de algum modo estavam protegidas de detecção. Pelo pouco que Alex ouvira de Sharah pelos comunicadores (ele mal conseguia ouvir uma a cada três palavras quando o cérebro de nave falava), ela pareceu frustrada pela falha dos sensores da nave.

O capitão Idris queria que eles investigassem mais a área onde a tartaruga aparecera, mas Talia bateu o pé e insistiu que o grupo erguesse o domo e entrasse. Já estava ficando tarde, a descontaminação ia ser longa como sempre, e nenhum deles queria estar ali fora no escuro com uma e possivelmente mais tartarugas por perto. O capitão tentou argumentar, mas Talia insistiu. Nesse ponto, Alex apreciava a liderança dela, e, pela primeira vez, achou que Pushkin sentia o mesmo.

— Não há necessidade de ficarmos presas fáceis — resmungou o geólogo quando o capitão desligou.

— Concordo — disse Talia.

bum

8.

Novamente, Alex se viu esperando para passar pela descontaminação, dessa vez com Pushkin. Talia e Chen tinham ido primeiro; Alex desconfiou que Talia queria que Chen entrasse o mais depressa possível. O químico parecia ter batido contra uma parede... e, pelo visto, a parede retribuíra a batida.

Enquanto aguardava os dois passarem pela na câmara de pressurização, Alex coletava amostras do chão em um padrão de grade em torno do acampamento. Pushkin o seguiu, fazendo a mesma coisa com o próprio equipamento especializado. Procuravam coisas diferentes — Alex estava em busca de micróbios e outras formas de vida, Pushkin tentava descobrir a composição das rochas e do solo —, mas seus métodos eram basicamente iguais.

Nenhum deles falava enquanto trabalhava.

Quando terminou, Alex parou no lado protegido do domo, de braços cruzados, a pistola de pinos na mão, enquanto examinava a planície que escurecia à procura de mais tartarugas.

Ele sentiu um desconforto na base do crânio. Havia algo profundamente perturbador em saber que criaturas invisíveis e possivelmente hostis estavam patrulhando a terra ao seu redor. Isso o lembrou de Eidolon, quando os tigremalhos espreitavam perto do muro de proteção eletrificado, ou quando eles saíam para caminhar e...

Um atoleiro de tristeza ameaçava afogá-lo. Alex fechou os olhos com força, tentando negar a realidade do universo. Tudo dentro dele parecia doente e vazio.

bum

Alex abriu os olhos e viu Pushkin parado a alguma distância do domo habitacional, com as mãos na cintura imensa, balançando no ritmo de uma música que só ele podia ouvir. Alex se perguntou no que ele estava pensando.

Ele não precisou perguntar. O geólogo disse:

— Todo planeta está acompanhando o tempo do metrônomo de tamanho de cidade. — Seu capacete girou quando ele olhou para Alex. — Talvez construtores desconhecidos fossem amantes de música, dançarinos do ritmo fractal.

— Talvez.

Parecia improvável para Alex, mas ele não tinha nenhuma informação concreta que o ajudasse a interpretar o buraco em Talos VII. Estava além de qualquer experiência humana e, por isso, era impossível julgar sem mais contexto. *Exogênese*. A palavra veio à tona em sua mente. *Vida vinda de fora*. Essa era uma tradução grosseira. O termo surgira mais de uma vez em suas aulas de xenobiologia. Era um conceito teórico que, até então, não tinha exemplos práticos. A teoria era que a vida poderia ter evoluído em outras dimensões ou domínios da existência (o espaço superluminal era uma área comum de especulação) desconhecidos da física moderna ou inacessíveis a seres tridimensionais comuns feitos de matéria bariônica. Vida sem antecedentes em meio à cadeia causal normal do universo. E se essa vida penetrasse no universo em um evento *exogênico*, as consequências poderiam ser inimaginavelmente devastadoras.

Havias níveis de estranheza dos seres vivos, e a exogênese representava os mais profundos. Uma das coisas mais assustadoras que Alex ouviu de um professor foi que a tecnologia de uma espécie *realmente* avançada poderia ser indistinguível das forças naturais do universo, da mesma forma que os atos e trabalhos dos humanos podiam parecer para uma formiga ou uma minhoca.

Alex segurou a pistola de pinos com mais firmeza e se aproximou um pouco mais do domo habitacional.

Os 20 minutos seguintes se passaram em silêncio, além do vento e do constante
bum
do coração pulsante do planeta.

Alex estava irritado consigo mesmo. Estava ficando poético, até mesmo sentimental, e isso sempre foi um sinal de que tinha chegado aos limites de sua resistência física e mental. O dia tinha exigido demais, e ele ainda precisava passar pela descontaminação. Comida, um pano molhado nos pés e abrigo do vento eram seus únicos desejos reais no momento. Todo o resto — a grande impossibilidade do buraco, as tartarugas e as profundas questões existenciais dele — teria que esperar.

Uma mensagem de texto surgiu nos seus filtros.
<*Liberado. — Talia*>
Pushkin já estava se dirigindo ao domo.

— Seja bom e verifique trenós última vez, ok? Maravilha. Eu esperar na câmara de pressurização.

Alex deixou que sua respiração sibilasse entre os dentes. Não tinha energia nem para xingar, mas naquele momento, ele não teve nenhum sentimento bom em relação ao geólogo. Era sempre assim em expedições. A paciência se esgotava, o humor se desgastava... ter uma boa relação com outras pessoas em circunstâncias que não eram as ideais era um desafio, e Talos VII talvez fosse o ambiente mais desafiador que qualquer um deles tinha encarado.

Apoiando-se pesadamente nos bastões, Alex foi até os trenós e lançou um olhar superficial em sua direção. As estacas estavam bem presas. As correias também. Não precisava verificar todas de perto, as regras que se danassem. Era uma perda de tempo, e ele estava de saco cheio.

Com os ombros curvados, ele voltou para o abrigo, depositou as amostras na caixa limpa embutida na camada externa do domo e entrou na câmara de pressurização. Pushkin estava sentado no banco ao longo da parede direita, com os dedos entrelaçados atrás do capacete, os olhos semicerrados.

— Isso foi rápido — disse ele, praticamente sem se mexer.

Alex resmungou e fechou a porta externa da câmara de pressurização.

Ele acionou um timer em seus filtros, então fechou os olhos enquanto os gases da descontaminação eram borrifados na parte externa dos skinsuits. Quinze minutos depois, o timer tocou, e ele despertou de seu quase cochilo.

Os dois tiraram os skinsuits. Sob a luz ultravioleta, Alex percebeu uma faixa brilhante e reluzente tatuada em torno do dedo anelar esquerdo de Pushkin. *Casado?* Talvez não. Havia muitas tradições estranhas através do espaço colonizado por humanos.

Alex esfregou a própria mão, sentindo falta do peso familiar. A aliança dourada e azul que usara por tanto tempo estava em Eidolon, ao lado da urna que ele tinha abandonado. Guardada sozinha no armário escuro, fria, vazia, uma promessa que não podia mais ser cumprida.

Um véu escuro pareceu cair sobre sua visão, e tudo a sua volta ficou cinza e distante, sem importância e irreal. Ele se forçou a falar numa tentativa de recuperar seu senso de solidez.

— Uma parceira unida em par? — Ele apontou para a tatuagem.

Pushkin ergueu a mão e olhou para a faixa como se tivesse acabado de notá-la.

— Nada tão trivial. Qualquer idiota com padrões suficientemente baixos pode encontrar parceira. Mais difícil encontrar é laço de irmandade. Quando você arrisca vida com alguém, e essa pessoa salva você, e vocês então, vocês criam vínculo indestrutível. — Seus olhos fundos eram espaços pretos vazios sob a luz ultravioleta. — Quantas pessoas no universo, Crichton, vêm ajudar se você chamar? Excluindo pais, é claro.

— Eu... — A pergunta o abalou. Conversar com Pushkin costumava ter esse efeito. — Ninguém, acho.

Essa não era uma resposta que Alex quisesse dar, mas mentir exigiria mais energia do que ele tinha.

O geólogo assumiu uma expressão presunçosa.

— Exatamente. Este anel representa tal vínculo. O nome dele é *Thun*, e se eu precisar, posso contar com ele assim como ele pode contar comigo.

Alex achava aquilo difícil de acreditar.

— Ahã. E como conseguiu convencer alguém de que valia a pena salvar você?

— Um acidente em queda livre de nuvens — respondeu Pushkin displicentemente.

— Você está familiarizado com o esporte de queda livre de nuvens?

— Já vi vídeos.

— Então sabe como pode ser perigoso em planeta de alta gravidade. Mas, ah, que glórias você vê! Por que...

Enquanto Pushkin continuava a falar, Alex se desconectou. Muitas palavras saíam da boca do homem, e Alex não tinha certeza se acreditava em nenhuma delas. *Queda livre de nuvens. Como se ele fosse arriscar a vida em uma coisa dessas.*

Depois de um bom tempo, as luzes mudaram de volta para o espectro completo normal, e o esperado *ding* soou, indicando o fim da descontaminação.

— Finalmente — murmurou Alex. Ele foi mancando até a câmara de pressurização interna, evitando colocar o peso no pé esquerdo, que estava com várias bolhas desagradáveis.

9.

O clima dentro do domo habitacional estava tenso.

Alex estava sentado no chão do abrigo com as mãos dentro das luvas da caixa limpa. A caixa permitia que ele continuasse a trabalhar em suas amostras sem contaminar o espaço onde viviam.

Estava usando os manipuladores do chip-lab para separar o núcleo de um organismo unicelular que ele isolara do solo. Tecnicamente, Alex deveria estar dormindo, mas nem ele nem os outros estavam com vontade de se deitar ainda, apesar da exaustão. Não quando eles sabiam o que estava à espreita lá fora.

Se uma das tartarugas se chocasse contra o abrigo... Não ia sobrar muita coisa. Apenas manchas de sangue e carne.

Ele olhou para o canto superior direito de seus filtros, onde pusera as imagens das câmeras de segurança externas. Nada além de poeira e escuridão.

As tartarugas estavam em algum lugar lá fora. Escondidas? Observando? Reunindo-se? Era impossível dizer. Mas elas *estavam* lá fora. No *Adamura*, Alex havia estimado que elas eram centenas de milhares.

Não pela primeira vez, perguntou-se o que elas comiam. A área em torno do buraco não parecia conter biomassa suficiente para sustentar a população de tartarugas. Supondo que elas fossem seres vivos. Se não fossem, isso levantava uma série de outras questões.

Eu deveria colocar a pistola de pinos na caixa limpa, pensou ele. Assim, poderia pegá-la do interior do abrigo. Ela não seria muito eficiente contra criaturas tão grandes quanto as tartarugas, mas pelo menos seria alguma coisa.

Apesar de toda a tecnologia que ele e seus companheiros tinham trazido, Alex sentia como se eles não fossem tão diferentes dos primitivos agachados em torno de uma fogueira enquanto algum monstro faminto e com presas circulava na escuridão ao redor, esperando pelo momento perfeito para atacar e arrastá-los para longe.

O primeiro contato com uma espécie alienígena era sempre complicado, mesmo que os alienígenas não fossem sapientes. O primeiro contato em que se *sabia* que a sapiência estava envolvida era exponencialmente mais difícil. Já era muito difícil saber o que outro humano ia fazer. Um alienígena, então? Esqueça. Algumas premissas podiam ser consideradas certas, é claro. Todas os seres vivos precisavam de energia para viver e procriar. E todos possuíam um ímpeto de sobrevivência. Fora isso, qualquer coisa era possível.

Alex se lembrou de ter lido sobre uma criatura semelhante a um pólipo que vivia na região ártica de Eidolon. Todo eclipse solar, ela se soltava da rocha em que estava crescendo e pulava, pulava para cima e para baixo 14 vezes. E ninguém sabia por quê. E isso era em uma biosfera que tinha sido minuciosamente estudada.

Durante seu treinamento inicial como xenobiólogo, ele fez um curso sobre o que se devia ou não fazer no caso improvável de encontrar vida inteligente em algum lugar do universo. A maior parte do que se lembrava do curso podia ser resumida pela frase "Não piore a situação". E "Nós não sabemos". O que não era especialmente útil.

O contato entre duas espécies inteligentes poderia muito facilmente ser um desastre para os dois lados. Alex não ficaria surpreso se os alienígenas evitassem ativamente outras espécies inteligentes. Se *ele* nem sempre queria passar tempo com humanos, por que um alienígena ia querer?

Talvez eles pudessem consolar uns aos outros em suas angústias existenciais. Sua boca se retorceu em um quase sorriso.

Talia fez um ruído de desgosto, levantou-se e começou a andar de um lado para o outro. Alex não sabia com ela ainda tinha energia.

De seu nicho, Chen olhou para ela com olhos lacrimejantes, parecendo exausto demais para fazer muito mais que isso.

— Minha cara comandante — disse Pushkin com uma voz estranhamente delicada —, seus passos distraem muito.

— Lamento — respondeu Talia. — Não tenho mais nenhum lugar para ir.

— Tecnicamente...

— Tecnicamente é o cacete.

Ela andava, Alex trabalhava e, do lado de fora, o uivo do vento adquirira um ritmo agitado.

bum

Talia se atirou em seu colchão e cobriu os olhos com o braço. Seu pé se retorcia, batendo na lateral do domo.

Pushkin soltou um suspiro de reprovação, e ela disse:

— Ainda está lendo essa bobagem que você parece adorar?

— *Capitão Ace Savage* é uma das melhores obras literárias do espaço colonizado.

— Aff!

— Se você não consegue apreciar prazeres simples como esse, talvez seja *você* o problema, não livro.

Talia olhou para ele por baixo da dobra do braço.
— Prefiro histórias com verdadeiro mérito literário. Não essa porcaria.
— Então sua opinião precisa ser recalibrada — comentou Pushkin, aparentemente inabalado pela crítica. — Surpreendente até que você leia ficção.
— Filmes são melhores.
— Caso encerrado.
Alex tentou se desligar deles enquanto examinava os resultados do chip-lab. Sua testa se franziu enquanto ele avaliava os números.
— Tem alguma coisa errada? — perguntou Chen de seu nicho, falando em voz baixa para não perturbar os outros.
— Não. Apenas estranho.
Talia baixou o braço.
— Que tipo de estranho?
— Tem, uh, um micróbio aqui, com uma concentração muito alta de metais pesados. Nunca vi nada assim antes.
Pushkin limpou seus filtros invisíveis com um gesto.
— Eles poderiam se alimentar dos metais que encontramos no solo?
— Não tenho certeza. Talvez. Não sei para qual direção a reação está indo. O processo metabólico é... — Alex deu de ombros. — Preciso do laboratório do *Adamura* para poder entender isso.
Chen jogou as pernas pela borda de seu nicho.
— Você pode me enviar os dados?
Sem tirar os olhos do chip-lab, Alex encaminhou seus resultados para o químico.
— Quão comum é o micróbio? — perguntou Talia. — De que tipo de densidade populacional estamos falando?
— As mesmas densidades que vimos antes. Está presente, mas você não vai encontrá-lo em grandes números.
— Precisamos nos preocupar com a possibilidade de que afetem nosso equipamento?
Alex desviou o olhar do chip-lab.
— Não sei.
O rosto dela ficou tenso.
— É melhor descobrir, Crichton, antes que terminemos com um desagradável vazamento de pressão.
— Sim, senhora.

10.

Naquela noite, Alex dormiu mal. Isso acontecia com frequência, mas naquela noite foi pior que o normal.

O constante

bum

insistia em penetrar em seus pensamentos, perturbando os sonhos e arruinando qualquer chance de um descanso adequado. Às vezes, ele abria os olhos e encarava a curva escura do domo. Lá fora, o vento cantava com intensidade voraz, como se estivesse desesperado para entrar. Desesperado para destroçar o conteúdo macio do interior.

Ele colocou abafadores nos ouvidos, o que ajudou com o vento, mas não adiantou em nada contra os metronômicos

bum

que marcavam as horas escuras e vazias.

Ele caiu no sono de forma hesitante, em períodos curtos e incertos. Explosões alucinantes que borravam os limites da percepção.

Foi depois. Não foi mais antes. *Ele recebeu a ligação quando estava deixando a Comissão com seu novo estoque de sementes. A ligação parecia ter sido uma eternidade. Desde então, o tempo se dilatara além de qualquer razão.*

Ele fora direto para o hospital. Meio fora de si, desativou a direção automática e forçou o buggy blindado a correr duas vezes mais rápido que a velocidade permitida pela trilha lamacenta que servia de estrada.

O prédio era um bloco de brancura gelada. Cortes pretos no lugar de janelas. Torres de laser girando ao longo dos muros externos eletrificados. Uma cidadela sitiada, mesmo ali, no coração da capital. E lá fora, o crescimento implacável da floresta, densa e escura, latejando de fome.

Uma enfermeira o recebeu. Recusou-se a responder suas perguntas. Conduziu-o por corredores bem iluminados que fediam a antisséptico. O médico com uma cabeleira ruiva e palavras que não podiam significar o que significavam.

O necrotério era frio como o medo. Alex ficou ali, trêmulo. Na bancada de aço revestido de cobre, ele a viu deitada. Pétalas de pele pendiam abertas, derramando fluido linfático como um bálsamo inútil para a carne brutalizada. A crueldade indiferente do trabalho do tigremalho exposta.

Ele identificou. Ele testemunhou. O lençol subiu, cobrindo o que restava do rosto que Alex conhecia tão bem.

O médico estava dizendo coisas. Coisas que não importavam. Então:

— ... não pude revivê-la. Havia muito dano nos tecidos. Sinto muito. Se houvesse alguma coisa que eu pudesse...

Dano nos tecidos. Esse era o termo técnico para a carnificina que ele tinha visto. A maciez de corpos humanos não era páreo para os dentes e as garras do tigremalho. O dano feito impedia crio, impedia salvar o que a fazia ser ela. Um cérebro não podia ser transferido para um construto se o próprio cérebro estivesse esmagado e lacerado, rachado como um melão.

O médico colocou um objeto frio e maciço em sua mão. Um pedaço de cristal industrializado, o núcleo de memória de seis implantes, extraído, limpo e preservado mesmo que ela não tivesse sido.

— *... parentes mais próximos... beneficiário... procuração...*

Palavras sem sentido que passavam enquanto ele olhava fixamente para o cristal, hipnotizado pela beleza horrenda do brilho inconstante.

O núcleo estava ali.

Ela, não.

E ele estava sozinho.

CAPÍTULO III

* * * * * * *

ZONA GAMA

1.

Quando Alex acordou, ficou um tempo deitado, contemplando o genocídio. Ou mais precisamente, teriocídio: a erradicação intencional de um grupo de animais.

Com um retroviral adequadamente projetado, deveria ser possível eliminar toda a população de tigremalhos. Ele nem precisaria matá-los; apenas esterilizá-los, e todos estariam mortos em uma geração. Isso não seria tão ruim, não é? A mais benigna forma de extinção.

Aquele era um pensamento maligno, e Alex sabia disso. Com um suspiro, deixou a ideia de lado. Vingar-se dos tigremalhos não fazia mais sentido que se enfurecer com o vento. Eles — *ele* — estava seguindo sua natureza, assim como todas as outras criaturas. Odiá-los não era diferente de odiar a si mesmo... Mas Alex odiou, e a realidade de sua natureza o atraía inexoravelmente de volta à mesma droga de pergunta que continuava a atormentá-lo. Se a culpa era da própria natureza, então onde ele deveria procurar respostas? Deveria ficar nas planícies de Talos e gritar até não poder mais com um universo indiferente na esperança fútil de que o universo pudesse respondê-lo?

Alex achou que estava começando a entender por que tantas religiões começaram no deserto. O vazio da terra fazia algo com o cérebro de uma pessoa, focando-o na estranheza de sua vida interior.

E, é claro, em Talos havia o incessante
bum
a ser enfrentado, golpeando corpos e cérebros como um martelo hidráulico, implacável e impiedoso.

Ele piscou e piscou outra vez, vendo o teto curvo nadar a sua frente. Uma pílula despertadora estava começando a parecer uma necessidade, mas a parte teimosa de Alex ainda se recusava a recorrer às drogas. Isso parecia uma rendição, e ele jamais daria essa satisfação ao universo. Não que o universo se importasse.

Porque de fato não se importava.

Ele pensou novamente nos tigremalhos e fechou os olhos. Talvez estivesse mesmo amaldiçoado.

Com uma palavra, ele ativou seus filtros. Estavam desconfortavelmente luminosos por trás de suas pálpebras fechadas. Algumas seleções rápidas foram o suficiente para penetrar através das camadas de pastas até que ele se viu olhando para o arquivo intitulado *Layla*. A pasta estava solitária e desamparada no nível básico de seus documentos pessoais. Só que o arquivo não era dele. Ou melhor, não parecia ser. Alex era um cuidador fajuto, que recebeu um objeto precioso que nunca deveria ter saído da posse de sua dona original.

Ele ergueu a mão e a manteve trêmula diante da imagem projetada. Apenas alguns centímetros virtuais separavam seu dedo do arquivo reluzente.

Ele quase o abriu. Para ver. Para compartilhar do sofrimento dela como uma forma de penitência. A vontade era terrivelmente tentadora.

Mas não conseguiu se obrigar a fazer isso. O medo superou o desejo, e ele baixou a mão e disse com voz rouca através de uma garganta apertada:

— Desligar imagem.

Os filtros desapareceram, deixando-o sozinho em sua escuridão autoimposta, e Alex se xingou por sua covardia.

2.

Fazia frio naquele dia. De qualquer forma, mais frio que antes, com -34 graus Celsius, e o vento tinha um toque pesaroso, como se lamentasse pecados passados. Faixas tênues de névoa matinal flutuavam diante da ventania e se suicidavam contra os raios incertos que vinham do sol nascente.

Não havia nenhuma tartaruga à vista. Alex estava grato pela sua ausência, embora ela o deixasse nervoso. Onde elas *estavam*?

A distância do acampamento até a Zona Gama era de pouco mais de sete quilômetros. Ele estava curioso para saber o que encontrariam quando chegassem. Imagens orbitais tinham revelado alguma coloração interessante na superfície em Gama. *Rochas expostas ou matéria biológica?*

Alex ajudou Talia a desinflar o domo habitacional enquanto Pushkin e Chen guardavam o restante de seus equipamentos e os prendiam nos trenós.

O domo estava começando a esvaziar quando ocorreu uma enorme lufada de vento. Alex e Talia cambalearam, e o domo voltou-se para dentro, como se tivesse sido socado por um gigante invisível. A força do vento fez com que o trenó de Chen — o mais leve — se soltasse. As estacas se desprenderam do solo prensado. O trenó deslizou para o lado e bateu no joelho esquerdo de Chen.

A perna do químico cedeu, e ele caiu. Os comunicadores crepitaram, e um grito estridente explodiu os ouvidos de Alex.

Alex largou a bomba de pressão do domo e correu na direção de Chen. Talia estava dois passos à frente. Movendo-se com uma velocidade surpreendente, Pushkin agarrou o trenó descontrolado e o afastou do químico.

— Está muito machucado? — perguntou Talia, abaixando-se.

Chen fez que sim com a cabeça, o rosto retorcido de dor. Alex foi tomado pelo desânimo ao ver o joelho de Chen. A junta estava virada em um ângulo que não era natural; Alex não tinha certeza, mas parecia que a extremidade de um osso estava se projetando, pressionando a superfície interna do skinsuit de Chen.

Água congelante encheu as vísceras de Alex. Será que ele tinha colocado tudo a perder? Se tivesse tirado um tempo para verificar os trenós adequadamente... *Não.* Não podia ser. Alex estava exagerando. Não havia como saber ao certo se ele poderia ter feito algo para evitar o ocorrido. O vento podia ter sido forte o suficiente para soltar o trenó de qualquer jeito.

Não havia como ter certeza.

Mas ele não conseguiu deixar de se sentir responsável. E isso era horrível.

— Deixe-me ver — disse Talia.

— *Aiiiii!* Não toque.

— Vou tomar cuidado.

Pushkin prendeu as estacas do trenó e então foi para o lado de Alex enquanto Talia examinava delicadamente a perna de Chen.

— O joelho dele está deslocado — declarou em um tom calmo, quase clínico. — Os tendões podem estar rompidos. É difícil dizer. Não sou médica.

— Merda — disse Alex. Quebrar um osso era bastante ruim, mas romper um tendão ou ligamento era muito sério. Podia levar de quatro a seis meses para que Chen fosse capaz de andar normalmente outra vez.

O vazio escancarado se abriu dentro dele outra vez. *É isso. Fracassamos.* Como a expedição poderia continuar?

Outra lufada horrível de vento fez com que eles se encolhessem para se proteger do ataque violento.

Chen gemeu. Seus olhos estavam bem fechados, e o peito se movia para cima e para baixo em um ritmo frenético.

— Respire mais devagar — falou Talia. — Seu pulso está muito acelerado.

Ele não respondeu.

Talia olhou para Alex e para Pushkin.

— Precisamos levá-lo para dentro.

Nenhum dos dois hesitou; eles correram de volta para o domo habitacional e começaram a inflá-lo novamente.

A visão do joelho torcido de Chen continuava a dominar a mente de Alex. *Não há como ter certeza*, pensou enquanto acionava a bomba de pressão.

Mas ele não acreditava nisso.

bum

Trabalhando juntos, ele e Pushkin conseguiram erguer o domo e o deixarem funcional em tempo recorde.

Quando a habitação estava pronta, Talia ajudou Chen a se levantar. Os olhos dele estavam vidrados pelos analgésicos, mas fora isso, parecia lúcido. Com o apoio de Talia, os dois voltaram para a câmara de pressurização, com Chen pulando com a perna boa.

A porta da câmara de pressurização se fechou, e Pushkin se virou para Alex.

— Humpf. Que azar. Acho agora que não há escolha além de voltar.

— Sim.

— É melhor contar notícia para nossos supervisores benevolentes.

Alex assentiu, calado. Sua mente disparava enquanto ele tentava pensar em algum jeito possível para continuarem na direção do buraco. Ao mesmo tempo, questionava seu próprio nível de comprometimento. Até onde ele estava disposto a insistir? O quanto estava disposto a suportar? E para quê?... Essa *era* a pergunta. Para quê?

Ele achava que, se soubesse a resposta, estaria disposto a parar ali, naquele momento. Mas, estranhamente, não ter ideia se realmente valia a pena investigar o buraco fazia com que ele ficasse ainda mais determinado em cumprir a tarefa. Alex havia tomado sua decisão no *Adamura* — tinha aceitado o desafio, cravado os dentes nele — e não estava disposto a desistir. Não até ver o buraco com os próprios olhos. Ele não tinha nada além daquela expedição. Nada além de esquecimento acinzentado e a casca de uma vida sem um bom final.

Se ele parasse, ele *ia* parar.

Culpa e um arrependimento amargo ameaçavam afogá-lo. Se Alex tivesse se dado conta antes. Se ao menos tivesse sido responsável e verificado os trenós como deveria ter feito. Mas não foi isso que aconteceu, e agora a expedição estava prestes a terminar por causa de sua própria miopia egoísta.

Seu eu interior se rebelou contra esse conhecimento. Com certeza deveria haver uma solução para o problema. Alguma coisa.

Eu poderia continuar sozinho, pensou ele. Mas logo desistiu da ideia. Por mais determinado que estivesse, a proposta de caminhar pela paisagem devastada de Talos sozinho parecia não apenas impraticável, mas extremamente imprudente. Os acontecimentos, porém, pareciam estar levando-os a extremos, e Alex temia que medidas razoáveis não fossem mais suficientes na situação em que agora se encontravam.

bum

— O q-- foi? — perguntou a tenente Fridasdottir, direta e preocupada quando Pushkin chamou o veículo de pouso. — Ou--a tartaruga? — A voz dela chiava e estalava com a estática, obrigando Alex a forçar os ouvidos para entender o que estava dizendo.

— É pior — afirmou Pushkin. Ele explicou o que aconteceu, e Alex confirmou a história.

A tenente xingou.

— Vou inf---ar o cap--ão. Esperem a-.

Alex e Pushkin permaneceram curvados sobre o transmissor enquanto esperavam, formando um bolsão de ar relativamente imóvel entre eles.

Em sua mente, Alex viu mais uma vez como os trenós estavam na noite anterior. Ele cerrou as mãos, desejando poder voltar no tempo apenas algumas horas. Teria sido muito fácil verificar os veículos: alguns momentos de inconveniência em troca de um futuro, sem contar a própria paz de espírito... Olhando para trás, era uma troca mais do que justa.

O pior de tudo era que ele sabia que teria trocado alegremente sua paz de espírito — e também o joelho de Chen — para garantir que a expedição continuasse. Não era algo de que Alex se orgulhasse, mas seu orgulho morrera no mesmo dia em que Layla. Agora tudo o que restava era mera existência, miserável, dolorosa e indigna.

— Eu não quero voltar — disse Alex.

Pushkin olhou para ele. A placa facial do geólogo estava parcialmente espelhada para protegê-lo do sol da manhã, o que dava à sua cabeça uma aparência bulbosa de inseto, ainda mais perturbadora pelo fantasma de seus olhos parcialmente visíveis lá dentro. Alex sabia que estava com a mesma aparência; podia ver o próprio reflexo, estranhamente distorcido, na superfície dourada de seus visores.

— Você está estranhamente muito determinado, Crichton. Nós nem deveríamos ter vindo pra cá, para começo de conversa. Nossos trenós quebram, e agora este acidente...

— Ele emitiu um ruído de reprovação. — O destino, ele parece enviar mensagem pra gente, e não vou ignorar sinal de aviso.

— Talvez não, mas já estou com bolhas nos meus dois calcanhares, e voltar agora não vai fazer com que elas doam menos.

Os reflexos no visor de Pushkin oscilavam de um lado para o outro.

— Estou vendo que você é otimista. Um sonhador. Eu gosto, mas o universo, ele tem outras ideias.

Então o rádio crepitou outra vez, e Fridasdottir disse:

— Korith es-á f-lando c-m T-lia. Chamem nova--nte quando v--ês tiverem uma ideia --lhor da cond-ção de Chen. Es-arem-s em stand-by.

— Entendido — respondeu Pushkin.

bum

<Terminamos. A câmara de pressurização está livre. — Talia>

3.

Vinte minutos depois, a câmara interna de pressurização se abriu, e Alex e Pushkin entraram apressados no domo habitacional.

— E aí? — perguntou Pushkin.

Chen estava deitado em seu nicho, de olhos fechados, o rosto coberto de suor. Seu skinsuit estava jogado no chão. Havia uma bainha de pressão em torno de seu joelho direito, que já estava inchado duas vezes maior que o tamanho normal, e vermelho-arroxeado pela hemorragia subcutânea.

O joelho esquerdo de Alex doeu em solidariedade.

Talia gesticulou para que eles falassem baixo.

— Eu reduzi a junta e pus uma atadura da melhor maneira possível — disse ela. — O joelho já era. Tenho quase certeza de que o ligamento anterior cruzado se rompeu, e talvez alguns dos tendões do quadríceps. É difícil dizer com todo o inchaço.

— O que Korith falou? — perguntou Alex.

Talia deu de ombros.

— Mais ou menos a mesma coisa. Sem um scan do...

Um pequeno ruído de Chen fez com que ela interrompesse a frase. Ele se mexeu um pouco, encontrando uma posição mais confortável, então ficou imóvel outra vez, exceto por sua respiração.

Ela continuou com uma voz mais baixa.

— Sem um scan da perna de Chen, não é possível ter certeza da gravidade dos ferimentos.

— Mas está ruim demais para ele ir em frente — disse Pushkin.

— Está. — Talia passou as costas da manga pela testa; parecia mais cansada e estressada do que Alex já a havia visto. — Já atualizei Fridasdottir, mas o capitão quer falar conosco o quanto antes. — Ela não parecia ansiosa com essa perspectiva.

— Estamos juntos agora — afirmou Pushkin. — O que tem para esperar?

— Nada. Não tem nada para esperar — respondeu Talia.

— Calma — disse Alex, e os dois olharam para ele. Ele umedeceu a boca. Durante todo o tempo na descontaminação, estivera pensando e pensando, repassando as várias opções. — Mesmo que Chen não consiga andar, talvez haja um meio para...

Pushkin bufou.

— O quê? Espera que ele rasteje até buraco?

— Não — Alex forçou para que a voz permanecesse baixa. — Mas... E se o deixarmos no domo habitacional sobressalente? Ele poderia esperar por nós aqui. — O sobressalente tinha a metade do tamanho do principal, mas oferecia o mesmo conforto, era apenas mais compacto. — Desde que ele consiga se alimentar e se limpar...

Talia balançou a cabeça em negativa.

— Nós precisamos do sobressalente. Se alguma coisa acontecesse com este domo, estaríamos com sérios problemas. Eu *não* quero morar em meu skinsuit até voltarmos ao veículo de pouso. — Ela cruzou os braços, um vinco profundo se formando entre as sobrancelhas.

Alex sentiu que também estava franzindo o cenho.

— Isso exclui a possibilidade de um de nós levá-lo de volta ao veículo de pouso.

— Nós ficaremos juntos, não importa o que aconteça. Se um de nós voltar, todos voltaremos.

— Então nenhuma escolha — concluiu Pushkin, a irritação colorindo sua voz. — Abortaremos missão e voltaremos. Toda essa expedição é uma merda de proporções galácticas. Nós tentamos, fracassamos, agora fim. Infelizmente, mas tentativa é uma pequena nota de rodapé na história da humanidade. Talvez seja melhor assim. Uma equipe mais bem preparada deve examinar o artefato, não importa o que egos digam. Vocês sabem disso. Eu sei disso. Chen sabe disso.

Não. Alex não estava disposto a desistir. Ainda não. *Não desse jeito.*

— E se reorganizarmos os trenós e botarmos Chen em um deles? — Ele apontou para Pushkin. — Você poderia puxá-lo.

— Ridículo — disse Pushkin. — Absurdo. Delirante.

Talia olhou de um para o outro.

— Isso é... Estou inclinada a concordar com Pushkin. Desculpe, Crichton. Teríamos que dividir todos os itens do trenó de Chen e...

— Não tem tanta coisa assim.

— E *ainda* encontrar espaço para Chen se sentar em algum lugar. Os trenós não são tão grandes, e não trouxemos tanto equipamento assim para ser abandonado.

Alex não se deu por vencido.

— Tem muito mais espaço nos trenós agora que removemos os supercapacitores e as unidades de tração.

Ela olhou para ele como se estivesse tentando entendê-lo.

— Quanto peso a mais você acha mesmo que conseguimos puxar?

— O suficiente. E nós não teríamos que levar o mastro, a vela e as rodas do trenó de Chen. Tudo isso poderia ficar. Você e eu aguentamos mais alguns quilos, e Pushkin, você tem força mais que o suficiente para aguentar Chen. Ele não é tão grande.

Alex agora estava blefando, fazendo suposições que a razão lhe dizia não serem razoáveis, mas ele não admitiria isso.

O geólogo revirou os olhos, fundos o bastante para mostrar sua esclera amarelada e injetada de sangue, e murmurou algo em russo que pareceu extremamente profano.

— E o que fazemos com capacitores? E unidades de tração? E droga do mastro e vela e droga das rodas? É importante levar isso de volta com a gente, não é?

— Não, não precisamos fazer isso.

Talia piscou.

— Não é isso o que espero ouvir de um xenobiólogo. Achei que você, dentre todas as pessoas, insistiria para levarmos todo o nosso equipamento.

Alex se recusava a recuar.

— Seria bom se fosse possível, mas se não é, não é. A próxima expedição pode recolher as coisas para nós.

bum

Pushkin sacudiu sua cabeça de touro desgrenhada.

— Isso é grande perda de tempo.

Antes que Alex pudesse responder, Chen os assustou dizendo:

— Eu consigo. — Seus olhos ainda estavam fechados, e o suor escorria pelo seu rosto, mas ele continuou falando: — E-eu posso ficar com meias rações. Isso ia fazer com que nós... com que nós reduzíssemos o peso, e temos bastante ebutrofeno. Não vai ser muito difícil. Não... não parem por minha causa... Não. — Ele se calou e umedeceu os lábios, ainda respirando rápido.

— Por quê? — perguntou Talia, as palavras duras, diretas, singulares.

O químico passou a língua nos lábios outra vez.

— Porque eu quero saber. Não sei o motivo, mas eu quero saber.

— Todos queremos — disse Alex.

— Então está bem — disse Talia. — Vamos tentar.

Pushkin olhava fixamente para ela, chocado.

— Não! Loucura. Diga que não está falando sério, srta. Indelicato.

— Estou, e é melhor se acostumar com isso, Volya.

O zariano aprumou a postura, o peito estufando, uma veia em seu pescoço pulsando.

— Aff! Arrogância interesseira! Não concordo com isso.

— Sinto muito — respondeu Talia com um tom descompromissado. — A decisão é minha, e eu digo que vale a tentativa.

Os lábios de Pushkin revelaram seus dentes em um sorriso agressivo desagradável.

— Não é ditadura. Você não pode me forçar. Não tem autoridade.

— Não? — Talia caminhou adiante até parar frente a frente com Pushkin. Ele parecia capaz de quebrá-la com uma única mão, mas isso apenas se levassem seus corpos em consideração. Quando se tratava de suas mentes, Alex sabia em quem apostaria. — Isso nós vamos ver. Linha três. Tenente Fridasdottir, está na escuta?

— N- escu-a.

— Chame o capitão, por favor.

O sorriso de Pushkin virou uma carranca.

— Entendido.

bum

— Idr-s fal--do. Rela--rio de st--us.

Talia manteve o olhar fixo em Pushkin enquanto falava.

— Chen está estável, capitão. Nenhuma mudança em suas condições. Acho que descobrimos um meio de continuar, mas tem um problema.

— Ah? Que pr--lema?

— Um dos membros de nossa equipe não acha...

Enquanto ela falava, Pushkin começou a ficar inquieto, como se palavras desesperadas para escapar estivessem prestes a explodir de sua boca, e, finalmente, elas se libertaram em uma torrente alta.

— É ideia estúpida, capitão. Tolice. Eles querem se torturar, bom, bom, mas não eu. Não eu.

Mesmo em meio à estática, Alex ouviu a voz do capitão ficar mais aguda.

— Ind-lic-t-, expli--e.

Talia resumiu rapidamente a proposta de Alex, e então Idris disse:

— Está bem. Q-al é o pro--ema, Pushkin?

— Como disse, é tolice! Basta disso! Chegou a hora para gente...

— Então o pro--ema é que v--ê dis-orda. En-endi. Anotado. Indelic-to ainda está no co-ando da exped--ão. Se el- diz que v-cês vão, v-cês vão. I--o é -ma ordem.

Pushkin soltou a respiração em um chiado longo entre a linha reta de seus dentes cerrados. Ao contrário dos de Alex, eles eram perfeitamente alinhados, bordas com bordas, como um torno de cerâmica.

— E se eu não for... *capitão*?

A resposta veio rápido.

— En-ão v-cê está em negligência co- seu dever, e s-u cont-ato es-á nulo e in-álido. Você per-e todos os sa-ários, b-nus e di-eitos, e a compan-i-a pr-vavelmente vai c-rtar todos os la-os com v-cê.

— Entendido, *capitão*.

— Indelicato, ent-e em con-ato comigo se ho-ver al-uma ou--a ques-ão. Enquanto isso, v-cê conti--a a ter minha fé co-o líder dessa miss--. Idris des-igando.

A linha ficou muda, e Talia inclinou a cabeça para cima para encarar Pushkin melhor. A pausa que se seguiu fez com que a pele de Alex formigasse. Então, ela disse:

— O cálculo não mudou, Pushkin. Nós vamos puxar os trenós, como antes, só com um pouco mais de peso.

— *Humpf.*

— Além disso, se desistirmos, perderemos qualquer chance de sermos os primeiros a examinar o buraco. Mais alguns dias e teremos nossos nomes nos livros de história para sempre. Pense nisso.

Pushkin coçou a barba, os dedos afundando entre os pelos.

— Imagino haver algum mérito nisso, de certo ponto de vista.

— Então olhe desse ponto de vista — disse Talia em um tom entrecortado. — O que vai ser, Pushkin?

bum

O geólogo fez uma careta.

— Não gosto de operar com margem tão estreita de segurança. Se sofrermos outro infortúnio...

— Vamos lidar com isso, assim como lidamos com tudo mais — respondeu Talia com firmeza.

Um grunhido de Pushkin. Então, enfim, ele fungou e disse:

— Está bem, como quiser, Indelicato. Mas você entende que não vou aguentar mais nenhuma bobagem. Mais uma coisa der errada... mais uma coisa... e você vai me ver pelas costas, e nenhuma pessoa nem alienígena na galáxia me faz voltar.

— Ah, eu entendo — disse Talia com a voz mortalmente baixa.

Pushkin fungou de novo e foi dar uma olhada em Chen. Talia articulou *covarde* com os lábios na direção dele antes de se juntar ao grupo.

Alex ficou aliviado porque a expedição ia continuar, mas não conseguia evitar uma sensação penetrante de medo diante da situação. Pushkin não estava errado, as coisas estavam ficando precárias. Mais um acidente e eles estariam em sérios apuros. Chen já estava.

O vazio dentro dele se estreitou, mas não se fechou, não totalmente. O universo estava desequilibrado, e Alex não tinha certeza se algum dia ia recuperar o equilíbrio, ou se ia girar até se destruir. Estrelas, planetas e gases voando para as profundezas geladas.

4.

Mais duas horas se passaram enquanto eles reorganizavam os suprimentos, prendiam o trenó de Chen, agora sobressalente, desmontavam e guardavam o domo habitacional e acomodavam o químico no trenó de Pushkin.

Ele estava lúcido o bastante, mas sempre cochilando, mesmo quando açoitado pelo vento violento. Um efeito colateral comum do ebutrofeno. *Não operar maquinário pesado*, lembrou-se Alex. *Não pilotar espaçonaves, transportes ou outros veículos voadores. Não usar armas.*

Depois que se prenderam aos trenós, Pushkin bateu forte o pé no chão, levantando uma nuvem de poeira. Então, inclinou-se para a frente e começou a caminhar penosamente contra o vento, na direção do buraco.

As correias machucavam o peito e os ombros de Alex enquanto ele e Talia seguiam, cada passo doloroso, as cabeças baixas para se proteger da ventania constante, os cabos de segurança agitando-se com uma regularidade irritante. O peso adicional no trenó de Alex era perceptível, mas não insuportável, embora ele soubesse que os quilos extras iam se acumular ao longo da caminhada, empilhando-se numa montanha de cansaço esmagador.

Mas essa era uma preocupação para o Alex do futuro. O Alex do presente precisava apenas se preocupar em dar o próximo passo.

Ele olhou para trás uma vez. Viu onde tinham ancorado o domo habitacional, as marcas já desgastadas e apagadas. Ao lado delas, o trenó abandonado de Chen era um aglomerado de metal cinza fosco; uma lágrima de estanho arqueada contra o vento.

Além disso, o horizonte era uma linha enevoada. Então a areia se levantou e lançou um véu espesso sobre seu passado, escondendo-o completamente.

5.

O limite da Zona Gama chegou e passou sem nenhuma mudança aparente na planície. Não dava para ver qualquer variação de cor do solo, especialmente com a areia soprando em seus visores o tempo todo.

A Zona Gama tinha 19 quilômetros de largura, extensa demais para ser atravessada em um único dia, mesmo que o grupo tivesse começado no limite da zona naquela manhã. De todo modo, Alex duvidava que o grupo pudesse ser capaz de cobrir qualquer grande distância. Entre os trenós que eles arrastavam e o atraso provocado pelo acidente de Chen, ele achou improvável que chegassem perto de igualar os 14 quilômetros que tinham percorrido na véspera. Isso era preocupante.

bum

O som fazia os dentes de Alex tremerem. Estava perceptivelmente mais alto do que antes. Na verdade, ele conseguia ouvir a emissão do buraco agora, não apenas senti-la. A sensação era irritante, e a tendência era piorar. A parte mais difícil era que isso interferia em sua capacidade de concentração. A cada 10,6 segundos um

bum

surgia e interrompia seus pensamentos. E quando ele se recuperava e começava a se concentrar outra vez, outro

bum.

Alex se viu tensionando a mandíbula durante os pulsos para evitar que seus dentes zunissem e em uma tentativa de conter a raiva crescente. O buraco podia ser uma das grandes maravilhas do universo, mas Alex estava começando a desejar que ele apenas *se calasse* por alguns minutos.

Com seu poder crescente, os

bum

tornaram o contato com o veículo de pouso progressivamente mais tênue. No início da tarde, o grupo já não conseguia mais se comunicar com a tenente Fridasdottir por meio de áudio, e precisaram recorrer a mensagens escritas, e mesmo essas começaram a corromper. Alex não tinha certeza de quanto tempo mais seria necessário até que os

bum

os isolassem totalmente, mas sabia que não ia demorar muito. E ele temia o isolamento que se seguiria, a vedação hermética de seu pequeno grupo, envolto como estava por terra, desolação e desespero.

O vento também estava mais forte. Não muito, mas o suficiente para que cada passo exigisse esforço extra, e a torrente de poeira que corria em direção a eles ficasse mais densa e turbulenta. Olhar para a poeira era como correr por um corredor sem fim a mais de 100 quilômetros por hora.

Alex só podia olhar para ela por alguns minutos de cada vez. Então começava a se sentir estranho e tinha que voltar o olhar para o chão.

O comunicador se ligou com um crepitar de estática.

— Um m-mento, Alex — disse Pushkin.

Alex fez uma careta para si mesmo.

— O quê?

bum

Ainda era cedo, e suas sombras se esticavam diante deles: figuras aracnoides estranhas seguindo à frente nas profundezas do deserto. Alex viu a cabeça de Pushkin virar quando ele olhou para trás.

— Eu qu-ria sa-er. Por que você se ins--eveu com *Adamura*?

Alex mordeu a parte interna da bochecha até quase sangrar. Então forçou seu maxilar a relaxar.

— Se você leu nossos arquivos pessoais, sabe muito bem por quê.

— Va-os lá, i--o não é re--osta. Foi dor de último re--cio--mento ou culpa pela m-- te que está co--oendo você?

Alex manteve os olhos fixos no chão e permaneceu em silêncio. *Vá se foder*, articulou com os lábios. Mas não disse isso, por mais que quisesse.

O comunicador emitiu um estalido quando Pushkin trocou para o canal do grupo.

— Talia — disse ele. — Srta. Indelicato. P-r fav-r fale, por que v-cê veio missão de pesquisa p-ra companhia?

Ao lado de Alex, a cadência lenta de seus passos nunca vacilava.

— Isso n-o é da su- con-a. E por que v-cê ve--?

— Eu? Eu vir p-r-q-e ------- -----tigar --- ----al d- - - - - - por quasares.

bum

Pushkin continuou:

— Então, outra vez, srta. In-elicato, eu pergunto: O q-- fez que você se inscrevesse para es-a *excursão* ado-ável?

— A busca pel- ver-ade glo---sa de Deus — respondeu ela.

Era uma resposta bem honesta, mas Alex não conseguiu evitar em sentir que a verdadeira motivação de Talia era outra, algo mais profundo, mais visceral.

— Aff — resmungou Pushkin.

Mesmo assim, ele parecia ter satisfeito qualquer curiosidade enxerida e inoportuna que tivesse, porque não disse mais nada pela linha do grupo. Mas toda vez que Alex o via pelo seu visor, os lábios carnudos do geólogo estavam se movimentando, e Alex percebeu que Chen parecia estar assentindo em resposta e, de vez em quando, respondendo.

Alex ficou satisfeito por não estar na extremidade receptora da logorreia de Pushkin. Seu olhar desviou para o joelho imobilizado e enfaixado de Chen. Mais uma vez, foi afligido por uma pontada de culpa.

6.

Uma campainha soou no ouvido direito de Alex, marcando o fim da hora. Período de descanso. Ele parou, assim como Talia e Pushkin.

Eram 15h. Eles já estavam andando havia sete horas, e ainda precisavam caminhar mais seis horas até o crepúsculo. Até mesmo Pushkin parecia cansado; ele andava com uma lentidão incomum.

Alex deu uma volta, examinando seu entorno. Terra, poeira e não muito mais. O mesmo desde que desmontaram acampamento.

O vazio o preocupava. A essa altura, já deveriam ter visto outra tartaruga. Na verdade, deveriam ter visto mais de uma. Será que as criaturas os estavam evitando? Ou Alex e seus companheiros por acaso estavam em uma área desabitada da planície?

Qualquer possibilidade levantava perguntas.

Ele ajudou Talia a prender os trenós, e então foi até a traseira do seu e abriu uma pequena escotilha. Levou a mão à bolsa em sua coxa, pegou três bolas de merda e as jogou no recipiente do trenó.

Olhou para Pushkin e apontou para a escotilha aberta.

Pushkin sacudiu a cabeça.

Então ele *estava* cheio de merda. Isso não surpreendeu Alex. Não depois dos últimos dias.

Alex estendeu a mão até a tampa da escotilha com a intenção de fechá-la. Uma dor lancinante penetrou na parte da frente de seu ombro direito. Ele se encolheu e inspirou ruidosamente.

— Droga.

Ele piscou para conter as lágrimas. Seus ombros doíam por conta das correias, mas o direito… Alex girou cuidadosamente o braço de um lado para o outro. Parecia que tinha uma bolha ali. Uma das *grandes*. Agora que estava se concentrando nisso, tomou consciência de uma umidade quente se espalhando por baixo de seu traje, movendo-se dos ombros em direção às costelas.

— Droga.

Ele acessou suas leituras médicas. Tudo estava dentro das normas esperadas. Desidratação leve, aumento da frequência cardíaca, mas isso era tudo. Ele escolheu um analgésico leve, uma forma líquida de norodona, e o sugou pelo tubo de alimentação.

Não podia fazer mais nada no momento. Ele teria que esperar até que parassem durante a noite para poder tirar o traje, desinfetar a ferida e borrifá-la com um spray de pele artificial. Doze horas de descanso e ele estaria novo em folha. Até lá, tinha que seguir em frente e torcer para que o arreio não causasse muito dano.

Ele fechou a escotilha. Então ajustou o alarme para dez minutos e se sentou apoiado no trenó com os joelhos puxados junto ao peito e a cabeça descansando na dobra do braço esquerdo.

Segundos depois de fechar os olhos, pegou no sono.

7.

— Alex! A-orde! Acorde!

Uma onda de adrenalina percorreu o corpo dele. Inspirou ar e se esforçou para ficar de pé, embora estivesse desequilibrado. Luz — dura, brilhante demais — enchia seus olhos. Ele semicerrou os olhos e piscou, tentando descobrir o que estava acontecendo.

Pushkin o segurou pelo braço, equilibrando-o.

Alex olhou para o rosto meio espelhado de Pushkin, confuso, quase pronto para lhe dar um soco.

Uma das mãos enormes de Pushkin agarrou o ombro de Alex. O esquerdo, felizmente. O geólogo aponto para trás do grupo com a outra mão.

— Ol-e. Leste — ribombou.

Alex olhou.

A vários quilômetros de distância, uma tartaruga deslizava pela planície. A poeira alternadamente escondia e revelava a criatura, o que tornava difícil adivinhar seu caminho, já que estava sempre mudando de direção. Porém ela não parecia estar seguindo na direção deles. Na verdade, Alex achou que a criatura estava se movendo para sudoeste.

Ele verificou a hora. Apenas sete minutos desde que tinha se sentado.

— Há quanto tempo ela está ali? — perguntou.

Pushkin sacudiu a cabeça.

— Isso eu n-o s-i. Acabei de ver.

— E-a parece estar s-zinha — comentou Talia, juntando-se a eles. Chen ainda estava sentado no trenó de Pushkin, aparentemente em sono profundo.

Alex mudou para infravermelho e olhou ao redor. Talia estava certa. Ele desejou que eles pudessem ter uma imagem de órbita. Descobrir se havia alguma tartaruga além da linha do horizonte.

Olhou para o céu. Em teoria, eles deveriam conseguir ver o *Adamura* às vezes, mas até agora a poeira e as nuvens o mantiveram escondido. Sharah e o capitão Idris, porém, deviam estar observando o progresso da missão. Observando e imaginando o que acontecia lá embaixo.

A tartaruga virou-se outra vez. Agora, de algum modo, estava seguindo em paralelo com o próprio caminho deles, serpenteando de um jeito cursivo e discursivo.

Alex marcou a tartaruga em seus filtros para não ter que ficar de olho nela a todo momento. Sem dúvida os outros tinham feito o mesmo. Entretanto, ele tomou a precaução de usar apenas o reconhecimento de padrões. Nenhum localizador de alcance nem nada parecido. Ele não sabia o que aconteceria se disparasse um laser na criatura, e não estava particularmente ávido para descobrir.

Em sua linha principal com o veículo de pouso, Talia escreveu:

<*Acabamos de ver outra tartaruga a alguns quilômetros de distância. Até agora, nenhum sinal de hostilidade. Enviaremos atualizações quando necessário. — Talia*>

Alguns segundos depois:

<*Entend%do, e&uipe remota. Mantenham dis$@ncia, se possível. — Svana*>

— Nós deverí---- começar a andar — disse Pushkin.

8.

Antes que voltassem a caminhar, Talia insistiu que trocassem de trenó com Pushkin. Por alguma razão, o geólogo se opôs, mas ela recusou-se a ceder, e assumiu a responsabilidade de puxar Chen. Enquanto prendia o arreio, Alex a viu conversar com o químico, que parecia grogue e atordoado, como se estivesse confuso quanto à localização.

E não estamos todos?, pensou Alex.

9.

A tartaruga, ou uma muito parecida com ela, acompanhou-os até a noite. Ela nunca ficava muito perto nem muito longe, mas sempre permanecia a alguns quilômetros do grupo, mesmo em meio às nuvens mais densas de poeira e areia. Alex considerou as ações dela prova definitiva de que as criaturas eram inteligentes ou alguma inteligência as projetara ou controlava. As probabilidades de os movimentos aparentemente aleatórios da tartaruga *por acaso* mantê-la acompanhando o grupo o dia inteiro eram pequenas demais.

Ele precisou tomar mais duas doses de Norodona para diminuir a dor em seu ombro. Como sempre, a droga o deixava com a sensação desconfortável de garganta seca. Mas pelo menos possibilitava que ele continuasse puxando o trenó.

Alex apenas tentava não pensar no que as correias estavam fazendo com seu ombro.

Levando-se tudo em consideração, eles fizeram um bom tempo naquele dia. Dezesseis quilômetros no total — e nove deles na Zona Gama —, o que era mais do que Alex esperava. Talia os forçou até tarde da noite, até o sol estar abaixo do horizonte e a luz pós-crepúsculo diminuir na abóbada vasta do céu.

Quando pararam, o latejar em seu ombro tinha ficado tão forte que Alex estava considerando a ideia de tomar uma dose de ebutrofeno, como Chen. Mas resolveu esperar. Pensou que a dor diminuiria quando ele conseguisse tirar o traje e cuidar da bolha.

A tartaruga se afastou e desapareceu na escuridão enquanto eles estavam montando o abrigo. Alex desconfiou que ela não tivesse ido longe. Que aquela ou outra tartaruga, uma que eles ainda não tinham visto, assumiria a função de sentinela. O pensamento fez seu couro cabeludo se arrepiar.

— Fi--lmente — disse Talia. Seus lábios continuaram a se mexer em um diálogo silencioso dentro de seu capacete, e no momento seguinte, Alex viu a mensagem que ela enviou para o veículo de pouso:

<A tartaruga não está mais em nosso alcance visual. Não há outras tartarugas visíveis. Vamos parar aqui, montar acampamento e fazer nossas leituras. Entraremos em contato novamente ainda hoje. — Talia>

A resposta esperada demorou a chegar, e quando chegou:

< ^ ^ $ Å ˆ V / / □ ò E □ ò u ^ ° 4 « - ° w û ÿ ö o (µ b ù ˙Δ ° o □ ò è ô o 2 U Δ ∫ ÿ p ˜ GÇ□S2□£tƒ˜ˆôÈ/ƒ†H‡□π□${4˙>

Talia apertou os lábios.

— Droga.

Ela fez mais uma tentativa e teve o mesmo resultado.

— Isso é o fim — comentou Pushkin. — Estamos sozin-os e aban-onados por D-us, iso--dos da tenente e do *Adam-ra*.

— Nós sabíamos que isso ia acontecer — disse Alex.

— Exa--mente — disse Talia. — Vamos seguir em frente, c-mo panejado. Ainda es-ou no co-ando desta expe-ição. N-da mudou.

Um sorriso astuto e desconcertante se formou nos lábios de Pushkin enquanto ele olhava para ela.

— É claro.

— Nada mu-ou — repetiu Talia.

bum

10.

Alex ficou sentado no lado do abrigo protegido do vento até que Talia, Pushkin e Chen estivessem dentro. Sua descontaminação ia demorar mais do que o normal, e ele não queria segurá-los.

— Certo, então — murmurou para si mesmo depois que Talia disse a ele que estava tudo liberado.

Ele verificou e tornou a verificar os trenós para garantir que estivessem presos antes de entrar na câmara de pressurização e fechar a porta externa. Então, ocupou seu lugar no meio da câmara e ergueu os braços.

Com um chiado suave, o spray de descontaminação o cobriu com uma névoa fina de gotículas cinza.

Alex fechou os olhos, imaginando estar deitado em sua cabine, de volta no *Adamura*. Depois disso, despressurização, seguida por 20 minutos de raios ultravioleta.

bum

A calma estranha da espera fez com que ele se lembrasse das longas noites passadas viajando e voando de volta para casa, quando apagava na traseira de um carro ou de um transporte, exausto de suas horas (e muitas vezes dias) no laboratório. As viagens de volta tinham sido intersticiais, momentos de luz fraca que dividiam sua existência em segmentos discretos.

Foram tantas viagens... Ele podia ter ficado perto de Plinth, perto de Layla, mas as melhores posições eram bem além do território colonizado, nas profundezas das selvas. Ele continuava a aceitar missões cada vez mais distantes. O pagamento era bom, mas o tempo longe de casa, longe de Layla, era difícil, e as jornadas em si eram exaustivas.

Alex dizia a si mesmo que o trabalho valia a pena. Para os dois. Eles tinham empréstimos a pagar; economias a juntar; uma propriedade que esperavam comprar; um domo habitacional próprio para construir. Mas talvez isso tivesse sido egoísmo. O trabalho o impedia de lidar com questões e conversas que ele não via jeito de resolver.

Então ele forçava seus limites. Isso o ajudava a se sentir útil. E sempre havia as viagens ao crepúsculo, sublinhadas pelo zumbido de pneus ou o ronco de foguetes, e pelas primeiras estrelas perfurando buracos frios no céu que escurecia.

bum

Os raios ultravioleta terminaram. Depois a repressurização, na qual ele podia sentir como se mãos macias apertassem todas as partes de seu corpo.

Alex soltou o capacete e o tirou.

— Segurar a ducha de desinfecção até nova notificação — disse ele. — Autorização Bravo-Delta-Delta-meia-oito-cinco-meia.

— Afirmativo — respondeu a pseudointeligência do abrigo.

Com medo, ele levou a mão à emenda no alto de sua gola. Puxou-a para baixo e o traje se abriu como a casca de uma fruta.

O ar frio atingiu a frente de seu torso nu. Alex estremeceu, primeiro pela mudança de temperatura e depois porque viu filetes de sangue seco e fluido linfático sobre suas costelas. Um fedor úmido e putrefato fez com que sentisse ânsia de vômito.

— Merda — resmungou.

Ele liberou cuidadosamente o braço esquerdo. Depois suas pernas. Por último, segurou o traje acima do ombro direito.

Respirou fundo, preparando-se.

Então começou a desenrolar a manga. Os primeiros centímetros correram bem. E então...

— Aaai.

Uma lâmina quente cortou seu ombro. Ele se dobrou, fazendo uma careta. Permaneceu ali, com os olhos bem fechados, até conseguir se recompor.

Por um momento, Alex ficou parado, olhando fixamente para o chão e ainda segurando a manga. Sabia que remover a coisa toda ia doer ainda mais. E sabia que esperar não ajudaria em nada. Mas, ainda assim, hesitou, da mesma maneira que faria se tivesse que segurar um pedaço de metal em brasa.

Ele cerrou os dentes e puxou.

Sua visão ficou vermelha e escureceu, e ele caiu para a frente de joelhos, emitindo um grito silencioso.

Um leque de sangue espirrou no chão quando a frente do ombro se abriu. O toque do ar fez com que a ferida ardesse, como se ele tivesse jogado sal sobre ela. Ofegante, levou a mão ao ombro e a manteve ali, enquanto sangue escorria entre seus dedos.

Com um gemido, Alex ficou de pé e cambaleou até o kit de primeiros socorros embutido na parede. Precisou soltar o ombro para poder abrir o kit e pegar uma lata de spray desinfetante. Ele aproveitou a oportunidade para dar uma boa olhada no ferimento pela primeira vez.

Um talho vermelho corria da parte alta e externa de seu ombro até o canto de sua axila. Ao redor da ferida, a carne estava inflamada e a pele estava esfolada, rasgada e machucada. Fluido linfático amarelado escorria das abrasões e se misturava com o sangue que escorria do talho.

O desinfetante doeu tanto quanto retirar o traje. Ele mordeu a língua e contou até dez enquanto esperava que fizesse efeito. Então pegou uma toalha esterilizada e tentou limpar o ombro.

Não adiantou muito. O sangue continuava a escorrer, pulsando, encharcando a toalha e fazendo uma sujeirada.

Finalmente ele desistiu. Pegou um tubo de Celludox — um agente coagulante/matriz de crescimento — e o espremeu diretamente na ferida. No início ardeu, mas a gosma verde tinha um anestésico tópico, e em poucos segundos o latejar em seu ombro começou a dissipar.

Alex soltou a respiração que não tinha percebido estar prendendo. Melhor. Muito melhor.

Limpou o excesso de Celludox. Em seguida, pegou uma das seringas de cola cirúrgica e cuidadosamente espremeu uma linha fina ao longo da borda do talho cheio de gosma. Ele espalhou a cola com o aplicador plástico incluso, depois juntou as bordas da ferida, pressionando-as (com cuidado para manter os dedos longe da cola) pelos 30 segundos recomendados.

Quando soltou, as bordas permaneceram firmes no lugar.

Com outra toalha estéril, ele conseguiu remover todo sangue e fluido da pele, assim como os restos de Celludox.

Por último, o TruSkin.

Ele borrifou uma camada grossa da pele artificial por cima do ombro. Não era tão forte quanto pele verdadeira, mas impediria a formação de uma cicatriz e ajudaria a proteger a área de mais danos.

Depois de terminar, Alex fechou o kit de primeiros socorros.

Ele ficou ali, com as costas curvadas e o queixo apoiado no peito. Cansado. Estava esgotado. Arrastar os trenós e lutar contra o vento já era difícil o suficiente sem ter de lidar com o machucado no ombro. A dor corroera suas últimas reservas de força. Fez que ele se sentisse fraco e vazio. Velho. As mãos e os pés ficavam cada vez mais frios; o início de sintomas de choque. A comida ajudaria, mas naquele momento, ele achou até mesmo a ideia de se mexer avassaladora.

Chen está pior, disse a si mesmo, mas isso não ajudou.

<*Faz o quê? Está cagando aí dentro? O que segura você? — Pushkin*>

<*Está tudo bem? — Talia*>

Alex soltou um suspiro e ergueu a cabeça.

<*Estou bem, saio em um minuto. — Alex*>

Ele pegou seu traje e o revirou nas mãos. *Ali*. No lado interno. O forro do traje tinha se dobrado, formando uma prega afiada que ficara pressionada em seu ombro, cortando-o a cada movimento de seu corpo. O peso do trenó em seu arreio deve ter feito o forro se dobrar.

Ele franziu a testa, pensando.

Vamos começar do começo.

— Iniciar ducha de desinfecção — disse. — Autorização Bravo-Delta-Delta-meia, oito-cinco-meia.

— Iniciando — disse a pseudointeligência. A voz era feminina. Não sabia dizer se era simulada ou pré-gravada, mas parecia lunática. Fazia sentido. O abrigo provavelmente tinha sido feito na lua da Terra ou nas proximidades.

Jatos de água muito quente jorraram do centro do teto. Alex ficou tenso quando atingiram o ombro machucado, mas a TruSkin protegia a pele da água com facilidade, e o anestésico mascarava a dor que ele tinha certeza que os esguichos causavam.

Lavou-se cuidadosamente, e em seguida enxaguou o traje, por dentro e por fora. Quando teve certeza de que o traje estava limpo, disse:

— Desligar ducha.

E a água parou.

Algumas balançadas rápidas, e as últimas gotas remanescentes escorreram do traje. Não pela primeira vez, Alex abençoou os cientistas anônimos que tinham inventado os revestimentos hidrofóbicos.

Enxugou as mãos, então abriu uma das bolsas no cinto do traje e pegou um rolo de fita a vácuo. Riedemann a chamava de fita FTL. A piada era que a fita era tão forte que você podia remendar o casco com ela e ainda assim sobreviver ao salto para o espaço superluminal. O que era bobagem, é claro. Mas nem tanto.

Alex cortou dois pedaços de fita, cada um com dez centímetros de comprimento. Com uma das mãos, alisou o forro do traje, e com a outra pôs os pedaços de fita em forma de X.

Assentiu. Pronto. Isso ia segurar.

Mas ele teria de tomar cuidado. O corte no ombro era fundo demais para curar da noite para o dia, e o TruSkin não era *tão* forte. Mesmo sem a dobra no forro, seu arreio podia abrir a ferida novamente. A melhor opção, decidiu ele, seria cobri-la com várias camadas de fita e ataduras médicas. A proteção extra ajudaria a impedir que o traje esfregasse ali.

<*Você vem ou o quê? — Pushkin*>

<*VOU! — Alex*>

Ele guardou o traje e vestiu o macacão regulamentar.

bum

Seus dentes trincaram. Mesmo dentro do abrigo, não havia como escapar do som do buraco. Por um curto período de tempo, enquanto estava distraído com os cuidados com o ombro, ele havia se esquecido do som, mas agora o ruído parecia duas vezes mais alto, áspero e dissonante, como uma lixa raspando seus nervos.

Outro sintoma de choque, pensou com indiferença.

Naquele momento, Alex só queria estar em algum lugar bem calmo e silencioso. Sem chance. Até retornarem, ele estaria preso ao ritmo implacável do buraco e preso à miserável companhia de Pushkin, Talia e Chen. Pelo menos, o rugido do vento não estava mais tão alto, e ele não precisava se preocupar em ser jogado para o ar se pisasse do jeito errado.

bum

Alex ergueu o queixo, preparando-se. Então destrancou a porta interna e foi se juntar aos outros.

— Eu estou bem — disse ele. — Eu só tive um problema com meu traje...

11.

Os três descansaram, não em silêncio, pois o vento não permitia que isso acontecesse, mas calados. Alex se sentou atravessado na chapa de plástico que servia como a sua cama, de modo que ficasse de frente para o aquecedor que brilhava no centro do chão. Puxou o cobertor térmico com força em torno do corpo e deu outra mordida na barra energética: era a quinta naquela noite. Proteína de algas sabor chocolate e enriquecida com gordura. Nojenta, mas menos que os outros sabores. A pior era a de alcaçuz/carneiro. Quem quer que a tivesse inventado deveria ser forçado a comer isso e nada mais por um ano inteiro.

Pushkin estava deitado na própria chapa, com os olhos se mexendo enquanto encarava a parede do abrigo. As pontas de seus dedos também se mexiam — movimentos pequenos e espasmódicos que lembravam Alex dos espasmos de morte de uma aranha esmagada. Lendo um livro ou jogando um jogo, pensou Alex.

Talia estava sentada no chão com as pernas cruzadas. Dobrava um dos papéis laminados da embalagem de seus pacotes de refeição. Dobrando e redobrando, com lábios franzidos enquanto os dedos magros se moviam com uma agilidade impressionante. O ruído do papel laminado era desagradavelmente agudo para Alex, mas ele não reclamou. Para isso, teria que gastar mais energia do que tinha, e no final das contas apenas criaria problema.

Mesmo assim, cada dobra no papel o deixava tenso. Era uma reação estúpida, mas ele não conseguia evitar. Estava nervoso demais. Ansioso demais. Todos estavam.

Como sempre, Chen estava curvado sobre seu chip-lab com os olhos enterrados no visor. A perna machucada estava apoiada sobre um cobertor dobrado, e sua pele tinha um brilho doentio. Ele dissera apenas algumas palavras durante toda a noite; mesmo com o ebutrofeno, ainda parecia estar sentindo dor, e tinha a expressão angustiada de quem sofre de enxaqueca.

Alex revisou novamente as amostras que tinha coletado no entorno do último acampamento. A quantidade de metal no solo continuava a aumentar, assim como o número de micróbios, embora sua população fosse inusitadamente uniforme. Uma única colher de sopa de solo de Eidolon (ou da Terra, se alguém quisesse o exemplo de Ur) continha em torno de 50 bilhões de micróbios, com 100 mil ou mais espécies individuais de bactérias, fungos, protozoários (ou o equivalente alienígena) e assim por diante. Em comparação, no solo de Talos ele tinha encontrado apenas algumas dezenas de espécies, embora seus números ainda estivessem na casa dos bilhões.

Ele se concentrou em um micróbio semelhante a uma bactéria que parecia ser novo. Tinha a mesma estrutura básica das outras bactérias nativas de Talos — os mesmos aminoácidos, o mesmo equivalente a DNA, os mesmos lipídeos na membrana celular —, mas o micróbio estava produzindo uma grande quantidade de uma substância química que Alex não reconheceu. Essa substância parecia ser um subproduto residual, mas ele pensou que tinha quantidade suficiente para que houvesse uma chance de o micróbio ter sido feito por engenharia.

Os dedos de Talia dobraram outra vez o papel laminado.

Alex deixou o cobertor térmico, largou a barra energética e foi até Chen, agachando-se ao lado do químico.

— Ei, o que acha disso? — perguntou em voz contida e estendeu seu chip-lab.

Chen afastou o rosto do visor e franziu a testa.

— Isso é... — Seus olhos correram de um lado para o outro enquanto ele examinava a tela do chip-lab. — Isso é um corante fotovoltaico.

— O que isso quer dizer? Ele pode absorver raios ultravioleta e convertê-los em energia?

— Exatamente. Olhe só.

Um arquivo surgiu nos filtros de Alex. Ele o abriu e viu uma comparação entre o produto químico que ele estava examinando e um tipo de molécula industrial. Segundo o arquivo, ela era usada em diversas aplicações para gerar uma corrente elétrica fraca, mas suficiente para fornecer energia para certos dispositivos pequenos.

— Ugh. — Alex começou a se levantar e então disse: — Você está bem? Quer que eu pegue alguma coisa para você?

Mais papel laminado foi dobrado.

Chen sacudiu a cabeça. Seus olhos correram entre Pushkin e Talia, e sua voz se reduziu a um sussurro.

— Você acha que os alienígenas... quero dizer, você acha que o buraco... que ele é...

— O quê?

— Deixe para lá. Não importa.

Alex hesitou, então deu um tapinha no ombro de Chen e voltou para seu nicho. Ele pegou sua barra energética parcialmente comida e puxou o cobertor térmico de volta para os ombros.

Quanta eletricidade o corante fotovoltaico era capaz de gerar em grandes quantidades? Se o micróbio fosse muito disseminado, talvez houvesse toneladas dele no solo. Mas com que objetivo? O corante sozinho não tinha nenhuma utilidade. Ele precisava ser combinado com outros materiais antes de servir para algo.

As tartarugas? Talvez elas o ingerissem e...

Pushkin se levantou e atravessou o abrigo até o depósito de comida, os pés descalços tamborilando no chão. Alex franziu o nariz; o restante do grupo usava meias. Apenas por educação.

A tampa do depósito bateu na parede quando Pushkin a abriu.

Outro barulho de dobra quando Talia girou o papel laminado nas mãos. Ele estava tomando uma forma definida sob a orientação de seus dedos lentos e deliberados. Uma *coisa* angulosa.

bum

Pushkin inalou por entre os dentes. Embalagens farfalharam enquanto ele remexia no depósito. Então ele fechou a tampa com um baque.

O barulho fez Alex se assustar. Ele franziu o cenho e se afundou mais em seu cobertor. *O filho da mãe suarento não consegue nos deixar...*

O ar a sua volta ficou mais frio quando Pushkin se aproximou dele com três passos pesados e se plantou à sua frente, bloqueando o calor do aquecedor.

Alex ergueu os olhos e viu Pushkin o encarando de maneira desagradável.

— Você comeu última barra de chocolate — disse Pushkin.

Alex engoliu um pedaço da barra.

— E daí?

— Eu queria barra.

— Então vá pegar outra.

Eles tinham barras suficientes nos trenós.

— Você já comeu três barras. *Três*. E depois você também comeu última, que nem porco no cocho.

Porco? Olha só quem fala.

— Alcaçuz com cordeiro não vai matar você.

Talia pôs o papel laminado no chão à sua frente. De algum jeito tinha conseguido transformá-lo em uma ave, com cabeça, bico, patas e um par de asas estendidas, incluindo as penas. A ave — um tipo de raptor — parecia estar atacando algum animal pequeno. Cada plano definido e reluzente em seu corpo gritava crueldade. Ferocidade. Poderia ter sido feito de cem facas finas como papel, cada uma polida até ficar lisa como um espelho.

Um rubor escuro subiu pelo rosto de Pushkin.

— Passamos dia inteiro em trajes fedidos, bebendo meleca pastosa que eles chamam de comida. Quando paro, quero ter boa refeição sólida com um pouco de doce. Se melhor que posso conseguir é uma barra de algas sabor chocolate, então com certeza quero barra de alga sabor de chocolate! É pedir muito? Só porque você não se sente muito bem, ah, coitado, como se nós não caminhássemos cada merda de metro aqui com você, não significa que pode escolher e comer apenas barras que quer e deixar pra gente restos escrotos de alcaçuz com cordeiro e excremento de macaco!

A voz de Pushkin era um martelo batendo no crânio de Alex. Ele lutou contra a vontade de cobrir os ouvidos e se esconder embaixo do cobertor. Ou de bater em Pushkin. Qualquer coisa para deter o excesso de barulho.

Alex franziu os olhos, desconfortável.

Pushkin rosnou e deu um tapa no que restava da barra da mão de Alex. O pedaço voou pelo abrigo e bateu na lateral do depósito de comida.

bum

Pela primeira vez, Alex percebeu como podia ser perigoso estar preso com Pushkin. Ele olhou para a distância entre seu beliche e a caixa limpa onde tinha guardado a pistola de pinos. Será que conseguiria alcançá-la a tempo?

Pushkin se virou e deu dois passos na direção do próprio beliche. No segundo passo, houve um pequeno *amassar* de papel laminado.

O som chamou a atenção de Alex.

Pushkin parou de andar, com um pé sobre a ave dobrada de Talia, agora um disco de papel laminado achatado e arruinado. Então bufou, sacudiu a cabeça enorme e continuou na direção de seu nicho.

Talia não falou nada, não se mexeu. Apenas permaneceu sentada com o olhar fixo nos restos da ave e estendeu as mãos delicadas sobre as coxas.

Depois de um tempo interminável, ela se mexeu. Respirou fundo e tocou o disco de papel laminado amassado com a ponta do dedo médio.

Um som baixo emanou dela. A princípio, Alex achou que Talia estivesse falando, mas então percebeu que, na verdade, estava cantando. Uma canção lenta e triste que ele não reconheceu. A voz dela era rouca e tinha um fastio que provocou arrepios nos braços de Alex. Mas, apesar disso, também havia certa doçura nela, como uma gota de mel em uma xícara de chell.

E ela cantava:

Ai!

Acorde e veja o que a fortuna traz, sobre as costas de asas silenciosas. Ondas de fogo e ondas de raios, estrondos de trovão, quebrando, ribombando.

Ai! Ai! Ai!

Escute as paredes de ferro rangerem. Escute as crianças gritarem e lamentarem. Não podemos fugir. Não podemos lutar, nem esperar sermos resgatados de nossa tribulação.

Ai! Ai! Ai!

Agora o Sarr, aquele inimigo odiado, tomou sua casa e nos derrubou.
Não fale nada e abaixe a cabeça;
Não vai ajudar se juntar aos mortos.

Ai! Ai! Ai!

Filhos do Distúrbio, lembrem-se! Lembrem-se!
Por onde quer que vocês andem, lembrem-se! Lembrem-se!
Lembrem-se do que foi perdido.
Lembrem-se do que foi perdido.

— Assim nós cantamos quando Bagrev caiu — disse Talia.

Então pegou o disco de papel laminado e o amassou. Com o papel laminado dentro da mão fechada, ela voltou para o beliche e se deitou de lado, virada para a parede. Puxou o cobertor e ficou em silêncio, o único som o padrão lento de sua respiração.

Alex relaxou o aperto na borda do próprio beliche. Ele não tinha certeza do que estava esperando, mas não era isso. Olhou de relance para Pushkin; o geólogo tinha uma expressão de desdém intrigado. Então escarneceu e voltou a olhar seus filtros.

Alex balançou a cabeça. Coisas estranhas em lugares estranhos. Ele simplesmente agradeceu por Talia não ter perdido a compostura. Novamente, perguntou-se o que ela tinha suportado durante o Distúrbio.

Talvez, percebeu, ele não fosse o único que precisava visitar o buraco.

12.

Os quatro mal falaram pelo resto da noite. Alex continuou trabalhando, e Talia e Pushkin ignoraram um ao outro quase com intensidade física. Chen, por sua vez, permaneceu debruçado sobre seu chip-lab, de olhos fixos no visor, a lateral do rosto iluminada pelo brilho laranja opaco do aquecedor elétrico.

Naquele momento, Alex odiava Pushkin e Talia por tornarem a expedição mais difícil do que precisava ser. E já não era fácil, para início de conversa.

Se ao menos Layla estivesse ali. Ela ia ter animado toda a jornada. Ainda seria difícil, mas os dois teriam confortado um ao outro, e isso teria deixado todo o sofrimento e a dor mais suportáveis. Esse companheirismo era do que Alex mais sentia falta. Saber que há outra pessoa com você, alguém que se preocupa com você, e com quem você se preocupa, vale mais que qualquer quantidade de bits.

Uma mão pareceu apertar o coração de Alex. De todos eles, Layla era quem mais teria gostado da viagem a Talos VII. Ao contrário de Chen, ela sempre foi muito boa em caminhadas e acampamentos e... e...

E, no fim das contas, foi isso que a matou.

Alex estendeu a tela de privacidade de seu nicho e se encostou na parede curva, grato por ninguém mais conseguir vê-lo.

Ele respirou fundo. Era difícil conseguir ar suficiente.

Todo mundo dizia que você nunca superava seu primeiro amor. Talvez isso fosse verdade. Ele tinha tido sorte o bastante para se casar com o dele, e por algum tempo, achou que tinha enganado o destino. Só que o destino estava economizando, contando o custo de todos os bons momentos enquanto ele, ou ela, ou o que quer que fosse esperava pelo momento certo para cobrar. E foi exatamente isso que fez. O velho destino o emboscara e o espancara até Alex achar que nunca ia se recuperar. Espancado até não restar nada além de tristeza e das pontadas doentias de remorso.

Algumas lágrimas caíram de seus olhos, gotas quentes de lembrança.

Ele pensou no arquivo que havia em seu sistema, pensou em ouvir a voz de Layla novamente, em ver o que ela via. Mas recuou diante da perspectiva, embora sentisse muita falta de sua presença, mesmo que apenas como um fantasma digital. Alex sabia que a experiência seria tão real, tão imediata, que ia destruí-lo.

Se tivesse levado o holocubo para a missão, poderia ter dado uma olhada, mas temia que o efeito fosse praticamente igual.

Enxugou o rosto com os braços e continuou a trabalhar. Era a única coisa que podia fazer. Às vezes, ele achava que esse era o fato mais assustador de todos.

Por mais cansados que estivessem, os quatro foram dormir muito tarde. Se Sharah tivesse um link com o abrigo, Alex sabia que ela os teria repreendido por serem irresponsáveis. Mesmo assim, não conseguiam evitar isso; estavam agitados demais para descansar. Em vez disso, ficaram sentados em silêncio, cada um deles envolvido em sua própria atividade, e cada um deles vigiando e tentando ouvir qualquer sinal das tartarugas até tarde da noite.

Quando finalmente dormiu, Alex sonhou.

Música emanava do contêiner de armazenamento velho que os cidadãos de Plinth usavam como bar e salão de reuniões em geral. Ele reconheceu a música pulsante: mais uma balada assustadora e exagerada sobre morte e monstros de Todash and the Boys.

Já era noite, ele tinha terminado seu serviço, e, junto com os três caras com quem morava, caminhou pela multidão na direção do contêiner. Todo dia eles se reuniam ali para tomar uma ou duas doses da bebida vagabunda que Hamish estava servindo, ficar no brilho e olhar para a mesma meia dúzia de mulheres da sua cidade. Quatro delas já tinham parceiro, mas ei, nunca se sabe. Você podia ter sorte mesmo assim.

Só que aquela noite foi diferente. Aquela foi a noite em que ela estava lá.

Alex parecia flutuar no meio da multidão enquanto ele e seus colegas se dirigiam aos únicos bancos livres. Ele foi tomado por medo e antecipação; sabia o que estava prestes a acontecer e não tinha certeza se queria viver aquilo outra vez. Não tinha certeza se conseguiria. A lembrança já havia sido doce, mas agora doía, e doía muito.

No entanto, Alex não conseguia deter o sonho, e estava sendo arrastado de forma tão inexorável quanto o destino.

Corpos se moveram e a multidão se abriu, e as pessoas desapareceram como se tivessem se movido para as periferias de sua visão. No alto, Todash uivava — "... para fugiiiiir. E não há nada na porta. Ei, não há nada na porta. Baby, o que é essa batida na porta?", e a voz dela estava chegando em um crescendo hesitante e entrecortado, como se suas cordas vocais estivessem prestes a se romper, e...

... e então Alex a viu.

Layla.

Esguia, de cabelo escuro e animada — ela estava parada no bar com vários amigos, nenhum dos quais ele tinha visto em Plinth. Eles usavam o tipo de macacão surrado que era comum entre os moradores locais, e sua pele tinha o bronzeado profundo que só era obtido se você crescesse sob o sol eidoloniano. Pequenas cicatrizes brancas destacavam-se como marcas de chicote em suas mãos — prova de encontros frequentes com os espinhos dos arbustos de fruta-de-sino que preenchiam os espaços entre os troncos das árvores de yaccamé.

Primeiro pensou que ela estivesse com raiva. Então percebeu que era apenas o ângulo de suas sobrancelhas, e que seu humor na verdade era leve e ágil.

Totalmente por acaso, ela calhou de olhar para ele de esguelha e o viu observando-a. Um olhar mais longo sucedeu a espiada. Seus olhos eram escuros e líquidos, poços de óleo, e eles tinham um brilho alegre.

Não foi amor à primeira vista. Droga, não foi nem luxúria à primeira vista. Mas era alguma coisa. Ela era a primeira mulher diferente que ele tinha visto em mais de um mês, e só isso era suficiente para despertar seu interesse.

— Ei, rapaz dos foguetes — disse ela. — Por que você e seus amigos não se juntam a nós? Vocês podem nos contar todos os detalhes interessantes sobre o espaço que não nos ensinaram na escola.

A onda de ciúme que percorreu o local era palpável. Alex se lembrou de como, na vida real, ele andara até o bar, estimulado por uma onda de confiança inesperada.

Não agora. Agora ele teve uma sensação de enjoo e mau agouro. Todash estava gritando sobre algo que se contorcia no escuro, e tudo o que ele via parecia pintado sobre vidro — um vidro rachado, arranhado e prestes a se estilhaçar.

Ele flutuou adiante e tomou seu assento junto do bar. Seus amigos tinham desaparecido.

— Na verdade, sou xenobiólogo — disse Alex, aceitando uma dose da bebida marrom-esverdeada de Hamish. — Não sou da tripulação de uma nave.

Layla ergueu uma sobrancelha.

— Veja só! Eu também.

— Uma xenobióloga?

— Uhum. Da Comissão Central. E você?

— Funcionário da companhia. Conglomerado Hasthoth.

Layla sorriu e bateu o copo no dele. O enjoo dele se intensificou com aquele sorriso. Porque ele sabia. Sabia o que esperava por ela: a dor, as lágrimas e aquele último passeio fatal.

Tentou alertá-la. Mais que qualquer coisa, ele queria alertá-la. Embora soubesse que era um sonho, Alex sentia que se conseguisse fazer com que ela entendesse, tudo aconteceria de forma diferente. Eles poderiam ter feito melhores escolhas desde o começo, sido mais gentis, mais atenciosos um com o outro. Juntos, poderiam ter encontrado um equilíbrio mais saudável. E então ela não teria partido em sua viagem. Pelo menos, não sozinha.

As palavras, porém, não saíam de sua boca. Tudo o que ele podia fazer era sorrir e balbuciar de acordo com o roteiro pré-estabelecido, um escravo da causalidade como o resto da criação. Isso o aterrorizou. Enfureceu. Mas ele não conseguia se libertar. Não podia alertá-la. E não podia salvá-la.

A única coisa que podia fazer era aguentar.

Esse era o pior castigo que ele podia imaginar.

— Então, qual é a sua especialidade? — perguntou ela, inclinando-se para mais perto dele a fim de escutar acima dos vocais hostis de Todash. Todash and the Boys, cinco bits em uma sexta-feira à noite, traga sua amada, escute músicas que fazem você gritar e

dançar e se esquecer de suas dívidas com a Comissão Central, você não sabe, baaaby, baby, e a noite está fria e de quem é a mão que está acariciando seu pescoço...
— Micróbios, principalmente. Qual é a sua?
— Macróbios. — Ela riu, um som delicioso. — Plantas e tal, embora às vezes seja difícil saber a diferença entre planta e animal em Eidolon.
— Não é?!
Então a conversa ficou vaga e indistinta, como frequentemente acontecia nos sonhos. Ele sabia em geral o que estavam dizendo, mas não conseguia captar palavras individuais, apenas o zumbido da multidão e as emoções por trás de seu diálogo com Layla.
Os dois conversaram pelo que pareceram horas. O tempo todo ele tentou seriamente dizer a ela o que queria, mas sem sucesso.
Por fim, tudo se tornou nítido outra vez, como se um par de lentes tivesse caído diante de seus olhos. O barulho da música estava mais alto do que nunca, alto demais para ele identificar o que Todash estava cantando e muito, muito alto para entender qualquer coisa que Layla estava dizendo.
— O quê?! — gritou ele.
Os cantos dos olhos dela se franziram. Layla chegou mais perto dele, segurou seu braço e o puxou para baixo até seu ouvido estar no mesmo nível que sua boca. Seu hálito estava quente sobre a pele de Alex, e ele podia sentir seu cheiro. Era um cheiro bom. O melhor de todos.
— Eu disse para irmos embora daqui!
Alex se afastou para encará-la e se assegurar de que ela estava falando sério. Layla inclinou a cabeça, uma expressão travessa no rosto. Suas bochechas estavam coradas. Se era por conta do álcool ou de outra coisa, ele não tinha certeza.
O que Alex sabia — tanto no presente de sua mente sonhadora quanto na época em que a viu pela primeira vez desse jeito — era que ela o possuía. Foi nesse momento que ele se apaixonou por ela. Não foi amor à primeira vista. Droga, não foi nem mesmo luxúria à primeira vista. Mas foi perto o bastante. A partir de então ele pertenceu a ela, de corpo e alma.
— Claro! Isso parece... — começou a dizer.
Então o sonho se estilhaçou, o rosto de Layla explodiu em mil fragmentos e o contêiner de armazenamento desapareceu, deixando-o flutuando sozinho na escuridão enquanto Todash and the Boys uivavam em torno dele; e em algum lugar no vazio ele escutou algo molhado e enorme se movimentando na direção dele sobre centenas de pés diminutos, e ele gritou e gritou, mas ninguém ouviu...

CAPÍTULO IV

* * * * * * *

ZONA DELTA

1.

Toda a equipe estava com privação de sono na manhã seguinte. Os outros tomaram seu AcuWake para ficarem funcionais. Alex, não. Ele odiava aquela coisa e, além disso, se ele se sentia mal o bastante para evitar dormir, por que ia querer tomar um comprimido para se sentir melhor? Os remédios para acordar tinham a função de limpar sua mente, e ele não queria isso. Não mesmo. Era como os caras que ele conhecia que tomavam um comprimido para ressaca depois de uma noite de bebedeira. Qual era o sentido disso? Faça suas escolhas e pague o preço. Não havia outro jeito de viver. Não mesmo, no fim das contas. O universo cuidava disso. Ele sempre cuidava.

bum

Alex cerrou os dentes. Aquele zumbido insistente forçava um caminho em seu corpo e seu cérebro. A cada pulso, sua visão se distorcia um pouco, um borrão delicado de forma e cor, como uma tela experimentando uma oscilação momentânea de energia.

A distorção mexia com seu senso de equilíbrio, fazia com que ele tomasse um cuidado extra a cada passo, como se tivesse tomado várias doses de uma bebida barata.

Como antes, Talia e Pushkin se revezavam para puxar Chen. Alex sabia que caso se oferecesse para fazer isso, eles teriam recusado; os dois pareciam decididos a monopolizar a atenção do químico, falando com ele enquanto arrastavam seu trenó, embora Alex nunca ouvisse o que diziam na privacidade de seus capacetes.

De todo modo, ele não teria se voluntariado. Seu ombro já estava machucado. A dor o assustava; Alex evitava imaginar como estaria a aparência do corte em sua pele naquela noite.

Talvez tivesse que fazer uma prótese de ombro junto com o joelho. E os dentes. Toda a mandíbula doía de tanto apertar. *Joelho, ombros, dentes.* Parecia que ele estava se despedaçando. Não por conta da idade — isso, na verdade, não era um problema se você tomasse suas injeções de células-tronco —, mas por causa da experiência acumulada. Alex acreditava que não importava o quanto você era (ou parecia) jovem;

independentemente de qualquer coisa, os anos e as tristezas cobravam seu preço. E, em alguns casos, no caso *dele*, você pagava na pele.

Alex olhou para o céu claro e cheio de nuvens, à procura de respostas, em algum lugar nos limites sem fundo, mas as estrelas estavam escondidas — mascaradas atrás da atmosfera — e tudo o que ele viu foi um tremeluzir momentâneo que poderia ter sido o *Adamura* passando no céu, como um meteorito que se acendia e queimava.

Ele baixou os olhos para o chão e se curvou sobre si mesmo. Mais um passo. Isso era tudo o que importava. Mais um passo, então o seguinte e o seguinte e o...

bum

2.

Nenhuma tartaruga estava à vista quando o grupo começou a caminhar, mas em menos de meia hora uma das criaturas alienígenas apareceu na linha do horizonte ao norte. O calombo escuro semelhante a um rochedo passou a acompanhá-los a partir de então, embora seu caminho continuasse errático e ela se mantivesse sempre a uma distância de pelo menos dez quilômetros.

Quando pararam às 10h para o intervalo de descanso, Pushkin, que parecia ter mais energia que o grupo todo junto, pegou seu coletor de amostras e fez várias perfurações de teste em torno da pedra onde eles tinham ancorado os trenós.

O comunicador se ativou.

— L------s ---- -- ar.

Alex verificou a etiqueta do canal. Pushkin.

— O quê?

<Não consigo ouvir nada do que você está dizendo. — Alex>

<Merdas. — Pushkin>

<De agora em diante, é apenas texto. — Alex>

<É, obrigado por dizer óbvio, Crichton. Como eu conseguiria sem sua ajuda? O que estou tentando dizer é que as leituras estão fora do ar. — Pushkin>

Ele ergueu uma amostra de rocha e a girou de um lado para o outro na luz.

<Fios de traços de metal estão mais grossos. Muito mais grossos. Parecem cabos entrelaçados no chão. — Pushkin>

Talia se juntou a Alex enquanto ele caminhava até o geólogo.

<A que profundidade eles vão? — Talia>

<Tão fundo quanto broca. — Pushkin>

<Eles estão transmitindo alguma corrente? — Alex>

<Pulsos eletromagnéticos induzem um pouco, mas não vejo fluxo de saída. — Pushkin>

Alex olhou para a planície escurecida.

<Você acha que os fios cercam todo o buraco? — Alex>
Pushkin deu de ombros.
<Não tenho como dizer daqui, mas acho sim. Terra parece isotrópica em todas direções. Duvido que encontremos área única. — Pushkin>
<A menos que eles tenham presumido que os visitantes optassem por caminhar direto contra o vento. — Talia>
Para isso, ninguém tinha uma resposta.

3.

Alex avançou cambaleante, os olhos parcialmente fechados. Suas pernas estavam queimando. O ombro estava em chamas. As bolhas em seus pés tinham estourado outra vez. Sangue molhava suas botas.
bum
A única coisa boa no desconforto era que ele o mantinha focado no *agora*. Sempre que seus pensamentos divagavam, a realidade dolorosa o puxava de volta, forçava-o a estar presente. Era uma dádiva, mas uma dádiva horrível.
O rádio crepitou em seu ouvido, mas não emitiu nenhuma palavra compreensível. Então:
<Vocês viram as luzes? — Chen>
<Não. As mesmas de antes? — Alex>
<Só duas desta vez, e elas só apareceram por alguns segundos. — Talia>
Alex examinou o céu. Vazio, exceto pelas nuvens agrupadas. Então ele olhou para a tartaruga que os estava seguindo. Ela não estava em lugar nenhum do horizonte, mas ele sabia que ela — ou uma igual a ela — devia estar perto.
Mudou para infravermelho, só por garantia. As imagens térmicas davam à poeira que passava por eles uma beleza especial; ela o lembrava das praias arenosas que bordejavam os Sete Rios em Eidolon. Alex e Layla passearam de caiaque nos rios várias vezes, no auge do verão, mas...
bum
Um latejar em seu ombro fez com que ele fizesse uma careta e fechasse os olhos com força. Descartou as luzes de sua mente e voltou a olhar para o chão. Um passo de cada vez...

4.

O dia parecia interminável.
Talia estava implacável. Ela os impeliu adiante com comandos duros, reduziu os períodos de parada e se recusou a permitir que parassem ao pôr do sol. O grupo

caminhou até tarde da noite e só parou quando ficou difícil enxergar mesmo com lanternas de cabeça.

Por mais que Alex odiasse, a obstinação de Talia deu resultado. Eles percorreram 18 quilômetros inteiros: dez até a borda interna da Zona Gama e mais oito na Delta. Mais da metade do caminho até o buraco, e apenas mais seis quilômetros até chegarem à Zona Épsilon.

Mais seis quilômetros. Isso não é muito. Mas teria que esperar até o dia seguinte. Nenhum deles tinha energia para continuar andando.

Alex sentiu-se delirante com a dor, exaustão e o pulso atordoante do buraco. Ele sabia que os outros estavam tomando estimulantes, até Pushkin; era o único jeito para continuarem a andar e a andar... e sabia que também teria que começar a tomar as drogas. Do contrário, não seria capaz de acompanhar.

A caminhada, o movimento do chão que seus pés deixavam para trás, a torrente constante de poeira e a distorção dos incessantes
bum
faziam parecer que tudo continuava se movendo quando eles finalmente pararam, como se estivesse se afastando na direção do horizonte, e Alex continuava a enxergar a mesma textura granulada em sua visão — uma camada tremeluzente que parecia pulsar e girar de vez em quando, como se ele estivesse vendo os pixels que formavam a própria realidade.

Ele sacudiu a cabeça, o que foi um erro, porque teve que se segurar à traseira de seu trenó para manter o equilíbrio. Suas lanternas de cabeça criavam cones pálidos na poeira, cones que davam forma e substância ao mundo. Às vezes, sentia como se fossem mágicos. Como se as únicas coisas no universo que realmente existissem fossem aquelas dentro do alcance de suas luzes. E quando ele virava a cabeça, elas deixavam de existir.

Alex não tinha certeza se a ideia era reconfortante ou aterrorizante, embora a ilusão do controle lhe agradasse.

Talia olhou para ele. Chifres reluzentes emanavam de seu capacete; suas próprias luzes dando forma ao mundo ao redor.

Quando ela viu que ele não precisava de ajuda, foi até Pushkin para montar o domo habitacional, deixando Alex cuidando de Chen.

<*Tudo está muito estranho. — Chen*>

Alex olhou para o interior do capacete dele. O químico estava olhando fixamente para as estrelas ocultas com uma expressão sonhadora no rosto.

5.

Quando o domo habitacional estava pronto, Alex fez suas rondas habituais. Ele conferiu os trenós duas vezes para garantir que estivessem devidamente presos. Coletou amostras de solo e as guardou na caixa limpa na parte externa do domo. Então, encarou seu medo e seguiu para a câmara de pressurização.

Como sempre, foi o último a passar pela descontaminação, o que significava que tinha a câmara apenas para si. Estava ciente de que não conseguiria manter esse privilégio pelo resto da viagem, mas enquanto pudesse, ia fazer isso. Alex não queria que Pushkin nem Talia soubessem do machucado em seu ombro. Ou evitaria ao máximo. Pushkin poderia resolver deixar a expedição de uma vez por todas se outro problema surgisse, e mesmo que esse não fosse o caso... Alex não queria que nenhum deles visse sua fraqueza. Isso não parecia seguro ali, nas planícies desertas de Talos VII.

Ao se dar conta disso, soube que não confiava em Pushkin nem em Talia para ajudá-lo em uma emergência. E *não* era assim que as coisas deveriam ser em uma missão remota — cada homem e mulher por si, e nenhuma garantia de trabalho de equipe no caminho.

Você está ficando paranoico, disse Alex para si mesmo. Pushkin e Talia estavam ajudando Chen, afinal de contas. O que ele tanto temia? Mas, ainda assim, preferiu manter sigilo a respeito do ferimento, só por precaução.

Precaução contra o quê? O quê? ... O quê?

Ele fechou os olhos e então os abriu e fechou várias vezes, com força, desejando muito poder esfregá-los. O mundo era uma tela estática a sua frente; toda superfície viva com movimentos nervosos.

bum

Remover o skinsuit foi tão doloroso quanto Alex temia; ele caiu no chão, com a boca aberta em um grito sem som, todo seu corpo rígido de agonia.

Quando conseguiu se mexer, viu que a bolha em seu ombro tinha reaberto, e o ferimento estava ainda mais fundo.

Como antes, ele o limpou, cobriu com Celludox e colou a pele vermelha e inflamada outra vez. Não tinha esperança de que isso fosse segurar, embora a dobra em seu traje ainda estivesse lisa, presa com fita.

O mais importante agora era evitar uma infecção. Alex realmente não queria tomar antibióticos sistêmicos enquanto tinha que fazer tanto esforço. Essa era a receita para mais ferimentos.

Pegou dois comprimidos de complemento de ferro na estação de primeiros socorros na parede e os tomou. Imaginou que ajudariam com todo o sangue que estava perdendo.

Pelo menos os biofiltros do domo habitacional não teriam nenhum problema para remover o sangue da água de descontaminação... Ele só esperava que Talia e Pushkin não olhassem os registros de descontaminação; os dois saberiam imediatamente que havia alguma coisa errada.

Enquanto os jatos de ar o secavam, Alex deixou que a cabeça caísse para trás e olhou fixamente para o teto. Esperava que a viagem fosse difícil, mas não *tão* difícil. E se eles não descobrissem nada significativo sobre o buraco e seus construtores? E se seu tempo, sofrimento e esforço fossem em vão?

Não importava. Layla teria tentado, então ele estava tentando. Mas doía. Se era tão difícil assim encontrar significado, não era surpresa que tão poucos tentassem ou tivessem sucesso nisso.

6.

Atrás de Alex, ouvia-se vozes raivosas. Ele franziu a testa. Pushkin e Talia estavam discutindo havia mais de uma hora, e aquilo o estava distraindo. Alex olhou feio para eles de baixo do cobertor.

— ... e você constrói castelos sem sentido com suas palavras — disse Pushkin. Como sempre, ele estava reclinado em seu nicho, removendo farelos da barba. — Primeiro diz que construtores desconhecidos não podem perceber o divino.

— Eu...

— Ou seja, eles são pagãos condenados às profundezas ardentes desde nascimento. Está bem, se essa é sua posição, fique com ela! Você não pode agora dizer que eles devem acreditar em poder mais elevado ou...

Talia ficou de pé.

— A crença deles pode estar errada, mas...

— Arrá!

— Mas a crença ainda deve existir! Até cérebros de nave costumam ter fé. Nem todos, mas alguns.

Pushkin acenou com a mão, descartando o que ela havia dito.

— Pfft. Exemplos extremos. Cérebros de nave são loucos como pássaros espaciais, todos eles.

— Mesmo que sejam, isso ainda prova meu argumento. Não importa a forma da inteligência, nós procuramos entendimento.

Pushkin deu um tapa na lateral curva do domo.

— Humanos fazem isso, srta. Indelicato. *Humanos*, e humanos *não* são regra, até onde sabemos.

— Nós não sabemos mais nada.

— Exatamente!

Talia se voltou para Chen, que os estava observando de seu nicho, como uma criança presa entre dois pais disputando seu afeto.

— O que você acha, Chen? Sim ou não? Será que alienígenas acreditam em um poder superior? Será que eles têm alguma forma de fé?

bum

O químico demorou a responder, mas finalmente disse:

— Por que isso importa?

Talia jogou as mãos para o alto e deu duas voltas pelo domo.

— Porque — ela começou — a crença é parte do que significa ser humano. A necessidade de confiar em algo maior que você mesmo. O desejo de entender. É algo que eu acho que qualquer espécie sapiente e autoconsciente precisaria ter. Se não, qual seria a fonte de esperança deles? O que os levaria a alturas cada vez maiores? Nada, é isso.

— Arrá — respondeu Pushkin, erguendo um dedo. — Muitos humanos não acreditam no sobrenatural, e nós nos saímos muito bem, muitíssimo obrigado.

— A história discorda — argumentou Talia. — Além disso, você acredita em poderes além de si mesmo. Você é apenas arrogante demais para reconhecer que está falando de *Deus* e não de uma teoria de campo unificado. E por causa de sua arrogância, pressupõe conhecimentos que na verdade não possui.

Pushkin ergueu seu corpo para uma posição mais ereta, os olhos brilhantes e aguçados.

— Eu *acredito* que temos uma vida, uma vida apenas, e ela costuma ser curta, dolorosa e desagradável, então devemos aproveitá-la do jeito que podemos. É nisso que acredito.

— Isso está longe de ser uma filosofia — zombou Talia. — Egoísmo só leva à preguiça e à crueldade.

Uma ruga profunda vincou a testa de Pushkin.

— Fé leva à mesma crueldade, srta. Indelicato. Eu me esforço por que *gosto* disso. Às vezes, sou simpático com pessoas por que *gosto*. E, sim, tenho hábito de me permitir todo tipo de prazer porque, de novo, eu *gosto* deles. Beleza em todas as coisas, srta. Indelicato, mesmo na vilania.

A repulsa contorceu o rosto de Talia.

— Viu? — disse ela para Chen. — É isso o que acontece quando um homem se coloca acima da criação.

— Eu... Eu não sei — respondeu Chen.

— Essa foi coisa mais inteligente que você disse esta noite — trovejou Pushkin. — Desejo de entender, sim. Acho essa uma exigência básica de qualquer espécie sapiente. Mas não significa que resulte no desejo de acreditar em algo maior que você.

Talia parou com as mãos na cintura, balançando a cabeça. Seu cabelo movia-se de um lado para o outro como um pêndulo com borla.

— A ciência sozinha não consegue responder às maiores perguntas. Ela não pode nos dizer o *porquê*.

— Claro que pode — retrucou Pushkin. — Nós sabemos perfeitamente bem como algo vem do nada, e sabemos isso desde século XXI. Você está...

— Mas isso ainda não explica o *porquê*. — Talia voltou a andar de um lado para o outro, seus passos duros e abreviados. — Não nos dá nenhum senso de significado. Você não pode dizer às pessoas que elas não passam de coleções aleatórias de átomos e esperar que elas acreditem nisso.

— Eu não...

— Sem a crença em um propósito superior, não podemos nos desenvolver plenamente como seres autoconscientes. Nem nenhum alienígena poderia.

Pushkin bebeu toda a bolsa de água que estava perto de seu joelho.

— Está bem. Vou entrar em jogo. Digamos que *eles* têm tipo de fé. Nós nem chamamos isso de religião. Então como que acreditar em elemento aleatório sobrenatural prova qualquer coisa? Não prova. E com toda certeza não significa que estão melhor assim. Talvez o sistema de crenças deles exija sacrifícios de sangue toda quinta-feira. Já pensou nisso?

— Os detalhes não são importantes — disse Talia, rígida.

— E diabo está nos detalhes... Se detalhes não importam, então você não deve importar em se converter a outra religião, srta. Indelicato. Talvez você goste de, ah, rezar para Zeus ou Odin ou Reginald Cabeça de Porco Deus de Khoiso?

— Agora você está apenas sendo ofensivo.

— Não, estou sendo realista, ao contrário de você, minha cara. — E ele olhou com malícia na direção dela de um jeito que Alex considerou explicitamente ofensivo.

Talia riu, um som curto, entrecortado e desprovido de alegria.

— Então sinto muito por você, porque não vai ter nada para confortá-lo quando a tragédia acontecer.

Uma veia latejava na lateral da têmpora de Pushkin, e sua cabeça inchou como um balão roxo pronto para explodir.

— Sua vaca presunçosa, você não tem ideia do que suporto na vida. Você sobreviveu ocupação de Bagrev. Sensacional pra caralho. Bom pra você. Você não é única familiarizada com *tragédia*. Eu a cortejei, dormi com ela mais vezes do que me lembro. Então vá se foder com seus sermões.

Sua explosão não pareceu surpreender Talia. Ela inclinou a cabeça para trás com uma expressão de pena tão condescendente que Alex também se sentiu brevemente na defensiva.

— É claro. Por que eu deveria esperar qualquer outra coisa de você? — Uma expressão feia distorceu o rosto de Pushkin, mas antes que ele pudesse responder, Talia voltou sua atenção para Chen. — Você concorda mesmo com esse homem?

Chen balançou a cabeça. Uma camada de suor brilhava em sua testa. Parecia extremamente desconfortável por ter sido colocado nos holofotes.

— Eu não sei. Nunca pensei muito sobre isso. Só quero que as coisas funcionem — respondeu.

— E quando elas não funcionam? — insistiu Talia. — Essa é a questão.

— Então nós as consertamos.

— Algumas coisas não podem ser consertadas.

Alex congelou quando o olhar de raptor de Talia caiu sobre ele.

— E você, Crichton? Como se sente em relação a isso? Imagino que tenha uma opinião.

— Sim, diga — falou Pushkin. — Divida sua sabedoria, por favor. Você acha que alienígenas que fizeram buraco são verdadeiros crentes como querida Talia aqui? Você acha que fé é indispensável pra raça sapiente realizar qualquer coisa grande? Diga, Crichton. Mal posso esperar pra ouvir.

bum

Alex piscou para tentar se encontrar em meio a seus pensamentos. A textura granulada semelhante a areia ainda distorcia sua visão, fazendo com que as coisas parecessem vagas e intangíveis, como se tivessem sido tão quebradas em partículas que ele pudesse passar a mão através de objetos sólidos.

Ele engoliu em seco.

— Não tenho certeza... — fez uma pausa e então recomeçou, dessa vez mais alto.

— Não tenho certeza se alguma coisa realmente importa.

Pushkin bufou.

— Aff! Como você é inútil. De todas posições filosóficas, a apatia, o *niilismo*, é pior.

Talia soltou uma risada aguda.

— Você não é diferente, Pushkin. Não acredita em nada além de seu próprio ponto de vista...

Pushkin a interrompeu, então eles voltaram a discutir outra vez, lançando argumentos venenosos de um lado para o outro, embora nenhum realmente escutasse o outro, exceto para encontrar mais munição para atacar. Era exaustivo ouvir a discussão. Alex não sabia de onde os dois tiravam energia... Não, isso não era verdade. Ele sabia, sim. Eram os estimulantes.

Alex deu mais uma olhada no rosto dos dois. Os olhos estavam rápidos demais, brilhantes demais, pupilas tão dilatadas como o buraco, bochechas coradas, pele lustrosa de suor e gordura, movimentos espasmódicos de marionetes. É... Eles estavam cheios de energia e tensos como drogados, prontos para rasgar a garganta de qualquer um que os irritasse.

Alex podia simpatizar, mas não muito. Nesse momento, meio que odiava tanto Pushkin quanto Talia por fazerem com que ele pensasse a respeito de coisas que não queria. A presença do buraco levantava questões existenciais suficientes sem acrescentar o sobrenatural.

bum

7.

O barulho do buraco atrapalhou o sono de Alex, impedindo-o de formar imagens ou narrativas coerentes. Ele tinha impressões rápidas de pessoas, lugares ou emoções, e então o inevitável
bum
dispersava suas imagens, e elas evaporavam como névoa pela manhã.

No meio da noite, Alex acordou e ficou olhando fixamente para o teto escuro ouvindo a respiração dos outros. O peito de Pushkin subia e descia como um fole pesado, enchendo e esvaziando os pulmões enormes geneticamente modificados do geólogo com um ronco constante pesado e animalesco. A respiração de Talia era rápida e rasa, como se em seu sonho ela estivesse correndo uma maratona frenética, e quando Alex olhou para ela em seu nicho, seu rosto estava franzido. A respiração de Chen era mais lenta, mais calma do que a dos outros, mas a cada poucos minutos, ele começava, e um resmungo ou gemido escapava de seus lábios, como se estivesse suplicando por uma pausa.

Alex tentou ignorar os sons, tentou ignorar os
bum
Em vez disso, ele se viu pensando na discussão de Talia e Pushkin. Revirou aquilo em sua mente como se fosse um objeto precioso, à procura de falhas, à procura de novos ângulos e clarões de revelação.

Era um trabalho exaustivo e nada recompensador.

Seus pais nunca conversaram com ele sobre filosofia, religião nem qualquer tipo de questão existencial. Tampouco qualquer outra pessoa de sua família o fizera. Como tantos no Mundo de Stewart, sua vida era consumida pelo trabalho árduo e técnico de sobreviver no ambiente hostil. Nada na colônia era natural. Tudo era artificial — metal, máquina e compostos, projetados para protegê-los dos raios letais e das temperaturas extremas que constantemente assolavam a superfície do planeta. Seus pais tinham boa formação (os dois tinham DIPs), assim como a maioria das pessoas daquela colônia. Não era possível sobreviver de outra forma. No Mundo de Stewart, não existia trabalho não qualificado, e havia algo em relação ao esforço intelectual implacável de sua construção tecnológica que parecia esmagar a imaginação.

Pelo menos, na sua família.

Mesmo durante a maior parte de seus estudos, os cursos não expuseram Alex aos tipos de questões com os quais ele vinha lidando desde... desde que o *antes* se tornou *depois*. Todas as matérias eram focadas em educar a próxima geração de cientistas e engenheiros de que a colônia precisava para funcionar, sem espaço para refletir sobre o como, o porquê e o que era certo ou errado.

Só quando começou seu treinamento formal de xenobiólogo que ouviu alguém discutir esses temas, e apenas quando consideravam a possibilidade de encontrar alienígenas sapientes.

Alex ouvira com interesse diligente, mas não absorveu a maior parte do material que foi ensinado, pois não entendia a importância, e aquilo não parecia ter nenhuma utilidade prática.

bum

Layla e sua família eram diferentes. Eles se *importavam*, e estavam dispostos a falar sobre suas crenças. Especialmente Layla. Sua sinceridade, seu *ardor*, exigia que Alex se ajustasse, o que ele não fizera, na verdade, e isso causou muito conflito durante o tempo que estiveram juntos....

O teto curvo flutuava acima, e Alex se virou de lado, piscando. Seu ombro latejava com uma pulsação quente.

Talvez Talia tivesse razão. A fé era importante. *Crença* era importante. Ela lhe dava uma razão para persistir. Mas crença em quê? O sobrenatural não atraia Alex; nisso ele concordava com Pushkin. Ele também entendia o ponto de vista de Pushkin em relação à importância de se divertir. Humanos eram em essência hedonistas; Alex acreditava firmemente nisso. Se você não obtivesse *alguma* sensação de recompensa na vida, por que continuar? Mas prazer apenas pelo prazer não era suficiente.

O que levava Alex novamente para onde ele tinha começado. No que podia acreditar — ou o que podia fazer — que achasse recompensador e significativo o bastante para suportar as tristezas da vida?

bum

Ele fechou os olhos. À sua frente estava a urna de titânio, reluzente contra um fundo escuro. Ele a pegou, e o metal estava frio sob seus dedos. Então Alex estava caindo, caindo, caindo no vazio rodopiante. Deixou a urna escapar e não havia nada em que se agarrar. Nada para segurar. Nada para amar.

CAPÍTULO V

★ ★ ★ ★ ★ ★ ★

ZONA ÉPSILON

1.

Pop!

Um som semelhante a um tiro estourou no rosto de Alex. Abriu os olhos e se levantou de repente enquanto uma lança calcinante penetrava através de seu maxilar inferior.

— Ahh!

Ele levou a mão à lateral do rosto enquanto tentava encontrar algo que pudesse usar como espelho. *Ali*. O canto de seu cobertor térmico, uma parte que não estava muito amarrotada.

Alex não tinha levado um tiro. Na verdade, nada parecia errado em seu rosto; sua aparência era a mesma de sempre. Se não fosse pela dor que penetrava em seu maxilar, não saberia que havia um problema.

Usou cautelosamente a língua para examinar o lado da boca. Quando ela tocou o segundo molar inferior de trás, sentiu pedaços soltos de dente se movendo contra a gengiva.

Merda!

— Qual o problema? — perguntou Talia, atordoada enquanto saía de seu nicho. Pushkin abriu sua tela de privacidade e espiou com um interesse moderado.

— Quebhei um dhenti — murmurou Alex.

— O quê?

— Quebhei um dhenti!

Os cantos dos olhos de Talia se estreitaram; Pushkin inspirou, estalou a língua e disse:

— Não, não, não. Eu não queria ouvir isso, não, eu não queria. Bom dia. — E ele tornou a fechar a tela.

Talia foi pegar o kit de primeiros socorros, mas Alex a dispensou, debruçando-se sobre a pia instalada na parede e cuspindo os pedaços de dente. Eles ficaram presos na cuba composta, com um brilho branco em meio aos filetes de sangue que escorriam de sua boca. Alex tossiu e tornou a cuspir. Outro pedaço de osso fez barulho ao cair.

Isso estava fadado a acontecer, disse a si mesmo, mas não se sentiu muito reconfortado.

Depois de um antisséptico bucal, mais norodona, um anestésico tópico e vários goles de água, Alex tinha se limpado e estava vestindo o skinsuit. O lado direito do queixo estava inchado, e ele podia sentir uma enxaqueca chegando, mesmo através da nuvem de analgésicos.

Apesar de sua resistência, tomou uma dose de AcuWake. Em minutos, percebeu uma sensação agitada de clareza, como se água fria tivesse sido jogada em seu rosto.

Chen observou a coisa toda, sem piscar os olhos redondos.

bum

2.

O vento estava mais forte aquele dia.

Alex se inclinou contra o arreio, sentindo todos os músculos do corpo protestarem. Pelo menos a norodona ajudava com o dente, o ombro e as bolhas nos pés. *Pequenas bênçãos.*

O grupo estava andando havia quatro dias. Apenas quatro dias. O fato parecia incrível, impossível. Tudo antes de Talos parecia indistinto e insubstancial, como se tivesse sido um sonho estranho meio emudecido. Ainda assim, Talos não parecia mais real. Mais iluminado, sim. Mais barulhento, sim. Mais intenso, sim, mas havia uma surrealidade na planície varrida pela poeira que deixava Alex desprendido e incerto, sem um adequado senso de localização. Ele umedeceu a língua. *Seca. Muito seca.* O AcuWake tinha esse efeito.

Não pense. Apenas ande. Apenas ande.

3.

Áreas avermelhadas começaram a aparecer no solo encrostado. Quando Alex as examinou, encontrou uma alta concentração do corante fotovoltaico que tinha descoberto anteriormente. Mas, como sempre, não tinha ideia do propósito disso.

Nesse dia, duas tartarugas apareceram, uma no horizonte ao norte, outra ao sul. A tartaruga ao sul se arriscava chegando mais perto que a do norte; às vezes, ficava a apenas dois ou três quilômetros de distância.

Na maior parte do tempo, Alex as ignorou. A menos (ou até) que se aproximassem mais, ele não se preocuparia com as criaturas. Depois estudaria as gravações que fizera delas, quando não estivesse tão cansado...

Talia assumiu o primeiro turno puxando Chen. Quando eles pararam para o intervalo das 9h, Pushkin foi assumir a função, mas Talia recusou, e então eles entraram em uma discussão acalorada que começou com mensagens de texto e evoluiu para os dois gritando um com o outro através de seus capacetes. Talia tentou impor seu comando, mas Pushkin apenas se sentou no arreio preso ao trenó de Chen e se recusou a se mexer até que ela desistiu.

Enquanto os dois ainda ralhavam um para o outro, Alex se arrastou até a lateral do trenó e tocou seu visor no de Chen. O químico não parecia muito bem. Seus olhos estavam fundos, arroxeados, e sua pele tinha uma coloração esverdeada.

— Ei, você está bem? — perguntou Alex.

— Eu estou... estou dando meu melhor.

— Posso fazer algo por você?

— Não. Mas... obrigado.

Alex olhou para Talia e Pushkin, que estavam quase em uma luta corporal.

— O que Talia tem conversado com você? Parece que os dois estão enchendo seus ouvidos.

Chen deu de ombros em seu traje.

— Pois é... Ela tem me explicado sobre a ortodoxia adusópita.

— É nisso que ela acredita?

Chen assentiu.

— É. É, sim... — começou. Pushkin o interrompeu, trovejando alguma coisa alto o bastante para ser ouvido através do capacete e acima do vento. Chen continuou: — É interessante, acho.

— E *ele*?

Alex apontou com o queixo na direção do geólogo.

Os olhos de Chen correram de um lado para o outro, como se estivesse tentando escapar da conversa.

— Só... mais coisas. Você sabe como ele... como gosta de falar. Há tanta coisa que nunca cogitei. Tantos anos em que eu simplesmente não... pensava.

Algo no tom de voz de Chen pareceu estranho para Alex.

— Você quer que eu reveze para puxar você? Para dar uma folga. Eu posso, se você quiser.

Chen balançou a cabeça com uma expressão quase frenética.

— Não, estou bem — murmurou. — Obrigado. Eu estou bem.

— Aham.

Alex não estava convencido, mas não ia forçar o assunto, não se pudesse evitar. Colocar-se entre Talia e Pushkin não era uma proposta atraente no momento. Mas ele não conseguia deixar Chen. Ainda não. Olhou para a pele do químico. Ela parecia mais verde que antes, e o homem não parava de engolir em seco, como se estivesse prestes a vomitar.

— Ei — disse Alex —, o que você vai fazer quando chegar em casa?

A pergunta pegou Chen de surpresa.

— Casa? Consertar meu joelho e então escrever alguns trabalhos.

— Não, não isso. Não estou falando de trabalho.

— Você quer dizer como um hobby?

— Sim. O que você faz no seu tempo livre?

Chen teve que pensar.

— Caminho.

— ... caminha?

O químico assentiu.

— Não como... o que estamos fazendo. Minha parceira e eu, nós caminhamos em torno do toro. Ele é bem grande. Leva cerca de dois... dois dias e meio, mas você pode continuar em frente pelo tempo que quiser. Tem um parque que ocupa todo o centro.

Alex tentou imaginar.

— E depois?

— Depois da caminhada?

— É. Você não pode andar para sempre.

Chen deu de ombros.

— Às vezes eu me ofereço como voluntário no... centro de ensino local, ajudo a montar o laboratório... supervisiono experimentos com as crianças.

— É mesmo? Por quê?

A testa do químico se contraiu.

— Porque eu gosto de ajudar. E é importante. A estação... precisa disso.

4.

Ao meio-dia eles entraram na Zona Épsilon. Era possível ver mais rochas expostas lá, porque o vento limpara a maior parte da terra da superfície, e o som do buraco era perceptivelmente mais alto. Agora ele era um completo

Bum

que sacudia os ossos e os músculos de Alex e fazia seus dentes zunirem e suas bochechas vibrarem. Sempre que ouvia o barulho, sentia uma pontada de pressão nos seios da face. Ele se perguntou se seu nariz começaria a sangrar quando estivessem mais perto.

Além disso, a estática em sua visão estava mais pronunciada. Os grãos eram do tamanho de arroz, e se agitavam e flutuavam como se tivessem vida própria. Ele ergueu as mãos e observou os padrões rodopiantes. A poeira que corria pelos seus pés era hipnotizante, um fluxo contínuo de padrões fractais que dançavam ao ritmo do buraco.

Isso não pode ser bom para nós.

Pensar estava ficando cada vez mais difícil. Toda vez que ele conseguia se concentrar em algo

Bum

Alex nem conseguia ler os resultados de suas amostras de solo. Tentou, mas toda vez que estava no meio de uma equação, um

Bum

expulsava as palavras de sua cabeça, deixando-o frustrado. Então desistiu e apenas seguiu em frente, com o ombro doendo, o maxilar latejando, a mente vazia, os braços um pouco dormentes por causa do arreio.

Uma sensação sombria de impotência crescia dentro dele. Cada pulso era uma agressão a seu corpo, uma agressão que ele não podia evitar. Ele estava preso. Todos eles estavam presos. E apesar da vastidão do céu doentio, tinha uma sensação quase claustrofóbica de confinamento. Sua aversão aos pulsos sônicos era tão grande que ele começou a tensionar os músculos em antecipação a cada

Bum

como se para desviar o golpe que sabia estar próximo.

Distraído como estava, Alex começou a divagar, e lembranças aleatórias passavam pela sua mente nos 10,6 segundos entre os pulsos.

... sentado à mesa da cozinha dos Harris jogando sete-ou-nada com Taurin, Neptune e Layla. As cartas virando, e Layla rindo ao tirar um straight flush...

... os dois escalando o cume do monte Adônis enquanto o sol nascia sobre a cordilheira do Panteão...

... a primeira vez que ele e Layla transaram. A estranheza, a excitação... Como alternaram entre urgência e timidez. Como passaram metade da noite aninhados, conversando sobre o futuro....

Bum

... fragmentos de discussões que tiveram sobre publicações; impressões díspares de palavras ditas com raiva, mal-entendidos, interpretações severas... tudo isso consolidado em uma única imagem gravada...

Ele e Layla, olhando um para o outro através de uma chamada de vídeo. Alex estava sentado à sua mesa em um abrigo de trabalho da companhia vazio, perto do Círculo Polar Ártico; ela de pé em casa, em sua estufa, com bichos-purpurina zumbindo em torno de sua cabeça, lascas de metal iridescente que vibravam com vida.

O rosto dela estava marcado por traços duros com os quais Alex estava muito familiarizado. O dele não estava diferente. A discussão era a mesma de sempre: tempo demais longe de casa, o posto seguinte que prometia não ser melhor, dinheiro *versus* família, a diferença entre suas prioridades. Ele não parecia fazê-la entender e sabia que ela sentia a mesma coisa. Então os dois se encaravam com um desalento frustrado, e o silêncio era um veneno corrosivo que roía os laços entre eles.

Bum

A visão de Alex ficou borrada. Piscou para afastar a película de lágrimas que tinha se formado; onde ele estava? Não tinha certeza. Em Talos, caminhando, sempre caminhando. *No purgatório*. Era isso o que aquele planeta era: um lugar intermediário, onde a realidade se afinava e se dobrava.

5.

Era fim de tarde, e o anoitecer caía sobre a planície estéril. O sol estava à frente deles, meio escondido atrás do horizonte. As nuvens de poeira agiam como um filtro, reduzindo o brilho e permitindo que Alex olhasse diretamente para o disco laranja-esverdeado sem que seu visor escurecesse. O sol era um recorte de papel. Fino. Unidimensional. Como se fosse um objeto achatado colado sobre a abóbada dos céus.

Eles tinham percorrido 13 quilômetros. Mais dois e eles bateriam a meta do dia. Como Alex esperava, não tinham conseguido igualar o desempenho do dia anterior. Mesmo com alguns minutos extras de descanso a cada hora, os quatro estavam simplesmente cansados demais. E não era apenas exaustão física. As batidas constantes do buraco estavam desgastando-os mentalmente. Dividindo tudo em seções de exatamente 10,6 segundos de duração.

Alex usou a língua para explorar o espaço entre os dentes. A raiz do molar ainda estava cravada em seu maxilar, mas a parte superior estava afiada e irregular; ele havia cortado a lateral da língua e o interior da bochecha várias vezes.

Fez uma careta e tentou parar de se preocupar com o dente quebrado. Mas sua língua voltava a ele o tempo todo; havia um prazer perverso em sentir o dano que tinha causado a si mesmo.

O sol tinha acabado de mergulhar abaixo do horizonte quando o grupo chegou a 15 quilômetros, e Talia encerrou a jornada do dia. Com a mente vazia e os músculos queimando, Alex se atrapalhou com seu arreio, tentando soltá-lo.

No trenó mais distante, Talia tropeçou e caiu sobre um joelho.

Alex piscou e parou. Ao seu lado, Pushkin fez o mesmo. Havia algo errado, mas Alex não sabia ao certo o que era. Seus pensamentos estavam lentos e seus movimentos, mais lentos ainda.

Alex piscou novamente e moveu a língua dentro da boca. Ela parecia seca e felpuda.

Bum

O que ele não tinha percebido? O que havia de estranho?

O pé de Talia. Ele não estava sobre o chão. Estava *dentro* do chão.

A estranheza da visão ajudou a limpar a mente de Alex. A terra em torno de seus pés estava em movimento. Ondulando. Como se estivesse viva.

Bum

Talia se levantou e puxou a bota de dentro do solo. Gotas de metal prateado escorreram pela superfície de seu traje e caíram sobre a terra seca, gotas de chuva derretidas que cintilavam e brilhavam sob a luz espectral até que a poeira as cobriu em um lençol pulverulento.

Bum

Alex e Pushkin se soltaram de seus arreios e foram se juntar a Talia. Ela já tinha pegado um chip-lab e examinava a poça de metal líquido.

Alex se agachou ao seu lado. A primeira vontade que teve foi de enfiar o dedo na superfície de metal, mas ele não era tão burro.

Bum

O metal ondulou em resposta ao estrondo.

<É mercúrio? — Alex>

<Não, não é denso o bastante. Acho que é gálio. — Pushkin>

<Ele não devia estar sólido nessa temperatura? — Alex>

Alex mudou seus filtros para infravermelho. Um veio retorcido de metal reluzente se estendia através da superfície da planície. Não era o único. Milhares de veios assim os cercavam, ramificando-se e se combinando com complexidade fractal. À frente deles, mais perto do buraco, a rede de veios ficava mais densa e cada vez mais conectada. Atrás deles, os veios se atenuavam e desapareciam.

Bum

Talia gesticulou para que se aproximassem. Eles se amontoaram ao seu lado e ela apontou para a borda do gálio. Com a ponta de seu chip-lab, empurrou o metal para trás. O gálio estava pegajoso e agarrava-se ao seu entorno, quase como cera quente.

Por baixo do metal havia uma vala de... alguma coisa. Parecia pedra cinzenta, mas Alex sabia que podia muito bem ser cerâmica ou algum tipo de composto exótico.

Então o metal prateado fluiu em torno do chip-lab de Talia e cobriu a vala novamente.

<Gálio confirmado. Ele tem traços de vanádio e alguns vestígios de outros metais. Há uma elevação ou um cabo no fundo do canal. Não sei para que serve, mas talvez Riedemann saiba. — Talia>

<Eu sei o que é. — Chen>

Surpresos, Alex, Talia e Pushkin olharam para onde ele estava sentado preso ao trenó. Mesmo através de seu visor, Alex pôde ver que Chen parecia doente. Sua pele estava cinza, e havia uma mancha amarelada em torno de suas narinas e de seu lábio superior.

Bum

<Diga. — Pushkin>

<Vanádio. Gálio. É um supercondutor. — Chen>

<Está quente demais para isso. — Talia>

Bum

<O metal teria que ser resfriado. É para isso que serve o cabo, mas o sistema é antigo. Algo se quebrou. O campo magnético do pulso eletromagnético combina com o gálio, aquecendo-o e então derretendo-o. — Chen>

Bum
<*Mas para que serve? — Alex*>
<*Não é óbvio? — Pushkin*>
Seus lábios se curvaram à semelhança de um sorriso.
<*Gálio. Fios de metal no subsolo. Não é óbvio? É uma antena. Uma droga de antena gigante. — Pushkin*>
Bum
Chen assentiu, sem força.
<*É isso o que eu acho. — Chen*>
<*Provavelmente deve ter sido uma matriz fásica. Isso teria permitido que focassem os pulsos eletromagnéticos em vez de transmiti-los para todos os lados como um megafone. — Talia*>
Mais uma vez, a escala do buraco deixou Alex desconcertado. Produzir a força exigida para esfriar tanto gálio teria sido um tremendo feito de engenharia.
Bum
<*Por que deixar o metal exposto aos elementos? — Alex*>
Tália deu de ombros.
<*Por que construir o buraco, para começo de conversa? Não pisem no gálio se puderem evitar. Nossos trajes devem nos proteger, mas a corrente induzida pelos pulsos eletromagnéticos é suficiente para fritar uma pessoa. — Talia*>
Alex viu Pushkin rir, um espetáculo silencioso por trás de seu visor. Então o geólogo se aproximou do maior veio de gálio e pisou forte no metal líquido com a bota enorme. Gotas do tamanho de moedas espirraram; um borrifo prateado que o vento afastou e mandou voando para o leste e ricocheteando na superfície do solo.
<*NÃO! PARE COM ISSO! — Alex*>
Pushkin riu de novo e pulou no gálio como uma criança em uma poça de chuva.
Talia partiu em sua direção.
<*Pare com isso! — Talia*>
Alex deu um único passo à frente e...
... uma enorme forma preta passou correndo, tão rápida e silenciosa quanto um trem magnético. Acertou o quadril de Alex, e o céu e o chão apareciam e sumiam em flashes ao seu redor enquanto ele rolava, tentando se agarrar a alguma coisa. Ele não conseguia parar; o vento estava forte demais.
Uma explosão de luz atingiu seus olhos, e suas costas bateram em uma pedra.
Sua visão clareou no momento em que a forma bateu na lateral do trenó de Talia — destruindo a carenagem e fazendo equipamentos voarem por toda parte — e depois em Pushkin. O geólogo voou dez metros pelo ar, girando e rodando como um pião.
Uma faísca saltou do cano da pistola de pinos quando Talia atirou. A arma podia penetrar 20 centímetros de granito sólido, mas Alex viu o pino ricochetear na lateral da tartaruga de aspecto rochoso sem sequer lascá-la. A criatura parecia pedra, mas poderia muito bem ser feita de carboneto de tungstênio.

A tartaruga mudou de direção mais rápido do que qualquer coisa tão grande e volumosa deveria ser capaz de fazer e disparou em uma linha reta, desaparecendo nos véus das nuvens de areia.

Talia manteve a pistola de pinos apontada na direção da tartaruga enquanto recuava até onde estava Alex e o ajudava a se levantar.

<*Você se machucou? — Talia*>

<*Estou bem. — Alex*>

<*Pushkin! — Chen*>

O químico apontou para o geólogo caído.

Um jato de ar branco, cheio de condensação, vazava pela parte de trás do skinsuit de Pushkin.

Alex começou a suar frio. Correu até Pushkin tão rápido quanto o vento permitia, com Talia logo atrás.

Quando Alex se agachou ao lado do geólogo, ele agitou os braços em sua direção, tentando agarrá-lo. Através de seu visor meio espelhado, o rosto de Pushkin estava tenso e contorcido de medo.

Alex desviou do abraço de urso desajeitado de Pushkin e foi até suas costas.

<*Fique quieto, droga! — Alex*>

Pushkin podia não ser capaz de enviar mensagens de texto, mas obviamente ainda estava recebendo, porque parou de se mexer.

A parte de trás do traje de Pushkin estava destruída. O invólucro de sua unidade de rebreather estava amassado e arranhado. Os mostradores, quebrados. A válvula do tanque de oxigênio, esmagada; dela jorrava o jato de ar. Também havia ar vazando pelo rebreather.

Alex abriu a bolsa em seu cinto e pegou o rolo de fita de vácuo. Cortou um pedaço de uns três palmos de comprimento, então entregou o rolo para Talia. Ela o aceitou e pôs a pistola de pinos embaixo do braço.

<*Continue a me dar pedaços do mesmo tamanho. — Alex*>

Ele envolveu a primeira tira em torno da válvula esmagada. Então pegou a outra tira que Talia estava lhe oferecendo e fez o mesmo. O terceiro pedaço de fita foi para a parte de trás do rebreather. A poeira no ar dificultava a tarefa de fazer a fita grudar, mas ele achou ter conseguido uma vedação decente.

<*Qu mer-- vo-- --tá faze---? — Pushkin*>

<*Cale a boca e não se mexa. — Alex*>

Ele cobriu a parte de trás do rebreather com um xis de fita de vácuo. Ela não colou em alguns lugares, mas ficou presa. Quando terminou, Alex olhou para o medidor de pressão no tanque, que felizmente não tinha quebrado.

Sentiu um aperto no coração quando viu o ponteiro no mostrador. Ele fez a conta de cabeça.

Cinco minutos.

Cinco minutos até Pushkin ficar sem ar.

Alex umedeceu os lábios, com a mente acelerada. Mais fita não ia ajudar; ele já tinha usado quase todo o rolo e ainda não tinha tapado todos os vazamentos. O domo habitacional demoraria demais para ser montado. Eles tinham as ferramentas e as peças para consertar o rebreather e substituir a válvula do tanque, mas isso levaria tempo. Tempo que não tinham. Além disso, seria necessário desligar o rebreather quando o estivesse consertando, o que não seria de nenhuma ajuda para Pushkin.

Havia um traje extra guardado no trenó de Talia. Será que ainda estava intacto? Trocar de um traje para outro ia levar longos minutos. Pushkin apagaria antes de vestir metade do traje novo. E Alex sabia que ele e Talia não conseguiriam botar o traje no geólogo se ele estivesse inconsciente.

Qual era a alternativa? Ficar parado assistindo ele se asfixiar?

— Merda. Merda, merda, merda, merda. Me...

Alex parou. Havia outra opção. O traje extra. O rebreather em perfeitas condições. Se ele o soltasse, podia tentar trocar... Talvez conseguisse ser rápido o suficiente. Por pouco.

Ele levantou, agarrou Pushkin pelos ombros e bateu seu visor no dele, mantendo-os apertados um contra o outro.

— Fique aqui! — gritou Alex.

Então correu em direção aos trenós.

Enviou para Talia:

<*Encontre o traje extra. Agora!* — Alex>

Ele sentiu o som dos passos dela ao segui-lo.

Bum

Alex soltou o trinco na traseira de seu trenó. Ele revirou o conteúdo, procurando a caixa de ferramentas.

<*Isso não vai adiantar.* — Talia>

<*Preciso tentar.* — Alex>

Sua mão se fechou em torno da alça da caixa de ferramentas; ele a puxou para fora, pegou um tanque de ar, fechou o trenó e voltou correndo até Pushkin.

Talia acompanhou seu ritmo. Ela tinha achado o traje extra; o macacão tremulava em sua mão como uma pele solta.

_<*Eunãposs entr niss!* — Pushkin>

<*Cale a boca.* — Alex>

Alex se ajoelhou no chão e enfiou o tanque entre as pernas, impedindo que rolasse para longe. Ele apontou, e Talia pôs o traje à frente.

<*Segure-o.* — Alex>

Ela se agachou e prendeu as mangas e as pernas do traje no chão com suas pernas e seus pés. Por mais magro que fosse, seu corpo ajudava a bloquear o fluxo de poeira, o que era importante.

Todos tiveram treinamento para aprender a consertar seus trajes. Era uma exigência básica para missões de pesquisa. Alex só esperava se lembrar o suficiente do que havia aprendido.

Ele abriu a caixa de ferramentas e pegou a furadeira de velocidade variável. Selecionou a ponta certa da chave de fenda, prendeu-a no bocal e então se debruçou sobre o traje enquanto removia os primeiros parafusos que prendiam o rebreather.

A ponta da chave de parafuso era magnetizada, mas mesmo assim não foi forte o bastante para impedir que o parafuso solto escorregasse entre os dedos de Alex e voasse com o vento.

— Merda.

Isso não importava. Ele podia substituí-lo depois.

Quando começou a trabalhar no parafuso seguinte, Alex olhou para o relógio em seus filtros. Restavam três minutos e 40 segundos.

Precisava ser mais rápido.

Havia sete parafusos no total. Alex conseguiu remover os outros sem perder mais nenhum. Então trocou a furadeira por uma chave de boca aberta. Ele precisava soltar quatro mangueiras e três correias do rebreather antes que pudesse removê-lo do traje extra.

Alex cronometrou a si mesmo enquanto soltava o anel rosqueado em torno da extremidade de cada mangueira.

Lento demais. Lento demais.

A última mangueira se soltou do traje. Restavam dois minutos e 23 segundos. Ia ser apertado.

Alex pegou a furadeira outra vez e se voltou para Pushkin. Ele arrancou um pouco da fita de vácuo, pôs a ponta da chave de parafuso sobre um parafuso no rebreather de Pushkin e apertou o gatilho.

A furadeira vibrava em sua mão enquanto a ponta girava.

Tirou o primeiro parafuso e o jogou na bolsa em seu cinto. Então outro. Eles iam desrespeitar a quarentena, mas não havia outro jeito. Alex só esperava que nenhum dos micróbios na poeira ou no ar oferecesse risco para Pushkin. Achava que não, mas era impossível saber com certeza.

Depois de terminar com os parafusos, ele começou com as mangueiras.

As duas primeiras foram fáceis. Pequenas nuvens de condensação escaparam das extremidades enquanto ele as soltava. A terceira, porém, deu trabalho. Estava em um recesso do rebreather, o que a tornava difícil de alcançar com a chave. Além disso, parecia que um dos técnicos de Riedemann tinha apertado o anel rosqueado com uma ferramenta motorizada.

A chave escorregou do anel.

E escorregou outra vez.

— Merda-merda-merda-merda.

Restava um minuto e seis segundos.

<Comece a hiperventilar. — Alex>

<Pra qu-? — Pushkin>

<Você vai ter que prender a respiração. — Alex>

O peito de Pushkin começou a se expandir e se contrair em uma velocidade frenética.

Alex pressionou a chave contra a lateral de seu pulso. Nada bom. Uma sombra caiu sobre ele quando Talia chegou ao seu lado. Ela estendeu a mão e tentou segurar o anel entre o polegar e o indicador. O anel, porém, estava apertado demais; seus dedos ficavam escorregando.

Alex a afastou e tentou novamente com a chave. No entanto, não conseguia encontrar um bom ângulo. E não conseguia segurar a chave com firmeza; suas luvas eram grossas demais.

Quarenta e dois segundos.

— Merda!

Ele parou por um instante. Então segurou a luva esquerda e, com um movimento selvagem, soltou-a da manga do traje. Uma lufada de ar branco escapou quando ele rompeu o lacre. O punho se fechou automaticamente como um torniquete, impedindo que o resto de seu traje despressurizasse.

O frio atingiu sua mão, amargo e ardente, quando ele tirou a luva. A poeira que soprava irritou sua pele, como milhares de alfinetadas.

<O que você está fazendo?! — Talia>

<Pegue! — Alex>

Ele empurrou a luva na direção dela até que ela a aceitou. Então ele arrancou a outra luva também. O frio doía, mas não seria capaz de provocar queimaduras por alguns minutos. Tempo suficiente.

Trinta segundos.

Ele fez uma careta quando seus dedos se fecharam em torno da chave de aço. Era como segurar uma barra de gelo. Talvez Alex estivesse sendo otimista em relação as queimaduras.

Ele virou de lado, encaixou a chave no anel rosqueado e *girou*. Por um momento, pareceu que os músculos em seu pulso e antebraço iam se romper. Então o anel cedeu, e Alex o soltou da extremidade da mangueira o mais rápido que conseguiu.

Vinte segundos.

Alex pôs a chave na rosca da última mangueira. Era a linha alimentadora do capacete de Pushkin. Quando fosse desconectada, o ar se esvairia do capacete, expondo Pushkin à atmosfera de Talos VII.

<Respire fundo e prenda o ar. Agora! — Alex>

O peito de Pushkin se expandiu e ele fez sinal de positivo com o polegar.

Alex puxou a chave congelante. Uma vez. Duas. Então ela girou, e ele soltou o anel rosqueado da extremidade da mangueira. Ar e cristais de gelo cintilantes jorraram para fora com a saída da mangueira.

Alex soltou as travas das três correias presas em torno do rebreather, então removeu toda a montagem, incluindo o tanque de ar com a válvula danificada, da parte de trás do traje de Pushkin.

Ele a largou no chão.

Dez segundos tinham se passado.

Talia lhe entregou o rebreather novo. Ele levou vários instantes ajustando-o à placa de montagem do traje de Pushkin.

Vinte segundos.

Um. Dois. Três. Alex posicionou as correias do rebreather e fechou as travas, prendendo-as.

Pegou a furadeira ao lado de seu pé. Então levou a mão à bolsa e procurou um parafuso. Seus dedos estavam ficando dormentes; ele estava com dificuldade para sentir os parafusos, mais ainda para segurá-los.

De algum jeito, ele conseguiu.

A furadeira estremeceu quando Alex apertou um parafuso.

Então outro.

E outro.

Quarenta e sete segundos tinham se passado.

Alex não se importou com o resto dos parafusos, podia colocá-los depois.

Largou a furadeira. Ela deslizou pelo chão por alguns metros, empurrada pelo vento.

A chave. Onde estava a droga da chave? Alex olhou ao redor, tomado pelo pânico. Ela não estava no chão. Não estava...

Talia bateu em seu ombro. Ela apontou para seu cinto. Ele tinha enfiado a chave ali sem sequer perceber.

O metal gelado parecia estar queimando-o quando ele o segurou. Ignorando a dor, pegou a primeira mangueira do rebreather, enfiou sua extremidade no soquete apropriado e começou a apertar o anel que ia segurá-la no lugar.

Cinquenta e oito segundos.

Alex não sabia por quanto tempo Pushkin conseguiria prender a respiração. Dependia de seu ritmo cardíaco. Dependia de sua manipulação genética. Adicione a isso os efeitos do medo, do pânico... Qualquer tempo maior que um minuto seria uma aposta.

A poeira sempre presente tinha entrado na rosca do anel; ela ameaçava impedir que Alex prendesse a mangueira direito. Serrando os dentes, ele colocou seu peso por trás da chave e fez força.

O anel girou a volta final. Pronto.

Um minuto e 19 segundos.

Alex foi um pouco mais rápido com a segunda mangueira.

...

Um minuto e 30 segundos.

Pushkin balançou. Talia foi até o seu lado e pôs as mãos em seus ombros, segurando-o no lugar.

Os dedos de Alex estavam tão frios que ele precisou de três tentativas pare encaixar a extremidade da terceira mangueira no soquete. Ele usou a ponta do polegar para prender o anel de leve. Então encaixou a chave e apertou.

Um minuto e 42 segundos.

Última mangueira. Enquanto Alex a encaixava no soquete, Pushkin começou a arquejar, como um gato vomitando uma bola de pelos. Alex gritou de frustração e tentou girar a chave ainda mais rápido.

O anel rosqueado se encaixou no lugar, e Pushkin caiu para a frente, ficando inerte nas mãos de Talia. Ela se esforçou para mantê-lo sentado ereto.

Alex estendeu a mão e tateou à procura do tanque de ar.

Não estava ali.

Alex foi tomado por adrenalina. Ele virou, procurando. O tanque tinha escapado de suas pernas e rolado para longe.

Onde? Onde? Ele não tinha tempo para...

O tanque estava encostado contra uma pedra a dez metros de distância.

Alex saltou em sua direção, deixando que o vento o levasse o mais longe possível. Mais dois pulos e ele parou de quatro ao lado da rocha. Pegou o tanque, enfiou-o embaixo do braço, então baixou a cabeça e saiu andando adiante diretamente contra o vento.

Dois minutos e cinco segundos.

Alex cambaleou até Pushkin e Talia. Ele encaixou o tanque com seu soquete no rebreather e o girou várias vezes até que parou.

Esperava ter alguns segundos para descarregar o sistema, mas...

Ele girou o registro da válvula, abrindo e enchendo as linhas com ar fresco. Uma luzinha verde apareceu na parte de trás do rebreather.

Talia sacudiu Pushkin. Então o empurrou de costas e pôs as duas mãos em seu peito. Ela pressionou, com força, e soltou.

E de novo.

E de novo.

Alex olhou para o interior do capacete de Pushkin. O rosto do geólogo estava imóvel, e sua pele tinha se tornado vermelha e roxa. Seus lábios tinham uma tonalidade azulada.

— Vamos lá — murmurou Alex.

As palavras mal tinham deixado sua boca quando Pushkin engasgou em seco e seus olhos se abriram. Ele tentou se levantar, mas não conseguiu, e caiu de novo, abrindo a boca como um peixe.

Alex foi tomado de alívio e exaustão. Caiu de cócoras, a mente esvaziando. Então sentiu o frio nas mãos outra vez. Estendeu a mão na direção de Talia.

Ela devolveu suas luvas, e ele as colocou desajeitadamente. As palmas das mãos estavam arranhadas e ensanguentadas de quando ele caíra ao lado do tanque de ar.

Antes de conectar as luvas de volta em suas mangas, ele disse ao traje para manter os punhos vedados. Seria fácil descontaminar as mãos quando montassem o domo habitacional, mas não seria tão fácil descontaminar os pulmões se ele respirasse a atmosfera de Talos como Pushkin tinha feito. Os dois únicos jeitos de descontaminar os pulmões eram com fogo ou vácuo.

Mesmo assim, embora os punhos permanecessem vedados, ele pôde sentir o calor envolvendo suas mãos novamente enquanto o traje aquecia as luvas.

Pushkin gesticulou para que ele se aproximasse, e Alex se inclinou e encostou o capacete no dele.

Rouco e fraco, ouviu Pushkin dizer:

— Seu filho da mãe maluco.

— Você está bem?

Pushkin tossiu.

— Vivo.

— Qual era o cheiro?

— O quê?

Alex gesticulou na direção do céu.

— O ar.

— Como peidos do próprio diabo.

Bum

Alex deu um tapinha no ombro de Pushkin e ficou de pé, sentindo-se fora de si de tanto cansaço. Suas mãos formigavam, e seu queixo latejava como se alguém o tivesse socado.

Talia olhou para ele com uma expressão ilegível através do visor escurecido.

<*Obrigado pela ajuda. — Alex*>

Ela assentiu uma vez.

Alex procurou pela tartaruga que os havia atacado. Não restava qualquer sinal dela. Nem havia nenhuma outra tartaruga visível.

Então voltou o olhar para o trenó esmagado de Talia. Havia partes de equipamentos espalhadas pela terra por uma área grande. Uma sensação de medo se instalou em seus ossos. O domo habitacional principal estava no trenó dela, junto com boa parte da comida.

Ele fechou os olhos, momentaneamente abalado. O sol estava quase se pondo. Eles não tinham muito tempo para recolher os suprimentos espalhados. E ainda precisavam prender os trenós restantes, erguer o domo habitacional — se ele ainda estivesse intacto —, passar pela descontaminação. Ia levar horas até que qualquer um ali pudesse descansar.

Bum

Não pense nisso. Uma coisa de cada vez. Alex se virou e saiu andando com dificuldade atrás da furadeira que tinha deixado cair. O rebreather de Pushkin ainda precisava daqueles outros quatro parafusos. Talia poderia cuidar disso enquanto Alex começava a recolher os suprimentos.

Chen começou a se soltar de seu trenó.

<*Como posso ajudar? — Chen*>

<*Fique aí. Você só vai atrapalhar. — Talia*>

6.

O domo habitacional principal estava destruído. A tartaruga rasgara as paredes, tornando impossível que suportasse a pressão, e os rasgos eram grandes demais para remendar. Felizmente, o domo extra, que estava no trenó de Alex, estava em segurança. Montado e inflado, ele parecia desanimadoramente pequeno ali na planície escura de Talos.

Conseguiram resgatar dois terços do conteúdo do trenó de Talia. O resto foi perdido pelo vento, roubado e lançado na superfície do deserto como lixo descartado.

Como o domo habitacional sobressalente era muito menor, apenas uma pessoa de cada vez podia passar pela descontaminação. Talia e Chen conseguiram se espremer juntos dentro da câmara de pressurização, já que Chen ainda precisava de ajuda para se locomover com sua perna machucada. Pushkin era grande demais para que ele e Alex dividissem o espaço, então, mais uma vez, Alex teve a câmara de pressurização apenas para si.

Quando chegou a hora de remover seu skinsuit, ele quase não se deu ao trabalho. Mas sabia que precisava fazer isso. E não foi mais fácil do que antes. Ele acabou vomitando de dor, contorcendo-se e golfando no chão da câmara de pressurização.

Pelo menos suas mãos lhe davam um motivo para ficar mais tempo na câmara de descontaminação. O chão tinha fragmentos de pele da palma de suas mãos, e as pontas de pedrinhas tinham deixado arranhões profundos na carne na base de seus polegares. As feridas ainda estavam abertas, e ele sabia que se deixasse que formassem casca, elas iam rachar e ficar em um estado lamentável pelo resto da viagem. Seus dedos estavam rígidos e inchados do frio, e ele se esforçava para fazer qualquer coisa que exigisse controle motor refinado.

Tratou dos arranhões assim como de seu ombro: primeiro com uma camada de Celludox (ela ajudava a conter a ardência), em seguida com a aplicação de uma fina camada de TruSkin. Depois disso, seus dedos ainda pareciam desajeitados, mas ele podia, com cuidado, abrir e fechar as mãos bem o bastante para funcionarem.

Assim que a descontaminação terminou, ele tornou a vestir o skinsuit com relutância. Ele e Pushkin foram expostos aos micróbios de Talos. Não havia como saber que efeito, se é que haveria algum, eles teriam. Até que tivessem certeza de que era seguro, ele e Pushkin teriam de viver em seus trajes, para evitar contaminar o interior do domo. Isso significava que, por enquanto, não iam comer alimentos sólidos.

Finalmente. A câmara de pressurização se abriu, e ele atravessou cambaleante a porta até o interior.

Os quatro se sentaram juntos em torno do aquecedor central. O domo habitacional sobressalente não era tão bem isolado. Alex podia sentir o frio do chão sugando o calor de sua bunda e de suas pernas, mesmo com a temperatura interna do traje alta.

Por um bom tempo, nenhum deles se mexeu, brutalizados demais pelos acontecimentos do dia para se moverem. O rosto de Pushkin estava machucado e inchado, como se sua cabeça tivesse sido inflada até os capilares começarem a estourar.

A voz de Talia era um ruído rouco:

— Isso é o que nos resta.

Um arquivo apareceu nos filtros de Alex. Ele o abriu para ver uma lista de suprimentos: rações, equipamento de pesquisa, tanques de ar, água, baterias… a lista continuava. Não restava muita comida. Dois ou três dias com meia ração, não mais. E isso apenas se eles convertessem uma quantidade decente das barras restantes em uma pasta, para que ele e Pushkin pudessem comer em seus trajes (os skinsuits podiam fazer a conversão automaticamente através de uma bolsa de entrada perto da lateral de suas costelas, mas Alex *odiava* o gosto das barras dissolvidas; era como catarro frio).

— Vocês acham que as tartarugas vão atacar de novo? — perguntou Chen.

— Acho que não. Não se nós não as perturbarmos — disse Talia.

Ninguém olhava para Pushkin. Ele pelo menos teve a decência de parecer desconfortável.

— Não podemos evitar o gálio — observou Alex. Sua voz soava metálica vindo do alto-falante na frente de seu capacete. — Se arrastarmos os trenós por cima…

— Nós testamos isso. — O tom de voz de Talia era ríspido.

Bum

Um longo silêncio se seguiu; ele tinha gastado o resto de sua energia com aquela breve conversa.

Alex estava mexendo na placa entre seus pés. Ele odiava pensar isso, odiava dizer, mas…

— Não sei vocês, mas acho que não terei disposição para caminhar amanhã. — Ele olhou para o rosto franzido de seus companheiros de missão. — Nós podíamos ficar aqui um dia, nos recuperarmos um pouco antes de seguirmos.

Pushkin bufou.

— Você ainda sonha chegar em buraco?
— A que distância estamos agora? — perguntou Chen.
— Dezessete quilômetros — respondeu Talia.
— Não é muita coisa — disse Alex. — Um dia inteiro e um pouco mais.

Apesar de suas palavras, a distância parecia enorme. Quanto mais perto eles chegassem do buraco, mais devagar iam se mover, e agora que tinham perdido boa parte do equipamento...

Talia pareceu ler seus pensamentos. Em uma voz baixa e séria, ela afirmou:

— Agora estamos sem rede de segurança. Se alguma coisa acontecer com este domo habitacional, todos vamos ter de viver em nossos trajes. Nós mal temos comida para os próximos dias, perdemos seu coletor de amostras, Pushkin, e o equipamento de transmissão está quebrado, então mesmo que *pudéssemos* vencer a interferência, não conseguiríamos nos comunicar. — Ela balançou a cabeça. — Acho que você e eu — ela olhou para Chen — deveríamos usar nossos trajes. Se as tartarugas voltarem, será nossa única proteção.

Pushkin exalou pesadamente.

— Se você espera que eu viva em skinsuit pelo resto de expedição, está muito enganada.

— O regulamento...

— Que se dane regulamento. Se Alex e eu não tivermos sintomas até o fim de amanhã, skinsuit sai fora, e não há droga nenhuma que você possa fazer sobre isso, Indelicato.

Os olhos de Talia arderam com ódio contido.

— O quanto isso seria seguro? — perguntou ela a Alex.

— Bem seguro — disse ele, sabendo que seus instrutores teriam odiado essa resposta. — Mas não há como ter certeza.

Talia olhou fixamente para Pushkin com seu olhar implacável.

— Não me importa o quanto isso é desconfortável, Pushkin; vocês devem seguir as regras. Todos vamos ficar presos em nossos skinsuits. Não é apenas você, mesmo que tenha sido *você* quem nos botou na atual situação.

— Isso nós vamos ver, Indelicato.

Pushkin cruzou os braços grossos e desviou os olhos, como se estivesse encarando fixamente seus filtros. Alex tinha suas dúvidas.

E nem uma palavra de agradecimento por salvar sua vida. Babaca.

— Então nós vamos continuar? — perguntou Chen.

— Não sei — comentou Talia. — Vamos reavaliar amanhã, ver como vamos estar nos sentindo. Concordam?

— Concordo — responderam Alex e Chen, enquanto Pushkin disse apenas:

— Humpf.

Bum

7.

Alex teve dificuldade para dormir. Ele sempre tinha, mas era ainda pior em um skinsuit. Simplesmente não conseguia encontrar uma posição confortável para sua cabeça dentro do capacete. Aquilo foi feito para ser usado quando se estivesse de pé, não deitado de lado.

Seus pensamentos estavam divagando outra vez, lembranças aleatórias entrando e saindo de sua mente como uma apresentação de slides confusa. Por mais que tentasse dormir, seu cérebro não deixava. Nem o

Bum

Ele pensou em tomar AcuWake e ficar acordado a noite inteira, mas isso não era uma grande ideia. Os comprimidos desanuviariam seu cérebro, da mesma forma que uma boa noite de sono, mas não ajudariam na reparação e recuperação de seu corpo do jeito que um descanso natural faria. Além disso, tomar os comprimidos por tempo demais costumava mexer com a mente das pessoas, e o buraco já estava fazendo isso o suficiente.

Nós estamos ficando estragados, como leite deixado no sol.

Alex passou a língua pelos restos pontiagudos de seu molar. Não tinha sido um dia fácil. Mais uma vez, viu a massa da tartaruga atropelando Pushkin, e conteve um arrepio. Era óbvio que as tartarugas estavam ali para defender o buraco — talvez até mesmo mantê-lo —, mas também era óbvio que suas capacidades eram limitadas. Do contrário, a antena de gálio ainda estaria fria e funcionando.

Ele balançou a cabeça. Que projeto louco. Que tipo de criatura pensaria que supercondutores expostos eram uma boa ideia? Especialmente do tipo que derretia na primeira oportunidade.

Do outro lado do abrigo, Pushkin tossiu e se virou em seu nicho.

Alex franziu a testa. Ainda estava surpreso por eles terem conseguido salvar Pushkin. Na verdade, o geólogo devia ter morrido. Quanto ao *porquê* do salvamento de Pushkin ter sido tão importante para ele... Alex não tinha certeza. Ele não gostava do geólogo. Na verdade, frequentemente tinha vontade de socá-lo. Mas não hesitara em arriscar a própria vida para ajudar o homem.

Por quê? Se nada importava, por que se esforçar tanto tentando? Porque perder Pushkin colocaria a expedição em perigo? Porque ajudar outros humanos era um imperativo instintivo? Suas mitocôndrias e flora intestinal levando-o a proteger e perpetuar a espécie?

Não, não era isso... Na verdade, Alex sabia o custo da morte, e não achava que cabia a ele decidir quem ia pagar e quem não ia. Ele não tinha o conhecimento nem a autoridade para determinar os valorosos ou os virtuosos. Talvez ninguém tivesse.

Bum

Vida. Morte. Dois lados da mesma moeda sem brilho. Será que a mais preciosa das moedas preservava seu valor com o tempo? Ou ela se desvalorizava, como todas as coisas feitas? Um período breve e agitado de glória, depois a moeda era gasta e derretida no esquecimento, talvez para ser cunhada novamente, talvez abandonada ou adulterada além de qualquer chance de recuperação.

Bum

— Do que você tem medo?

Alex se irritou com a pergunta.

— Eu não tenho medo.

Eles estavam sentados na cama. A janela com luminosidade variável estava limpa. Do lado de fora, um telhado de nuvens tempestuosas roxas passava acima das florestas selvagens de Eidolon enquanto raios brilhavam entre as ondas grávidas, e o mundo rosnava em resposta.

— Então por que esperar?

— Nós já falamos sobre isso.

— Podemos falar sobre isso outra vez.

Ele limpou os gráficos de seus filtros, focando ela. Eletricidade se refletia nos olhos de Layla, branco-azulados e brilhantes.

— Construir um novo domo habitacional seria caro demais, e este não é grande o suficiente. Talvez daqui a alguns anos. Se eu for promovido a técnico chefe no laboratório.

Ela tornou a olhar para a tempestade.

— Podemos dar um jeito. Se economizarmos.

— Nos apertaríamos muito. E que tipo de vida seria essa?

— Você simplesmente não quer tentar.

— ... Isso não é verdade.

— Não existe momento perfeito. Você não pode esperar para ser a pessoa que se tornará depois de ter filhos. Isso só acontece tendo um filho. É um ato de fé.

— É assim que você acaba com pais que na verdade nunca deveriam ter tido filhos.

— Nós não somos assim, e você sabe disso.

Ele não respondeu.

— Só porque você não sabe o que fazer da vida não significa que outra pessoa não deva ter a chance de descobrir.

— Seguindo essa lógica, todo mundo devia ter o maior número de filhos possível.

— Talvez sim. Talvez nós devêssemos.

Bum

Alex passou os braços em volta de si mesmo e se encolheu em posição fetal, reconhecendo a inevitabilidade do que era e do que tinha sido.

Ele não devia ter tido tanto medo.

Ele devia ter dito sim, mas sempre houvera preocupações mais urgentes. Trabalho. Dinheiro. Com injeções de células-tronco, esperar não era um problema: só os huteritas da Reforma ainda tinham que se preocupar em ter filhos aos 20 ou 30 anos, o que sempre parecera jovem demais para Alex. Você ainda era uma criança na casa dos 30!

Agora ele sabia que esse modo de pensar tinha sido um erro. A vida não dava trégua, não tinha piedade, e injeções de células-tronco não garantiam a imortalidade (nem mesmo garantiam uma vida longa). Se eles tivessem tido um filho, alguma coisa de Layla teria sobrevivido, mas em vez disso... a escuridão tinha vencido. Ela se fora, e ele estava sozinho. Tudo graças à aleatoriedade cruel de um universo que não se importava com o sofrimento das pessoas.

Bum

Suas lágrimas fizeram uma poça dentro do capacete. E, se eles tivessem tido um filho, talvez ela não tivesse partido naquela última excursão fatal.

A tela de privacidade ficou indistinta diante de Alex, e ele não sabia se era um resultado das lágrimas ou se o borrão era causado pelos estrondos inexoráveis.

8.

No meio da noite, Alex ouviu um grito abafado. Ele levou um susto e puxou a tela de privacidade para ver Talia se contorcendo e girando em seu nicho, a cabeça balançando de um lado para o outro. Ela ainda estava usando o skinsuit, assim como todos eles, e uma luz noturna vermelha e fraca em seu capacete iluminou a careta no rosto magro.

Merda. Alex ainda estava saindo de seu próprio nicho quando as contorções de Talia diminuíram, e as linhas de seu corpo se suavizaram, embora suas mãos permanecessem cerradas e sua respiração entrecortada. Suas pálpebras nunca se levantaram.

Se ela estivesse tendo um pesadelo, era o pior que Alex já tinha visto. Pior ainda que o seu.

Olhou para os outros. Chen ainda estava dormindo, e a tela de privacidade de Pushkin estava fechada, tornando impossível saber se ele estava acordado ou não.

Cauteloso, Alex voltou para o fundo de seu nicho. Continuou observando Talia por 15 minutos, só para ter certeza de que nada aconteceria. A astrofísica continuava se mexendo e fazendo ruídos baixos, mas seja lá o que a estivesse atormentando nunca parecia acordá-la, nem mesmo quando ela bateu a cabeça contra o interior do capacete.

Por fim, Alex deu as costas para ela e fechou os olhos. Não cabia a ele consertar os problemas do mundo. Não conseguia nem consertar os próprios.

9.

De manhã, ficou óbvio que nenhum deles estava pronto para levantar acampamento, nem mesmo Talia. Nem sequer discutiram se deveriam voltar ou continuar; o consenso era que tinham que *ficar ali* e *fazer o mínimo possível*.

O hematoma no rosto de Pushkin tinha piorado. Alex sentiu uma pontada de empatia. Seu próprio maxilar ainda estava inchado e dolorido, e ele pensou que talvez *devesse* tomar antibióticos. Se a raiz do molar infeccionasse, seria uma viagem difícil.

Então ele tomou, embora soubesse que os antibióticos só iam fazer com que se sentisse mais cansado. Também tomou seu AcuWake matinal, que ajudava, mas apesar da clareza dura que o comprimido lhe dava, Alex sentia algo se retorcendo por baixo, como se sua acuidade mental fosse uma estrutura erguida sobre fundações apodrecidas. Tudo aquilo parecia estranho. Ele se sentia estranho, e não havia nada que pudesse fazer.

Estava grato por uma coisa; a pausa ia permitir que seu ombro se curasse um pouco, coisa de que ele precisava desesperadamente. Mais alguns dias no arreio teriam causado sérios danos.

Pouco depois do meio-dia, ele e Pushkin saíram e tentaram estabelecer um link de laser direto com o *Adamura*. Foi inútil. O equipamento não conseguia localizar a nave. Sempre que chegava perto, o

Bum

atrapalhava o software de localização.

Durante todo o processo, Pushkin não mencionou nem uma vez os acontecimentos do dia anterior. Nem mesmo para agradecer a Alex. O geólogo estava estranhamente retraído, comunicando-se apenas em monossílabos ou grunhidos.

Alex não conseguiu evitar provocá-lo. Era maldoso de sua parte, ele sabia, mas a recusa de Pushkin em admitir seu erro e a incapacidade de dizer *obrigado* eram irritantes.

— Ei, aquilo é outra tartaruga? — perguntou Alex.

Pushkin se encolheu e girou para olhar para onde Alex estava apontando. Mas não havia nenhuma tartaruga, apenas nuvens de poeira laranja.

Ele encarou Alex furiosamente enquanto mordiscava o lábio inferior carnudo.

— Você sabe que nós não vamos até buraco — disse o geólogo.

Então ele passou por Alex e foi até os trenós.

Alex se levantou, encarando o transmissor a laser. O geólogo provavelmente estava certo, mas Alex não queria admitir isso. Ainda não. Não até que o universo o obrigasse a isso.

O que eu estou fazendo? Ele gostaria de saber.

Depois de desmontar o transmissor, ele recolheu amostras em torno do domo habitacional como teria feito normalmente após montar acampamento. A quantidade de micróbios no solo tinha mais que triplicado desde a Zona Delta; pareciam estar aglomerados em torno das veias de gálio. Alimentando-se deles ou os reabastecendo. Alex não tinha certeza, mas havia *algum* tipo de relação entre o metal e os micróbios.

Ele estava guardando suas amostras quando duas tartarugas apareceram no horizonte a oeste.

Quando informada, Talia respondeu:

<*Agora é uma boa hora. Vá em frente com o trenó. — Talia*>

<*Não. — Pushkin*>

E o geólogo foi direto para a câmara de pressurização e começou a sua descontaminação enquanto ignorava tudo o que Talia e Alex lhe diziam.

Alex esperou onde estava até Pushkin ter entrado. Havia uma chance de que Talia conseguisse forçá-lo a voltar, a fazer seu trabalho...

Mas não. Após meia hora:

<*Ele não está respondendo. — Talia*>

Bum

Cinco minutos depois, ela se juntou a Alex na planície ventosa. Juntos, eles arrastaram o trenó destruído até 100 metros de distância do domo habitacional. Sem um arreio para ajudar — graças à tartaruga que destruíra a parte da frente do trenó — era um trabalho difícil e frustrante, mas no fim eles conseguiram.

<*Todos em alerta. Estamos prestes a fazer uma tentativa. — Talia*>

Talia estava carregando a pistola de pinos, pronta para usar. Não adiantaria de nada contra as tartarugas, mas Alex supôs que ela dava à astrofísica uma sensação de proteção, mesmo que ilusória.

Não havia proteção real contra os perigos da vida, pensou ele. Só se podia tentar, mas sempre havia forças e acontecimentos desconhecidos que eram tão inesperados — e poderosos — que superavam qualquer defesa possível.

Ele foi para trás do trenó com Talia; os dois colocaram as mãos na traseira do veículo e se prepararam para empurrar.

Talia acenou com a cabeça, e Alex fincou os pés no chão. Juntos, empurraram o trenó para cima do veio de gálio mais próximo. O bico do trenó mergulhou ao passar por cima da vala cheia de metal, e o líquido prateado espirrou para os lados em ondas pesadas afastando a poeira macia.

Então pararam e olharam para as tartarugas. As criaturas pareciam estar alheias a eles, mas Alex duvidava que não tivessem percebido. Isso o preocupou ainda mais.

<*Isso não é bom. — Alex*>

<*Por quê? — Talia*>

<*Significa que elas são capazes de discernir a intenção. — Alex*>

A expressão de Talia ficou tensa. Ela compreendeu.

<*Vamos tentar novamente. — Talia*>

Assim sendo, eles empurraram o trenó sobre quatro outros veios. E mesmo assim as tartarugas não reagiram.

<*Então é isso. Estamos liberados para continuar.* — Talia>
<*Não.* — Pushkin>
Bum

10.

Os quatro estavam se encarando dentro do domo habitacional apertado. Chen estava sentado em seu nicho; o resto deles estava de pé. As mãos enormes de Pushkin se abriam e fechavam em um ritmo constante, como se ele quisesse esmagar alguma coisa... ou alguém.

O geólogo ainda usava seu skinsuit. Não cumprira a ameaça da noite anterior, embora nem ele nem Alex estivessem mostrando nenhum sinal de infecção.

— As tartarugas não parecem ser abertamente hostis — afirmou Talia.

As bolsas sob seus olhos estavam estranhamente escuras, e as rugas em torno de sua boca se aprofundaram.

— Acho que podemos seguir em frente.

— Não — disse Pushkin. — Eu já aguentei tolice por tempo demais, e olhe onde isso trouxe. Não, eu não vou dar mais nenhum passo pra oeste. Eu não vou. Não agora. Deixe outras pessoas estudarem buraco. Minha parte nisso *acabou*.

— Esta não é uma decisão sua — respondeu Talia. — Você vive se esquecendo que *eu* estou no comando desta missão, e...

Pushkin deu um passo arrastado à frente e parou desconfortavelmente perto dela, seu tamanho ameaçador.

— Você não pode me forçar. — O tom de voz dele estava baixo, sem emoção, mas suas palavras tinham o peso de uma convicção inabalável. — Você não tem autoridade. Companhia pode demitir quando voltar. Não importa. Mas isso não são forças armadas, e nenhum de nós tem que arriscar vida só por que você diz.

Talia olhou fixamente para ele, sem ceder um centímetro.

— Está bem, como quiser. Isto é uma democracia e a opinião de todo mundo tem o mesmo valor. Vamos votar.

— Aham. Isso não vai funcionar, Indelicato — disse Pushkin, balançando a cabeça. — *Eu* decido que *eu* não quero mais. Não me importa o que resto de vocês faça.

— Errado — a voz de Talia estalava como um chicote. — Comida compartilhada, equipamento compartilhado. Você não pode tomar sozinho decisões que afetam o restante do grupo. Não pode ter as duas coisas. Vamos votar.

As pálpebras pesadas de Pushkin se fecharam em uma piscada calculada.

— Está bem. Então votamos.

Talia lançou um olhar rápido para Alex.

— Crichton?

— Nós continuamos.

Ela assentiu.

— Chen?

Quando o químico não respondeu, ela olhou para ele.

— Chen? Qual é sua resposta?

Ele olhou dela para Pushkin.

— Eu... Eu não tenho certeza. Desculpe. Eu não sei.

O olhar de Talia era implacável.

— Isso não vai servir, Chen. Você precisa decidir.

— Ela tem razão — disse Pushkin. — Pelo menos uma vez na vida infeliz você tem que decidir. Escolha, Chen. Escolha! O que vai ser? Arriscar vidas pra ver droga de um buraco no chão que já vimos perfeitamente bem de órbita? Correr riscos com bando de xenos assassinos entre nós e o buraco quando podíamos...

— Chega — ordenou Talia rispidamente.

— Vale a pena o risco — Alex falou. — Se nós não...

— É mesmo — disse Pushkin, escarnecendo. — Eu não senti que vale a pena risco quando respirei ultimas respirações ontem. Desejei estar seguro em casa, em um robe de seda, com copo de scotch venusiano gelado para beber enquanto leio trabalhos científicos que *grupo adequadamente equipado* produziu depois de examinar buraco como deveria. — Ele acenou com as mãos. — Você devia se envergonhar, Crichton. Você é xenobiólogo! Nós deixamos pedaços de equipamento por toda droga de planeta. Isso é o que devemos fazer? É certo? Hein?

— Não — murmurou Alex. A discussão estava exaustiva, e ele já estava cansado do tempo que havia passado do lado de fora. — Mas nós não tivemos escolha. Se...

— Certo — disse Pushkin, inclinando-se para perto. — Agora *temos* escolha. — Ele se voltou para Chen com força repentina. — Então escolha, Chen. Pelo menos uma vez nessa droga de vida, *escolha!*

Talia manteve o olhar fixo no químico o tempo inteiro.

— Decida — disse ela.

Chen engoliu em seco e umedeceu os lábios. Sua boca se movia como a de um peixe, e então, com uma expressão culpada e desamparada, ele disse:

— E-eu concordo com Pushkin. Voto para voltarmos.

Por um instante, Alex achou ver um brilho de raiva e desprezo nos olhos de Talia enquanto ela encarava o químico. Então o rosto ficou inexpressivo outra vez.

Pushkin ficou radiante com o triunfo.

— Pronto. Não foi tão difícil, foi?

Aparentemente sem emoção, Talia disse:

— Dois votos para voltarmos, dois votos para seguirmos em frente. Como estou liderando a expedição, terei o voto de minerva. E eu digo que seguiremos em frente.

Pushkin baixou a cabeça, a raiva lançando uma sombra sobre seu rosto.

— Não, não, isso não é aceitável, Indelicato. Você não pode votar duas vezes. Não é assim que funciona. Deu empate. Impasse. Então ficamos sentados até comida acabar ou fazemos coisa certa e voltamos agora. É único jeito. Você perde, Indelicato. Não seja má perdedora.

Talia não piscou nem se mexeu.

— Acertem seus despertadores. Preparem-se para partir de manhã.

— Eu pronto... pronto para voltar.

E Pushkin foi para seu nicho, deitou-se no cobertor e esticou os braços sobre a cabeça.

Talia permaneceu onde estava, os ombros rígidos, o rosto inexpressivo. Então assentiu, como se para si mesma, e foi para o próprio nicho.

Chen olhou para os dois, depois para Alex com uma expressão desalentada. Sua preocupação era palpável.

Alex deu de ombros. O sonho estava acabado. Pushkin — ou melhor, o universo — tinha vencido. A expedição era um fracasso.

Por um momento, perguntou-se se poderia continuar sozinho. O caminho até o buraco não era *tão* longo. Se ele levasse barras de ração suficientes e dormisse em seu skinsuit, conseguiria fazer isso sem o domo habitacional... Mas não, seria loucura. De qualquer jeito, não teria como voltar. Não antes de ficar sem comida.

Alex se sentou em seu nicho e fechou os olhos. Os restos pontiagudos do molar espetaram a parte de baixo de sua língua.

Bum

11.

Alex estava deitado com a cabeça erguida, o cobertor térmico envolto em seu skinsuit, os olhos semicerrados enquanto encarava os resultados de suas amostras de solo. Os números pareciam se mexer por conta própria, e seu cérebro parecia embotado e lento.

Do outro lado do domo habitacional apertado, Talia estava dobrando e redobrando uma embalagem de comida. Se estivesse sem o capacete do traje para filtrar o barulho, o som teria sido insuportavelmente irritante. Ela se balançava enquanto trabalhava, e através de seu visor, Alex pôde ver os lábios dela se movimentando em um murmúrio constante e inaudível — uma quantidade incomum de tagarelice para ela.

À esquerda da astrofísica, Chen parecia distraído em seu nicho, e, de vez em quando, falava algo inaudível dentro do capacete, e Alex teve a impressão que era sempre em resposta a algo que Talia tinha dito. Desde a discussão com Pushkin, ela estava dirigindo um fluxo constante de perguntas para o químico, o que preocupou Alex. Ele desejou poder ouvir o que ela estava dizendo.

Quanto a Pushkin, ele estava deitado em seu nicho, os olhos focados em seus filtros, como se estivesse lendo ou assistindo a alguma coisa. Mas Alex também percebeu que às vezes a boca do geólogo se remexia como se fizesse uma subvocalização, então Chen invariavelmente reagia com uma piscada ou uma mudança de expressão.

Bando de adolescentes. Drama era inevitável em qualquer expedição, mas Alex sempre tentava se manter afastado dele. Não tinha sido algo agradável na infância, e continuava não sendo na vida adulta. Mesmo assim, ele ainda se perguntava o que Talia e Pushkin estavam dizendo para Chen. Os dois pareciam estar mais interessados nele que no buraco.

Alex fechou os olhos. Será que isso realmente importava? Humanos nem sempre faziam sentido para ele. Layla era diferente, ela o havia entendido, e ele a havia entendido, mas muitas pessoas eram um mistério. Mesmo que ele entendesse a lógica de suas reações, ainda não a *sentia*, e isso as tornava difíceis de prever ou explicar.

Bum

Ele apertou o cobertor térmico em volta do corpo, tentando conter o frio do solo que atravessava seu skinsuit.

Duvidava que conseguiria ter uma noite de sono. Mais uma vez. Na verdade, ele achava que não conseguiria dormir até deixarem o buraco para trás. Se Talia prevalecesse, e eles continuassem em frente... Não, ele não ia se iludir com falsas esperanças. A viagem estava acabada; a aventura tinha fracassado.

Onde isso o deixava? Ele foi tomado pelo desespero, o vazio escancarado, e, ao longe, Alex sentiu a presença gelada de pesadelos existenciais tentando agarrar sua alma com dedos ossudos. Os medos mais antigos eram os mais poderosos. Se existissem deuses, ele tinha certeza de que o primeiro e maior deles — e o mais maligno — seria o deus da escuridão. A luz exigia esforço. A luz era difícil. Mas a escuridão era fácil, existia antes de todo o resto e estaria ali no final dos tempos para envolver o universo em sua capa sufocante quando as últimas estrelas de luz fraca se apagassem.

Seu coração disparou, e os grãos de arroz agitados que tomavam sua visão saltaram em resposta. Uma onda atravessou o corpo dele, aquecendo os membros e forçando-o a ficar alerta.

Alex não tinha nada, nada... nada. A esperança se esvaíra e o deixara se debatendo em um mar vazio e sem fim, e as ondas quebravam pesadas sobre ele, puxando-o para baixo, enchendo sua boca, dificultando a respiração.

Bum

Seu olhar percorreu o interior do domo enquanto ele procurava uma saída. O que poderia fazer? Nada, e essa era a parte que mais o deixava em pânico.

Um alerta apareceu em seus filtros; seus níveis de oxigênio haviam ficado muito altos. Ele estava hiperventilando. O traje começou a compensar, baixando a concentração de oxigênio em seu capacete, mas isso não ajudou em nada o abrandamento do medo que atormentava seus nervos.

Alex não sabia se conseguiria sobreviver à noite, muito menos a mais um dia.

Seu desespero o abalou. Não lhe restava nenhuma habilidade para resistir à tentação, e os temores do passado empalideceram diante do pânico que o assolava.

Frenético, vasculhou seu sistema até encontrar o arquivo projetado à sua frente. *Layla*. Ele agiu sem pensar, movido pela onda doentia de adrenalina.

Abriu o arquivo.

A pasta se expandiu e encheu sua visão, e listas de entradas começaram a passar. Milhares. Dezenas de milhares. Ele apertou aleatoriamente uma delas perto do topo e...

Uma janela se abriu à sua frente. Os pais de Layla, rindo e falando em seu domo habitacional com música ao fundo. Convidados circulavam: em sua maioria, adolescentes, dançando, bebendo, conversando. Havia um banner pendurado acima do aposento principal, e ele dizia: *Feliz solstício!*

Então a voz de Layla soou:

— Mãe. Mãe! O que você quer?

Sua mãe olhou para ela, feliz.

— Só um pouco do espumante.

A imagem moveu-se para baixo, de forma desorientadora, enquanto Layla servia um líquido pálido numa taça que estava sobre a bancada.

Bum

Alex permaneceu deitado, congelado. Ele assistiu e assistiu, bebendo as imagens como se fosse um homem morrendo de sede. A gravação era de anos atrás, muito antes de Layla ter completado seu treinamento como xenobióloga. Ela parecia jovem e cheia de esperança. Quando ela passou por um armário envidraçado, ele pausou o vídeo para estudar seu reflexo, por mais distorcido que estivesse. O contorno familiar daquele rosto fez com que Alex ofegasse levemente e se encostasse na parede externa do domo.

Era surreal ver o mundo pela perspectiva dela. E também parecia invasivo, como se estivesse violando sua privacidade, mesmo que a própria Layla tivesse deixado as gravações para ele.

Quando ela deixou a festa para ir ao banheiro, Alex saiu dessa lembrança e abriu outra, de dois anos mais tarde.

Dessa vez, ele viu o principal prédio administrativo de Plinth: uma construção sem graça de contêineres de armazenagem com janelas estreitas recortadas em intervalos regulares. Layla e vários amigos estavam passando pelo prédio na direção da área comum no centro da cidade.

A gravação o hipnotizou. Ele mal piscava, mal respirava, e seu coração doía a cada batida.

Bum

Agora que ele tinha começado, não conseguiu parar de assistir. Pulava de vídeo em vídeo, mas mesmo os momentos lentos e silenciosos o prenderam. Apenas ouvir o padrão familiar da respiração de Layla ou ver os pequenos movimentos que ela fazia quando estava lendo ou assistindo a vídeos — o jeito como coçava as costas da mão, como cobria a boca ao espirrar — trouxeram uma onda enorme de emoções. Em muitos momentos ele conseguiu até mesmo captar o cheiro dela. Imaginado, é claro, mas a lembrança era poderosa o bastante para fazê-lo passar por anos de memórias.

Muitas horas haviam se passado. Ele não tinha certeza de quantas; evitava olhar para o relógio no canto superior direito de seus filtros.

Na maior parte do tempo, ele permaneceu nas partes mais antigas dos registros: quando Layla estava na escola, quando começou a trabalhar para a Comissão Central. Antes de conhecê-lo. Ele não queria se ver. Mas no fim, a curiosidade mórbida venceu, e depois de procurar um pouco, ele encontrou o dia e o momento exatos que havia lembrado na noite anterior: a discussão sobre terem filhos.

Através dos olhos dela, ele viu o raio no horizonte, e escutou com os ouvidos dela seus argumentos e evasivas. Sua fraqueza parecia muito mais aparente quando vista de fora, mais do que ele já temera, e Alex se viu odiando o som fraco da própria voz e o jeito como encarava a cama e evitava o olhar de Layla.

A conversa foi mais curta, mais brusca do que ele se lembrava. Nenhuma das emoções que tinha sentido na época parecia ter transparecido em seu rosto; ele era uma cifra de pedra, aparentemente mais insensível do que pensara, e toda palavra que proferia atingia como um tapa.

Ele continuou a assistir além do fim de sua própria lembrança, apesar da visão borrada.

Por pior que fosse, Alex poderia ter suportado sua raiva e aversão autodirigidas se acabasse por aí. Mas então Layla se levantou da cama e seguiu pelo corredor até a cozinha. Lá, ela se apoiou na bancada de seu cantinho de chá e olhou para si mesma em uma tira de espelho montada no alto.

A dor brutal na expressão dela o chocou. Havia lágrimas nos cantos de seus olhos, o rosto estava distorcido, e ela olhou para baixo com uma pequena tosse e um gemido.

— Droga — disse Layla em voz baixa.

Então ela enxugou os olhos e começou a preparar algo para comer.

Bum

Atônito, Alex pausou a gravação, fechou a janela e limpou seus filtros.

Ficou deitado encarando o teto curvo, mal conseguindo respirar. Era tarde. Tarde demais. E ele sentiu no peito o peso de cada palavra mal colocada, de toda ação mal cronometrada em sua vida, como placas de ferro esmagando-o.

Agir parecia impossível. Ele não sabia como se recuperar da confusão de tristeza, culpa e remorso que o assolava. A ideia de que pudesse um dia voltar a ser um humano normal e funcional era ridícula demais para ser levada a sério. Algumas coisas não podiam ser consertadas.

Ele precisava dormir. De alguma forma. Essa era a única fuga em que conseguiu pensar.

Então fez algo inédito; preparou uma dose dupla de melatonina e a sugou com gratidão.

Não vai demorar muito, pensou, fechando os olhos e segurando o apoio na lateral do nicho. Ele só precisava esperar até que a melatonina fizesse efeito, então talvez, apenas talvez, ela o derrubasse.

Se houvesse alguma bebida alcoólica com o grupo, Alex a teria bebido o mais rápido possível, sem se importar com as consequências.

Bum

Ele se concentrou na respiração, tentando controlá-la. O problema era que o esforço parecia fútil. *Tudo* parecia fútil.

...

A melatonina o atingiu como um meteorito. Um cobertor de feltro caiu sobre sua mente, abafando os pensamentos e embotando seus sentidos. Ele se rendeu com um desalento voluntário. Resistir exigia muita energia, e ele estava cansado demais de lutar. Qual era o sentido disso agora?

Um túnel se fechou em torno de sua visão enquanto ele caía, caía, caía, e o abismo o engoliu por inteiro.

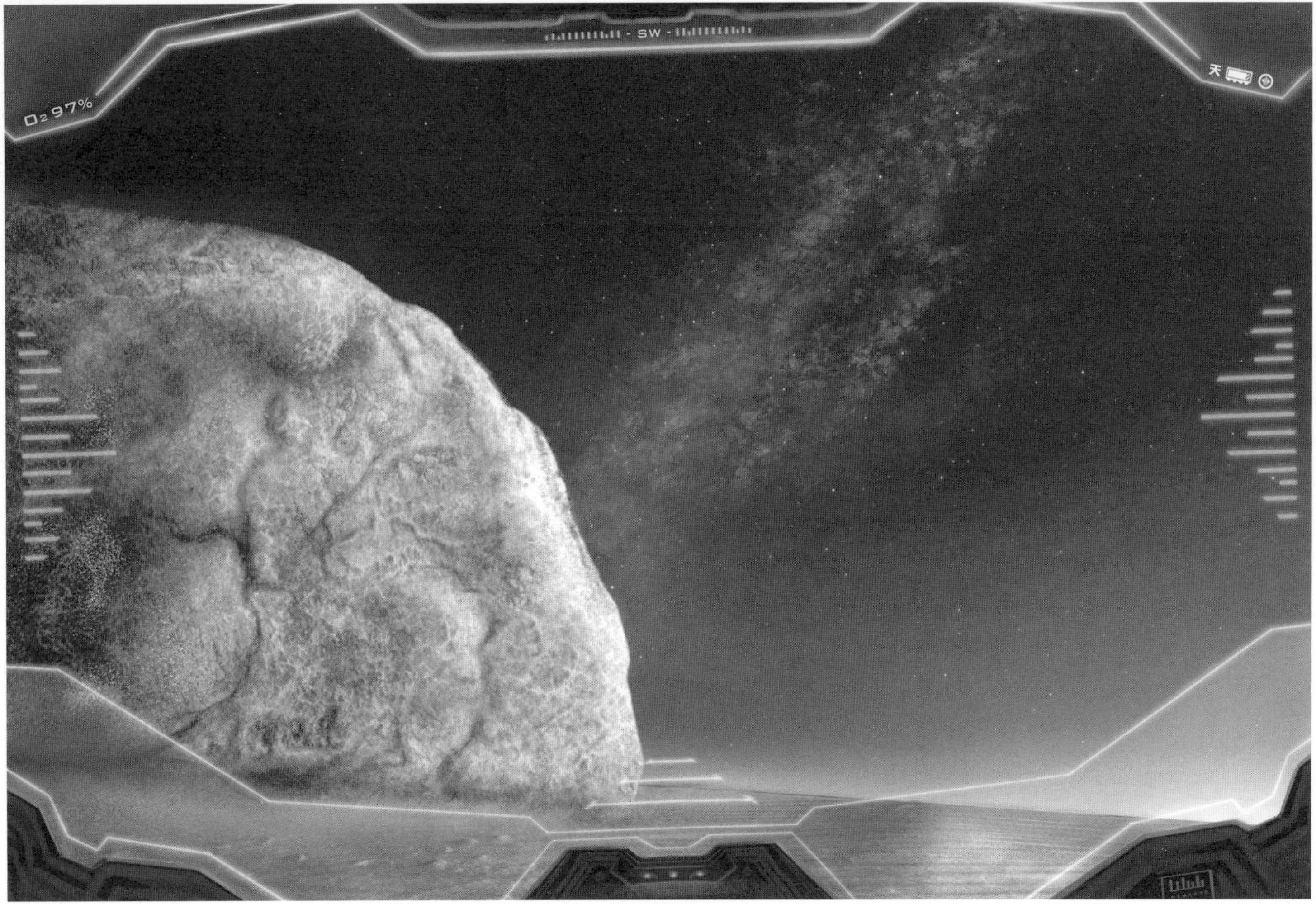
O2 97%
SW
天

DESOLAÇÃO

★   ★   ★   ★   ★   ★   ★

"Conhecer a si mesmo" deve significar conhecer a maldade
de seus próprios instintos e conhecer, também, seu poder para evitá-la.
— KARL A. MENNINGER

CAPÍTULO 1

* * * * * * *

ZONA ZETA

1.

Alex ouviu o penetrante alarme matinal tocando ao longe, alto e insistente. O barulho o deixou em um estado próximo do despertar. A melatonina ainda estava em seu sistema. Ele se sentiu lento, com a cabeça pesada, e seu pulso latejava com força desconfortável.

Seus olhos se abriram.

Meio segundo depois, arrependeu-se de ter feito isso. A luz perfurou os olhos como agulhas. Com uma careta, ele jogou as pernas para fora do beliche e esfregou o rosto.

Sentia-se duas vezes mais pesado que o normal.

Os outros também pareciam desorientados, embora Talia já houvesse recolhido seus pertences e seguido na direção da câmara de pressurização.

Alex tomou uma dose dupla de AcuWake. Isso deu aos objetos ao seu redor uma aparência brilhante e dura, mas a droga não ajudava muito a desanuviar sua mente.

— Chen — disse Talia. — Vou ajudá-lo a sair. — Ela estendeu a mão para tomá-lo pelo braço.

— Eu carrego ele, é mais fácil pra você — Pushkin se ofereceu.

O hematoma no rosto do geólogo não estava melhorando nada, percebeu Alex. Pushkin foi andando pesadamente até o nicho de Chen.

— Chega pra lá.

Talia gesticulou para Chen outra vez. O químico hesitou, e antes que pudesse dizer qualquer coisa, Pushkin o pegou e o segurou com um braço, como se ele fosse um bebê enorme.

— Está vendo? Fácil.

— Ei, devagar... — começou a dizer Chen.

Bum

Inexpressiva, Talia se virou e entrou na câmara de pressurização. A porta se fechou atrás dela com um estalido alto.

Então Pushkin disse para Chen:

— É melhor se alimentar antes que nós...

Uma tosse forte e rouca o interrompeu, e ele pôs Chen no chão antes de se curvar e tossir em seco.

Deveria verificar seus níveis sanguíneos, pensou Alex.

Apesar da tosse, Pushkin estava visivelmente mais animado enquanto se preparavam para sair.

— Seria bom sair desses malditos skinsuits e tomar banho de verdade — disse o geólogo.

Alex quis discutir, mas não tinha energia para isso. Toda a motivação havia esgotado. Ficou sentado na beira do nicho até que Pushkin e Chen lhe perguntaram o que havia de errado. Explicar teria exigido mais esforço do que Alex era capaz de fazer. Então ele fez sua parte, em silêncio, lentamente, com a mente vazia exceto pelo desejo de simplesmente *parar*.

Bum

E se fizesse isso? Alex se perguntou como os outros reagiriam caso ele se sentasse no solo compacto e ficasse ali até que o vento, as tartarugas ou a falta de comida o matassem. O problema era que Pushkin provavelmente iria pegá-lo e botá-lo em um trenó, forçando-o a voltar com o grupo.

— Hora de ir! — disse Pushkin enquanto os três se apertavam na câmara de pressurização diminuta. O geólogo sustentava Chen com um braço em torno de sua cintura, aguentando o peso do químico aparentemente sem esforço.

Do lado de fora, o céu estava cinza e listrado de nuvens.

Talia estava parada ao lado do que tinha sido o trenó de Alex, com as pernas afastadas e o torso inclinado contra o vento. Ela segurava a pistola de pinos na mão direita, mantendo a arma junto de sua coxa, pronta para uso.

<Coloquei toda comida, água, velas e rodas dentro deste trenó. Ninguém vai voltar. Nós continuamos caminhando até chegar no buraco, está resolvido. É minha decisão final. Vocês podem ficar aqui e correr o risco de passar fome ou serem atropelados pelas tartarugas, ou podem vir comigo. — Talia>

A princípio, em seu estado confuso, Alex pensou que ela estivesse falando com ele. Mas então percebeu que as palavras eram destinadas a Pushkin.

O geólogo largou Chen, levantando uma pequena nuvem de poeira, e partiu na direção de Talia. Chen fez uma careta e emitiu uma queixa silenciosa, encolhendo-se sobre o joelho machucado.

Talia ergueu a pesada pistola de pinos e a apontou para Pushkin. Mesmo sem um bot de mira, Alex não tinha dúvida de que ela conseguiria acertar o geólogo em cheio. Ele foi tomado por um choque de adrenalina e congelou, sem saber se fugia ou lutava.

<Não. Fique longe. — Talia>

As mãos enluvadas do geólogo se abriram e se fecharam.

<Sua vaca maluca. — Pushkin>

Ela não vacilou.

<Decida-se. Eu não vou esperar. — Talia>

<Por quê? Por que, em nome de todas coisas, isso é tão importante pra você? — Pushkin>

<Você não entenderia. — Talia>

Alex viu o geólogo xingando no interior do capacete. Então os xingamentos se transformaram em mais tosse, e depois de um minuto:

<Está bem, droga. Mas melhor não dormir, porque no momento em que você olhar para lado, eu pego esse trenó e volto. — Pushkin>

<Você vai na frente. — Talia>

Ela apontou com a pistola de pinos e, com a frustração nítida no rosto, o geólogo relutantemente pegou Chen e o levou para o trenó onde ele se sentaria.

Alex observou toda a interação, sem acreditar no uso descarado da força que Talia fizera. Em todos os seus anos em campo, nunca tinha visto algo assim, e choque o deixou enjoado e trêmulo enquanto seu corpo se esforçava para queimar a adrenalina desnecessária.

Canalizou o excesso de energia para desmontar o acampamento, e só quando o domo habitacional estava guardado, seus nervos começaram a se acalmar. Ele ainda estava tenso, mas a situação não era mais tão alarmante. Não em um sentido imediato, mesmo que, no geral, tudo estivesse uma merda.

Foi só quando o grupo deu os primeiros passos na direção do buraco que Alex começou a acreditar que talvez, apenas talvez, a aposta de Talia valesse a pena e a expedição iria continuar. De forma egoísta, ele ficou grato por isso, mas não via como a astrofísica conseguiria manter Pushkin sob controle o tempo inteiro. E se ela não conseguisse... Alex se encolheu diante do pensamento.

Ainda assim, faltavam apenas 17 quilômetros até o buraco. Não era *tão* longe quando se analisava por uma perspectiva diferente. Alex já tinha corrido essa distância mais de uma vez. Se Layla... — ele sacudiu a cabeça — ... se *Talia* conseguisse manter o controle do grupo por mais um ou dois dias, eles estariam muito perto de alcançar o buraco. Nem Pushkin desistiria então. Sua curiosidade seria demais.

Pelo menos era isso o que Alex esperava. Era difícil ter certeza de qualquer coisa no momento.

2.

As valas de metal espalhadas pelo chão revelaram-se um grande obstáculo. Sempre que possível, Talia fazia com que o grupo as contornasse, mas muitas vezes a única opção era atravessar os canais, espirrando liga de gálio para todos os lados enquanto arrastavam os trenós. Não era fácil. Os trenós frequentemente atolavam, e Alex se viu ficando cansado mais rápido que o normal. Seu joelho esquerdo não tinha gostado do desafio extra; a junta piorava cada vez mais, o tecido e os tendões ardendo por conta da inflamação.

Para se distrair, voltou às gravações de Layla e começou a assisti-las novamente. A represa tinha se rompido, e ele não fez qualquer tentativa de contê-la. *Precisava* ouvi-la e vê-la, e também estava curioso; queria saber mais sobre a vida dela. Mesmo no casamento, havia muitos momentos privados, e Alex desejava saber mais sobre quem ela era quando ele não estava por perto.

Então assistia enquanto caminhavam. À sua maneira, aquelas gravações doíam tanto quanto o joelho, o ombro ou o dente, mas era uma dor que Alex havia escolhido sentir e, de certa forma, era bem-vinda.

A cada trecho que selecionava, ele avançava no tempo, às vezes apenas um ou dois dias, às vezes anos, e cada salto o levava um passo mais perto em direção ao temido fim. Depois de tropeçar em algumas lembranças de Layla com seus poucos primeiros namorados, pulou para as próximas gravações e, apesar de sua aversão inicial, começou a revisitar a época em que os dois se conheceram.

As lembranças, porém, o distraíam — Alex frequentemente tropeçava quando Layla movia o olhar — e também eram emocionalmente exaustivas.

No final, ele parou de procurar momentos familiares, momentos dos quais sabia ou se lembrava, e em vez disso escolheu um fragmento de tempo em que Layla estava estudando enquanto descansava em um assento junto à janela da residência dos pais. Era fim de tarde, quase anoitecendo, e a chuva tamborilava do lado de fora do domo habitacional enquanto ela lia um texto sobre a flora nativa de Eidolon, um que Alex reconheceu de seu próprio curso.

Ele manteve o vídeo em exibição no canto superior esquerdo de seus filtros, e o som da chuva e de Layla se mexendo, respirando, de vez em quando tomando um gole de chell, foi um conforto enquanto ele continuava avançando penosamente pela desolação seca e uivante de Talos VII.

De certa forma, era como se ela estivesse ali com ele, lhe fazendo companhia.

Depois de três horas de caminhada, o limite interno da Zona Épsilon foi cruzado, e eles entraram em Zeta, que tinha apenas oito quilômetros de largura.

Bum

O som ficava mais alto a cada quilômetro. A equipe estava cada vez mais perto do buraco. Quinze quilômetros no total, e o volume estava aumentando mais rápido que antes. Quando Alex verificou, eram 97 decibéis, mais que suficiente para causar danos auditivos se eles fossem burros o bastante para remover os capacetes.

O vento continuava a aumentar em ferocidade, reduzindo o progresso a pouco mais que um rastejar. Literalmente. Às vezes, o vento era tão forte que Alex e Talia tinham que se inclinar para a frente até encostarem no chão. Rastejavam pelo chão como se estivessem se arrastando no fundo de um oceano de lodo.

O vento conseguiu fazer até mesmo Pushkin cambalear. Suas botas escorregaram duas vezes, e ele quase caiu de cara antes de conseguir se segurar. Nas duas ocasiões, ele tornou a se levantar com lentidão exagerada, tossiu e seguiu em frente.

Talia o mantinha à frente de sua pequena procissão, a mão sempre perto da pistola de pinos.

Por volta das 15h, uma tartaruga apareceu ao sul. Eles a observaram atentamente, mas ela não se moveu na direção do grupo, apenas andava de um lado para o outro por uma área de aproximadamente um quilômetro de diâmetro.

Vinte minutos depois, avistaram outra tartaruga, desta vez a noroeste. Mais duas emergiram da poeira logo depois, todas elas se movendo em padrões meio aleatórios que de algum modo nunca se cruzavam com o lugar onde eles estavam.

Não fazia sentido parar — as tartarugas não deram nenhum sinal de que iriam embora —, então o grupo seguiu em frente, atentos ao menor sinal de hostilidade.

Sempre que arrastavam os trenós pelo gálio, Alex percebia que as tartarugas paravam, e uma delas frequentemente começava a se mover na direção dos trenós, como se alertadas pela atividade. Mas as criaturas nunca faziam mais que isso, embora Alex tivesse certeza de que atacariam de novo se achassem que os humanos estavam mexendo deliberadamente nos veios de metal.

Ele percebeu que estava começando a pensar nas tartarugas como criaturas inteligentes capazes de tomar decisões. Tigremalhos, pelo menos, eram tão inteligentes quanto elas, tinha certeza. Mas as tartarugas também podiam não passar de máquinas, e ele se lembrou de não fazer nenhuma suposição não comprovada.

Em meia hora, outras seis tartarugas apareceram nas proximidades. As enormes criaturas deslizavam pelo chão em um ritmo tranquilo, varrendo a terra e deixando-a lisa em seu rastro. Mais uma vez, Alex teve uma visão delas se movimentando sobre uma estrutura de pernas semelhantes à de centopeias, cada perna tentando agarrar...

Bum

3.

Eles se sentaram a sotavento dos trenós para descansar. Talia encarava Pushkin, com a arma no colo.

Alex deixou que a cabeça caísse para trás sobre a carenagem. Cardumes de grãos trêmulos rodopiavam pelo céu. A estática visual estava piorando. Ele acenou com uma das mãos em frente ao rosto e a viu deixar um rastro brilhante pelo ar, como uma vareta luminosa sendo agitada.

A imagem o deixou enjoado.

Fez com que se lembrasse de quando ele e Layla tomaram um pouco de jolt no Grind de verão, no parque central de Plinth. Os dois acabaram deitados de costas, olhando fixamente para o céu noturno, encontrando formas tolas e profundas nos padrões das estrelas. A certa altura, Layla ficou assustada; ela se convenceu de que não era sólida, e Alex passou pelo menos meia hora confortando-a e mostrando que, sim, ela ainda tinha uma forma física. Ou talvez tivessem sido apenas alguns minutos. O jolt acaba com sua noção de tempo. Ele ficou tentado a procurar o registro da experiência nas memórias de Layla e verificar.

Talvez fizesse isso. Mais tarde.

Chen usou as duas mãos para reposicionar a perna machucada.

<Chen, preciso de um filtro de ar novo. Você pode me passar um de seu trenó? — *Talia*>

O trenó do químico também era o de Pushkin, e o geólogo interveio rápido:

<Chen, você pode pegar para mim aquela pedra ali? Eu quero testá-la. — *Pushkin*>

A pedra que ele indicou estava fora do alcance de Chen, o que significava que ele teria que correr pelo solo para pegá-la.

<Chen. Filtro de ar, agora. — *Talia*>

<A pedra, por favor. Por que demora? Leva segundos para pegar, não mais que isso. — *Pushkin*>

O químico olhou de um para o outro, em conflito.

<Chen. — *Talia*>

Finalmente, Chen olhou para ela com uma expressão de desculpas e foi pegar a pedra. Os lábios de Talia se comprimiram, e Alex a viu apertar seguidamente a pistola de pinos.

A pedra parecia igual a qualquer outra pedra naquela área do deserto. Não havia nada de especial nela, só o desejo de Pushkin de irritar Talia. Todos sabiam disso, mas ninguém disse nada a respeito.

Quando o intervalo terminou, Talia insistiu que Alex puxasse o trenó de Chen durante o próximo trecho da caminhada. Ela não abriria mão do próprio trenó — que guardava a comida, a água e outros suprimentos essenciais —, então teve que pedir a Alex que fizesse isso por ela.

Ele não discutiu, mas na privacidade de seu capacete a xingou tanto quanto Pushkin.

Era assim toda vez que paravam para descansar. Talia e Pushkin ficavam disputando Chen de maneiras grandes e pequenas. Para Alex, parecia que Pushkin estava levando vantagem. O geólogo era mais eloquente e de fala mais doce (quando queria), mas Talia não desistia.

Alex tentou ignorar aquela disputa mesquinha por poder. Era mais drama, e ele não ligava para isso. Se Chen tivesse pedido ajuda, Alex teria dito algo, mas não estava disposto a intervir onde não era bem-vindo e onde provavelmente não ajudaria em nada.

Bum

4.

Logo depois do meio-dia, uma das tartarugas se afastou das demais e veio deslizando com uma suavidade fantástica através das cortinas de poeira até ficar a um ou dois quilômetros de distância.

<Tartaruga a sudoeste. — Alex>

Ele alterou para infravermelho, só por garantia, então mudou de volta.

Parou, assim como Talia. À frente, Pushkin enfiou um de seus bastões de caminhada no chão e ergueu a mão para bloquear sua placa facial da areia.

Como antes, a tartaruga movia-se de forma errática. Podia ser a mesma que avistaram no dia anterior ou uma criatura completamente diferente. Não havia como ter certeza. Alex, porém, pensou que era uma tartaruga nova. Havia alguma coisa em seu movimento... algo espasmódico que não estava presente na outra. Ela deslizava para a frente em boa velocidade, mudava abruptamente de direção, e então parava por alguns segundos antes de retomar seu curso. E assim seguia.

<Está se aproximando. — Talia>

Alex olhou para o medidor de distância no canto de seus filtros. A astrofísica tinha razão. E a tartaruga estava fazendo um bom progresso, apesar das paradas e recomeços. Mais cinco minutos e ela os alcançaria. Supondo que mantivesse o curso.

Mas a criatura não fez isso.

Ela parou ao lado de uma rocha cortada por faixas vermelhas e amarelas. Estava a apenas meio quilômetro de distância. Perto o bastante para que, quando se movesse, os recursos óticos de Alex captassem uma área de poeira remexida no lugar onde ela tinha estado.

<Você está vendo isso? — Alex>
<Será que ela está caçando? Comendo? — Talia>
<Comendo o quê? Não há micróbios suficientes para alimentá-la. — Alex>
<Manutenção, então? — Chen>
<Mais uma vez, manutenção de quê? — Alex>

Uma nuvem de poeira obscureceu a tartaruga. A nuvem era tão densa que não era possível enxergar a tartaruga nem com infravermelho.

Alex se recuou, nervoso. Estava começando a sentir como se estivessem sendo perseguidos. Ele olhou para trás. A barra ainda estava limpa.

Alex ficou tenso quando a tartaruga reapareceu a apenas 30 metros de distância: uma forma grande e tosca, como uma sombra dentro da poeira. *Merda, ela é rápida!*

Pushkin se agachou e, engatinhando, deu a volta pela a traseira de seu trenó.

<Nenhum movimento brusco. — Talia>
<Nem a pau. Se ela atacar, eu fujo. — Pushkin>

Ele soltou o arreio e o cabo de segurança.

A tartaruga parou... então disparou para a frente, deixando para trás uma forma oval de terra revirada...

... parou...

... e com outra explosão de velocidade, estava na frente deles, a não mais que seis metros de distância. O sol de meio-dia iluminava a criatura de cima, captando todas as ranhuras em sua carapaça rochosa.

Bum

A tartaruga reduziu a velocidade e parou, e Alex pensou ter sentido uma leve vibração através do solo, diferente daquela do buraco. Durou apenas um momento, e quando terminou, ele se perguntou se tinha imaginado aquilo.

A tartaruga saiu andando novamente, só que dessa vez ela seguiu reto na direção dos trenós. Alex teve um momento de pânico e se perguntou se a criatura era cega, então ele e Talia se arrastaram engatinhando para trás, tentando sair de seu caminho.

O rosto de Pushkin se contorceu, então ele se virou para sair correndo, tropeçou e caiu de joelhos.

A um metro dos trenós, a tartaruga mudou abruptamente de direção e saiu deslizando para o sul, deixando raios de luz na visão de Alex. Um rastro de nuvens de poeira seguia a criatura, marcando sua passagem.

— Droga!

O coração de Alex estava batendo duas vezes mais rápido que o normal, e seu corpo estava corado e quente.

— Aumentar ventilação — ordenou ao traje.

Ar fresco passou por seu rosto, proporcionando um alívio bem-vindo.

Pushkin ficou de pé. Seu rosto machucado estava vermelho-escuro e coberto de suor, e ele estava respirando pesadamente. Foi tomado por um acesso de tosse e se dobrou ao meio.

<*Foi claro suficiente esse aviso pra você, Indelicato? Elas deixam muito óbvio que não querem nós aqui. Hora de reconhecer derrota e IR EMBORA. — Pushkin*>

Ela apontou a pistola de pinos para ele.

<*Ainda não. Estamos perto demais para voltar. — Talia*>

O geólogo mostrou o dedo médio para ela.

<*Tem coisa errada com você, Indelicato. Alguma coisa profundamente, profundamente errada. — Pushkin*>

Enquanto os dois continuavam a discutir, Alex se levantou com cautela. Ele agarrou o alto do trenó, notando com indiferença como suas mãos estavam tremendo.

A tartaruga já estava a 60 ou 70 metros de distância e ainda seguia para o sul.

Alex observou até ter certeza de que a criatura não estava prestes a voltar. Então pegou o chip-lab no trenó, soltou seu arreio (embora mantivesse o cabo de segurança preso ao trenó), e foi cambaleante na direção da área de terra revirada que a tartaruga tinha deixado para trás.

Sem o arreio, Alex se sentiu desconfortavelmente leve, como se o vento pudesse levá-lo a qualquer momento. Ele balançava ao caminhar; o vento e a estática visual estavam arruinando seu senso de equilíbrio.

Ele se ajoelhou ao lado da área e fez vários testes rápidos.

Bum

O barulho do vento pareceu diminuir enquanto Alex se esforçava para entender os resultados. Seus olhos estavam com dificuldade para focar nas palavras e nos números, mas pouco a pouco ele viu que a temperatura da terra estava 0,3 graus mais alta que o ambiente; a análise espectral da superfície revelou a variedade habitual de elementos; e farejadores químicos captaram apenas um novo composto — um químico orgânico complexo que parecia uma forma de álcool.

<*Alguma coisa? — Chen*>

Alex balançou a cabeça. Ele afundou o tubo de amostras do chip-lab alguns centímetros na terra. Um novo conjunto de leituras passou por seus filtros. Com algum esforço, Alex confirmou que eram idênticas às que ele coletara em seu último acampamento.

Ele franziu o cenho e ficou de joelhos. O que realmente queria fazer era coletar uma amostra de núcleo profunda. Descobrir se havia algo enterrado naquele ponto com o qual a tartaruga esteve interagindo. Mas se *houvesse* alguma coisa por baixo da superfície, ele temia que a broca a danificasse.

— Vamos ver — murmurou ele. Com a palma da mão, varreu a camada superficial de terra. O vento pegou a poeira e a levou em redemoinhos para o leste.

Alex continuou cavando, indo mais fundo na terra. Progrediu rapidamente; pela primeira, vez o vento ajudou. Quando não encontrou nada depois de uns 35 centímetros, começou a remover punhados de terra com as mãos.

Mais alguns decímetros e então seus dedos atingiram algo duro.

Ele parou.

<*Tem alguma coisa aqui. — Alex*>

Talia correu em sua direção e observou enquanto ele tateava as laterais do objeto.

Era… liso em uma parte e… coberto de sulcos ondulados em outra, como uma espécie de trilho recortado. Ele o descreveu para os outros, mas ninguém conseguiu compreender o que era.

<*Isso não pode estar fornecendo energia para as tartarugas através de indução. Caso contrário, elas só poderiam seguir trilhas determinadas. — Talia*>

Alex se levantou e limpou as luvas nas coxas.

— Não sei — disse para si mesmo. — Simplesmente não… sei.

5.

Às 17h43 o vento soprou mais forte, e Alex cambaleou e caiu de quatro. Ele caiu mal, com mais peso no braço direito que no esquerdo. O ângulo fez com que seu traje repuxasse e o arreio penetrasse em seu ombro. A sensação foi a de que uma lâmina quente cortara seu deltoide e o músculo se abriu outra vez.

Ele gritou dentro do capacete e tombou para a frente, apertando o ombro enquanto esperava que a dor diminuísse.

Uma torrente quente se espalhou pelo peito dele. Sangue. Muito.

— Ebutrofeno. — Ele arquejou. — Quatrocentos miligramas.

A norodona não ia adiantar. Não dessa vez.

Uma luz verde surgiu ao lado de seu tubo de alimentação, e ele sugou o analgésico com gratidão.

Bum

Alex percebeu que Talia estava parada ao seu lado, encarando-o. A astrofísica estendeu a mão.

Alex a ignorou e se esforçou para se levantar, ainda agarrando o ombro. Ele abaixou a cabeça e começou a puxar o trenó. O ebutrofeno já estava fazendo efeito; a pressão do arreio era apenas agoniante, não lhe dava mais vontade de se matar.

Depois de um momento, Talia voltou para seu trenó e os quatro seguiram em frente.

Bum

6.

Eles percorreram apenas oito quilômetros naquele dia, o que os deixava a dois quilômetros da Zona Eta (a última), e a nove quilômetros do buraco.

Meia dúzia de tartarugas perambulavam por perto quando eles finalmente pararam para erguer acampamento. Quase parecia um bando de animais pastando delicadamente, mas Alex não deixou que o pensamento o atraísse com uma falsa sensação de segurança. Fosse lá o que as criaturas estivessem fazendo, ele duvidava que fosse algo tão prosaico quanto comer. Até onde sabia, elas *não* comiam, o que levantava todo tipo de pergunta problemática.

Ele disse a Talia que precisava limpar uma bolha, o que lhe garantiu privacidade na câmara de pressurização. Depois de retirar o skinsuit, Alex não se surpreendeu ao ver um talho de um centímetro de largura no ombro, vermelho, em carne viva e esfolado nas bordas. O músculo havia mesmo se rompido.

Ele limpou e desinfetou o ferimento, do mesmo jeito que vinha fazendo, mas em vez de contar com a cola cirúrgica para segurar a pele e o músculo juntos, ele usou pontos de verdade.

Sob influência de ebutrofeno, ele achou a experiência mais fascinante do que dolorosa. A sensação do fio deslizando pela carne era... singularmente desagradável.

Quando terminou, Alex olhou para os pontos com um sentimento embotado de dever cumprido. *Isso* sim deveria impedir que seu ombro se abrisse novamente.

Ele sentia como se estivesse desmoronando. Molar, ombro, joelho... Pedaço por pedaço, o universo o estava desmantelando e fragmentando.

Deixou um suspiro de derrota escapar da boca.

Então lavou o traje, tornou a vesti-lo e entrou na parte principal do abrigo. Os outros olharam para ele de seus nichos e então voltaram a comer.

Alex reabasteceu a bolsa de alimentação em seu skinsuit, bebeu a meia ração do jantar e então percorreu os dois metros de espaço aberto até o nicho de Pushkin, sentindo-se frágil e a ponto de se quebrar com qualquer movimento brusco.

O geólogo lançou-lhe um olhar hostil. Os hematomas em suas papadas pesadas estavam ficando roxo-escuro, tendendo para o preto. A descoloração fez com que Alex pensasse em praga e putrefação.

Ele ergueu o medi-lab do domo.

— Preciso fazer alguns testes.

O olhar de Pushkin não se suavizou, mas ele levantou o braço direito, virando-o para que Alex pudesse alcançar a porta de acesso do skinsuit.

Alex conectou o medi-lab à porta e começou a coletar amostras e a analisar os dados.

Não levou muito tempo.

Desconectando o medi-lab, ele disse:

— Você está com micróbios de Talos nos pulmões e sob a pele.

Bum

— E daí? Nenhuma novidade — retrucou Pushkin, cobrindo o braço direito com o esquerdo.

Alex balançou a cabeça enquanto devolvia o medi-lab para o lugar certo na parede.

— Você não entende. Eles estão aumentando.

Mesmo com os hematomas, o rosto de Pushkin empalideceu.

— É perigoso?

Alex deu de ombros.

— Não sei, mas se eu fosse você, tomava uns antibióticos. Provavelmente não vão ajudar, mas... vale tentar.

— E quanto ao resto de nós? — perguntou Chen.

— Vocês devem estar em segurança.

Pushkin se levantou com dificuldade.

— Que se dane sua segurança! Eu quem está sendo comido vivo aqui!

Ignorando-o, Talia disse:

— Você também está infectado?

— Talvez — respondeu Alex. — Meu exame de sangue ainda está normal.

Pushkin apontou o dedo para Talia.

— Isso é babaquice. Nós voltamos! Preciso de tratamento médico *agora*!

— Não.

O rosto do geólogo se retorceu. Ele gritou e avançou até Talia, uma massa sólida de músculos, ossos e tendões a atacando.

Ela desviou para o lado e...

BANG!

...

Um silêncio chocante se seguiu.

A cabeça de um pino projetava-se da parte de trás do ombro esquerdo de Pushkin. O braço pendeu imóvel e inútil. Sangue começou a se acumular em torno do projétil.

Pushkin se virou. Sua boca se arreganhou enquanto ele desabava no chão e levava a mão ao ombro ferido. Então curvou-se e um uivo animalesco sobrecarregou os alto-falantes do traje.

— Você atirou em mim! Você atirou em mim, porra! Ahhh!

Bum

7.

Talia recuou para a parede do domo habitacional, mantendo a pistola de pinos apontada para Pushkin. Alex observava, chocado demais para se mexer, e, de todo modo, sem saber ao certo o que devia fazer.

— Tome ebutrofeno — disse ela. — Isso é uma ordem.

— Ahh! Vá se foder! Merda, merda, merda.

Pushkin continuou xingando enquanto balançava para a frente e para trás. Mas Alex viu a tensão no corpo do geólogo diminuir um pouco depois de alguns segundos, e imaginou que fosse efeito do analgésico.

— Crichton, vá ajudá-lo.

— Eu? Eu...

Pushkin olhou para Talia.

— Sua filha da puta! Eu exonero você por incompetência e assumo controle da...

— O que você acha não importa aqui — interrompeu ela, fria e calma.

O geólogo cuspiu em sua direção, e a saliva cobriu a parte interna de seu visor.

— Você é louca! Eu não dou mais nenhum passo. Boa sorte em chegarem a buraco sem mim. Para mim acabou, expedição acabou.

Talia segurou a pistola de pinos com mais firmeza.

— Fique, então. Mas vamos levar o domo habitacional conosco, e você não pode partir de volta ao veículo de pouso com apenas uma das mãos. Quer ficar aqui parado, sozinho com as tartarugas? Fique à vontade.

Alex observou emoções conflitantes percorrerem o rosto barbado de Pushkin: raiva, medo, ódio, dor. No fim, teve a impressão de que o medo foi o vencedor. Pushkin xingou e baixou os olhos novamente, a mão direita ainda fechada em torno do pino que se projetava do ombro.

— Chen, pegue o kit médico. — ordenou Talia.

A caixa de primeiros socorros estava na parede ao lado do nicho dele.

— É, Chen, pegue kit médico — disse Pushkin através de dentes cerrados. — Vá em frente. Faça o que ela está mandando. Lamba pés dela, puxe saco dela, e talvez ela não atire em você.

Bum

O químico não se mexeu; parecia petrificado com a situação.

Alex tomou a iniciativa. Pegou o kit médico e se ajoelhou ao lado de Pushkin, tomando cuidado para não cruzar a linha de visão de Talia. O geólogo virou a cabeça para o lado para não ter que ver o ombro.

— Faça o que for preciso — disse ele.

E Alex fez.

O ferimento não estava bonito. Alex recortou o skinsuit em torno do ombro de Pushkin — pensando o tempo inteiro em como aquilo contaminaria o interior do domo habitacional —, desinfetou a pele e então usou um alicate para extrair o pino. Felizmente para Pushkin, os pinos não tinham rosca, e a haste de metal se soltou com facilidade.

Alex ficou surpreso que o pino não tivesse atravessado o ombro do homem. Se tivesse atingido qualquer outra pessoa da equipe, isso teria acontecido. Mas o deltoide de Pushkin era tão grosso, e os ossos tão duros, que o pino tinha deslizado pelo úmero e parado contra a superfície interna da escápula, e nenhum dos ossos havia se quebrado.

Alex comentou isso, e Pushkin resmungou:

— Nossos ossos são duas, três vezes mais densos que os de vocês, humanos de gravidade 1. No mínimo. Primeiro médico da Aliança que eu vi disse... ah... disse que meus ossos mais duros que mármore.

— Faz sentido — respondeu Alex.

Ele jogou o pino ensanguentado em um saco de amostra e usou mais toalhas sanitárias para limpar o ombro de Pushkin. Borrifou Celludox no ferimento, cobriu-o com um grande curativo adesivo, em seguida ajudou Pushkin a tirar o braço do skinsuit danificado. Alex usou um kit de reparos para remendar o buraco do pino no traje antes de colocar o braço de Pushkin de volta na manga e vedá-lo de novo.

Talia observou o tempo inteiro, com a pistola de pinos preparada. Em alguns momentos, Alex pensou tê-la visto tremer, mas era um movimento leve e quase imperceptível.

Depois de terminar, Alex voltou mancando até seu nicho.

Pushkin se sentou na beira da cama, com o braço ferido pendendo inerte e inútil. Ele ficou sentado olhando para Talia com ódio descarado.

Talia olhava para ele também.

— Ótimo — murmurou Alex, enrolando-se no cobertor térmico.

Bum

Ele desconfiava de que nenhum deles ia dormir. Não que conseguissem, com os estrondos vindos do buraco.

Depois de bons dez minutos de silêncio, Pushkin coçou o queixo com a mão ilesa. Parecia ter controlado a dor de ter sido alvejado; agora havia nele uma intensidade focada que não existia antes.

— Você nunca mais vai ser mandada em nenhuma missão de pesquisa — disse ele com um tom de voz prático. — Eu vou cuidar disso. Pode acreditar em mim.

Talia deu de ombros.

— Não fui eu quem tentou atacar um colega de equipe.

Ele mostrou os dentes grandes.

— Não fui eu quem forçou colega de equipe a caminhar contra vontade.

— Algumas coisas são mais importantes que qualquer pessoa.

— Esse é o tipo de raciocínio que leva a campos de extermínio.

Talia se enrijeceu e não respondeu.

Um sorriso maligno passou pela boca de Pushkin.

— É verdade. E não é sua religião que diz coisa que toda vida ser sagrada? Nem mesmo um pardal deve cair, mas Senhor vai cuidar disso? Alguma coisa assim? Você é hipócrita, Indelicato.

— Você sacrificaria a todos nós para conseguir o que quer — disse ela, com um tom cáustico.

— E daí se fizesse isso? É assim que você é? Você quer ser como eu? É isso? Você acha que estou certo por agir assim?

— *Não.*

Pushkin tentou dizer mais alguma coisa, mas Talia ergueu a pistola de pinos, interrompendo-o.

— Chega de conversa.

Bum

8.

Talia e Pushkin continuaram sentados um de frente para o outro, nenhum dos dois querendo se mexer ou desviar os olhos.

Mesmo através do capacete, Alex podia ouvir Talia cantarolando em um zunido constante e oscilante, a mesma canção que ela tinha cantado antes, em um ciclo sem fim. Ela balançava enquanto cantarolava, e seus olhos estavam vidrados e vazios.

Em contraste, Pushkin parecia relaxado, de um jeito perigoso, até. A princípio, Alex achou que fosse efeito do ebutrofeno, mas quanto mais observava, mais ficava convencido de que o geólogo estava ganhando tempo, à espera do momento perfeito para agir.

Bum

Um texto surgiu em seus filtros.

<Devemos fazer alguma coisa? — Chen>

<Não acho que há muito o que possamos fazer contra Pushkin, e se você quiser tomar a pistola de pinos de Talia, sinta-se à vontade. — Alex>

O químico se remexeu em seu nicho e não respondeu.

Eram 22h09. Alex estava muito cansado; sentia-se embriagado e, mesmo assim, achou que não conseguiria dormir por causa do impasse entre Talia e Pushkin. Não que o sono fosse realmente uma opção com o volume do

Bum

que continuava interrompendo a realidade. Ele podia ter optado pela melatonina novamente, mas levando o contexto geral em consideração, isso faria com que se sentisse pior na manhã seguinte do que se tivesse tomado mais AcuWake.

Ainda assim, fechou os olhos, na esperança de conseguir descansar um pouco. Com tudo o que tinha acontecido naquele dia — e nos dias anteriores —, restava a ele pouca ou nenhuma reserva de força.

Bum

Alex mudou de posição para aliviar a pressão no ombro ferido. Relaxou os membros e desacelerou a respiração... forçou-se a mergulhar nas profundezas reconfortantes do esquecimento.

Bum

Seus olhos se abriram. *Droga.* Ele não conseguia nem descansar, não com as constantes explosões de som... Pela primeira vez desde que haviam deixado o veículo de pouso, Alex sentiu que o tempo estava se esgotando. Os pulsos estavam ficando tão fortes que ele duvidava que fosse possível aguentá-los por muito mais tempo. Os ataques auditivos estavam afetando seus corpos, e a única solução para o grupo era ir embora. Contando isso, mais o equipamento perdido, os ferimentos sofridos, e agora a briga entre Talia e Pushkin... a expedição estava com os dias contados.

É melhor você saber o que está fazendo, pensou ele, referindo-se a Talia. Mas também a si mesmo. Alex estivera disposto a arriscar tudo para chegar ao buraco, e agora estava percebendo o tamanho do risco que aquilo de fato representava. A missão tinha se transformado em uma daquelas experiências de pesadelo sobre as quais aprendíamos na escola — você lia sobre elas e se perguntava como alguma das pessoas envolvidas tinha sobrevivido.

Ele ainda estava de acordo com a possibilidade de morrer naquela planície, em Talos?... Achava que sim, mas só se conseguisse primeiro chegar ao buraco.

Bum

No outro lado do abrigo, Pushkin tossiu, uma tosse longa e forte, desagradavelmente molhada e viscosa.

Alex franziu a testa. Se os micróbios alienígenas continuassem se reproduzindo nesse mesmo ritmo acelerado em Pushkin, o geólogo estaria realmente em perigo dentro de um ou dois dias. *E se Talia o matasse?* Alex pegou uma casca de sangue seco na palma da mão da luva esquerda. Queria mesmo a morte de Pushkin em sua consciência?

Não.

Ele fez uma careta. Layla teria desejado seguir em frente, mas não à custa da vida de Pushkin. Alex sabia disso. Se voltar fosse a única opção para salvar o geólogo... então não havia escolha. Alex teria de aceitar que a expedição fracassara. Ah, eles tinham coletado uma enorme quantidade de dados úteis, mas ainda havia muito a ser descoberto sobre o buraco.

Uma decepção amarga recobriu sua língua, e o solo pareceu se inclinar e girar embaixo dele. Alex agarrou a borda de seu nicho. Isso não ajudou.

Bum

Sem outro refúgio, ele se voltou para as gravações de Layla e escolheu às cegas um dia e uma hora.

O interior da estufa encheu seus filtros. Ele quase podia sentir o cheiro do ar úmido e quente e o forte odor de fungos do solo compostado. Layla estava sentada em meio a fileiras de plantação de abóboras, beterrabas e cenouras, e tomateiros pendiam como cabelos emaranhados nas compridas treliças ao longo do teto leitoso e semitransparente. Camadas de folhas reduziam a luz, e parecia que ela estava sentada em uma pequena gruta verde escondida em algum lugar de uma grande floresta.

Layla estava transplantando uma fruta-de-sino em miniatura para outro vaso, cada corpo frutífero pendular uma explosão de cores. Ao redor dela, vários bichos-purpurina esvoaçavam e zumbiam, seus apêndices articulados cobertos de montes de esporos macios como fuligem coletados da planta eidoloniana. Mesmo nas profundezas das sombras verdes, os bichos-purpurina brilhavam como pedaços de metal polido, reluzentes e mágicos.

Alex observou enquanto Layla colocava a fruta-de-sino em um vaso novo. Um espinho se prendeu nas costas da mão dela e uma gota de sangue surgiu. Ela colocou punhados de terra ao redor dos bulbos da planta e pressionou com firmeza e delicadeza.

— Pronto — disse ela. — Agora você pode crescer.

Então se levantou e saiu da caverna de folhas.

Bum

Alex parou o vídeo, mas permaneceu com o cheiro da estufa e o zumbido baixo das asas dos bichos-purpurina.

O domo habitacional não girava mais em torno dele.

Piscou e foi esfregar os olhos. *Clink*. Sua mão enluvada bateu na placa facial do capacete.

Piscou novamente e soltou um longo suspiro.

Está bem. Alex faria o que fosse necessário, mas ainda se ressentia que os acontecimentos da expedição tivessem tornado impossível investigar o buraco em nome de Layla. Mesmo assim, não podia trair a memória de sua amada deixando que Pushkin morresse, da mesma forma que não poderia ter ficado no *Adamura* e deixado passar a oportunidade de pousar em Talos VII.

Parecia irônico que os ideais dela o restringissem tanto quanto inicialmente o haviam motivado.

Ele bufou, sentindo-se repentinamente cínico. O que o buraco poderia lhes dizer, de todo modo? Um monte de números? Parâmetros físicos que não tinham significado além das exigências de engenharia do buraco? Só porque a estrutura havia sido construída por alienígenas não significava automaticamente que poderia lhes fornecer algo único ou profundo a respeito do universo. *Era* importante, é claro. Mas uma fonte de sabedoria filosófica? Alex duvidava disso.

Bum

Não importava. Talvez ele não tivesse nenhuma resposta, mas tinha uma responsabilidade. Conversaria com Talia no dia seguinte, tentaria convencê-la a levar Pushkin de volta. Se isso não funcionasse... se isso não funcionasse, Alex mesmo podia fazer o trabalho e deixar que Talia e Chen continuassem até o buraco.

E depois o quê? Assim que chegassem no veículo de pouso, ele ia retomar sua vida do ponto em que a deixara? Ficaria satisfeito em estudar o buraco à distância? Como conseguiria ficar sentado trabalhando e tentando fingir que tudo estava bem quando com certeza *não* estava?

O pensamento era esmagador.

Bum

Pushkin tossiu novamente.

— Merda — murmurou Alex, e ativou a função cancelamento de ruído do capacete. Provavelmente deveria tê-la usado antes, mas odiava a leve sensação de pressão que criava nos ouvidos.

Bum

O som ficou mais suave, mas as vibrações que atravessavam seu corpo estavam fortes como sempre. Ele conteve um gemido e afofou o travesseiro embaixo do capacete, torcendo para que a proteção extra reduzisse o tremor.

Bum

Ia ser uma noite longa.

Enquanto estava ali deitado, Alex mergulhou em um estranho estado crepuscular, a meio caminho entre o sono e a vigília. Era como se sua mente estivesse solta do corpo, e às vezes ele imaginava estar deitado numa jangada que subia e descia com as ondulações do mar.

Naquele atemporal lugar nenhum, as batidas do buraco cresceram em significado até dominarem todos os pensamentos e a visão de Alex como um monólito altíssimo, sombrio e pulsante. Não podia se esconder disso, e nem queria, porque o fascinava... o atraía como o canto de uma sereia. Talvez fosse a exaustão. Talvez fosse o ebutrofeno. Mas ele começou a pensar que seria capaz de detectar uma estrutura de grão fino enterrada dentro de cada

Bum

... uma manifestação física do padrão fractal contida nas explosões de energia. Além disso, ele podia *sentir* a diferença de um pulso para o seguinte: uma mudança sutil na granulação, determinada por princípios matemáticos tão antigos quanto o próprio universo.

Havia um significado maior nisso, maior até que a matemática subjacente. Ele tinha certeza. Mas não conseguia compreender a verdade, fosse lá qual fosse. Só podia captar sugestões, como um homem cego tateando as bordas de um poliedro gigante.

Isso o incomodava. Frustrava-o. Era como se ele tivesse um grão de areia alojado em seus recantos mais íntimos, uma partícula pontiaguda que nunca parava de irritá--lo e inflamá-lo.

Alex queria entender. Se ficasse sem saber, qual era o sentido?

Bum

No final, as emanações do buraco o levaram à submissão, e ele mergulhou em sonhos. Mas não foi um sono tranquilo. Sua inquietação sobre o fim da expedição era um tormento constante, e isso solapava suas visões, deixava elas mais obscurecidas e as enchia com figuras misteriosas e sons estridentes. Por fim, as visões o arrastaram — contorcendo-se, protestando, implorando por piedade —, arrastaram-no por caminhos escuros e perturbados até o lugar que Alex fazia o possível para evitar.

Ele a viu na cozinha, e se encolheu diante dessa lembrança. Luz entrava pela janela em um ângulo baixo, e o ar tinha o frescor das manhãs. Havia frutas na bancada: maçãs fatiadas. Ele se lembrou delas de forma especialmente vívida. Layla cortava uma maçã para ele todas as manhãs que passaram juntos. Isso fazia parte do ritual matinal.

O cabelo comprido e escuro dela estava solto e caía livremente entre os ombros. Estava com o rosto franzido, e palavras raivosas voavam entre eles, cada uma como uma bala acre destruindo a fé que tinham um no outro.

Eles estavam discutindo sobre trabalho outra vez. Alguma novidade aqui? Sobre o trabalho dele no sul — quatro semanas de separação e apenas chamadas de vídeo como companhia. Sobre as longas horas que ela era obrigada a trabalhar no laboratório, e o jeito como a mãe dela os visitava sem avisar, e... e...

Então ele mencionou Kohren, o babaca no laboratório de Layla que se insinuava para ela em toda oportunidade. Mencioná-lo foi um golpe baixo, vindo mais por frustração

com outras questões que por qualquer suspeita real, mas atingiu o alvo, e por um segundo Layla ficou atônita e sem palavras.

As rugas que apertaram a pele fina em volta dos olhos dela o machucaram mais que qualquer ferimento físico. Mas então a raiva mascarou a dor de Layla, e a raiva de Alex explodiu novamente, e as palavras voaram mais rápidas do que nunca.

...

Nenhuma das coisas pelas quais ele estava tão aborrecido importava. Não numa perspectiva ampla da situação. Só que Alex não tinha entendido isso. A lição ainda não tinha sido ensinada nem aprendida, e seus dois professores — pesar e remorso — ainda esperavam por ele.

Ele chorou ao reviver o momento, desejando poder romper a cadeia de causalidade, sair do tempo para abraçá-la e dizer a ela que a amava e que a angústia e a raiva eram apenas um erro. Estresse demais, trabalho demais e sono de menos.

Mas Alex não podia fazer isso. Os acontecimentos tinham se desenrolado como sempre, e a causalidade o condenava a reviver seus pecados.

No final, Layla saiu furiosa, como sempre, deixando-o com o perfume dela no ar e fatias de maçã intocadas sobre a bancada.

Ela tinha ido para a casa dos pais, e no mesmo dia mais tarde, enviou uma mensagem para ele dizendo que ia se juntar a um casal de amigos em uma excursão até a Desolação de Salk para fazer caminhadas.

Alex não respondeu. Não disse a ela que a amava, não tentou fazer as pazes, nem mesmo desejou a ela uma boa viagem. Ainda com raiva, tinha arquivado a mensagem, pensando que conversariam quando ela voltasse, quando os dois tivessem tido uma chance de esfriar a cabeça.

Se ao menos ele não tivesse sido tão teimoso, talvez ela não tivesse ido. Talvez ela ainda estivesse viva...

A Desolação de Salk deveria ser uma região segura. Ela era desprovida das densas florestas de yaccamé, que haviam se revelado tão traiçoeiras para os colonos e cientistas, e os carbons viviam em climas mais úmidos, assim como o bolor-vermelho.

Deveria ser seguro.

O grupo de Layla levou drones de vigia com eles — procedimento padrão para qualquer grupo que se aventurasse além dos muros protetores. Mas os ventos estavam fortes naquele dia, e de algum modo... de algum modo... os drones não perceberam um tigremalho solitário arrastando-se pela grama-de-chita. O animal estava muito longe de seu raio de alcance normal; uma fêmea desgarrada querendo reivindicar novo território para a ninhada que estava se incubando em suas bexigas. Só que por acaso ela farejou o grupo de Layla e fez o que tigremalhos sempre faziam: atacou para matar.

Alex tinha imaginado o momento mil vezes: o medo e a dor que Layla devia ter sentido. O choque do ataque do tigremalho, o brilho maligno dos olhos amarelos, a sensação de impotência quando a criatura farpada cravou os dentes e as garras em sua carne...

Alex estava na cozinha deles outra vez, com a luz cristalina entrando do oeste, e as fatias de maçã derramando gotas de suco. E a sensação mais horrível de vazio invadiu a casa, uma ausência tão profunda que parecia que um pedaço dele tinha sido fisicamente removido.

Mas mesmo assim ele não conseguia se mexer. Estava congelado no lugar, assim como a maçã, assim como a luz, condenado a passar a eternidade parado com olhar fixo, arrependendo-se de seus erros.

Palavras não podiam explicar o que ele sentia. Tudo ficava aquém da enormidade do que tinha acontecido e da irrevogável progressão do tempo.

Se ao menos... Mas essa era a oração mais inútil quando aplicada ao que tinha sido em vez de ao que poderia ter sido.

E ele não via esperança no que poderia ter sido.

CAPÍTULO 11

* * * * * * *

ZONA ETA

1.

Tarde da noite, movimentos no domo habitacional mal iluminado captaram a atenção de Alex, arrancando-o de seu estupor. Forçou-se a abrir os olhos e viu Talia passar em silêncio pelo seu nicho e se agachar ao lado de Chen. Ela encostou o capacete contra o do químico, obviamente falando com ele, embora mais ninguém pudesse ouvir. Talia ainda estava com a pistola de pinos apontada na direção de Pushkin, e o geólogo ainda estava sentado com as costas rígidas e acordado, esperando para aproveitar a menor oportunidade.

Pelo que pareceu uma eternidade, Talia e Chen conversaram. Então, quando Alex começou a pensar que os dois ficariam daquele jeito pelo resto da noite, Talia se levantou cuidadosamente e foi até o próprio nicho.

Alex ficou deitado encarando a curva da parede por algum tempo, recordando. Seu coração estava frio: uma casca gelada que se movimentava sem propósito.

2.

Quando o alarme matinal tocou, Alex cerrou os punhos. Sentia como se uma tartaruga tivesse passado por cima dele, e nem mesmo uma dose dupla de AcuWake foi suficiente para devolver qualquer sensação de normalidade.

Os outros não estavam em melhor forma, e Pushkin parecia ainda pior. Ele tossiu duas vezes com força, e Alex notou vestígios de sangue nos cantos dos lábios dele. O geólogo bambeou ao se levantar, como se estivesse bêbado.

Talia e Pushkin mantiveram-se nas laterais do abrigo e sempre de frente um para o outro, como partícula e antipartícula repelidas pela presença de seu eu espelhado. Quanto a Chen, Alex percebeu que ele parecia um tanto mais aberto com Talia, mas era uma afinidade inconstante, frágil e incerta.

Alex examinou Pushkin outra vez, para irritação do geólogo.

— Deixe como está — trovejou ele, afastando Alex. — Pare de examinar. Eu sei o que máquinas dizem.

Alex tinha suas dúvidas, mas de todo modo, as leituras que obteve de Pushkin só estavam piorando. A quantidade de micróbios alienígenas no sangue estava aumentando exponencialmente, a temperatura corporal estava subindo e parecia haver fluidos se acumulando nos pulmões enormes do zariano.

Depois de guardar o medi-lab, Alex andou pelo domo até onde Talia estava arrumando seu kit com uma das mãos. A astrofísica ainda segurava a pistola de pinos na mão direita. Ele gesticulou para ela, e, relutantemente, ela encostou o capacete no dele.

— Estou preocupado com Pushkin — disse Alex. — Se ele não conseguir combater essa infecção, ele vai ter sepse e entrar em choque. Teríamos que sedá-lo até voltarmos para o veículo de pouso, e não seria muito fácil tentar movê-lo por aí se ele estiver inconsciente.

— Qual é a sua opinião?

— Acho que devemos voltar.

Bum

Talia o encarou por um longo momento. Suas pupilas pulsavam com microtremores, e não eram um artefato visual induzido pelas explosões do buraco. Ela estava totalmente ligada. *AcuWake demais*, pensou Alex.

— Mais um dia — disse ela.

Ele balançou a cabeça dentro do capacete.

— Não acho que Pushkin vá aguentar. Talvez eu esteja errado, mas você quer correr esse risco?

— Você era o último que eu esperava que desistisse.

— Não é isso... Nós não temos escolha. A vida de Pushkin está em risco.

— A vida de *todo mundo* está em risco — ela respondeu ríspida e repentinamente. — Sabe o que acontecerá se *eles* nos atacarem? Vamos perder. A humanidade vai perder. Tudo acabado. Morto. Planetas explodidos. Homens, mulheres, crianças e os gritos, os *gritos*. — Seus olhos se arregalaram e ficaram com as bordas brancas, como se ela tivesse acabado de ter uma visão horrorosa. — Não podemos deixar que isso aconteça. Não de novo.

— Não de... Nada aconteceu. Você está imaginando coisas. Nós temos que...

— Não! — ela ergueu a pistola de pinos, colocando-a entre eles. Então, com o alto-falante em seu skinsuit, ordenou: — Todos para fora! Agora!

Bum

A mente de Alex girava enquanto ele e Chen passavam pela câmara de pressurização. *Ela perdeu o controle*, pensou o xenobiólogo. Será que ele conseguiria tomar a pistola de pinos dela? Será que ela deixaria que ele chegasse perto o bastante?

Talia, porém, não estava arriscando nada. Ela foi a última a deixar o domo habitacional e mantinha uma boa distância do resto do grupo.

Ela apontou para os trenós.
<Ponham os arreios. Vamos. — Talia>
— Nove quilômetros — disse Alex para si mesmo.
Eles podiam fazer aquilo.
Tinham que fazer.

3.

Quando fizeram as paradas de meia hora e de uma hora, Alex observou Pushkin com mais atenção que nunca. O geólogo estava mantendo o mesmo ritmo constante de seu trenó, mas havia uma lentidão em seus movimentos que não existia antes. Várias vezes ele pegou Pushkin tossindo dentro de seu traje. Mas era apenas uma espiada, pois Pushkin sempre virava o rosto quando reparava que Alex estava olhando para ele.

Alex seguiu esperando por uma oportunidade para tomar a pistola de pinos de Talia, mas ela era cautelosa demais. Finalmente, Alex mandou uma mensagem de texto privada para Pushkin:

<Se você distrair Talia, posso pegar a pistola de pinos. — Alex>
<Vá se foder. — Pushkin>
<Qual é o seu problema? Se não receber cuidados médicos, você estará ferrado. — Alex>

O geólogo olhou para trás com olhos cheios de raiva.
<Agora você se importa? Vá se foder, não preciso sua empatia, babaca. — Pushkin>
Bum

Pouco depois, uma notificação apareceu no canto dos filtros de Alex. Uma mensagem de... Ele franziu a testa. Era de Chen e de Pushkin. Eles estavam confabulando contra Talia, apesar do que Pushkin tinha dito? Curioso, Alex abriu a notificação.

Uma conversa em grupo apareceu. Não era um fio novo; parecia que Chen e Pushkin estavam conversando havia horas. Talvez mais. A testa franzida de Alex se aprofundou quando ele leu as mensagens mais antigas da conversa, e quanto mais ele lia, mais preocupado ficava.

A conversa era extremamente desequilibrada: Pushkin dirigindo uma torrente de palavras para Chen, e o químico respondendo com apenas uma palavra ou frases curtas. A maior parte das mensagens de Pushkin abordava os mesmos temas que ele e Talia discutiam noite após noite. Perguntas sobre crença, beleza e moralidade, tudo envolto em uma filosofia de sensualidade egoísta.

Para piorar, as reclamações de Pushkin mostravam sinais claros de deterioração. Mesmo ao longo de apenas algumas horas, Alex pôde ver o zariano ficando cada vez mais incoerente, palavras e frases tornando-se desconexas, soltas, livres de causalidade. Algo parecia muito errado com o cérebro do geólogo.

Como Alex imaginava, os textos mais recentes falavam de Talia. Reclamações raivosas sobre sua presunção e suposta falsa autoridade. Mas também havia falas sobre Alex, e os pelos da nuca se arrepiaram enquanto ele lia, parágrafo após parágrafo de Pushkin, argumentando não a favor da violência, mas do *equívoco* absoluto do que o geólogo acreditava serem as crenças de Alex.

O mais perturbador de tudo era que Chen parecia concordar cada vez mais com Pushkin. De alguma maneira, a incoerência de Pushkin estava se revelando convincente, embora Alex não conseguisse imaginar como ou por quê. Talvez o grande número de palavras tenha sido suficiente para influenciar a opinião de Chen. De todo modo, ele parecia enfeitiçado pelo artifício trôpego da ginástica verbal de Pushkin.

Bum

Profundamente abalado, Alex fez capturas de telas da conversa. Então ele saiu da conversa em grupo, torcendo para que Pushkin não tivesse notado sua presença.

Será que Chen o havia adicionado ali de propósito?, perguntou-se. No entanto, se fosse esse o caso, o químico não demonstrava nenhum sinal externo.

Alex não queria nada com Talia naquele momento, mas não viu outra escolha, então enviou a ela uma mensagem privada que dizia simplesmente *Leia isso*, seguida pelas capturas de tela.

A sombra atenuada dela — que se estendia ao lado de Alex como uma companhia estranha e escura — reduziu a velocidade quando ela recebeu o material. Depois de alguns minutos sem outra reação, ele olhou para trás e ergueu as sobrancelhas, de forma questionadora.

O rosto de Talia tinha a expressão sombria de uma fanática religiosa cujas crenças tivessem sido confirmadas. Ele poderia muito bem ter buscado uma resposta em uma estátua de granito. Sem sequer um lampejo de emoção, ela apontou para a frente com a pistola de pinos.

<Continuem andando. — Talia>

4.

BUM

Dor. Dor em seu ombro. E dor em todos os outros lugares. Alex estava começando a achar que o buraco ia despedaçá-lo. Ele mal tinha tempo de se recuperar de uma explosão de som antes de

BUM

Até mesmo a força do vento parecia pequena em comparação. Os outros não estavam se saindo melhor; quando olhou para o rosto de cada um, notou que estavam travados em expressões de terrível desconforto.

O som do buraco tinha se tornado mais que som. Estava além de qualquer coisa que os ouvidos de Alex podiam suportar, mesmo com o sistema de cancelamento de ruído do traje. Cada explosão tornou-se um golpe físico que o abalava como se ele estivesse parado sobre a superfície de um alto-falante gigante.

BUM

Ele não conseguia mais ouvir o padrão da explosão. Talvez tivesse sido apenas uma invenção de sua mente privada de sono. Mas ele continuava tentando captá-lo outra vez. Se pudesse fazer isso, sentia que conseguiria fazer com que o barulho se tornasse de algum modo mais suportável.

BUM

O traje não deixou que ele tomasse outra dose de ebutrofeno. Oitocentos miligramas por dia eram o limite; se tomasse mais, corria o risco de ter insuficiência hepática e cardíaca, espasmos musculares, icterícia e unhas roxas nos pés, entre outros efeitos colaterais. Naquele momento, Alex teria tranquilamente aceitado o risco de falência do fígado e/ou do coração se isso reduzisse a dor, mas não podia passar por cima dos controles de segurança no traje.

BUM

Ele tomou uma dose de norodona, a segunda nos últimos dez minutos. O remédio parecia não estar surtindo efeito algum, mas Alex achou que outra dose não faria mal... Bem, talvez fizesse, mas qualquer dano causado por isso seria no longo prazo e facilmente corrigido quando estivesse de volta à Aliança. Ele já havia substituído os rins. Qual seria o problema de fazer de novo?

BUM

Sua visão ficou turva. As distorções óticas provocadas pelas explosões estavam ficando mais fortes. Tudo o que ele olhava parecia se remexer como se estivesse vivo, e os grãos em movimento começaram a formar padrões fractais que ficavam cada vez mais nítidos quanto mais Alex olhava para eles. Os fractais pareciam um véu estampado cobrindo a realidade — um véu que separava o conhecido do desconhecido. Ele quase podia ver o que havia do outro lado, reluzindo e se movendo, convocando-o com uma cantoria líquida...

Alex tentou assistir a mais lembranças de Layla, mas a interferência de cada

BUM

o distraía demais. Além disso, ele se via atraído para cada momento doloroso, cada gravação de toda pequena briga e discussão que tiveram. Como se estivesse arrancando a casca de uma ferida, não conseguia parar de reviver os erros em seu relacionamento, tanto os dele quanto os dela, mas isso parecia muito pior quando visto de fora. E em cada mágoa que causavam um no outro, Alex podia ver a fundação sendo construída para tristezas futuras, e um remorso amargo encheu sua boca.

5.

Grupos de tartarugas continuavam a aparecer e a sair de vista à medida que o dia avançava. No período de maior concentração, Alex contou 34 espalhadas pela planície. No de menor, apenas sete. As criaturas nunca bloqueavam o caminho ou demonstravam agressividade, mas ele ainda julgava a visão de suas formas enormes agourenta.

BUM

As luzes do capacete piscaram e uma névoa de estática tomou o visor. (Não seus filtros. Esses estavam seguros. Pelo menos por enquanto.) O pulso eletromagnético estava começando a afetar o sistema elétrico dos trajes.

Tudo que Alex podia fazer era torcer para que a pura magia de Riedemann fosse suficiente para mantê-los vivos.

BUM

No meio da tarde, ficou óbvio que eles não chegariam ao buraco naquele dia. Ninguém disse isso, mas a matemática era incontestável. Simplesmente não estavam caminhando rápido o bastante. O vento estava forte demais; os trenós eram pesados demais, e as valas de gálio, profundas demais.

Quando pararam para descansar, não falaram nem olharam uns para os outros. Apenas se sentaram e ficaram encarando o chão, desprovidos de energia.

Talia estava cantarolando sozinha de novo, a cabeça se movendo em um ritmo particular. Sentado no trenó, Chen estava debruçado sobre seu chip-lab, aparentemente alheio ao mundo ao redor.

Pushkin beliscava os antebraços com regularidade obsessiva, os olhos semicerrados, os ombros curvados. Beliscar e girar. Beliscar e girar. Quase como se ele estivesse tentando arrancar pedaços da pele, como pedaços de pão mofado. Alex sentiu algo subindo pela garganta e desviou o olhar.

6.

O sol estava dois palmos acima do horizonte, brilhando por trás de uma cortina de poeira cintilante, quando Talia tropeçou em um veio de gálio e caiu de joelhos.

Pushkin se virou e arremessou uma pedra do tamanho de um punho na direção dela. A pedra deixou faixas retorcidas na visão de Alex.

BUM

Talia pulou para o lado mais rápido do que deveria ter sido possível, levantando uma nuvem de terra e gálio.

A pedra errou e quicou pela superfície do deserto.

Ela se levantou, mirando a pistola de pinos na cabeça de Pushkin.

<V$ & 01101110 11000110 01101111 é o único c✱% melhorias. Continue em frente
— T✱(ia>

Pushkin rosnou silenciosamente para ela, então voltou a caminhar com passos pesados em direção ao leste.

Alex demorou para segui-lo. As melhorias de Talia... reflexos ampliados como os dela em geral eram apenas manipulados geneticamente em atletas ou militares. *O que você fez em Bagrev?*, perguntou-se.

7.

O grupo percorreu cinco quilômetros naquele dia. Uma distância impressionante levando-se em conta os desafios que enfrentavam, mas ainda não o suficiente. Faltavam quatro quilômetros. Quatro quilômetros de vento, terra e de golpes das explosões de vento. Quatro quilômetros de valas cinzentas cheias de metal líquido.

Quatro quilômetros eram muito.

Pelo menos seu ombro não tinha se aberto outra vez. *Pequenas bênçãos.*

Enquanto o grupo estava montando acampamento — Alex teve que fazer grande parte do trabalho sozinho enquanto Talia supervisionava —, uma tartaruga se aproximou e parou por perto, a menos de 20 ou 30 metros.

Por fora, a criatura parecia imóvel, mas Alex se perguntou sobre a face inferior. Ela estava consertando ou alterando algum trilho danificado, do tipo que ele havia descoberto antes? O xenobiólogo imaginou milhares de manipuladores minúsculos se movimentando como cílios pela terra, colocando e substituindo átomos individuais de metal.

Ninguém do grupo estava confortável em montar acampamento perto de uma tartaruga, mas era tarde demais para mudar de lugar, e o alienígena não era abertamente hostil, então eles aceitaram o risco.

Quando o domo habitacional foi montado, Alex foi tomado por um impulso insano. Ele pegou o chip-lab em seu trenó e seguiu na direção da tartaruga.

Talia gritou com ele, mas Alex não conseguia ouvir nada que era dito no interior do traje dela. No canto dos filtros ele viu

<Fi.&$!! — T@(✱$>,

mas ele a ignorou.

De perto, a tartaruga parecia ainda maior: um rochedo de base achatada maior que todos os trenós juntos. Ela se moveu um pouco, e Alex parou a um metro de distância.

Ali parado, ele fez o maior número de leituras da tartaruga que conseguiu. Com toda a interferência eletromagnética, não sabia se o chip-lab seria confiável, mas a oportunidade era boa demais para deixar passar. Análise espectrográfica, farejador químico, densidade, radioatividade, índice de refração... dezenas de palavras e números passaram diante de seus olhos: cromo, térbio, carbono, uma grande quantidade de substâncias químicas orgânicas, coríndon, rochas semelhantes a basalto e mais, muito mais.

Quando o chip-lab terminou, Alex o abaixou, sentindo como se devesse fazer algo mais.

— Olá? — disse através do alto-falante na frente de seu skinsuit. — Nós viemos em paz.

A tartaruga não teve nenhuma reação óbvia.

BUM

Alex tentou piscar a luz de emergência do traje, primeiro em binário e depois em trinário (sempre seguindo o procedimento matemático de primeiro contato desenvolvido por xenobiólogos décadas atrás). Ele até tentou bater o pé no chão seguindo o mesmo padrão, mas sem sucesso.

Ficou ao mesmo tempo aliviado e decepcionado quando a tartaruga não respondeu.

Os dois métodos de comunicação que ele *não* tentou foram a) bater na carapaça rochosa da tartaruga — ele não era idiota a esse ponto — e b) uma comunicação com base em cheiros. Como não tinha ideia de quais substâncias químicas seriam apropriadas, se é que havia alguma, Alex achou melhor não fazer nada que pudesse oferecer o risco de emitir o que facilmente poderia ser um insulto mortal.

BUM

Talia lançou um olhar feio em sua direção enquanto ele voltava para os trenós. Alex não ligou. Aprender mais sobre as tartarugas — uma espécie alienígena potencialmente inteligente — era parte do motivo pelo qual ele se voluntariara para ir até Talos, e esse objetivo, essa *necessidade*, era mais importante do que qualquer ordem ou regulamento da companhia, ou mesmo do que a pistola de pinos que Talia estava segurando.

Além disso, Layla teria se aproximado da tartaruga. Então, como ele poderia não fazer isso?

8.

Quando estavam dentro do domo habitacional, Alex bebeu sua meia ração de jantar, pegou o medi-lab e foi até Pushkin. Nenhum dos dois falou, e depois de um momento, o geólogo estendeu o braço relutantemente.

Alex se atrapalhou com a sonda do medi-lab enquanto lutava para inseri-la na porta de acesso do skinsuit. Uma tarefa tão simples não deveria ser tão difícil, mas mesmo ações cotidianas tinham se tornado desafiadoras.

Alex se esforçou para ler o feed do medi-lab. Piscou e piscou mais uma vez e moveu a língua dentro da boca. Ela parecia seca e peluda.

BUM

Os números ainda estavam evoluindo para um quadro difícil, mas não estavam tão ruins quanto Alex temera com base nos resultados daquela manhã. O sistema imunológico de Pushkin ainda estava conseguindo conter os micróbios alienígenas. Mas isso não duraria muito tempo. Quando Alex explicou a situação para o geólogo, ele grunhiu e disse:

— Nós zarianos mais difíceis de matar que vocês, terráqueos.
— Eu nasci no Mundo de Stewart.
— Dá no mesmo.

9.

Como na noite anterior, Pushkin e Talia se sentaram um de frente para o outro, enquanto Alex e Chen ficaram deitados em seus nichos (o químico com a perna machucada apoiada em um recipiente de amostras vazio).

Talia mantinha uma das mãos na pistola de pinos em seu colo, enquanto com a outra ela dobrava e redobrava a embalagem metálica de um pacote de refeição. Parecia obcecada com aquilo. Primeiro, ela fez uma flor. Depois, uma espada. Então um navio. Depois, um desenho abstrato que se enroscava sobre si mesmo até nas menores iterações. E o tempo todo ela continuava cantarolando para si mesma aquela canção enlouquecedora.

BUM

Quando ela terminava uma dobradura, olhava para ela por um ou dois segundos, então a desdobrava e começava outra vez. Alex notou que Talia tinha tomado mais AcuWake; seus movimentos eram extremamente rápidos, como os de um pássaro, e ela tinha uma expressão hiperconsciente, como se pudesse ver e compreender mil estímulos frenéticos a todo momento que passava.

Pushkin se mexia menos, mas tinha a mesma alta tensão, como se todo seu corpo estivesse vibrando em uma frequência ultrassônica.

BUM

A possibilidade de violência pressionava-os com uma expectativa sufocante. Mesmo assim, Alex tomou uma dose extra de melatonina e fechou os olhos. O que quer que fosse acontecer entre Talia e Pushkin, ele não queria tomar parte. Mas *estava* desesperadamente, desesperadamente cansado, e precisava de todo o descanso que pudesse conseguir.

Quatro quilômetros. Não era tão longe.

BUM

Uma noite de sono real se revelou impossível. Ele entrava e saía de sonhos, e mesmo assim sempre estava consciente de seu corpo deitado no nicho, e da luz vermelha fraca que preenchia o domo à noite, como o brilho opaco de uma estrela moribunda.

E sempre podia ouvir e sentir o temível
BUM

Em certo momento, Alex sentiu como se estivesse caindo ralo abaixo, afundando e afundando, e o universo era um borrão ao seu redor, então sua visão mudou, e ele viu...

Plinth, sob a neblina da tarde, o pólen soprado pelo vento dava ao céu um brilho roxo surreal. O calor do verão irradiava da terra viva, e os gritos de pássaros-chifrudos soavam distantes do outro lado do muro de proteção.

A igreja abobadada abriu suas portas, e os convidados em roupas elegantes se levantaram diante de cadeiras dobráveis posicionadas em fileiras organizadas. Amigos, familiares — em sua maioria amigos dela, ninguém da família dele. Seus colegas de trabalho estavam ali por educação. Na verdade, eles mal se conheciam.

Mas o dia estava lindo, e Layla também, e o coração de Alex se encheu com a visão. O vestido dela era azul como safira, simples e elegante. O paletó dele era vermelho como o peito de um tordo. Juntos, brilhavam com uma vibração contrastante, igualada apenas pela força de seus sentimentos.

Palavras foram ditas; sentimentos, expressos; promessas, feitas.

Então:

— Você aceita? — perguntou o celebrante, com uma dignidade solene. E a pergunta foi repetida com variações, mas sempre em seu âmago: *Você aceita?*

— Sim.

Em sua simplicidade, a mais poderosa das palavras. Um compromisso de sinceridade, uma esperança pelo futuro. Uma expressão de fé.

— Sim.

E a música da igreja ficou muito mais alta, embora fosse fraca diante da melodia interna dele, e um bicho-purpurina pousou no cabelo encaracolado de Layla, e ela riu ao vê-lo, e Alex riu com ela.

E naquele momento, tudo pareceu certo e em paz no universo, e os gritos dos pássaros-chifrudos se calaram.

BUM

Alex se revirou no nicho, atormentado pela tristeza e pela recriminação. O queixo doía, o ombro latejava, e tudo parecia sem sentido. Ele cravou as unhas na coxa, tentando se machucar através do skinsuit, tentando se distrair. Ficou tentado a rasgar o traje e se coçar até esfolar. *Qualquer* coisa para expulsar aquilo de sua cabeça e impedi-lo de pensar.

Um farfalhar e uma batida estranha chamaram sua atenção.

Alex congelou, escutando. Uma imagem do abrigo cercado por tartarugas passou por sua mente.

BUM

Outra batida, acompanhada de um murmúrio contido.

Ele olhou atrás de sua tela de privacidade. Pushkin ainda estava sentado na beirada do próprio nicho, mas sua cabeça estava caída para a frente e seu peito mal se mexia.

Em frente ao geólogo, no nicho de Chen, Alex viu uma forma amontoada estranha, pouco visível sob a luz sombria do domo. Um agrupamento vertical de protuberâncias e curvas que não resultava em um objeto identificável.

BUM

Alex levou um momento para entender o que estava vendo, e mesmo assim, não entendeu muito bem.

A forma eram Talia e Chen — Chen ajoelhado, Talia em pé à sua frente, suas mãos dos dois lados do rosto sem capacete do químico. Ela também estava sem capacete, o skinsuit aberto expondo a carne pálida carente de sol, e seus lábios se moviam em um murmúrio incessante.

Chen olhava fixamente para ela com uma expressão estupefata e emudecida, como se estivesse encarando um sol de meio-dia, hipnotizado pela beleza de seu brilho mortal. Ele estava boquiaberto, e um ruído sem palavras emanava do fundo de sua garganta: um gemido suplicante desprovido de qualquer qualidade humana.

Alex ficou perplexo. Por que eles...? O que estavam fazendo? *Por quê?*

BUM

Uma sensação profunda de desconforto se formou dentro do xenobiólogo. Preocupado, aumentou o volume dos fones de seu capacete, e ouviu um cântico suave, porém feroz, vindo de Talia, uma recitação de convicção:

> "... as chamas da vingança não ousam cruzar o limite estabelecido para elas, mas devem esperar a decisão da Tua vontade; e por Quem toda criação suspira com grandes suspiros aguardando a libertação; por Quem todas as naturezas adversas foram expulsas e a legião do inimigo foi detida, o diabo está com medo, a serpente foi pisoteada, e o dragão, abatido; Tu quem..."

Alex sentiu como se tivesse se deparado com um ritual proibido, um ritual que não era destinado a olhos curiosos. Ele se escondeu atrás de sua tela de privacidade, temendo que Talia pudesse perceber que ele estava espiando e desencadeasse sua fúria sobre ele, pois naquele momento, Alex não tinha ideia do que ela era capaz.

BUM

Perguntou-se se Chen queria participar do que estava acontecendo ou se Talia havia insistido. Era difícil dizer *não* para uma pistola de pinos.

Bile cobriu sua língua.

Não era da conta dele. Alex não conhecia os motivos por trás do comportamento dos dois; não havia razão para pensar que alguma coisa estivesse errada, exceto pelo seu instinto, que não parava de lhe dizer que algo não estava certo.

Ele voltou a ouvir à recitação contínua de Talia:

"... Expulse de sua alma todos os males, toda descrença, poupe-a dos ataques furiosos de espíritos impuros, infernais, implacáveis, lúbricos e que servem ao diabo, o amor pelo ouro e pela prata, a vaidade, a fornicação, todo demônio sem vergonha, indecoroso, sombrio e profano. Por favor, oh Deus, expulse de teu servo, Chen, toda energia do diabo, todo encantamento e ilusão; toda idolatria, loucura, astrologia, necromancia, toda ave agourenta, o amor ao luxo e à carne, toda ganância, embriaguez, carnalidade, adultério, licenciosidade, falta de vergonha, raiva..."

Talia prosseguiu, e Chen continuou ajoelhado diante dela, ouvindo boquiaberto e com uma expressão estupefata.

BUM

É um exorcismo, compreendeu Alex. Ele nunca tinha visto um nem ouvido as preces associadas ao ritual, mas as invocações de Talia pareciam bem claras. Estava tentando expulsar de Chen o que via como maligno. E ele estava permitindo que ela fizesse isso. E nenhum dos dois parecia preocupado por ter aberto o skinsuit e se exposto à contaminação.

Perturbado, Alex fechou a tela, desligou seus fones de ouvido, puxou o cobertor por cima da cabeça e em torno do capacete. Ainda assim, eventualmente ouvia um farfalhar ou murmúrio vindo do outro lado do abrigo. Isso não o incomodava tanto quanto o fato de que, depois de um tempo, ele percebeu que o canto de Talia tinha entrado em sincronia com o ritmo lento do

BUM

pelo buraco.

O que tornava tudo ainda mais perturbador era que ele não achava que ela estivesse fazendo isso de propósito. Tinha apenas acontecido.

E, quando Talia terminou o exorcismo, com um apelo final para o Senhor seu Deus, e Chen grunhiu, como se tivesse sido atingido, os sons coincidiram perfeitamente com o último

BUM

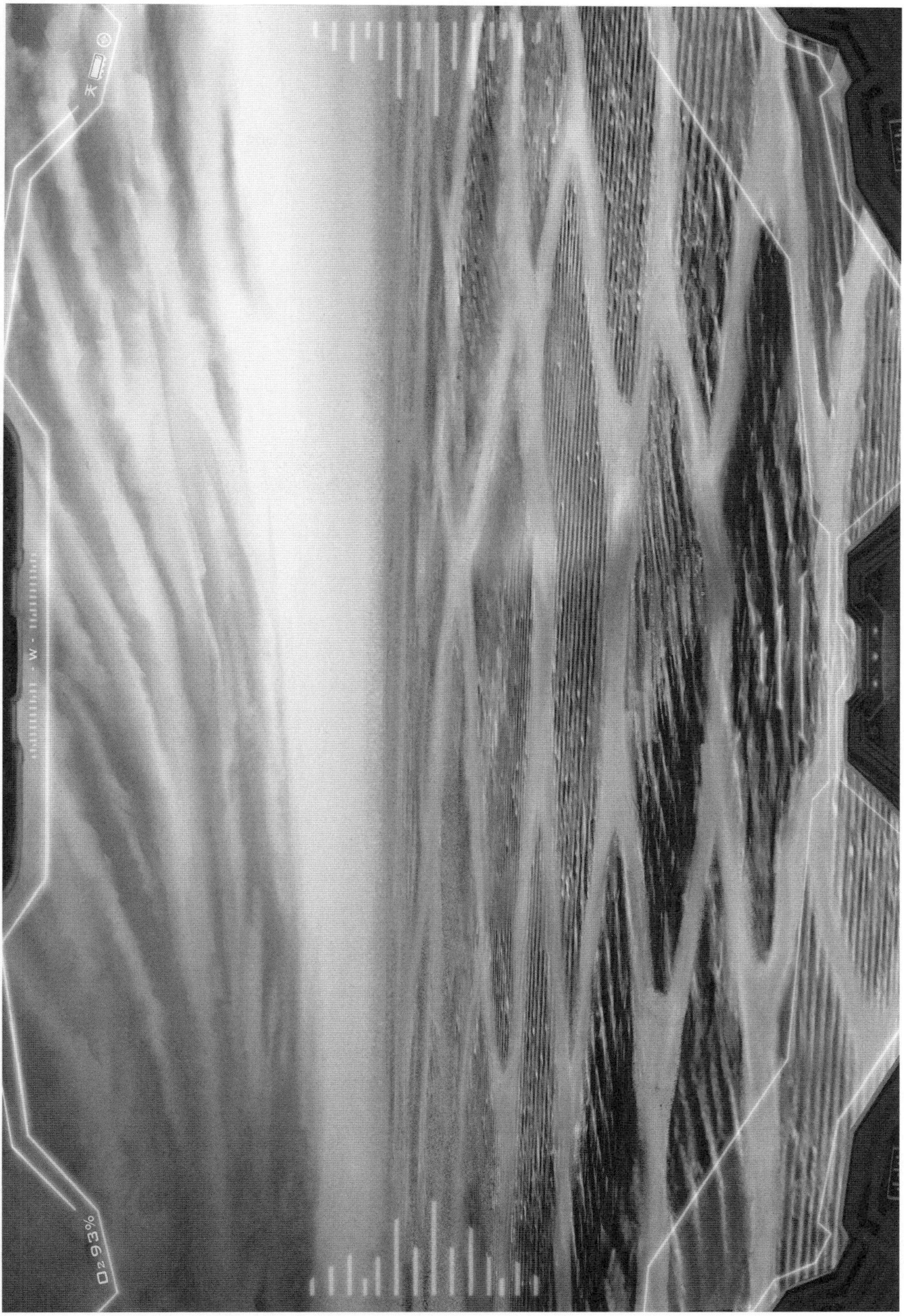
$O_2$93%
W

CONSUMAÇÃO

✶   ✶   ✶   ✶   ✶   ✶   ✶

É uma coisa humana, o amor,
uma coisa sagrada,
amar
o que a morte tocou.
— CHAIM STERN

CAPÍTULO I

* * * * * * *

PONTO DE RUPTURA

1.

A manhã chegou cedo demais.

Eles saíram de seus beliches e ficaram se encarando, olhos vermelhos, rostos abobados e inertes. A melatonina ainda estava no sistema de Alex; era como se sua cabeça estivesse enevoada, debaixo d'água. Quando Talia falou com ele, Alex levou segundos para responder.

— O quê? — perguntou o xenobiólogo. Sua língua parecia estar duas vezes maior que o tamanho normal.

BUM

Talia passou por ele e pegou a lata de comida na repartição de armazenamento na parede. Ela e Chen estavam usando o skinsuit de novo, os dois cobertos dos pés à cabeça como se nada tivesse acontecido. Tudo parecia igual entre eles, o que deixou Alex intrigado. Será que Chen tinha aceitado tranquilamente que Talia o exorcizasse? Talia não parecia mais esquisita que antes.

Alex quase perguntou a Chen, só por curiosidade, mas decidiu que isso poderia piorar as coisas. Então preferiu dizer:

<Você está bem? — Alex>

Chen lançou-lhe um olhar estranho, como se não tivesse entendido a pergunta.

<Ainda sinto dor no joelho, mas a norodona a mantém sob controle. Obrigado por perguntar. — Chen>

BUM

Pushkin se encostou na parede ao lado de seu nicho, tossindo. E tossindo. Seus ombros tremiam como se ele estivesse tendo uma convulsão. Então ele deu uma tosse seca e cuspiu, e Alex viu um escarro de algo roxo atingir a parte interna do capacete do geólogo.

Quando Alex tentou ver como ele estava, Pushkin o rejeitou com um olhar cheio de ódio, e o xenobiólogo mais uma vez pensou nos devaneios incoerentes que tinha visto nas mensagens do homem.

BUM

Alex tomou uma dose tripla de AcuWake — uma a mais do que o máximo recomendado — e tentou comer, mas não conseguiu suportar nem mesmo as rações líquidas. As vibrações do buraco o deixavam nauseado. Ele supôs que o mesmo acontecia com os outros.

As bolhas em seus pés estavam piores do que nunca, e seu ombro ainda latejava com uma dor profunda. Ele tomou mais uma dose de ebutrofeno e fechou os olhos enquanto esperava que ela fizesse efeito.

BUM

2.

Do lado de fora, um bando de tartarugas perambulava em torno do abrigo. Duas ao norte. Cinco a sudeste. Uma delas passou deslizando a não mais que seis metros de distância: um couraçado rochoso que brilhava vermelho e amarelo sob os raios do sol nascente.

Alex as marcou em seus filtros, embora não tivesse certeza se o sistema continuaria funcionando.

Ele olhou para o oeste. Deveria ser possível ver o buraco dali — afinal de contas, estava só a quatro quilômetros de distância — mas a terra e a poeira no ar eram densas demais. Olhou para um ponto onde a névoa estava mais fina e pensou ter captado um vislumbre de algo comprido e escuro riscando o horizonte. Então o vento aumentou, e tudo o que conseguia ver eram nuvens de poeira amarela, girando e correndo.

BUM

Alex cambaleou até os trenós e começou a soltar os cabos presos entre eles e os pinos presos ao chão. Quando terminou, teve de remover cada pino com um dispositivo que se encaixava sobre eles e arrancava todos os 16 centímetros de aço temperado do solo. O dispositivo parecia um saca-rolhas mecânico que um de seus colegas de beliche em Eidolon tinha.

O vento dificultou o trabalho. Ele fincou os pés no chão, curvou-se e fez força para remover cada pino. Arrancar o pino de Pushkin tinha sido muito mais fácil. Ele ficou grato por não estarem cravados em uma rocha.

BUM

Alex respirava com dificuldade quando removeu a última peça de metal. Ele abriu a traseira do trenó de Talia e as jogou na caixa de onde elas tinham saído. Então dobrou o extrator ao meio e o guardou no canto do trenó.

Ele franziu a testa. Por algum motivo, o extrator não estava encaixando direito. Tirou e tentou novamente.

<Ahg00100001 — Chen>
BUM

Alex olhou novamente para o abrigo. Pushkin deveria estar desmontando o domo — sob a direção de Talia — enquanto Alex soltava os trenós. Ele não os viu, mas pensou que estivessem do outro lado do abrigo, junto com Chen.

O xenobiólogo olhou para uma tartaruga que se aproximou um pouco mais que o normal. Ela seguiu adiante, e Alex se debruçou sobre o trenó novamente. Por que o extrator *não* se encaixava? Ele levou a mão ao interior do trenó, tentando sentir o que o estava bloqueando.

BUM

<.–01010000001110101011100110110101~00kin&lgt;

Alex parou e franziu a testa. Olhou para o abrigo. Ainda não conseguia ver Pushkin, Talia e Chen.

Foi tomado por uma sensação embotada de preocupação. Enfiou o extrator no trenó — forçando-o a se encaixar — e fechou a escotilha. Então pegou o cabo que levava até o abrigo e o seguiu de volta, passando por cima das veias de metal derretido que cobriam o chão.

BUM

Uma nuvem densa de poeira avermelhada obscureceu a visão de Alex enquanto ele fazia o caminho de volta.

— Merda — murmurou, trocando para infravermelho e torcendo para que ainda funcionasse.

Funcionou. O chão brilhou com calor irradiado, enquanto o céu ficou preto e frio, exceto pelas faixas de nuvens tortas que corriam de oeste para leste. A poeira cintilava com um brilho escuro, alternando altos e baixos de esplendor suave com vazios enormes que se desfaziam e se expandiam em intervalos irregulares.

Através da poeira veloz, ele viu três figuras, claras e brilhantes. Talia e Pushkin, de pé com os braços em volta um do outro, perto da lateral do abrigo, balançando para a frente e para trás sob o vento forte. A poucos metros de distância, Chen estava no chão com a perna machucada estendida atrás dele.

Uma sensação alarmante percorreu Alex, limpando sua mente até certo ponto. Onde estava a pistola de pinos?

Ele correu na direção dos três, apoiando-se com uma das mãos no abrigo.

BUM

Talia se contorcia nos braços de Pushkin. Então ela soltou um braço e cravou o polegar no ombro ferido do geólogo. Ele se contraiu e a jogou para o lado como uma boneca de pano.

A astrofísica rolou pelo chão, sendo empurrada pelo vento, e parou de quatro.

— Parem com isso! — gritou Alex, embora soubesse que suas palavras não ajudariam em nada.

BUM

Então ele viu a pistola de pinos. Ela estava no chão, perto de Chen; o químico estava rastejando como um caranguejo em sua direção.

Pushkin partiu para a frente enquanto Talia se levantava e...

Chen conseguiu pegar a pistola. Ele a ergueu, o cano fazendo círculos quando o vento atingiu a arma.

Tanto Talia quanto Pushkin estavam gritando, seus rostos vermelhos de raiva dentro de seus capacetes. Gesticularam na direção de Chen, pedindo que ele jogasse a arma para eles.

BUM

Foi possível ver o branco nos olhos de químico. Ele balançou, açoitado pelo vento.

Pushkin gritou tão alto que Alex realmente o ouviu dizer:

— *ME DÁ ARMA!*

Então ele deu um passo na direção de Chen.

Talia fez o mesmo uma, duas vezes.

Alex permanecia congelado, sem saber o que fazer. Se ele atacasse Talia ou Pushkin, o outro assumiria o controle, e se Chen entrasse em pânico... Seu próprio ritmo cardíaco estava perigosamente acelerado; sua visão escureceu nas bordas, e suas mãos e pés ficaram frios.

BUM

Pushkin deu mais um passo e...

Chen apontou o cano em sua direção, em seguida na direção de Talia enquanto ela avançava lentamente...

Então o químico se virou e jogou a pistola de pinos na direção de Alex, e o xenobiólogo vislumbrou o puro desespero na expressão dele.

BUM

Surpreso, Alex pegou a arma, atrapalhou-se com ela e a deixou cair aos seus pés. Ele se jogou no chão e prendeu a pistola contra o solo antes que o vento a soprasse para longe.

A terra vibrou quando Pushkin e Talia o atacaram.

Ele rolou de costas, lutando para segurar a arma com firmeza. Os dedos pareciam calombos congelados.

Talia desviou para o lado e atingiu as pernas de Pushkin. Ele tropeçou e os dois caíram em cima de Alex.

BUM

O peso do corpo de Talia e de Pushkin fez com que Alex perdesse o fôlego, e ele sentiu uma dor lancinante no joelho esquerdo quando algo estalou e cedeu. Seu diafragma travou, impossibilitando a entrada de ar enquanto ele lutava para se mexer. Alarmes piscaram dentro de seu capacete. Alex não conseguia ver nada; corpos bloqueavam sua visão.

Ele soltou um braço, então o peso desapareceu quando Pushkin rolou de cima dele.

Alex arquejou, prestes a desmaiar pela falta de oxigênio. Fagulhas, traços e linhas brilhantes obscureciam sua visão. Onde estava a arma? A arma!

Através da névoa movediça, viu Pushkin sentado ereto, segurando Talia no chão pelo pescoço. Os braços e pernas dela se debatiam, levantando nuvens de terra leitosa que a obscureciam parcialmente enquanto flutuavam para o leste.

BUM

Chen apareceu, mancando apoiado em uma única perna. Ele se jogou contra Pushkin e agarrou os braços do geólogo, tentando tirá-lo de cima de Talia.

O zariano era muito forte. Era como se Chen estivesse puxando um bloco de ferro.

Pushkin soltou uma das mãos de Talia e deu um tapa em Chen. A força do golpe derrubou o químico.

Com a mão livre, Pushkin pegou uma pedra do tamanho de um prato. No chão, Talia se debatia freneticamente.

As mãos de Alex finalmente encontraram a pistola de pinos. Ele a pegou, lutando para envolver os dedos na coronha. *A trava de segurança!* Onde estava a trava de segurança?

Antes que ele pudesse encontrá-la, Pushkin ergueu a pedra acima da cabeça. Talia ergueu o braço para se proteger quando ele bateu com a pedra no alto do capacete dela com toda sua força titânica.

BUM

O visor de Talia se estilhaçou. Sangue congelado voou em todas as direções, junto com jatos de ar escapando. Cacos do visor rolaram pelo chão, como pequenos cataventos cintilantes.

Pushkin ergueu a pedra e bateu no capacete de Talia de novo.

E de novo.

E então bateu com a pedra no centro do esterno dela. O peito da astrofísica cedeu, destroçando pulmões, quebrando costelas. Um jorro de dentes e sangue brotou do rosto destruído de Talia e espirrou em Pushkin.

Suas pernas se contraíram, e ela ficou mole.

BUM

Alex olhava boquiaberto, incapaz de processar o que havia acontecido. Ele se lembrou de erguer a pistola de pinos tarde demais e...

Pushkin foi até ele nas mãos e nos pés, como um macaco, deu um tapa e jogou a arma para longe. Alex gritou quando seu dedo médio se quebrou.

O geólogo ergueu a pedra sobre Alex...

Layla.

Chen cambaleou até eles e mergulhou com o ombro na parte de trás do joelho esquerdo de Pushkin. O joelho do geólogo cedeu, fazendo com que ele perdesse o equilíbrio e deixasse a pedra cair.

Ela caiu perto da cabeça de Alex. O xenobiólogo se arrastou para trás, virando para procurar a pistola.

BUM

Lá estava ela. Depois do domo e dos trenós, presa junto a uma pedra.

Sem pensar, Alex saltou naquela direção.

Seu joelho esquerdo cedeu, mas o vento o atingiu e o arremessou no ar.

Ele girou e aterrissou de costas a 20 metros de distância. Uma pedra se cravou em sua coluna, fazendo-o gritar. Ele rolou e se levantou em um joelho, cambaleante.

Pushkin caminhava em sua direção. A parte da frente do traje dele estava coberta com sangue reluzente. E, atrás do visor, seus olhos brilhavam com uma pátina horripilante, cintilantes, loucos e ardentes como brasas.

Chen estava caído no chão atrás do geólogo, imóvel.

— Espere! — gritou Alex enquanto Pushkin se movia em sua direção com o ritmo suave de um tigremalho à espreita.

O zariano seguiu em frente.

Alex sabia que não podia enfrentá-lo. Pushkin era forte demais. Rápido demais. Não havia como fugir dele, não com um joelho destruído. E Alex não podia se esconder. Nem ali fora, nem lá dentro; a câmara de pressurização não conseguiria deter Pushkin.

BUM

Alex se recompôs e partiu em direção à pistola caída, seguindo em diagonal em relação ao vento, tentando se mover o mais rápido possível. Correr era impossível, mas apressar os passos...

Não foi rápido o suficiente.

Pushkin saltou sobre ele. Alex desviou e sentiu, embora não conseguisse ver, a massa do corpo do zariano passar por ele.

Gritou quando algo se fechou em torno de seu tornozelo direito e puxou suas pernas debaixo dele. Alex caiu de bruços, e seu capacete quicou sobre o chão, deixando-o atordoado.

Ele se virou, chutando com a perna livre.

Pushkin estava jogado no chão atrás dele, uma das mãos imensas do zariano envolvida em seu tornozelo. O geólogo olhou para Alex com uma expressão feia no rosto.

BUM

Alex tornou a chutar e acertou Pushkin no polegar. A pegada do homem afrouxou, e o xenobiólogo conseguiu se libertar contorcendo-se e puxando. Lutou para ficar de pé, ofegante, suor escorrendo pelo rosto.

Sem olhar para trás, seguiu cambaleante na direção da pistola.

A dez passos de distância, pisou em um veio de gálio. Cambaleou para a frente e bateu com a canela na borda da vala, jogando metal derretido sobre a terra encrostada.

BUM

A dor atravessou sua perna. Ele deu um grunhido e se arrastou adiante, mancando.

Estava a apenas cinco passos da pistola.

Três.

Dois.

Sua mão se fechou em torno da coronha da arma.

Mais de 150 quilos de ossos e músculos o atingiram pela lateral, jogando-o contra o trenó de Talia.

BUM

Alex sentiu o ombro esquerdo estalar e se deslocar quando o peso de Pushkin esmagou-o contra a carenagem, e seu deltoide se rasgou pela terceira vez, enchendo o interior de seu traje de sangue.

Ele gritou.

Esforçou-se para permanecer de pé; se caísse, estaria morto. Mas então o que parecia um peso de ferro atingiu a lateral de sua cabeça.

O céu se inclinou, e ele não soube mais distinguir o que estava em cima e o que estava embaixo.

BUM

O vento o atirou pelo chão, quicando e rolando. Ele rolou até parar de bruços e piscou para a terra rachada.

Começou a se levantar de quatro, e seu ombro direito cedeu. Gritou novamente.

Alex olhou para cima.

Pushkin estava deixando a lateral do trenó e seguia em sua direção, a 15 metros de distância. Jogada no chão, a três metros de distância, estava a pistola de pinos.

Pushkin viu a pistola ao mesmo tempo que o xenobiólogo.

O zariano pulou.

BUM

Alex saltou para a frente, arrastando-se pelo chão com o braço bom.

Ele respirou com dificuldade e se jogou à frente outra vez.

Pushkin aterrissou em uma nuvem de poeira a quatro metros de distância. Ele saltou para a frente, com as pernas erguidas ao lado do torso, como um macaco pulando de um galho.

BUM

O vento soprou com mais força quando Alex alcançou a pistola de pinos. Pushkin foi lançado para mais longe do que pretendia, aterrissando meio metro atrás de Alex e levantando faixas de poeira em espiral em torno de suas botas.

Alex agarrou a pistola com a mão esquerda e deitou de costas.

O volume amontoado de Pushkin bloqueou o sol ao atacá-lo.

Alex apertou o gatilho o mais rápido que pôde.

A pistola recuou seis vezes, e Pushkin cambaleou e caiu por cima dele, cobrindo-o com seu peso.

BUM

O visor de Pushkin bateu contra o de Alex com um barulho alto. O geólogo olhou para ele com olhos ainda selvagens e enlouquecidos. Havia espuma vermelha nos cantos da boca, e uma estranha crosta arroxeada em torno dos olhos.

— Por quê?! — gritou Alex.

Um sorriso horrendo fendeu o rosto de Pushkin, e ele riu de um jeito tão medonho que Alex se encolheu dentro do traje.

— Você não entende? Nenhum de nós sai do planeta. Eu estou infectado. *Você* está infectado. Todos nós infectados. Muros caíram, e sombras caminham, e todos nós... — Sua boca continuou a se mexer, mas a voz foi se calando até ficar baixa demais para ser ouvida.

Então o enorme pescoço de Pushkin ficou mole, e Alex soube que o geólogo estava morto.

BUM

Alex foi tomado pelo pânico. Precisava sair dali; não conseguia respirar. Ele se debateu de um lado para o outro, empurrando o ombro de Pushkin. O corpo dele era como um saco de cimento molhado: pesado e quase impossível de mover.

Foi necessário reunir toda a força que ainda restava em seu corpo, mas finalmente Alex conseguiu empurrar o zariano.

Ele ficou deitado, ofegante. Tremendo. Sentia-se tão quente que pensou que fosse desmaiar, embora as ventoinhas de seu traje estivessem no máximo. Percebeu que estava chorando; lágrimas escorriam pelas laterais de seu rosto, e ele não conseguia encher os pulmões de ar.

Seu traje parecia quente demais, apertado demais. Alex agarrou as laterais do capacete e desejou poder removê-lo. Remover aquilo tudo e mergulhar em uma piscina de água que o lavasse por inteiro.

BUM

— Ebutrofeno — ordenou. — Quatrocentos miligramas.

Engoliu a droga e, lenta e dolorosamente, levantou-se, segurando o braço deslocado.

A frente do traje estava coberta pelo sangue de Pushkin. Havia mais sangue espalhado no chão em volta dele, como pétalas arrancadas e pisoteadas na terra seca.

Pushkin estava deitado de costas, os olhos ainda abertos, brilhantes e ameaçadores, como se pudesse queimar um buraco nos céus apenas com sua força de vontade. Morto ou não, seu olhar era tão desagradável que Alex pensou em remover o capacete do geólogo só para baixar as pálpebras e pôr um fim na imagem aterrorizante que ele parecia estar vendo.

Mas não fez isso.

Porque não era louco. Não como Pushkin.

Não como ele.

BUM

Quando Alex ergueu os olhos, congelou. Havia um círculo de tartarugas paradas em torno dele e de Pushkin. Quatorze delas. Imóveis e silenciosas como megálitos erguidos em torno de um antigo monte funerário.

Seu coração foi parar na boca.

Não havia como escapar.

BUM

CAPÍTULO 11

* * * * * * *

APOTEOSE

1.

Alex umedeceu os lábios. Ele podia *sentir* as tartarugas observando-o. Observando-o e o julgando. A peso da presença delas caía sobre ele por todas as direções, pressionando-o com uma intensidade palpável. O ar em seu capacete estava denso e grudento; cada respiração era um desafio.

O xenobiólogo olhou para a pistola de pinos no chão.

Restava um tiro. Não que isso fosse adiantar para alguma coisa.

BUM

Ele decidiu que preferia enfrentar com seu destino do que esperar para ser esmagado, imolado ou o que quer que as tartarugas pudessem fazer.

Deu um passo à frente e então parou.

As tartarugas não reagiram.

Ele avançou novamente, dessa vez mais confiante.

BUM

Alex fazia uma pausa depois de cada passo, mas as tartarugas nunca se mexiam. Nunca reagiam a ele. Passou entre as duas à sua frente, a menos de meio metro de cada uma. Sob a luz da manhã, as protuberâncias em suas carapaças tinham certa transparência, uma cor âmbar que o lembrava da concha da ostra-leão em Eidolon.

Assim que ele saiu do círculo de tartarugas, elas começaram a se mexer.

Alex levou um susto e, amedrontado, recuou.

As tartarugas se moveram para dentro do círculo, até se encontrarem no centro de seu anel, escondendo o corpo de Pushkin.

BUM

Alex olhava fixamente. Ele se perguntou o que as tartarugas queriam com Pushkin. Elas o estavam comendo? Analisando? Rezando por ele? Ou eram apenas a equipe de manutenção cuja única tarefa era manter a antena do buraco em boas condições de funcionamento?

Qualquer que fosse a resposta, ele duvidava que fosse descobri-la.

Deixou as tartarugas, Pushkin e a pistola de pinos para trás e voltou mancando na direção do domo.
BUM

2.

Alex parou junto da câmara de pressurização. Pressionou o cotovelo do braço deslocado contra o corpo, levantou o antebraço até deixá-lo nivelado com o chão e usou a estrutura da câmara para empurrar o antebraço para fora e girando, como a verga de um barco a vela balançando em um arco.

Seu úmero voltou para o lugar com um estalo audível e uma sensação nauseante de osso contra osso. A pontada de dor fez com que Alex cambaleasse e flashes brancos surgissem em sua visão.

Ele abriu e fechou a mão direita. Usável, mesmo que fraca, e o sangramento no ombro esquerdo parecia ter parado, o que era bom.

O mais rápido que conseguiu, deu uma volta cambaleante em torno do abrigo. Seu joelho parecia solto, instável. O ligamento cruzado estava rompido outra vez.

BUM

Talia era causa perdida. Ele mal olhou para ela; a visão era horrenda demais.

Mas, ao se aproximar da forma amontoada de Chen, Alex viu o peito do homem se mexer. *Ainda respirando.* Uma leve sensação de alívio passou pelo xenobiólogo.

O químico estava inconsciente, os olhos revirados, e havia um vazamento em seu painel frontal. Uma agulha de vapor branco sibilava por uma fenda estreita. E havia outro vazamento na altura do abdômen, perto da bacia.

Alex conseguiu pegar o rolo de fita FTL no cinto. Ele grudou um pedaço no visor de Chen e outro em seu abdômen.

BUM

A pressão do traje do químico se estabilizou em segundos. Suas pálpebras se moveram, então ele despertou de repente e respirou fundo, em pânico.

Alex bateu seu capacete no dele.

— Chen! Consegue me ouvir? Você está bem?

Os olhos de Chen se reviraram como se quisessem escapar do crânio.

— Vermelho, vermelho, vermelho... disse que eu não podia, que não entendia, mas eu entendi, eu entendi. Errado, errado, errado...

— Qual é o problema? O que você entendeu?

— Perguntar certo. Responder errado. Não existe uma coisa como o nada. Escolha o caminho ou o caminho escolhe você, faca corta, sangue jorra. Corra, corra, corra, impossível escapar.

Ele continuou falando coisas sem sentido, e nada do que Alex disse conseguiu tirá-lo daquele estado. Delírio, ou algo do tipo.

BUM

Alex apalpou os braços, pernas e peito de Chen. O químico gritou quando Alex pressionou seu lado esquerdo, embora continuasse dizendo coisas sem sentido. *Costela quebrada*. Talvez mais de uma.

O xenobiólogo tentou ajudar Chen a se levantar, mas o homem não estava cooperando em nada. Pior, ficava se contorcendo e se debatendo de um jeito que tornava impossível para Alex movê-lo, especialmente com suas próprias lesões.

Desesperado, Alex apertou a ativação manual de emergência no painel de controle nas costas do skinsuit de Chen e administrou uma dose forte de sedativos.

Trinta segundos depois, o químico ficou imóvel e sua respiração desacelerou enquanto ele entrava em um estado semicomatoso.

BUM

Alex usou a fita FTL para envolver seu joelho machucado. Esperava que isso fosse suficiente para manter a articulação estável enquanto andava. O local já estava inchando; por experiência própria, ele sabia que o joelho estaria rígido demais para dobrar em algumas horas.

Ele olhou para trás.

As 14 tartarugas ainda estavam paradas em círculo, nariz contra nariz, em torno dos restos de Pushkin. À distância, pareciam uma flor rochosa que irradiava de um único ponto.

Elas não se mexeram quando Alex arrastou o corpo de Talia para o domo habitacional e o empurrou para dentro através da câmara de pressurização.

A biocontenção estava totalmente danificada a essa altura, mas Alex não podia deixar um cadáver apodrecendo no exterior. Não se pudesse evitar. Enquanto o domo permanecesse intacto, manteria os restos de Talia isolados do ecossistema de Talos.

De volta a Chen, ele ergueu o químico até os trenós.

BUM

Alex ficou de joelhos enquanto recuperava o fôlego. Chen precisava de ajuda. *Ele* precisava de ajuda, e navegar em um dos trenós de volta ao veículo de pouso com os dois braços machucados seria, na melhor das hipóteses, arriscado.

Mas levaria apenas algumas horas para chegar ao veículo de pouso.

Era isso o que ele devia fazer. Essa era a escolha inteligente.

O xenobiólogo olhou para o horizonte enevoado a sua frente.

Quatro quilômetros. Não muito era longe. Voltar agora, depois de tudo o que tinha acontecido... Se tomasse AcuWake e ebutrofeno e engolisse comprimidos de cafeína, e se não se preocupasse com o dano que estaria causando ao próprio joelho... Se largasse todo o equipamento. Levasse apenas o necessário para voltar para o veículo de pouso.

Podia ser feito. Quatro quilômetros eram praticamente nada.

Praticamente nada...
BUM
Ele usou o trenó de Talia. Removeu o coletor de amostras. Removeu o chip-lab, o skinsuit sobressalente, as amostras biológicas, as unidades de armazenamento, o equipamento de comunicação e qualquer coisa que não fosse essencial. As poucas rações que restavam ficaram.

Quando o trenó tinha sido esvaziado, ele ergueu a forma inerte de Chen sobre a carenagem — um trabalho árduo e doloroso que levou pelo menos 15 minutos.
BUM
Alex olhou, esperando ver as 14 tartarugas.

Elas haviam desaparecido.

A planície estava vazia. Desolada. Como se ele e Chen fossem os únicos seres vivos no planeta. Não restava nada no lugar onde o corpo de Pushkin tinha ficado. Apenas uma faixa de terra revirada que as partes de baixo das tartarugas tinham aplainado.
BUM
Alex pegou seu chip-lab e caminhou lentamente até a terra revirada. A máquina zunia em suas mãos enquanto ele recolhia amostras do solo, lançando a sonda ao máximo de sua extensão: 34 centímetros abaixo da superfície.

Ele odiava pensar no que a sonda poderia encontrar, mas precisava saber se Pushkin ainda estava ali.

Com alguma trepidação, removeu a sonda do solo. Sentiu alívio ao vê-la livre de sangue, e os resultados na tela eram os mesmos de sempre: pedra, terra e os micróbios habituais de Talos.
BUM
Ele coletou amostras em dois outros lugares. Nas duas vezes, os resultados foram os mesmos.

Não restava nenhum sinal de Pushkin. O que quer que as tartarugas tivessem feito com geólogo, ele tinha desaparecido. Mesmo com o chip-lab, Alex não conseguiu detectar nem um único fragmento de DNA no solo. Era como se Pushkin nunca tivesse existido.

Outro mistério que ele sabia que jamais solucionaria.
BUM

3.

BUM
Alex cravou os bastões de caminhada no solo duro do deserto e os empurrou para baixo ao dar um passo à frente.

Então outro.

Mesmo com todo o ebutrofeno que tinha tomado, os ombros queimavam no ponto que faziam contato com o arreio, o joelho pulsava com uma dor quente, o dedo quebrado estava inchado e apertado dentro da luva do skinsuit, e o dente quebrado ainda latejava.

Não estou muito bem, pensou Alex. Reconhecer o fato deu a ele uma sensação de calma, como se o desconhecido não fosse mais tão assustador.

O chão agora tinha um padrão fractal em espiral; tudo tinha. O céu movimentava-se com os grãos agitados e nada parecia estacionário. Seu próprio corpo aparentava estremecer e brilhar na superfície, como se estivesse ficando insubstancial.

BUM

Alex ainda estava chocado pela luta. Não ficou surpreso por ter acontecido, como teria ficado antes. Não mesmo. Mas a realidade dela, a finitude descompromissada e a obscenidade de corpos quebrados, esmagados, expostos... Ele não conseguia deixar de pensar no que havia acontecido com Layla, como o tigremalho tinha feito igual ou pior com ela.

BUM

Um quilômetro percorrido.

A rede de gálio estava ficando mais densa; ele não conseguia andar mais que alguns metros sem ter de chapinhar por uma ou duas valas. Às vezes, pisava em uma sem perceber e caía de joelhos. Em uma dessas ocasiões ele bateu a canela novamente. Acabou deitado de costas, segurando a perna até a dor diminuir.

Não havia tartarugas à vista, mas por alguma razão, redemoinhos de poeira continuavam se formando sobre a planície. Eles nunca duravam muito tempo; cada explosão do buraco os afetava e os destruía, e mandava seus restos em frangalhos voando para leste. No entanto, continuavam aparecendo, como espíritos condenados a uma vida injustamente rápida.

BUM

Dois quilômetros percorridos.

Sua mente começou a divagar. Em um momento ele estava na superfície de Talos. No outro estava...

... com 14 anos novamente e correndo pelos túneis de acesso no Mundo de Stewart, perseguindo Horus e os outros garotos em seu caminho para invadir o complexo que abrigava os desinfetantes de ar da colônia. A emoção do proibido, a atração do desconhecido.

O complexo tinha a melhor vista da colônia; eles podiam ver até as montanhas do norte, e a visão de quando Próxima Centauro nascia brilhante e cintilante no horizonte os enchia de admiração pelas estrelas. Eles se sentavam e observavam; faziam piadas, tomavam bebidas baratas e falavam como imaginavam que seria o futuro. A experiência valia muito mais que a punição que recebiam.

BUM

Alex não sabia se era a dor ou os analgésicos (ou apenas o trovão profano que continuava a desabar sobre ele), mas tinha começado a ver... a ver *o que* exatamente ele não tinha certeza. Estranhos artefatos na confusão fractal; distorções do padrão que cintilavam como refrações prismáticas. Mas nunca apareciam por mais que 10,6 segundos. Aquela subdivisão implacável e firme que governava sua vida e, aparentemente, o resto do universo também.

Puxar o trenó tornou-se difícil demais. As valas de gálio estavam ficando mais profundas, o vento estava mais forte, ele estava cansado, e o dia estava longo. Alex parou e ficou ali, inclinado para a frente, permitindo que o vento o sustentasse e amortecesse.

Continuar em frente ou voltar?

Continuar em frente ou...

Continuar em frente.

BUM

Ele enfiou os apoios do trenó no chão, pisando neles com força extra para se certificar que ficariam no lugar. Se tivesse a pistola de pinos, a teria utilizado.

Então abriu a carenagem e viu como estava Chen. Ainda respirando, ainda murmurando para si mesmo e inconsciente de seu entorno.

Alex olhou fixamente para o químico por mais tempo do que deveria. Depois fechou a carenagem, soltou o arreio do trenó e deixou o trenó para trás enquanto continuava para o oeste. Sozinho e solitário. Fraturado e dolorido, quase delirante.

BUM

Deveria ter ganhado velocidade sem o peso do trenó, mas seu ritmo praticamente permaneceu igual. O terreno ainda era desafiador, a resistência do vento continuava a aumentar, e o joelho lhe causava cada vez mais dificuldade. A combinação o limitava a um passo pesado, que era pouco mais rápido que rastejar.

Quatro quilômetros. Em um passo normal, ele teria levado menos de uma hora. Do jeito que estava, cinco horas (incluindo pausas) pareciam uma realidade mais provável.

A caminhada de volta ao trenó não demoraria tanto. Não com o vento às costas. O maior desafio na volta seria evitar ser derrubado pelo vento. O melhor a se fazer seria utilizar a técnica de dar saltos de baixa gravidade e deixar que o vento fizesse parte do trabalho.

Ele não tinha certeza de que seu joelho aguentaria isso.

Precisava tentar.

BUM

As distorções agora estavam por toda parte, pairando em torno dele como deformações de arco-íris do tecido espaço-temporal. Tinham uma aparência intricada, como se a realidade se dobrasse sobre si mesma em diferentes pontos, e ele teve uma sensação inexplicável de que elas eram *reais* e que o observavam... como e sempre tinham feito. Só que agora a substância da existência tinha rareado o bastante para que ele se tornasse consciente de sua presença.

Alex falou com as distorções, e achou que elas ouviram, mas não responderam. A luz fractal que emanava delas o lembrara de jatos relativistas de um pulsar — lindas plumas que giravam e se dissolviam nas bordas.

Quando viu uma tartaruga, notou várias das distorções pairando acima da carapaça da criatura. *Anjos*, pensou. Ele não era religioso, mas era a única palavra que se encaixava.

BUM

Ele viu Layla na trilha perto da casa dos dois, rindo enquanto espantava um bicho--purpurina. Ela tinha um curativo no braço esquerdo; era o dia seguinte após sua operação, e os dois estavam radiantes de alegria por aquilo estar acabado e por ela continuar a usar plenamente seu braço. A espinha que o médico removera não era maior que um estilhaço, mas poderia tê-la matado.

O preço de viver no paraíso.

BUM

O solstício de inverno; as montanhas estavam frias e instáveis; a floresta, escura e silenciosa. Ele pegara o veículo voador e correra pela paisagem até encontrar uma colina de cume aberto onde pousar, longe de Plinth.

Desceu, mantendo o fuzil blaster com ele. Os tigremalhos eram raros naquela época do ano, mas isso não era motivo para correr riscos.

Do alto da colina, Alex avistou centenas de quilômetros de florestas densas. Eidolon era seu lar adotivo, mas naquele momento, pensou em como era distante do Mundo de Stewart e da Terra, a origem de sua espécie. *Ele* era o alienígena em Eidolon, e quase tudo naquele planeta o queria morto.

Então, estremeceu, e pela primeira vez na vida se sentiu realmente perdido. Perdido e sozinho.

O que *eles* estavam fazendo ali?

BUM

Ele tinha percorrido três quilômetros.

Faltava um.

Alex levou a boca ao tubo de alimentação e tomou um gole de água. Todas as partes de seu corpo gritavam para que ele voltasse. Para que escapasse dos golpes punitivos que continuavam a ecoar através dele. Que escapasse da vastidão que se estendia à sua frente.

Mas ele não podia fazer isso.

Ele não ia fazer isso.

BUM

A cada explosão, centímetros de terra da superfície ficavam indistintos e macios, semelhantes a pólen. Ele tropeçou e se apoiou no chão. Antes que conseguisse se levantar, o

BUM

seguinte o atingiu. Ele sentiu o solo vibrar e se dissolver em torno de suas luvas, transformando-se em uma espuma marrom. A sensação o encheu de uma repulsa inexplicável.

Alex puxou as mãos e se levantou.

O vento soprou a terra solta para longe, somando-a às torrentes de poeira que já corriam pelo ar.

Ele se perguntou por que o solo não tinha erodido completamente. Depois de 16 mil anos, não era para restar nada além do substrato rochoso.

Será que o vento alguma vez dava uma trégua? Invertia seu curso? Será que toda terra tinha vindo do outro lado do…

BUM

… eles estavam discutindo sobre trabalho outra vez. Sobre filhos. Sobre coisas que não importavam. Alex ficou sentido ao ver a raiva no rosto de Layla, mas não parou, não recuou…

… ele estava sentado sozinho em sua cama. Estava escuro. Os lençóis estavam uma zona. Não houvera tempo para limpeza desde a ligação para o hospital, desde… desde… Ele se encolheu, chorando.

… o interior brilhante do centro de lembrança, o memorialista falando sem parar e nada disso importava. Nada disso…

… dobrar as roupas dela, porque Layla nunca mais ia fazer isso novamente. Ignorando a urna que estava na prateleira no fundo do armário…

BUM

… a urna estava diante dele, aço escovado fosco e frio, pesada com o fardo insuportável do esquecimento, um talismã horrível de morte. Alex estendeu a mão em sua direção, mas não conseguiu tocá-la. Ele gritou, mas ela não respondeu.

Alex chorou, e não havia conforto.

A urna. O arquivo. Um ao lado do outro. Em um, o corpo dela. No outro, tudo o que restava da mente de Layla, embora todos os pensamentos e sentimentos se perdessem no vazio, na marcha inexorável da entropia.

Morta. Morta. *Morta*.

O vento fez com que o xenobiólogo cambaleasse, e ele engasgou em seco, chorando como fizera naquele primeiro dia, quando percebeu que não havia como mudar nem consertar o que tinha acontecido.

Alex gritou dentro do capacete.

BUM

Ele precisava saber. Tinha chegado tão longe, suportado tanta coisa, e agora toda a realidade parecia estar se desfazendo, e o fim estava próximo.

Ele precisava saber.

Seus filtros eram uma bagunça cheia de alertas piscantes, mas Alex ainda conseguia ver. Ainda podia usá-los. Ele percorreu suas pastas até o arquivo. *Layla*. Clicou nele e pulou para a última entrada. Passou por ela se preparando para a caminhada, passou pelo voo turbulento, passou pela primeira hora dela e de seus amigos abrindo caminho pelos campos de grama-de-chita, seguindo na direção dos promontórios expostos ao norte.

O capim colorido se agitava à frente de Layla, os talos quebradiços e afiados batendo uns contra os outros como peças de porcelana. Ela não conseguia ver mais do que alguns metros adiante na trilha de caça pisoteada que o grupo estava seguindo.

O vento soprava constantemente, assim como o de Talos.

Alex olhou para a indicação de tempo na barra da gravação. Restavam três minutos e 40 segundos.

Seu coração saltou.

BUM

Cada movimento e curva da grama-de-chita fazia Alex se encolher. Sentia-se fora do corpo; apesar da dor de seus ferimentos, sua mente estava totalmente em Eidolon, com Layla.

Ele estudou o céu irregular à procura de drones de vigilância. *Onde eles estavam?* Mas nenhum apareceu, e o vento soprava mais forte do que nunca, e o capim chacoalhou como um campo de costelas descarnadas.

Quando aconteceu, foi tão rápido que ele mal conseguiu ver. Um clarão de patas musculosas vermelhas e laranja e garras em forma de gancho avançando, um colar de espinhos eriçados e uma bocarra cheia de dentes se abrindo. Então o tigremalho atacou, e o mundo girou de lado.

— Ahh!

Dentes se fechando. Roncos metálicos. Suspiros úmidos e pedaços do céu. Ele não conseguiu ver. Ele não quis ver.

Então um drone passou voando, e o ataque terminou.

BUM

Layla estava deitada de lado. Sangue ou terra bloqueava a visão do olho que estava junto ao chão. Com o outro, ela olhou para cima, para os feixes de grama-de-chita em padrões, e acima deles, para o céu pálido da manhã.

Sua respiração estava curta e rasa, e ela gorgolejava devido ao líquido em seus pulmões.

Alex se ergueu, inclinado contra o vento e com uma das mãos apoiadas no chão, os olhos fixos em seus filtros cheios de estática, os ouvidos tentando captar o menor dos sons.

Layla se mexeu um pouco, como se quisesse se levantar, mas então ficou inerte outra vez. Os intervalos entre suas respirações ficaram mais longos, e as respirações diminuíram em profundidade.

Folhas de grama-de-chita balançavam, o céu branco estava cheio de nuvens fofas e o silêncio era completo, exceto pelo vento.

— É tudo tão bonito — disse ela em voz baixa.

E a gravação ficou escura.

BUM

Alex olhou fixamente para o horizonte. Outro daqueles anjos encaracolados passou por perto de uma tartaruga a cerca de 30 metros de distância.

A mente dele ficou vazia. Não sabia o que pensar ou sentir. Desde que ela tinha morrido, Alex imaginara milhares de vezes seus momentos finais. Todo dia ele morria com ela. E imaginava como ela teria xingado ou suplicado, como teria gritado por ajuda.

Mas nunca em toda sua criatividade ele achou que Layla tinha reagido de outra forma que não com medo, dor ou raiva.

BUM

Ele se forçou a seguir em frente. Era a única coisa a fazer.

4.

Faltava meio quilômetro.

Estava quase chegando. Quase...

✹✹✹✹✹

A explosão foi imprevisível. Quando o atingiu, sua visão escureceu, e, por um momento, foi engolido pelo nada. Seus filtros eram inúteis; linhas distorcidas passavam por seu campo de visão, tornando impossível ver nitidamente as projeções.

— Desligar — disse ele, e as linhas desapareceram.

Seus implantes estavam fritos; teriam que ser substituídos. Um pouco mais e seu sistema nervoso também fritaria. O traje estava agindo como uma gaiola de Faraday, mas nenhuma gaiola de Faraday era perfeita. Sua pele coçou e se arrepiou quando os campos de alta potência o cobriram.

Sem o traje, qualquer uma daquelas explosões o teria matado. Tão perto do buraco, os pulsos eletromagnéticos teriam se unido com o ferro em seu corpo e induzido uma corrente, o mesmo que ocorria com o gálio. O fluxo de energia resultante seria tão intenso que vaporizaria o corpo de Alex no ato.

Riedemann tivera muito prazer em contar *esse* fato em particular para eles.

✻✻✻✻✻

Alex caiu de quatro pela segunda vez.

Ele decidiu permanecer assim. Era difícil demais manter o equilíbrio de pé. Restavam apenas 300 metros. Ele poderia percorrê-los engatinhando. Não seria fácil, mas poderia fazer isso.

Olhou para cima. Ainda não conseguia ver nada além das nuvens de poeira abrasiva correndo em sua direção e cerca de meia dúzia de anjos brilhando e reluzindo em meio à estática fractal.

Ele abaixou a cabeça. Esperava que o ar limpasse. Se chegasse à borda do buraco para descobrir que a névoa escondia tudo em um raio de aproximadamente um quilômetro... não sabia o que faria.

✻✻✻✻✻

Outro pedaço de vazio.

Ele engatinhou adiante. Devagar. Dolorosamente. Tentou manter o joelho machucado longe do chão, mas fracassou. Mordeu a língua para se distrair. Também para impedir que seus dentes batessem a cada detonação.

Seu ombro não deixava que apoiasse muito peso no braço direito. Tentou uma vez e gritou quando uma onda de sangue quente encharcou o interior de seu traje.

Aproximadamente a cada metro ele precisava levantar as mãos e as pernas para passar por cima de uma vala de gálio. As veias de metal derretido eram difíceis de ver; estavam cobertas com terra, e ele frequentemente mergulhava a mão no líquido denso e grudento. Quando isso acontecia, o calor perturbador do metal atravessava sua luva, e Alex sentia um suave zumbido no ar e o cheiro forte de ozônio.

✻✻✻✻✻

A 30 metros do buraco, Alex percebeu que a terra sob suas mãos e seus joelhos estava mais firme que antes. Quando a explosão o atingiu, suas luvas não afundaram tanto na terra em vibração, e menos poeira pareceu passar por baixo dele.

Ele olhou para cima, forçando a cabeça contra o vento. O esforço era quase maior do que seu pescoço conseguia fazer.

Diante dele, a parede de poeira tinha ficado menos densa e, em alguns lugares... se abria.

Ele não conseguia ver muito. Apenas uma escuridão que pesava sobre a terra à sua frente, mas isso foi o bastante para encorajá-lo.

Ele abaixou a cabeça e rastejou com velocidade renovada.

Quase lá...

✹✹✹✹✹

O chão foi ficando cada vez mais duro até que ele se viu rastejando pelo que parecia ser cerâmica esmaltada. O material era cinza, e o centímetro superior era transparente. A superfície era mais lisa do que deveria ser após tantos milhares de anos. Depois da maciez relativa da terra, a superfície plana e implacável fez seu joelho machucado doer e fez Alex desejar ter uma almofada para protegê-lo.

A rede de gálio parava na cerâmica. *Bom.* Ele já não aguentava mais ter que lidar com aquilo.

Alex continuou rastejando.

Por mais que quisesse, resistiu à vontade de olhar para cima novamente. Ainda não. Não até chegar ao seu destino. Ele não queria ver partes do buraco. Queria vê-lo por inteiro, de uma só vez. Do contrário, qual era o sentido?

5.

✹✹✹✹✹

Um declive surgiu sob as pontas dos dedos que Alex levava à frente. Ele parou e olhou.

A cerâmica terminava em um ângulo reto perfeito. A quina parecia atomicamente afiada. Tanto que ele teve receio de tocá-la, temendo que cortasse seu traje. Alex imaginou ser possível ouvir um assovio agudo e intenso quando o vento cortava a borda.

Puxou a mão para trás em uma posição mais segura.

Sua respiração acelerou, e seu coração palpitou, pulando três, quatro batidas.

Ele tinha conseguido. Finalmente tinha conseguido.

Ele se firmou e então levantou a cabeça.

✹✹✹✹✹

A força da explosão o empurrou para trás e o fez ficar de cócoras.

Alex piscou e sacudiu a cabeça, tentando limpar sua visão. Levou alguns segundos antes que seus olhos entrassem em foco.

À sua frente havia um abismo, escuro e sem fundo. O outro lado estava perdido à distância; escondido pela curva do planeta e a densidade da atmosfera. O mesmo valia para a esquerda e a direita. O precipício parecia se estender até o infinito, sua curvatura tão suave que era imperceptível.

Era como se Alex estivesse sentado na beira de um penhasco no fim da criação, como se não houvesse nada do outro lado do buraco. Nada além de escuridão e eternidade.

O ar acima do buraco estava relativamente limpo. Bem no alto, grupos de nuvens formavam arcos em torno do seu centro, empurradas para o lado pelos enormes pulsos de energia vindos de baixo. As explosões haviam destroçado uma nuvem, deixando para trás nada além de flâmulas esfarrapadas de névoa.

Em vários lugares ao longo da borda do buraco, luzes coloridas flutuavam de nuvem em nuvem, como fragmentos de aurora boreal emancipados da ionosfera.

❋❋❋❋❋

Alex fez uma careta e se inclinou contra o vento, deixando que ele sustentasse a maior parte de seu peso enquanto espiava além da borda do buraco.

A parede interna era de um cinza mais escuro do que a cerâmica onde Alex estava sentado. Era perfeitamente lisa, mas não reflexiva, e mergulhava em uma linha reta, com apenas uma leve angulação para o interior. Não havia marcas na parede, nenhuma escotilha ou ponto de acesso, nem mesmo sinais comuns de desgaste. Uma ausência completa de qualquer coisa que pudesse transmitir alguma informação, mesmo que apenas sobre a passagem normal do tempo.

Alguns quilômetros abaixo, ele viu várias nuvens de poeira, aprisionadas em vórtices de ar ao longo das laterais da abertura gigantesca.

As profundezas do abismo estavam escondidas sob uma sombra densa e viscosa. E, no centro dessa escuridão, no coração do vazio, ele viu... não, ele *sentiu* uma distorção da própria realidade. Uma inversão fractal que fez sua cabeça girar e seu estômago embrulhar — uma convolação angelical em grande escala.

Havia alguma coisa lá embaixo. Alguma coisa que arquejava e estremecia e pressionava os limites do mundo. Uma força consciente que estava muito além de tudo o que Alex tinha imaginado, e seu senso de identidade se encolhia diante dela. Ele era um grão de areia preso nas bordas de um redemoinho gigante. Um turbilhão que ameaçava destruir o planeta e o espaço ao redor, rasgando o fundo aveludado do vácuo de modo que uma luz malevolente pudesse brilhar através dele...

❋❋❋❋❋

Dessa vez Alex demorou mais do que antes para sair do estado de alienação. Seu pescoço doía; ele achou que a força da explosão podia tê-lo jogado como um chicote, já que estava com a cabeça fora da borda do buraco.

Recuou lentamente, assustado, sem entender o que havia lá embaixo.

Vários anjos pairavam à frente dele em um arco movediço. Pareciam ainda mais tangíveis, e Alex imaginou ver estruturas dentro deles: padrões dentro de padrões, engrenagens preciosas se encaixando e girando, facetas de motores incompreensíveis.

Alex pensou que estava começando a enlouquecer. Talvez já estivesse louco.

Ele ficou sentado onde estava com as mãos nos joelhos e olhou fixamente para o vazio estéril.

O que poderia esperar aprender sobre o buraco agora? Sem equipamento adequado, estava limitado aos seus sentidos distorcidos. A *coisa* no fundo do buraco e os anjos eram anedotas pessoais e nada críveis. Como ele poderia convencer alguém a confiar em seus sentidos quando ele mesmo não confiava?

Qualquer que fosse o propósito final do buraco, Alex não ia descobrir. Não naquele momento. Talvez ninguém jamais o fizesse. Os únicos seres que sabiam com certeza eram os alienígenas que o haviam construído, e eles não falavam. Pelo menos não de nenhum jeito que Alex conseguisse compreender.

Um gosto azedo encheu sua boca. Ele tinha fracassado. Não poderia estudar o buraco como queria — do jeito que *Layla* gostaria que ele estudasse. *Tolo!* Ele deveria ter se tocado disso. Só que esperara... ele esperara tanto...

✺✺✺✺✺

Estivera plenamente convencido de que a expedição valia o esforço. Em nome dela. Talvez tivesse valido, mas agora estava no fim. *Ele* estava no fim. Levaria décadas ou mais antes que qualquer um fosse capaz de extrair informação do buraco. Tempo demais para Alex. Não sabia ao certo como poderia sobreviver aos próximos minutos, muito menos ao ano seguinte.

Layla estaria disposta a esperar. Mas ele não era ela, e ela não estava ali.

Seu rosto desmoronou e ele se encolheu, pressionando o capacete contra o chão de cerâmica enquanto chorava em soluços ofegantes e desesperados.

— Eu não sei como fazer isso — gemeu. — Eu não... Eu não...

Sacudiu a cabeça, os olhos ainda fechados. Seu nariz estava congestionado, e sua respiração era curta e ofegante entre os soluços.

✺✺✺✺✺

Quando seu cérebro esgotado se recuperou, ele abriu os olhos e levantou o rosto.

Parecia apropriado que tivesse ido tão longe só para ver um buraco. No fim das contas, era uma nulidade, um vazio, uma *ausência*, e foi isso o que ele tinha encontrado. Uma ausência. Uma fissura no tecido da realidade que ele não conseguia remendar. Não com qualquer quantidade de racionalização.

Lágrimas escorreram por seu rosto enquanto ele encarava o abismo odioso.

Uma desejo terrível, então, surgiu em seu interior, um sussurro traiçoeiro, com língua de serpente, vindo da parte mais sombria de sua mente que dizia: "*Pule.*" Ele já tinha ouvido isso antes, sempre que estava no alto de uma ponte ou de um arranha-céu ou em outro ponto elevado, mas nunca tão forte nem tão alto. Aquele desejo era perigosamente atraente; Alex se moveu para a frente, um mergulho abortado que o teria levado por cima da borda.

Ele congelou, olhando para a escuridão abaixo. Seria tão fácil. Mais um passo, e seu tormento acabaria. E talvez ele aprendesse alguma coisa ao cair. Uma revelação à qual, do contrário, ele nunca teria acesso. Um conhecimento secreto que exigia o maior dos sacrifícios para ser acessado.

✳✳✳✳✳

O rosto de Layla flutuou à frente de Alex, como uma imagem em seus filtros. Ela parecia triste por ele, e sua tristeza aprofundou a dele. O xenobiólogo estendeu a mão em sua direção, mas seu braço não era comprido o suficiente. Os lábios dela se moveram, mas Alex não conseguiu ouvir o que Layla estava dizendo, e isso o aborreceu mais do que qualquer outra coisa.

Ela desapareceu, e ele tombou para a frente, gemendo de agonia. Por quê? Por quê? *Por quê?*

Qual o sentido do sofrimento deles? E por que Alex deveria suportá-lo? Egoísmo não era a resposta, e Deus ou os deuses não o haviam tocado. O que o deixava sem nada em que se agarrar, nada para impedi-lo de desistir e sair do jogo.

"*Pule.*"

Ele se ergueu cambaleante, pronto para fazer isso. A queda não seria tão ruim. Aproximadamente um minuto de queda livre, então bateria em alguma coisa ou os pulsos eletromagnéticos o destroçariam.

✳✳✳✳✳

Ele estendeu os braços e se debruçou sobre a borda do buraco, permitindo que o vento o sustentasse. Abaixo dele não havia nada além do plano fosco da parede e, depois disso, a escuridão vazia do nada distorcido.

Alex cambaleou enquanto se esforçava para manter o equilíbrio. Ele precisava conseguir fazer isso no momento certo ou acabaria atingindo a parede e...

Mesmo naquele momento final, não conseguia se livrar do medo e da dor, não conseguia impedir que a mente acelerasse em um ritmo frenético.

Ele olhou para o céu.

No alto, uma centelha de luz atravessava lentamente a cúpula celestial. Ele semicerrou os olhos, perguntando-se o que seria aquilo.

Um momento depois, percebeu: a luz era o *Adamura*, seguindo seu caminho ao redor de Talos VII.

Ele realmente estivera lá em cima, a bordo daquele visitante celestial? Ele já havia voado em vez de rastejar? Alex mal se lembrava de como era a vida no *Adamura* — parecia que anos tinham se passado —, mas, pela primeira vez, sentiu falta disso.

Uma dolorosa sensação de espanto o tomou enquanto ele olhava para a estrela brilhante de uma espaçonave, e seu coração doeu diante da completude da existência.

É tudo tão bonito.

✳✳✳✳✳

Ele pensou em Chen, ainda deitado no trenó, ferido e sozinho, esperando pelo seu retorno.

E hesitou.

Se ele pulasse, Chen morreria.

Era isso o que ele queria? Cometer assassinato por inação? Tirar a chance de outra pessoa de viver e encontrar significado no universo?

A respiração de Alex se embargou enquanto ele se de debatia na agonia da indecisão. Parecia monstruosamente injusto que *ele* fosse o único que podia ajudar Chen. Por que, pelo menos uma vez, ele não podia deixar para lá e ficar livre dos horrores que o atormentavam desde o momento em que tinha recebido a ligação fatídica que marcou o fim do *antes* e o início daquele *agora* sem alegria?

Por quê?

✹✹✹✹✹

Alex levantou a cabeça e gritou dentro do capacete, liberando toda sua dor e sua raiva numa explosão primitiva própria.

Em um sentido abstrato, não se importava com o que acontecesse com *ninguém*. Por ele, a humanidade poderia se extinguir e o universo não ficaria nem melhor nem pior que antes.

Mas quando o abstrato se tornava concreto, quando era um homem lutando para respirar na sua frente... aí a situação mudava. Alex não sabia bem por que, mas mudava, e ele sabia que não seria capaz de entregar uma alma impotente para o vazio.

Apesar de seu ressentimento, a constatação foi libertadora, pois removeu — por um tempo — o fardo da decisão. Ele não tinha escolha. Não se fosse salvar Chen. Se ele quisesse acabar consigo mesmo depois, após chegarem no veículo de pouso, poderia fazer isso sem problemas. Mas enquanto estavam ali, a necessidade de Chen superava o desejo de Alex.

E se eles voltassem, ainda haveria testes e observações que poderia fazer no caminho de volta. Coisas para aprender, dados para registrar. Tudo isso seria útil.

Os pensamentos de Alex se expandiram. Se conseguissem chegar ao veículo de pouso, ia querer organizar toda a informação que haviam coletado. De modo que os outros entendessem. De modo que *ele* pudesse entender.

✹✹✹✹✹

A expedição tinha dado a ele um objetivo, e o objetivo tinha lhe dado uma razão para seguir em frente. Alex finalmente conseguiu reconhecer isso. Enquanto tivesse um destino em mente, seguiria colocando um pé à frente do outro. Isso não significava que a vida seria fácil ou agradável, mas talvez ela pudesse ser suportável.

Talvez.

Ele poderia continuar estudando o buraco, por ele e por Layla. E se perdesse o interesse nele, havia uma galáxia inteira esperando para ser explorada. Se Alex havia aprendido alguma coisa em Talos, era que ainda existiam mistérios profundos no universo — verdades inesperadas capazes de reescrever seu entendimento da própria realidade.

Esse não era um bom motivo para resistir?

Ele não sabia. Mas talvez valesse a pena descobrir.

De qualquer forma, não conseguiria matar Chen.

✺✺✺✺✺

A vontade de pular tinha passado, e em sua ausência, Alex percebeu uma sensação quase insuportável de leveza. Suas lágrimas não eram mais de tristeza, e sim de libertação.

— Perdoe-me — sussurrou, afastando-se lentamente do buraco.

Ele pensou que Layla entenderia. Ela sempre entendia.

Observou o *Adamura* percorrer um arco na direção do horizonte enevoado pela poeira, e pela primeira vez desde *antes*, teve uma sensação de esperança. Então riu e piscou para conter as lágrimas.

✺✺✺✺✺

O tempo entre os estrondos parecia estar ficando mais curto. Não... isso não poderia estar certo. As lacunas em sua memória estavam aumentando.

Alex estremeceu. Ele não tinha muito tempo. Precisava partir logo ou acabaria engolido por uma das faixas de esquecimento e nunca mais acordaria.

Além disso, havia uma pessoa contando com ele agora. Ele não podia se dar ao luxo de falhar.

Era uma sensação nova. Alex gostou dela.

Os anjos fractais ainda pairavam a sua frente. Ele ergueu as mãos, e eles ficaram mais luminosos que nunca. Então deu as costas para as criaturas cintilantes — ele ainda não sabia se eram artefatos visuais ou seres vivos — e para a vastidão do buraco com suas profundezas furiosas.

Atrás dele, Alex viu sete tartarugas paradas em um semicírculo a dez metros de distância.

Perguntou-se por quanto tempo elas estavam observando.

Por favor, pensou Alex, e ele se surpreendeu com a força de seu desejo. Por favor, deixem ele passar. A ideia de morrer naquele momento encheu-o com mais medo do que a ideia de pular.

Ele deu um passo e depois outro.

As tartarugas abriram caminho em silêncio.

✺✺✺✺✺

Enquanto se afastava do buraco, Alex pensou no que havia à sua frente. Na caminhada até o trenó e em tudo o que precisaria fazer antes que pudesse partir para o leste, na direção do veículo de pouso. Teria que tirar Chen do trenó, prender as rodas, erguer o mastro e a vela, de algum modo botar Chen novamente no veículo convertido... e ele já estava esgotado, e seu corpo doía *muito*.

E ele pensou em ter que lidar com Idris e Jonah outra vez, e a tenente Fridasdottir, e todo mundo no *Adamura*. Pensou nas perguntas intermináveis. Nos formulários. Nos escaneamentos. Nas investigações, e em como todo o processo seria entediante.

Apesar disso tudo, Alex sorriu. Estava tudo bem. Ele estava disposto a suportar o desconforto e a inconveniência.

Ele estava disposto a tentar.

✹✹✹✹✹

"Eu concluo que está tudo bem", diz Édipo, *e essa observação é sagrada.*
— ALBERT CAMUS

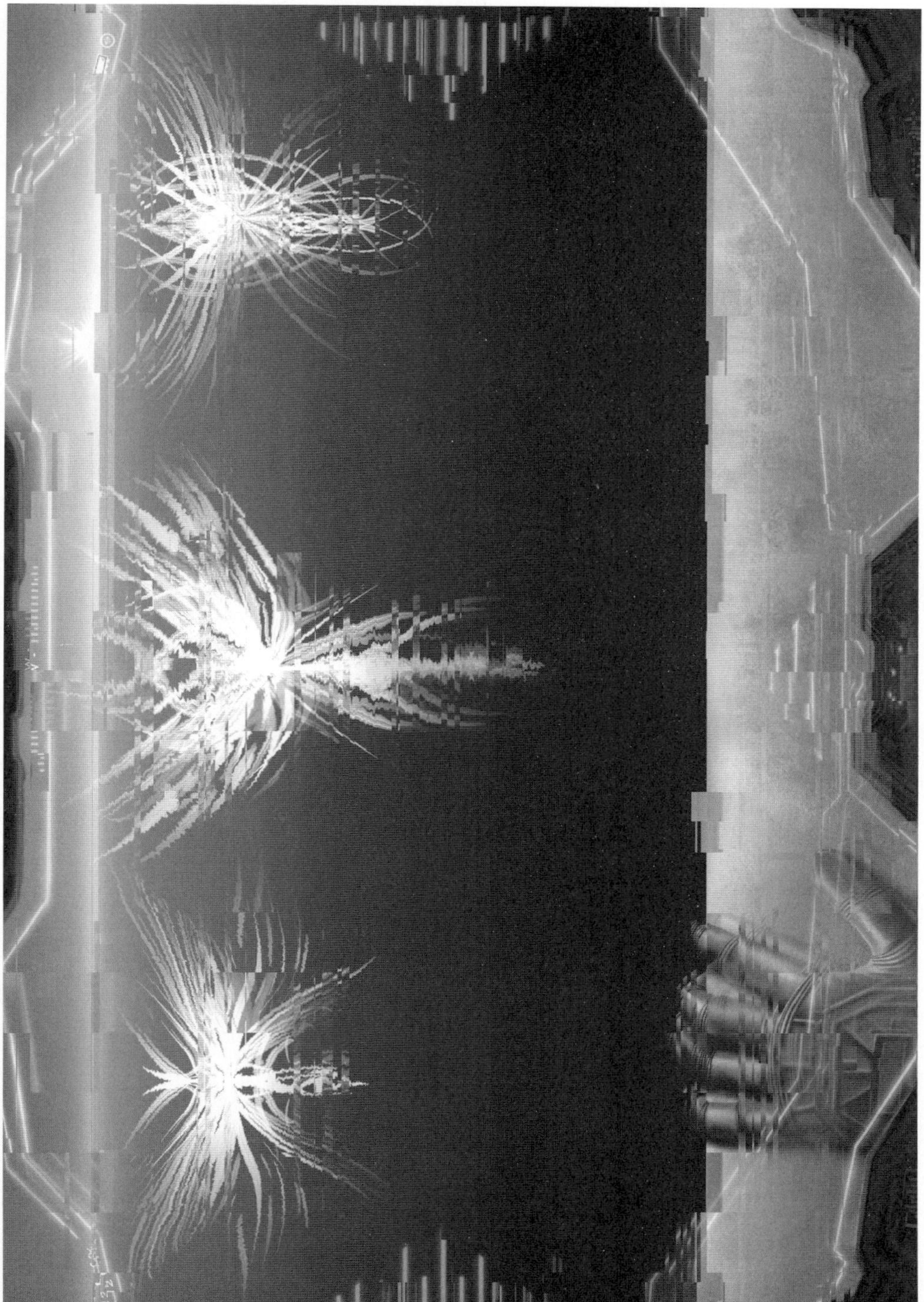

ADENDO

★ ★ ★ ★ ★ ★ ★

APÊNDICE I

★   ★   ★   ★   ★   ★   ★

TERMINOLOGIA

"Que seu caminho sempre leve ao conhecimento."
"O conhecimento à liberdade."

— LITANIA DOS ENTROPISTAS

"Coma a estrada."

— INARË

A

ACUWAKE: *ver* StimWare

ALIANÇA SOLAR: governo baseado no Sol formado por três membros primários: Terra, Marte e Vênus, com a Terra sendo a maior e mais poderosa facção. Originalmente formada antes da descoberta de FTL. Shin-Zar e muitas das colônias interestelares preservam um elevado grau de independência, com laços mais fortes com países e empresas individuais do que com a própria Aliança Solar.

ANEL ORBITAL: anel grande e artificial colocado em torno de um planeta. Pode ser construído a praticamente qualquer distância, mas o primeiro anel costuma ser construído em órbita baixa. O conceito básico é simples: um cabo giratório que orbita a linha equatorial. Uma casca supercondutora não orbital envolve o cabo. A casca é usada para acelerar/desacelerar o cabo, se necessário. Painéis e estruturas solares podem ser construídos na casca externa, inclusive elevadores espaciais estacionários. A gravidade na superfície mais externa da casca/do anel tem níveis quase planetários. Uma forma prática e barata de deslocar uma grande quantidade de massa para dentro e fora da órbita.

ÁRVORE YACCAMÉ: espécie semelhante a árvores nativa de Eidolon. Tecnicamente animais sésseis, as árvores yaccamé se destacavam pela "madeira" colorida de seu tronco. (Nesse caso, a madeira na verdade se trata de um chifre fibroso que transporta nutrientes do corpo carnoso sob o solo para as frondes acima.) Resistente e bela, a madeira de *yaccamé* tem inúmeras utilizações na construção, incluindo os totens de arco-íris pelos quais a colônia de Eidolon é conhecida. Por lei, apenas as árvores yaccamé mortas podem ser colhidas, mas a alta demanda pela madeira em todos os lugares do espaço colonizado levou a uma grande quantidade de caça ilegal e um mercado clandestino substancial. A etimologia de *yaccamé* não é clara, com linguistas defendendo que ela tem origem no avestano (e por isso tem suas raízes na tradição zoroastrista), no tâmil e no turco. Ainda não se chegou a uma resposta definitiva.

B

BICHO-PURPIRINA: animal pequeno, semelhante a um inseto, nativo de Eidolon. Notável pelos exoesqueletos brilhantes e metálicos.

BITS: criptomoeda datada do Tempo Padrão Galáctico (TPG). Forma mais amplamente aceita de moeda corrente no espaço interestelar. Moeda oficial da Aliança Solar.

BLASTER: laser que dispara um pulso em vez de um feixe contínuo.

BOLHA DE MARKOV: esfera de espaço sublumínico permeada por um campo eletromagnético condicionado que permite que a matéria tardiônica faça a transição pela membrana de espaço-tempo fluida no espaço superlumínico.

BOLOR-VERMELHO: sincício plasmodial oportunista nativo de Eidolon. Principal gerador de deterioração biológica em grandes partes da biosfera de Eidolon. Tóxico para humanos; mortal se inalado e crescer nos pulmões (a mortalidade se aproxima de 100% após sete dias). Depois que o bolor-vermelho passa pela barreira hematoencefálica, não há tratamento possível.

BRONZEADO DE ESPAÇONAUTA: resultado inevitável de dias e meses sob as luzes de pleno espectro usadas em espaçonaves para evitar distúrbios afetivos sazonais, deficiência de vitamina D e uma série de outras enfermidades. Especialmente notável em habitantes de estações nativas e de naves de longos percursos.

BUSCADOR: um Entropista. Quem busca uma forma de salvar a humanidade da morte térmica do universo.

C

CABEÇA DE IMPLANTE: termo pejorativo para pessoas que se tornam viciadas em seus implantes, seja por obsessão com o conteúdo virtual ou — mais perigosamente — através de estimulação direta dos centros de prazer do cérebro. Tal estimulação é ilegal em toda a Aliança Solar e também em Shin-Zar, mas o vício continua sendo muito comum, e aqueles acometidos por ele frequentemente negligenciam a si mesmos até chegarem à morte.

CAPITÃO ACE SAVAGE: série popular de romances de ficção científica escrita por Horus Murgatroyd III durante o fim do século XXI e início do século XXII. Ela foi publicada originalmente no *Diário de Plutão*. É caracterizada por tramas exageradas, personagens extravagantes, um completo desrespeito à precisão científica e um tom geral de bondade e alegria. Considerada ficção de baixo nível pela maioria dos críticos, a série teve um enorme sucesso no espaço colonizado. Foi adaptada para vários filmes, games e vários outros spin-offs.

CARBON: animal reptiliano de porte médio nativo de Eidolon. É cheio de espinhos ósseos e tem a habilidade de emitir fortes descargas elétricas através de órgãos especializados na boca. As descargas são fortes o suficiente para incapacitar e até matar a presa enquanto — como o nome indica — carbonizam carne, couro e outros materiais orgânicos. Ataques a humanos são a exceção, não a regra, mas diversas fatalidades foram registradas (todas por ataque cardíaco provocado pela eletrocussão).

CASTANHAS DE BERYL: castanhas comestíveis de casca parecida com uma pedra preciosa, usadas em algumas marcas de rações. Espécie manipulada geneticamente nativa de Eidolon.

CELLUDOX: matriz coagulante e de crescimento usada para estancar sangramentos e promover reparos em tecidos. Item padrão de qualquer kit de primeiros socorros bem equipado. Frequentemente aplicado em feridas profundas antes da sutura. Componente primário do espumed, que rapidamente substituiu o Celludox em popularidade.

CENTRAL TERRESTRE: quartel-general principal da Aliança Solar. Construída em torno da base do pé de feijão de Honolulu. (*Ver também* Pé de feijão.)

CENTRO DE LEMBRANÇA: lugar independente de religiões que funciona como casa funerária (geralmente um crematório), repositório para urnas com cinzas e centro memorial. Ostensivamente secular, mas, na prática, a maioria dos memorialistas são huteritas da Reforma ou unitarianos não praticantes. A prática começou no Mundo de Stewart e logo se espalhou para outros mundos colonizados fora do Sol. (*Ver também* Memorialista.)

CÉREBRO DE NAVE: a transcendência somática da humanidade. Cérebros removidos de corpos, colocados em uma matriz de crescimento e banhados com nutrientes para induzir a expansão de tecidos e a formação de sinapses. Os cérebros de nave são o resultado de uma confluência de fatores: o desejo humano de levar o intelecto a seus limites, o fracasso no desenvolvimento de uma verdadeira IA, o tamanho crescente das espaçonaves e o potencial destrutivo de qualquer nave que viaje no espaço. Ter uma única pessoa, um único cérebro, para supervisionar as principais operações de uma nave tornou-se uma ideia atraente. Porém, nenhum cérebro sem melhoramentos conseguiu lidar com a quantidade de informações sensoriais produzidas por uma espaçonave completa. Quanto maior a nave, maior o cérebro necessário.

Os cérebros de nave são alguns dos mais brilhantes indivíduos que a humanidade produziu. Além disso, em certos casos, alguns dos mais perturbados. O processo de desenvolvimento é complexo e foram notados efeitos colaterais psiquiátricos graves.

Teoriza-se que os cérebros de nave — a bordo ou não — são responsáveis por dirigir muito mais questões cotidianas dos humanos do que suspeitam os menos paranoicos. Embora seus meios e métodos às vezes possam ser opacos, seus desejos não são diferentes daqueles de qualquer outro ser vivo: ter uma vida longa e próspera.

CHEFE: termo huterita genérico para uma pessoa encarregada de qualquer projeto ou organização. Adotado no uso geral com numerosas variações depois da Expansão Huterita.

CHEFE DE EXPEDIÇÃO: *ver* Chefe.

CHEFE DE ENGENHARIA: *ver* Chefe.

CHELL: chá derivado das folhas da palmeira Sheva, de Eidolon. Um estimulante leve usado em todo o espaço povoado por humanos, o segundo em popularidade, perdendo apenas para o café. Mais comum entre os colonos do que entre terráqueos.

CONGLOMERADO HASTHOTH: corporação interestelar que começou como uma empresa de frete especializada em remessas de carga interplanetárias antes de se expandir para o desenvolvimento de pseudointeligências, construção de equipamentos de terra-formação e financiamento de pesquisas extrassolares com objetivo de exploração comercial.

CORDILHEIRA DO PANTEÃO: grande cordilheira de montanhas vulcânicas em Eidolon com picos individuais com nomes de deuses gregos e romanos. Destino de escalada popular para turistas de eidolonianos.

CRIO: sono criogênico; animação suspensa induzida por um coquetel de drogas antes de uma viagem em FTL.

D

DESOLAÇÕES DE SALK: área ao norte de Plinth, em Eidolon. Uma vastidão seca desprovida de árvores de *yaccamé*, mas densa com grama-de-chita. (*Ver também* Grama-de-chita.)

DIP: diploma interplanetário. Único diploma educacional aceito em todo espaço colonizado. A certificação é supervisionada pela Universidade Bao, no Mundo de Stewart, em cooperação com várias instituições de ensino de Sol. Os DIP cobrem as disciplinas mais relevantes, inclusive direito, medicina e todas as ciências importantes.

E

EBUTROFNENO: analgésico líquido de ação rápida recomendado para dores fortes e extremas. Contraindicado para uso em longo prazo.

EIDOLON: planeta na órbita de Épsilon Eridano. Um planeta verde semelhante à Terra, fervilhante de vida nativa, nenhuma sapiente e a maioria venenosa ou hostil. A colônia ali tem a mais elevada taxa de mortalidade de qualquer planeta colonizado.

ELEVADOR ESPACIAL: faixa de fibra de carbono que se estende da superfície de um planeta até um ponto de ancoragem (em geral, um asteroide), depois da órbita geoestacionária. Esteiras rolantes transportam massa, subindo e descendo pela faixa.

ENJOO DE CRIO: desconforto digestivo, metabólico e hormonal generalizado provocado por tempo demais em crio (ou por muitas viagens consecutivas). De desagradável a letal, com efeitos colaterais que aumentam com o tempo em crio e/ou o número de viagens. Alguns indivíduos são mais propensos do que outros.

ENTROPISMO: pseudorreligião apátrida movida por uma crença na morte térmica do universo e por um desejo de escapar ou adiar a mencionada morte. Fundado pelo matemático Jalal Sunyaev-Zel'dovich em meados do século XXI. Os Entropistas dedicam recursos consideráveis à pesquisa científica e contribuíram — direta ou indiretamente — com inúmeras descobertas importantes. Os adeptos confessos são identificados por seus mantos gradientes. Como organização, os Entropistas se mostraram de difícil controle, porque não juram lealdade a nenhum governo, apenas aos rigores de sua própria busca. Sua tecnologia está consistentemente várias décadas à frente da principal da sociedade humana, se não mais. "Por nossos atos, aumentamos a entropia do universo. Por nossa entropia, procuramos a salvação das sombras iminentes." (*Ver também* Nova Energium.)

ESCUDO DE SOMBRA: uma tampa resistente à radiação que fica entre um reator e o corpo principal de uma espaçonave. Compreendido de duas camadas: escudo de nêutrons (em geral, hidróxido de lítio) e escudo de raios gama (tungstênio ou mercúrio). Para manter as estações e a tripulação dentro da "sombra" projetada pelo escudo, as espaçonaves costumam se acoplar de frente.

ESCUDO MAGNÉTICO: o toro bipolar magnetosférico de plasma ionizado usado para proteger espaçonaves da radiação solar durante viagens interplanetárias, *ou* o sistema magneto-hidrodinâmico usado para frenagem e proteção térmica durante a reentrada.

EXOESQUELETO: (EXO no jargão comum) uma estrutura energizada usada para combate, transporte, mineração e mobilidade. Os exos variam amplamente em projeto e função, sendo alguns abertos aos elementos e outros endurecidos para resistência ao vácuo ou às profundezas do oceano. Exos blindados são equipamento padrão das tropas de combate da Aliança Solar.

EXPANSÃO HUTERITA: série de esforços de colonização intensiva feitos pelos huteritas da Reforma, começando pelo Sistema Solar e expandindo-se para fora, em seguida à descoberta da FTL. Diz-se que o período começou logo depois da construção do primeiro elevador espacial terrestre e terminou com a colonização de Eidolon. (*Ver também* Huteritas da Reforma.)

F

FITA FTL: gíria para fita adesiva a vácuo, um tipo de fita incrivelmente resistente e sensível à pressão. Forte o bastante para remendar brechas em cascos externos. Apesar da crença popular, não é adequada para reparos que pretendam resistir à duração de viagens em FTL.

FLAGELO: micróbio que matou 27 dos 34 humanos enviados em uma missão de pesquisa no planetoide rochoso de Blackstone.

FRUTA-DE-SINO: organismo vegetal nativo de Eidolon, nomeado por causa de seus frutos proporcionalmente grandes em forma de sino, conhecidos pela grande variedade de cores que exibem. A reprodução é realizada através de esporidismo, que serve como importante fonte de alimento para os insetos da fauna local.

FTL: mais rápido que a luz, do inglês *faster than light*. Modo principal de transporte entre as estrelas. (*Ver também* Propulsor de Markov.)

FTU: Fundação Taxonômica Unida. Organização não governamental sem fins lucrativos que supervisiona as convenções de nomenclatura e a catalogação de todas as formas de vida conhecidas. Suas designações numéricas suplantaram os sistemas de nomenclatura binominais anteriores. Sediada na Terra, mas com instalações significativas em Eidolon.

FULL SWEEP: mão de maior valor no sete-ou-nada, consistindo em quatro setes, dois reis e um nove, para uma contagem de 91 e uma pontuação de 13.

G

GRAMA-DE-CHITA: grama simbionte nativa de Eidolon, cujo nome se deve às cores de seus caules que, quando vistos juntos, formam padrões como os de chita. Caules triangulares de bordas aguçadas, folhas lisas e raízes tuberosas aromáticas são características notáveis. Organismo composto que surge de uma ameboide semelhante a limo terráqueo, que vive entre os filamentos de muitas espécies de fungos em uma relação mutualística.

GRANDE FAROL: primeiro artefato alienígena encontrado pelos humanos. Localizado em Talos VII (Theta Persei 2). O farol é uma cratera de 50 quilômetros de largura e 30 de profundidade. Emite um pulso eletromagnético de 304 MHz a intervalos de 10,6 segundos, junto com uma rajada de som estruturado que é uma representação do conjunto de Mandelbrot em código trinário. Cercado por uma rede de liga de gálio com vanádio, que no passado pode ter agido como supercondutor. Criaturas gigantes, feito tartarugas (sem cabeças ou pernas), vagam pela planície que cerca a cratera. Até hoje, ninguém descobriu a relação delas com o artefato. O propósito do Grande Farol ainda é um mistério.

GRED: grânulos reciclados excretórios desidratados. Fezes estéreis cobertas por polímero quando processadas por skinsuits adequadamente equipados.

H

HUTERITAS DA REFORMA: dissidência herege do huterismo etnorreligioso tradicional, agora em número muito maior que seus antecessores. Os huteritas da Reforma (HR) aceitam o uso de tecnologia moderna sempre que lhes permita progredir na realização da difusão da humanidade e estabelecer seus direitos sobre a criação de Deus, mas reprovam qualquer uso de tecnologia, como injeções de células-tronco, que considerem necessidades individuais e egoístas. Sempre que possível, moldam-se a uma vida comunitária. Mostraram-se muito bem-sucedidos em todo lugar que colonizaram. Diferentemente dos huteritas tradicionais, sabe-se que os HR servem nas Forças Armadas, embora isso ainda seja rejeitado pela maior parte de sua sociedade.

I

IMPLANTES: a mistura do orgânico com o inorgânico. Dispositivos eletrônicos computadorizados implantados no cérebro humano que que têm interface através de input direto nos neurônios. Comuns em todo o espaço colonizado, os implantes fornecem uma profunda vantagem aos usuários, e poucos grupos ou indivíduos os recusam. Há diferentes níveis de integração disponíveis, desde o audiovisual básico até o conjunto completo de sentidos, incluindo o olfato, o tato, estímulos psicossomáticos internos (as emoções) e, em nível limitado, atividade cerebral (os pensamentos). Sua adoção ampla levou a uma mudança igualmente ampla na atitude em relação às lembranças, espaços virtuais e meios de interação entre indivíduos. A invenção também resultou na criação de mentes coletivas. (*Ver também* Mente Coletiva.)

INARË: [[**Entrada inválida: Verbete não encontrado**]]

INJEÇÕES DE CÉLULAS-TRONCO: série de injeções antissenescência que revitalizam processos celulares, suprimem fatores mutagênicos, restauram o tamanho de telômeros e devolvem o corpo, de modo geral, a um estado equivalente à idade biológica de meados dos 20 anos. Em geral, repetidas a intervalos de 20 anos depois do início. Não impedem o crescimento de cartilagem induzido por envelhecimento em orelhas, nariz etc.

L

LIMITE DE MARKOV: distância de uma massa gravitacional em que passa a ser possível sustentar uma bolha de Markov e, assim, fazer a transição para a viagem em FTL.

M

MARKOV, ILYA: engenheiro e físico que delineou a teoria do campo unificado em 2107, permitindo, assim, a moderna viagem em FTL.

MEDIBOT: assistente robótico capaz de diagnóstico e tratamento para tudo, exceto os casos mais complexos. Os médicos dependem de medibots na maioria das cirurgias. Muitas naves dispensam inteiramente um médico, priorizando economia de custo pelo risco relativamente baixo de precisar de um médico humano.

MEMORIALISTA: pessoa que conduz os serviços em um centro de lembrança. Um conselheiro de pesar sem religião (e ostensivamente secular). Seu uniforme tradicional é um guarda-pó cinza simples.

MENTE COLETIVA: união psicomecânica de pelo menos dois cérebros. Em geral, realizada com sincronização de feixe contínuo de implantes, garantindo consenso entre estímulos intra, extra e proprioceptivos. A troca total de senso anterior de memória é uma parte comum (mas não necessária) do estabelecimento de uma mente coletiva. A amplitude efetiva depende do raio de alcance dos sinais e da tolerância à latência. O colapso tende a ocorrer quando a proximidade física ultrapassa a tolerância. A maior mente coletiva já registrada era de 49, mas o experimento teve vida curta porque os participantes sofreram uma sobrecarga sensorial debilitante. (*Ver também* Implantes.)

MONTE ADÔNIS: *ver* Cordilheira do Panteão.

MUNDO DE STEWART: planeta rochoso na órbita de Alfa Centauro. Primeiro mundo colonizado fora do Sol. Descoberto e batizado por Ort Stewart. Não é um lugar hospitaleiro e, por conseguinte, os colonos produzem uma proporção mais alta do que o normal de cientistas, sua perícia sendo necessária para sobreviver no ambiente severo. Também o motivo para que muitos espaçonautas provenham do Mundo de Stewart; eles são ávidos para encontrar um lugar mais temperado.

N

NOMATI: animais semelhantes a pólipos nativos das regiões árticas de Eidolon. A cada eclipse solar, eles se desprendem de seu ponto de ancoragem (normalmente uma pedra) e saltam 14 vezes. O motivo para isso é desconhecido.

NORODON: analgésico líquido de ação rápida para dores de médias a graves.

NOVA ENERGIUM: o quartel-general e principal laboratório dos Entropistas. Localizada nos arredores de Shin-Zar.

O

ORTODOXIA ADYSÓPITA: seita católica romana herege que enfatiza o sofrimento inevitável da vida material e rejeita o conceito de um deus compassivo, acreditando, em vez disso, que a agonia de Cristo na cruz levou a deidade a se tornar feroz e implacável. Sob esse ponto de vista, o propósito de uma pessoa na vida é louvar e elevar Deus sem expectativa de alguma recompensa posterior (mas temendo a condenação). Seita formada entre os mineradores de asteroides de Sol após uma série de falhas catastróficas de equipamentos, fome e pandemias.

OSTRA-LEÃO: animal nativo de Eidolon. Notável por sua concha âmbar. Usada na fabricação de tinta sépia.

P

PACKET: drone mensageiro pequeno, não tripulado, capaz de FTL.

PALMEIRA SHEVA: árvore perene de não mais de três metros de altura, nativa de Eidolon. Ganhou esse nome pelas sete folhas que cobrem o tronco monstruoso (sendo *sheva* a pronúncia de *sete* em hebraico). As folhas secas são usadas para fazer chell. Maior produto agrícola de exportação de Eidolon. (*Ver também* Chell.)

PÁSSAROS-CHIFRUDOS: animais voadores carnívoros nativos de Eidolon. Migratórios, com asas coriáceas quadradas e chifres voltados para trás na cabeça. Extremamente sociais, suas vocalizações são fonte constante de irritação para qualquer um que viva perto de suas áreas de reprodução. Embora não sejam grandes o bastante para superar fisicamente um humano (seu peso raramente supera os sete quilos), sua mordida é extremamente ácida e provoca ferimentos sérios e/ou morte.

PÉ DE FEIJÃO: *ver* elevador espacial.

PRINCÍPIO ENTRÓPICO: texto central do Entropismo. Originado como uma declaração de intenções, mais tarde expandido a um tratado filosófico que contém um resumo de todo o conhecimento científico, com ênfase principal em astronomia, física e matemática. (*Ver também* Entropismo.)

PRISIONEIRO: qualquer um que não seja Entropista. Alguém aprisionado no universo moribundo por sua falta de conhecimento.

PROPULSOR DE MARKOV: máquina movida a antimatéria que permite a viagem em FTL. (*Ver também* Teoria do Campo Unificado.)

PSEUDOINTELIGÊNCIA: simulacro convincente de senciência. Até o momento, a criação da verdadeira inteligência artificial provou-se mais difícil (e perigosa) do que se previa. As pseudointeligências são programas capazes de função executiva limitada, mas lhes faltam consciência de si, criatividade e introspecção. Apesar de suas limitações, mostraram-se imensamente úteis em quase todo domínio de empreendimento humano, de pilotar naves a administrar cidades. (*Ver também* Cérebro de Nave.)

Q

QET: *ver* Quantum de Energia Translumínica.

QUANTUM DE ENERGIA TRANSLUMÍNICA (QET): o tijolo mais fundamental da construção da realidade. Uma entidade quântica de comprimento de Planck 1, energia de Planck 1 e massa zero. Ocupa cada ponto do espaço, sub e superlumínico, bem como a membrana lumínica que divide os dois.

R

REGINALD, O DEUS DE CABEÇA DE PORCO: líder de seita local da cidade de Khoiso. Humano manipulado geneticamente com uma cabeça suína. Seus seguidores acreditam que seja uma deidade encarnada, possuidora de poderes sobrenaturais.

RUSLAN: planeta rochoso na órbita de 61 Cygni A. Segunda colônia mais nova na Liga, atrás de Weyland. Colonizado principalmente por interesses russos. A mineração extensiva acontece nos cinturões de asteroides em torno da parceira binária de A, Cygni B.

S

SAMAMBAIA-OROS: planta nativa de Eidolon. Preta-esverdeada, com folhas que crescem em espiral, como as samambaias (daí o nome).

SETE-OU-NADA: jogo de cartas tradicional de viajantes espaciais. O objetivo é acumular o máximo de setes ou múltiplos de sete, somando-se os valores das cartas (as cartas figuradas têm seu valor numérico).

SHIN-ZAR: planeta de gravidade elevada na órbita de Tau Ceti. Extremamente independente, a colônia costuma ter tem um relacionamento difícil com a Aliança Solar. Notável pelo número elevado de colonos de origem coreana. Também notável pela manipulação genética da população a fim de ajudar os colonos a se adaptarem à gravidade mais forte que a da Terra. As principais alterações são: estrutura esquelética consideravelmente mais grossa, capacidade pulmonar aumentada (para compensar o baixo nível de oxigênio), hemoglobinas aumentadas, massa muscular aumentada via inibição de miostatina, tendões duplos e órgãos geralmente maiores. População geneticamente divergente. (*Ver também* Entropismo.)

SKINSUIT: traje protetor colado à pele, polivalente, que — com um capacete — pode agir como traje espacial, equipamento de mergulho e traje para climas frios. Equipamento padrão para qualquer um em ambiente hostil.

SOLAS LAGARTIXA: emplastros adesivos na parte inferior de skinsuits e botas com a intenção de escalar ou manobrar em gravidade zero. Como indica o nome, os emplastros (que são cobertos por cerdas com aproximadamente 5um de diâmetro) dependem da força de van der Waals para adesão. A força de corte é um fator limitante para a carga máxima, mas também oferece um mecanismo de liberação.

STIMWARE: uma das várias marcas de um medicamento popular para substituir o sono. A droga contém dois compostos diferentes: um para restaurar o ritmo circadiano do corpo, outro para livrar o cérebro de metabólitos como o β-amiloide. Quando em privação de sono, a dosagem previne neurodegeneração e mantém um alto nível de funcionamento mental/físico. O estado anabólico do sono não é reproduzido, portanto assim ainda é necessário o descanso normal para a secreção do hormônio do crescimento e a recuperação adequada dos estresses diários.

STRAIGHT SWEEP: a mão de cartas natural mais alta no sete-ou-nada, consistindo em quatro reis, duas rainhas e um oito, numa contagem de 84 valendo 12 pontos.

T

TEORIA DO CAMPO UNIFICADO: teoria elaborada por Ilya Markov em 2107 que contém os fundamentos para a viagem em FTL (assim como várias outras tecnologias).

TGP: Tempo Galáctico Padrão. Cronologia universal determinada por emissões de QET do núcleo galáctico. A causalidade pode parecer interrompida, mas é só aparência; *a* sempre vai causar *b*.

THRESH: metal pesado esmagador que se originou nas comunidades agrícolas de Eidolon. Notável pelo uso de implementos agrícolas como instrumentos.

THULE: vulgo o Senhor dos Espaços Vazios. Pronuncia-se *TUL*. Deus dos espaçonautas. Derivado de *ultima Thule*, expressão em latim que significava "um lugar além dos limites de todos os mapas". Originalmente aplicado a um planetesimal transnetuniano em Sol, o termo passou a ser aplicado ao "desconhecido" de modo geral, e então ganhou personificação. Há muitas superstições em torno de Thule entre os mineiros de asteroides em Sol e em outros lugares.

TIGREMALHO: predador grande, como um felino, nativo de Eidolon. Notável pelas barbelas no dorso, os olhos amarelos e a inteligência superior

TRUSKIN: spray de pele artificial usado para formar um curativo flexível, estimula a regeneração adequada dos tecidos e previne cicatrizes. Através de sinais bioelétricos, o corpo é induzido a gerar pele com a estrutura de colágeno, a vasculatura e a enervação adequadas. O spray fornece a base e os nutrientes para acelerar o processo, o que resulta em tempos de cicatrização substancialmente reduzidos.

V

VARREDURA EM REDE: uma análise invasiva e profunda de todos os dados coletados pelos implantes de uma pessoa. Geralmente prejudicial para a saúde física e mental do indivíduo, em vista da potência dos sinais elétricos usados, bem como da natureza íntima da sonda. Às vezes resulta em perda da função encefálica.

VSL: veículo superlumínico. Designação da Liga para uma nave civil capaz de FTL.

APÊNDICE II

★ ★ ★ ★ ★ ★ ★

CRONOLOGIA

1700-1800 (EST.):

· A Separação

2025-2054:

· Desenvolvimento e construção do primeiro elevador espacial terrestre. Rapidamente se seguiu pelo aumento na exploração e no desenvolvimento econômico no Sistema Solar (Sol). Primeiros humanos pousam em Marte. Construção de base lunar, bem como várias estações espaciais por todo o Sol. Começa a mineração de asteroides.

2054-2104:

· Com a o elevador espacial, a colonização do Sistema Solar se acelera. Começa a Expansão Huterita. Fundação da primeira cidade flutuante em Vênus. Postos avançados permanentes (embora não autossustentáveis) em Marte. Muitos mais habitats e estações construídos por todo o sistema. Começa a construção de um anel orbital em torno da Terra.
· Os foguetes movidos a fissão e termonucleares são o principal meio de transporte no Sistema Solar.
· O matemático Jalal Sunyaev-Zel'dovich publica os princípios fundamentais do Entropismo.

- Fazer cumprir a lei se torna cada vez mais difícil no Sistema Solar. Começam os embates entre os assentamentos externos e os planetas internos. A lei espacial internacional é ampliada e mais desenvolvida pelas Nações Unidas e por governos individuais. Brotam milícias em Marte e entre os mineiros de asteroides. As corporações sediadas no espaço usam empresas de segurança particular para proteger seus investimentos. A essa altura, o espaço está totalmente militarizado.
- Vênus e Marte permanecem estreitamente ligados à Terra, nos aspectos políticos e de recursos, mas começam a tomar forma os movimentos de independência.
- A construção de painéis solares gigantescos no espaço proporciona energia barata por todo o Sol. Filtros, implantes e modificações genéticas são comuns entre os que podem pagar por eles.
- Os propulsores de fusão substituem os foguetes de fissão mais antigos, reduzindo drasticamente os tempos de viagem dentro do Sistema Solar.

2104-2154:

- Fundação do Empório de Tritões Pios de Fink-Nottle.
- A Terra consolida seu poder formando a Aliança Solar, um governo de todo o sistema sob sua liderança, mas incluindo os governos planetários de Marte e Vênus, assim como inúmeras estações, postos avançados e territórios.
- Invenção das injeções de células-tronco, efetivamente tornando os humanos biologicamente imortais. Isto leva ao lançamento de várias naves colônias autossustentáveis em subluz a Alfa Centauro.
- Logo em seguida, Ilya Markov codifica a teoria do campo unificado (TCU). Construção de um protótipo funcional de propulsor FTL em 2114. A nave experimental *Daedalus* faz o primeiro voo em FTL.
- Naves de FTL partem para Alfa Centauro, superando as naves colônias subluz. Primeira colônia extrassolar fundada no Mundo de Stewart em Alfa Centauro.
- Oelert (2122) confirma que a maior parte da matéria sublumínica local existe em um vasto halo em torno da Via Láctea.
- Seguem-se várias outras colônias extrassolares. Primeiro em Shin-Zar. Depois em Eidolon. Algumas cidades/postos avançados são fundadas por corporações. Algumas por nações da Terra. Seja como for, as colônias são altamente dependentes de suprimentos do Sol, para começar, e a maioria dos colonos acaba mergulhado em dívidas depois de comprar os vários componentes de equipamento de que precisam.

2154-2230:

- Weyland é colonizado.
- O Numenismo é fundado em Marte por Sal Horker II por volta de 2165-2179 (est.).
- Reginald, o deus de cabeça de porco, inicia seu ministério em Khoiso.
- À medida que crescem, as colônias começam a afirmar sua independência da Terra e de Sol. Conflitos entre facções locais (como o Levante de Shin-Zar). As relações com a Terra se tornam tensas. Vênus tenta, sem sucesso, conquistar sua independência na Ofensiva Zahn.
- Alex Crichton nasce em 2197.
- Ruslan é colonizado.

2234:

- Descoberta do Grande Farol em Talos VII pela tripulação do VLS *Adamura,* e os eventos posteriores.

* * * *

POSFÁCIO & AGRADECIMENTOS

1.

Escrevi esta história por causa de um pesadelo.

Em 2011, quando eu estava terminando *Herança* (o quarto e último livro do Ciclo A Herança), tive uma noite de sonhos que, por inúmeros motivos, foram incrivelmente vívidos, tanto visual quanto emocionalmente.

Os sonhos eram divididos em duas metades. Na primeira, eu me via caminhando por uma floresta escura e sombria cheia de árvores altas e retorcidas que pareciam *erradas*. Nos galhos, havia corujas empoleiradas com cristas farpadas em torno da cabeça. As aves eram bidimensionais e pretas como breu, exceto por seus olhos, que brilhavam brancos. No chão, junto de pequenos lagos, havia sapos com protuberâncias bioluminescentes que brotavam de suas cabeças, como peixes-pescadores, e no musgo sob as árvores havia larvas brancas que saltitavam e faziam *skree-skree* e *skree-skro*. E quando as larvas caíam, explodiam em cinco ou seis centopeias que se afundavam no musgo e desapareciam.

As árvores e as criaturas me impressionaram tanto que as utilizei em *Herança*, e acredito que elas deixaram o livro mais rico e estranho do que teria sido sem elas. Especialmente as larvas, que parecem ter causado completo horror em alguns leitores.

Durante a segunda metade da noite, meus sonhos mudaram, e sonhei com um planeta. Um planeta vazio e rochoso, girando sem parar nas profundezas do espaço. E no planeta, eu vi um buraco enorme. E eu o ouvi pulsar, como um alto-falante gigantesco, e no som que ele produzia senti a estrutura do Conjunto de Mandelbrot, um padrão fractal que se envolve cada vez mais fundo dentro de si mesmo. Uma infinidade de detalhes a partir de um início finito. E, junto com tudo isso, vi um grupo de três pessoas nos limites da planície que cercava o buraco, e eu os vi caminhando em direção a ele — caminhando e caminhando em uma busca lenta e infeliz.

2.

Como você pode perceber, esses sonhos tiveram um impacto enorme sobre mim.

Passei um bom tempo durante a década passada escrevendo sobre o que vi naquela noite, tanto como uma forma de exorcismo quanto como um meio de tentar transmitir as emoções que experimentei. Agora que terminei... acho que estou pronto para que meu cérebro adormecido me forneça outra coisa estranha como inspiração para escrever, embora desta vez, eu prefira algo um pouco mais animado.

Em 2013, comecei minha pesquisa para o Fractalverse e para *Dormir em um mar de estrelas*. Essa tarefa consumiu o ano inteiro, mas durante esse tempo, pensei em uma narrativa anterior ao primeiro livro como forma de obter alguma experiência nesse novo cenário antes de tentar uma história tão grande. Tenha em mente que eu estava escrevendo fantasia desde os 15 até os 28 anos, e a experiência deixou uma série de hábitos linguísticos impressos em meu cérebro. Hábitos que eu precisava eliminar se realmente fosse escrever o tipo de ficção científica que queria.

Originalmente, eu pensava que *Ruídos de outro mundo* teria de 10 a 15 páginas, no máximo. Como acontece com tantos de meus projetos, ele ficou muito maior. Mesmo assim, comparado com o Ciclo A Herança e *Dormir em um mar de estrelas*, acho que é uma história curta.

Terminei o primeiro manuscrito de *Ruídos de outro mundo* em 8 de outubro de 2013. Essa versão da história tinha a metade do tamanho do livro que você está segurando agora e — fiquei arrasado ao perceber — não funcionava. Era uma obra muito mais deprimente, misantrópica e niilista, e depois de muita introspecção, percebi que a) eu não queria publicar nada tão sombrio e b) queria seguir em frente e escrever *Dormir em um mar de estrelas* em vez de passar mais alguns meses revisando *Ruídos de outro mundo*.

(Um detalhe a respeito desse primeiro ponto: a vida é difícil para todo mundo. Parece-me o cúmulo da má conduta autoral publicar qualquer coisa que vá tornar a vida das pessoas pior. Se um livro pode inspirar alguém, se pode ajudar quando se está deprimido e para baixo, então também pode fazer o contrário. É por isso que você nunca vai me ver escrevendo algo que seja niilista ou derrotista.)

Então foi isso o que fiz. Fiquei até 2020 escrevendo e editando (muito mais do que o esperado) *Dormir em um mar de estrelas*. E, por falar nisso, se você gostou de *Ruídos de outro mundo*, confira *Dormir em um mar de estrelas*. Ele segue e se baseia em muitos dos eventos da equipe do *Adamura*, ao mesmo tempo que conta uma história *muito* maior.

Quando me livrei de *Dormir em um mar de estrelas*, parei e reli *Ruídos de outro mundo*. Então percebi que, sim, essa era uma história que eu ainda queria contar. Com uma visão muito mais clara do livro, comecei as revisões e, para minha satisfação, elas foram tranquilas e rápidas.

3.

Como acontece com todos os meus livros, tive a sorte de receber muita ajuda de meus amigos, familiares e colegas. Eles são:

Em casa

Meus pais, por seu apoio inabalável durante o que foi um período de grandes mudanças. Um muito obrigado para meu pai, Kenneth, por manter centenas de coisas funcionando enquanto eu estava escrevendo/editando. E um obrigado igualmente grande para minha mãe, Talita, por ler, reler e ajudar a editar diversas versões de *Ruídos de outro mundo* ao longo dos anos.

Também uma nota especial de agradecimento para minha esposa, Ash, por seus conselhos, pela ajuda e pelo amor durante esse processo. Conhecer você tornou este livro ainda mais importante para mim.

Minhas incríveis assistentes, Immanuela e Holly, que fizeram um trabalho maravilhoso com sites, redes sociais, divulgação, arte, redação, gestão de conteúdo, criação e muito mais. Obrigado a vocês duas! Esses livros não seriam possíveis sem vocês.

Meu amigo Martin Clemons, por me fornecer conhecimentos técnicos muito necessários sobre rádios, condutores e eletricidade. Foi sua sugestão que a rede de gálio fosse uma antena, o que também me deu algumas ideias interessantes sobre a natureza do próprio buraco.

Na Writers House

Meu primeiro e único agente, Simon Lipskar, que ajudou a conduzir *Ruídos de outro mundo* até a publicação, como fez tão bem com meus outros romances. Foi uma estrada longa com este, hein, Simon? Obrigado como sempre, e um brinde aos livros futuros!

Na Tor

Will Hinton, meu editor, que me ajudou a finalizar o processo de converter *Ruídos de outro mundo* de um conto em um romance. Entre outras sugestões incrivelmente úteis, ele me ajudou a acrescentar uma importante (e necessária!) ligação emocional entre Alex e Layla.

Também no editorial: o editor assistente Oliver Dougherty por ajudar a coordenar todo este projeto. A editora de texto Christina MacDonald, por cuja atenção aos hífens (além de muitos outros detalhes gramaticais) sou extremamente agradecido.

Na divulgação e marketing: Lucille Rettino, Eileen Lawrence, Caroline Perny, Sarah Reidy e Renata Sweeney. Como sempre, elas fizeram um trabalho excelente na divulgação deste livro.

No design e produção: Rafal Gibek, Jim Kapp, Heather Saunders, Greg Collins e Peter Lutjen, que são responsáveis pela composição, pelo design e por fazer com que, em geral, este livro ficasse tão bonito. (Preciso tirar um segundo para elogiar a capa, porque *uau*!)

E obrigado a todas as outras pessoas na Tor que trabalharam neste livro.

4.

E, é claro, o maior agradecimento de todos vai para você, leitor. Sem seu apoio, nada disso seria possível.

Quanto a mim... Depois de tantos anos escrevendo sobre espaçonaves, lasers e alienígenas, senti vontade de escrever algo com espadas e dragões. Há um certo personagem no Ciclo A Herança que eu acho que precisa de seu próprio livro. (Talvez você possa adivinhar quem é.)

Enquanto isso, lembre-se de ser gentil com aqueles que você ama. Eles são tudo o que realmente temos.

Christopher Paolini
13 de julho de 2022

Impressão e Acabamento:
LIS GRÁFICA E EDITORA LTDA.